中国友谊出版公司

图书在版编目（CIP）数据

墨商：最后的传奇 / 香雪著. — 北京：中国友谊出版公司，2015.10
ISBN 978-7-5057-3595-8

Ⅰ. ①墨… Ⅱ. ①香… Ⅲ. ①长篇小说－中国－当代 Ⅳ. ①I247.5

中国版本图书馆CIP数据核字（2015）第217821号

书名 墨商：最后的传奇
作者 香雪
出版 中国友谊出版公司
发行 中国友谊出版公司
经销 新华书店
印刷 北京鹏润伟业印刷有限公司
规格 700毫米×980毫米 16开
17印张 299千字
版次 2015年12月第1版
印次 2015年12月第1次印刷
书号 ISBN 978-7-5057-3595-8
定价 32.80元
地址 北京市朝阳区西坝河南里17号楼
邮编 100028
电话 （010）64668676

目录

第一章 风起潮涌

乾隆六下江南，引人注目的却是富甲一方的徽州。

自折色法，徽商崛起，纵横商海三百余年，两淮盐业几乎被徽商垄断。徽商浮出商海，而有着“七山一水一分田，一分道路和家园”的徽州物产再次引起世人瞩目。

徽商江春斥资三十万银两于“康山草堂”接驾乾隆的第二日，程尚德心急如焚地从婺源坑口赶回渔梁坝埠头。他想把汇源墨砚斋的存货捎往文人显贵云集的扬州。运气好的话，汇源墨砚斋会挣得盆满钵满。

十几年的墨业生涯，程尚德终修成正果，净心墨名扬四海，尤其以药墨、油烟墨闻名于世。

到了埠头，程尚德第一个跳下船，走入店铺林立的渔梁街。以商贾阜货而行市的渔梁街货物云集，渡船点点，人影憧憧，官吏相与庆于庭，商贾相与歌于市，农夫相与忭于野。悠悠的练江之水中，休宁的松萝茶和罗盘、祁门的瓷土、深山的杉木、徽墨皆整装待发。

然而志得意满的程尚德半路就被人挡了道，此人是屯溪陶然印社的东家方老爷。方老爷正欲前往扬州购买芙蓉石。

看见程尚德，方老爷就笑了。

“乾隆帝的口一张，扬州的文人雅士会争相购买净心墨，净心墨的存量恐怕不足了。”方老爷笑着说道。

“哈哈，方家的印莫不如此。”程尚德朗声说道。

“程家的药墨可有延年益寿之功效？”

“世人都想长生不老，秦始皇遍寻长生不老药，闻着药味儿都让人放心。古往今来，没见过挣下一大份家业却不想长寿的。”程尚德说道。

“此话不假，炼丹的作用就是得道成仙，药墨也是独一份，净心墨广为流传的关键在精致的墨模。”方老爷说道。

“以新安山水墨模制成的墨亦为推陈出新。”

用墨之人都清楚精致的墨模所需不菲。精雕细刻的墨模会吸引无数附庸风雅的文人。想要在制墨行业立足，墨模的推陈出新必不可少。程尚德认为将眼下皇帝待的地方——西湖美景入模会有效应。看着方老爷沉思的脸，程尚德微微一笑，他可不想让这个想法被其他制墨家抢在前头。

“眼下老夫前往扬州购买篆刻用石……汇源典当能否拆借银两？”

“方家的印社即是最好的抵押物。”程尚德哈哈一笑。

“多谢程老爷，以……”

“三分的起息，徽商本是亲帮亲，邻帮邻。方老爷什么时候要？”

“从扬州返回时即用。”

“方老爷可直接去铺子里办理。”

“多谢程老爷。”

此次去婺源龙尾山，程尚德遍寻流落民间的歙砚。龙尾山的金星砚石越来越少，近年来，民间的采石艺人很难采到上品的砚石料。两天来他只购得几块眉纹、玉带石料。峰回路转，在龙尾山脚下他看见那两块金星砚石。自明代后，官方虽未正式开采龙尾山的砚石，但金星砚石不易觅得。

在龙尾山，程尚德巧得一款歙黄砚。卖砚的姑娘显然并不知此砚的来历。看见砚石色黄如蜜、石质坚硬、形如游龙腾飞，程尚德心想这就是遗落民间的黄龙戏珠砚，暗自一笑。程尚德在砚台上敲了三下，果然水满砚池。

“此砚来自……”

“家父从山中得来……奴婢并不知从何而来。”

姑娘要价三十两银子，程尚德给了她五十两。这款砚台至少值三百两银子，而程家的收藏中又多了一款唐代的砚台。砚台的收藏中最让他可喜的是一款蔡襄用过的歙砚，就是那句有名的题词：“相如闻道还持去，肯要秦人十五城。”

程家祖上是著名的砚雕工。自清初程家香火不旺，歙县仅留下程尚德曾祖父这一支脉。程尚德的曾祖父死后，留下这两座一模一样的宅院。程尚德这一脉有了两个传人。至堂兄程尚铭这一代，他不愿再当砚雕工，外出川蜀做木材生意。这一去十八年，走之前程嘉贤尚未出生。

程尚德没进自家宅院，却进了堂兄程尚铭的宅院。程尚铭至今未归，这两年来更是音信全无，侄子程嘉贤外出寻找父亲下落不明，大嫂俞氏因此日日以泪洗面，目前已双目失明。

俞氏是婺源茶商俞家的大小姐，靠着刺绣和几亩茶林含辛茹苦地抚育孩子。俞氏刚满四十岁，却有着五六十岁人的容貌。为了避免家人同情，俞氏极少回婺源的俞家茶庄。俞家几次要接她回婺源都被她拒绝了。俞氏习惯了歙县，习惯了程家二宅的一切，连这里的冷清都习惯了，俞氏对生的渴求快退到娘肚子里了。

此去婺源，程尚德见到亲家俞老爷。程家喝的茶历年都是做茶叶生意的俞家送的。程家虽在竹铺有五亩的茶园，生产竹铺大方茶，但程老太爷极爱喝这竹铺大方茶，明前的纯芽仅够他一人喝的。程尚德喝不上竹铺大方茶，只有二少爷嘉贤和三少爷嘉堃能喝上老太爷的茶。临行前俞老爷送了程家两斤茗眉茶。

细雨中，中堂的光线很暗，一身对襟襦裙的俞氏坐在中堂的阴影中熟练地编竹篮。透过天井的细雨声，俞氏留意到程尚德急促的脚步声。她知道程尚德去了龙尾山。

“二老爷回来了，银荷给二老爷倒茶。”程尚德尚未来到中堂，俞氏就高声喊道，“沏新茶。”

“大嫂，我坐会儿就走。”程尚德把一些枇杷和茗眉绿茶交给丫鬟银荷。

银荷还未来到中堂，新茶的香气就飘进了屋子。银荷并不把茶递到俞氏手里，而是放到俞氏旁边的桌子上。俞氏争强好胜，不让他人过多照顾自己。

“还是茗眉茶好喝，从小喝惯了。”俞氏喝了一口茶后说。

“今年的春茶喜获丰收，俞泰昌绿茶要在广州办分号。”程尚德说。

“分号？再多的金银也暖不热香衾绣被。”俞氏说。

“商人免不了东奔西走。”程尚德说。

“二少爷可有什么消息？”俞氏问道，那双无神的眼睛里也闪出一道光来。

每逢外出的人归来，俞氏那颗死去的心就会重新活过来。程尚德看见大嫂眼中显现的光芒，洋溢着快乐的心像撞到了金星砚石料又弹了回来。

“尚无二少爷的音信。”程尚德说。

俞氏的脸又黯淡下去。银荷端着洗好的枇杷过来了。

“五月枇杷香，在屋里我都闻到了。”俞氏说。

“这是二老爷带来的枇杷。”银荷笑着说道。

“大老爷和嘉贤吃不到这么好的枇杷……”俞氏说。

“川蜀的枇杷也不错……”程尚德安慰道。

俞氏垂下脸，陷入静默之中，一根篾条从手里掉落了。银荷捡起掉到地上的篾条，想递到俞氏手里却被挡开了，俞氏重新拿起一根篾条编织竹篮。

近两年程尚德多方打听，仍是未闻嘉贤丝毫消息。无徽不成镇，徽商遍布各市各行，打听消息并非千难万难。大老爷在两年前谈一桩木材生意时失足落水而亡，嘉贤下落不明。程尚德派家丁汪开泰前去川蜀寻找嘉贤未果。

银荷想要把枇杷拿到灶前，刚走到门口就听见俞氏尖厉的声音：“这是留给二少爷的枇杷，难不成丫鬟要吃！”

银荷知道太太想起二少爷了，每当太太想二少爷时就会为难她：“太太，奴婢把枇杷收到灶前，等二少爷回家再吃。”

“放到高处，防鼠虫咬。”

银荷无奈地笑了，枇杷等不到二少爷归家那日就会坏掉，最终还是会被扔掉的。从银荷手里扔掉的物品已不计其数了。

程尚德对俞氏讲述了眼下乾隆下江南一事，却未能提起俞氏的兴趣。程尚德看了俞氏一眼就告辞了。他暗想这个徽州女人恐怕要在等待中熬尽最后一滴热血。

程尚德回到家里，妻子叶氏正在做晚饭。叶氏来自黟县南屏的砚雕世家，是一个随和果断的人，身形高挑丰满，有着美人标准的宽额尖下巴。叶氏微微一笑，接过程尚德手中的包袱。程尚德一进门她就嗅出了草药气味。

不知从何时起，她注意到程尚德从街上回到家里身上总带着草药的气味。而在程尚德意识到去慈仁堂是为了见谢姑娘之前，叶氏就明白了程尚德的心已从砚台移到了谢姑娘身上。叶氏明白隐秘的恋情不能在暗中发酵，一开始就要把程尚德心中隐秘之事说开，说开了就不好再要求什么：一切都摆到阳光下了，还有什么不可见人的？

“老爷去了慈仁堂？谢老爷开了什么方子来治老爷的心病？”叶氏笑着问道。

“太太就是我的良药，虽苦口却能治百病。”程尚德静静地看着叶氏的眼睛说道。

叶氏的这句话把萦绕在程尚德心头的柔情蜜意全赶跑了。他的心重回眼下乾隆下江南带来商机一事中。

“铺子里有什么事？”程尚德问道。

“无非是拆借银两之事，眼下徽州四业的扩张势不可挡。”叶氏说道。

“徽商蓄势待发。”程尚德走入天井停下来问道，“三少爷呢？”

“去竹山书院了，姚鼐前来授课。”

“给三少爷留些枇杷，叫小姐们来吃枇杷。”程尚德对婢女碧儿说道。

叶氏见他的衣服湿了，张罗着给程尚德换了件朱青色粗布长衫。干爽的衣裳穿在身上，把程尚德原本的快乐又激活了。

程尚德是乾隆二十四年的秀才，乡试屡次名落孙山转而从商。他熟谙文人雅士的兴趣爱好，喜欢书画，爱好收藏，对书画、笔墨纸砚情有独钟。墨砚斋以歙砚、徽墨而誉满扬州。乾隆四十六年，程尚德的长子程嘉道接管扬州的墨砚斋。程尚德有了更多的闲情逸致把玩书画、徽墨、歙砚。

他聘用精良的雕工制作砚台，收集徽州优良的徽墨。李后主之后在明代受到冷落的澄心堂的纸从宫廷流落到民间，程尚德斥巨资收入囊中。闲暇时习赵孟頫的字，绘山水画，崇尚倪云林笔法，构图洗练，意境荒寒，疏密相衬，枯涩高远。

从厢房出来，程尚德进了后院的净心斋。程家的净心斋用来制墨、雕砚，一来丰富徽墨的品种，二来满足程尚德和老太爷的书画之用。这是他与匠人们专用之处，女人不得入内。一月一次的扫尘都是由叶氏亲自做。

净心斋的门外，程尚德被汪开泰追上，给他拿来两封来自扬州的信。他先拆开大少爷程嘉道的来信。一年四季大少爷少有信来，这封信倒来得及时。信中嘉道说眼下扬州汇聚着大批文人雅士，要尽快把汇源墨砚斋储备下的净心墨和砚台赶早送往扬州。程尚德哈哈大笑，又拆开江少奶奶的信。江少奶奶是程尚德的大妹，嫁到扬州江家，她的信不外乎提到南巡带来的商机，与嘉道不谋而合。

“自南唐李后主唯徽墨为御用墨后，士绅无不效仿。”程尚德对从制间出来的制墨工叶存世说道。

“御用之誉不是轻易可以获得的，得到天子的青睐，徽墨就大放光彩了。”叶存世微微一笑。

“天子的力量无处不在呀。”说完程尚德大笑起来。

屋内漾着龙脑香的气味，制墨到了和剂阶段。制墨工正往和剂后的墨中添加珍珠粉、龙脑香、大梅片、公丁香等数十味中草药。程尚德一看这种配方，就知道是程老太爷要的墨。

“烟，老太爷验过吗？”程尚德问道。

“验过了。”

“这是上等的好烟。”程尚德细看过墨粉后说道。

“老爷，净心墨两日后方能坐担。”叶存世说道。

“捶捣不得少一棍，注意天气变化。”说完程尚德就走了。

来到净心斋的程尚德图个清静，想要细看龙尾砚石料，琢磨着如何雕刻方能依石成形。这石料生有特点，似有江水潺湲状。他心里拿不定主意，顺其石料雕刻成定会是一款奇砚。程尚德把石料拿在手里几次三番地把玩，他知道一旦动手雕刻，再也无法改变了。

程尚德走过晾墨区，来到净心斋的砚雕工唐燠身边。唐燠从雕刻中抬起头，看见程尚德手里的眉纹石料。

“好料，依形雕刻定是一款奇好的砚台。”唐燠放下手里的刀具说道，“有隔岸观火一说，也有隔砚钓鱼一说。”

唐燠的话让其他制墨工都停下手里的活计。程尚德明白唐燠的意思了。

“这一块石料呢？”程尚德拿出另一块石料说道。

“石料的一侧有深浅不一的纹理，可从这里着手依形而刻，砚池设在另一侧。”唐燠看了一眼就笑着说。

经唐燠一说，程尚德的眼界开阔了，对石料有了丰富的想象。经过三年的习砚，程尚德尚不能做到一眼就能准确看出石料潜在的形象。他心里一高兴就说今日可以早些收工了。唐燠和制墨工谢过程尚德后纷纷走了。

程尚德放下石料出了月华门，来到前院当铺的柜台旁。掌柜汪思训翻开账本请他过目，有五笔抵押拆借银两业务，有两笔租赁费用进账，还有些不起眼的典当。汪思训有着多年的典当经验，精于业务，工于算计，人称一眼尺。这是三笔大的银两拆借，五分的起息，两淮盐商的借贷。眼看着银两借贷要多起来，外借的银两要回收。

程尚德抬头看见汪掌柜那双精明的眼睛，心里的暗流搅得他不舒服，感到汪掌柜看到他的心里去了。汪掌柜的目光就是具有这种能把人看透的犀利。程尚德常常觉得汪掌柜要另起炉灶了。

“把地租、铺子里的银子收一收。”程尚德说道。

“老爷是想……乾隆帝下江南之后，徽州的商人会像蘑菇一样一夜之间就冒出来，银两的拆借会更多。”汪掌柜笑着说道。

“当铺的业务会逐渐增加，收益好年底再给汪掌柜二十两银子。”程尚德说。

“多谢老爷，这一年及以后几年闲不着，两淮盐业营运的银两就是典当铺最大的盈利。”

“过两天把铺子里的存货送往扬州，查一查墨砚斋的账簿，再去各处收收陈年的地租。”

“省了一笔运脚费。”

“近几个月，嘉道过度支取了。”

“是，老爷，扬州的生活不比歙县。”

“无非是跑马、听戏、斗鸡走狗，并不是扬州才有的生活，歙县也有。”程尚德说。

“老爷所言极是。”

程尚德暗想，汪思训真是看到他心里了。嘉道从幼年起就聪明伶俐、活泼好动，不喜读书。眼看从仕无望，程尚德着手培养儿子经商的本领。也许命中注定嘉道从商，抓周时他抓到一把算盘——算盘是叶氏临时放进去的。

近几个月，嘉道在扬州瑞丰钱庄提兑二百两银子，频频出入怡春苑，喝花酒、赌博、跑马、捧名角，无所不为。接到江少奶奶的信，程尚德确信了传言的真实性，却迟迟未想出如何处置不安于墨砚业务的嘉道。眼看汇源典当将在扬州开办分号，嘉道却不能专心于铺子。

此时程尚德想起早年定下的亲事，嘉道也是该成亲了。亲事七年前就已说定，姑娘是叶氏妹妹的孩子。年前汪家打发人来促进亲事，但程尚德那时还想等嘉贤归家后再办。

放下账簿，程尚德感觉到汪掌柜很得意，但他却不发一言。程老爷对汪掌柜的态度是拉拢与胁迫。在长年累月的较量中，程尚德不会一味地把程家买卖的商业机密全告诉汪掌柜的。

汪掌柜为程家的创业立下汗马功劳，也学到做生意的全套本领。如今他还留在程家不过等待另立门户的机会。程尚德告诫自己对汪掌柜不能掉以轻心。汪掌柜就是汇源典当日后的对手，另立门户会抢走一些买卖的。

程尚德想起汪掌柜上次在《古木飞泉图》上的失手，吩咐道：“留心张舜咨那幅《古木飞泉图》。”

“是，老爷。”汪掌柜低眉顺眼地答道。

程尚德出了铺子向中堂走去，他到中堂拿上枇杷去看程老太爷。程老太爷住在程家大宅后院里一片茂林修竹的独立院落中。

程老太爷身材高大，鹤发童颜。一张越发趋向儿童的脸上还留有早年辛苦的痕迹。老太爷练完内功走出内室，刚在太师椅上坐下，捧上茶，就看见程尚德一脸喜色地走来。他猜想儿子这么快返回，定是听说了乾隆下江南之事，而此次龙尾山之行的收获许是不小。

老太爷对乾隆皇帝下江南并没有徽商普遍持有的乐观。官吏随意地征收各色杂税，有法不依，老太爷心生疑念。乾隆下江南，表面上徽商风光无限，实际上捐出的银子耗尽了家里的赀货，连辉煌的盐商江家也要靠皇帑运营盐业。

老太爷常用药墨书画，长期服用仙丹，屋子里弥漫着药香。程尚德对草药的药理不明，信奉是药三分毒。村子里常有误服草药而亡的事发生。

案几上老太爷临摹的元代画家吴镇的山水画《渔父图》漾起药香。老太爷的笔法历练圆润，师法自然又有不小的收获。画中远山丛树，流泉曲水，老树平坡，溪水一泓，小舟闲泊，渔父坐船垂钓，意境幽深。吸引了程尚德目光的是案几上那款卢氏的鱼龙戏珠漆砂砚。这漆砂砚有发墨之乐，无杀笔之苦，无奈老太爷不愿转手于他。

“若拿‘百一砚’或曹素功的‘天瑞墨’，可换这款鱼龙戏珠漆砂砚。”老太爷看透了程尚德。

听父亲又说起“百一砚”，程尚德更想一见“百一砚”的庐山真面目。

“父亲，此去龙尾山偶得黄龙戏珠砚。”程尚德从怀里拿出砚台说道。

“歙溪罗纹、刷丝、金银间刷丝、眉子四品，新、旧坑。四品旧坑，并青黑色，纹细而质润如玉。罗纹直如极细罗；刷丝如发密；眉子如甲痕，或如蚕大。此乃罗纹砚石。”老太爷一边赏玩一边说道。

“父亲高见，市面上流行一种铜雀砚，不知真伪。”

“铜雀台瓦，入水经年之久，故滋润发墨。世多伪者。”老太爷放下砚台说道。

他笑了笑，让老太爷吃枇杷。

“三少爷从竹山书院回来了？”老太爷问道。

“父亲，还未回来。”

“此去婺源见到亲家俞老爷了？”

“俞老爷的茶叶生意越做越大，要在广州办分号。”程尚德抓住机会说道。

老太爷知道徽商的足迹遍布大江南北，办分号是扩大生意最广泛的方法。当年中原士绅为躲避战乱进入徽州，如今徽州人踊跃走出这“七山一水一分田”之地。据老太爷观察，旗人的八旗子弟已不骁勇善战，平定大小金川前后耗时三十年，消耗六十万清军和大量的皇帑。战乱终究会找上门的，桃花源被源外的人所熟知，已不是桃花源了。眼下人们被表面的歌舞升平所蒙蔽，只想着享乐与安逸。

“不要太乐观了。夫合天下之众者财，理天下之财者法，守天下之法者吏也。吏不良，则有法而莫守，法不善，则有财而莫理。”老太爷淡然地说道。

“眼下国泰民安、百姓乐业，正是创业的好时机，战乱对商人总是致命的打击。明末的战乱使得徽商一度消沉，康熙年间复崛起。”程尚德随口说道。

“祸兮福之所倚，福兮祸之所伏。”

“人的一生就是祸福相依，与自然界的草木枯荣一样，眼下正是徽商的好时机。”

“命里八尺，难求一丈。”

“四十不惑，五十知天命……我还未到知天命的日子。”

“眼下的徽商在饮鸩止渴。”

对程老太爷的话，程尚德并不放在心上。

徽商家族中曹氏父子在朝廷里把持朝政，江春为盐商之首，胡贯三挣下七条半街、三十六典，倪家木材生意亦蒸蒸日上，茶叶远销欧洲，四大名砚里有歙砚，徽墨却是独一份。眼下的日子越来越好，当铺的借贷平稳地增长，墨砚斋的生意越做越大。这一切都给程尚德想要扩大家业吃了定心丸。

“汇源典当也可像胡老爷的杂货铺一样开到大江南北。”程尚德忍不住说道。

“自家顶上的金銮殿，别人看着鬼点灯，虽说盐业是一本万利，却不是什么人都能做的，也有阴沟里翻船的。最快只能办理来年的凭帖。”程老太爷说完闭目养神。

程尚德急于求成的心不会因老太爷的话而消失的，乾隆下江南带来的商机就在他眼前闪烁。程尚德走远后，程老太爷悄无声息地打开了满顶床的箱柜。那里是他私下攒下的备不时之需的银两。这个儿子他最了解，做事全凭一时的热情，脾气急躁。他有意打击儿子，就是想让儿子静下心来好好想一想。

夜里，叶氏被辗转反侧的程尚德吵醒了。她知道老爷正考虑办分号一事。自老爷再次走进中堂，她就看出他的心神不似先前那么明朗了。程家的铺子虽说掌管在老爷手里，可起定心作用的却是程老太爷。依着老爷的主意，扬州的典当铺早两年就要办起来了。

“睡吧，五更了，有什么事明天再考虑也不迟。”叶氏轻声地说道。

“老太爷的话有一定的道理呀，眼下能办理来年的凭帖了。”程尚德喃喃自语。

“老太爷过的桥比老爷走的路都多，老太爷的话可是至理名言。”

叶氏的话让程尚德记起，铺子几次大的变革都是在老太爷的授意下办成的。程尚德虽这么想，却不甘心，仿佛白花花的银子都从指缝里溜走了，同时他也明白程家的家底到底薄了些。这么想着他倒睡着了。

次日清晨，程尚德尚未去铺子，就见汪开泰来请。一脸疲惫之色的方老爷连夜从扬州返回歙县。方老爷脸上的疲惫之色再添些许的踌躇满志格外引人注目。看来方老爷圆满地完成了扬州之行的要务。

方老爷是前来拆借银两的，聘请篆刻的匠人已赶往屯溪。

见方老爷走进铺子，程尚德叫伙计上茶。

“方老爷只喝竹铺大方茶。”程老爷吩咐道。

程尚德见方老爷急于要说拆借银两之事，笑着说：“不急，先喝杯茶。”

见程尚德如此，方老爷那颗焦急跳动的心放缓了速度。伙计叶祥禾送来茶水后退至一旁。三杯茶下去后，程尚德笑起来说：“茶欲白，墨欲黑；茶欲重，墨欲轻，茶墨俱香呀。”

“茶墨本是一家，修身养性。”方老爷压抑着内心的焦急说道。

“扬州的情形如何？”程尚德问道。

“眼下是徽商的契机，盐商鲍家、江家，典当业胡家蓄势待发，左卫街开了两家钱庄和一家当铺，皮市街新开张两家墨店和一家玉器店，裁衣街增了两家铺子和一家茶庄，翠花街新开一家钱庄。”方老爷心情极好地说道。

“乾隆帝下江南的效应开始了，徽州的物产要走进千家万户了。”

“盐商斥巨资接驾，真是一本万利呀。”

“眼下的商机更有利于方老爷的印社发扬光大。”程尚德笑着说道。

“汇源墨砚斋的掌柜身手不凡。”方老爷看了一眼再次走入柜台的汪掌柜，对着程尚德说道。

“方老爷，典当的买卖要有抵押物，这是业内的规矩。”汪掌柜恭敬地说道。

“汪掌柜，给方老爷支取银子，陶然印社就是最好的抵押物。”程尚德笑着说道。

“多谢程老爷。”方老爷微微一笑说道。

“不要说这点银子，上百万两的银子方家都会有的。”程尚德哈哈一笑。

“程老爷为人爽快，这笔银子三分五的利息。”方老爷痛快地说道。

程尚德哈哈大笑，方老爷亦笑了起来。

汪掌柜点好银子，写好了契约。方老爷签字画押，取银子。

一切就绪，方老爷要走。程尚德也不多留，把方老爷送到渔梁坝。

待程尚德从渔梁坝返回铺子时，在门外碰到了一身绸衣裤的扎染商许老爷。程尚德哈哈一笑，示意许老爷先请。进了铺子，许老爷连一向喜爱的古玩字画都不看了，那张窄额的尖脸就定定地对着程尚德的宽额方脸了。

“程老爷，不瞒你说，今朝在下不是来买瓷器的，而是来拆借银两的，抵押物就是许家在槐唐的园子。”许老爷开门见山地说道。

“乾隆下江南带来的商机让许老爷坐不住了？”程尚德笑道。

“程老爷有所不知，盐商鲍老爷已前往扬州营运盐业生意，丝绸商汪掌柜亦前往杭州办理丝绸生意，听说程老爷的亲家俞家已在广州开办了分号。”许老爷性急地说道。

“既然如此，汪掌柜验房契。”程尚德转身对许老爷说道，“近来拆借银两的客商太多，汇源典当周转不灵，四分利息如何？”

“程老爷真会说笑，扎染的盈利都不足六分，抛却衣食住行剩不下三分。”许老爷微微一笑说道。

“汇源典当不是金山银山，许老爷三分五的利息。”程尚德沉着脸说道。

“痛快，说定了。”许老爷转身对汪掌柜说道，“汪掌柜，这房契能当一千两银子吧？”

“许老爷说笑了，请验银子。”汪掌柜说道。

“汇源典当的银子不用验。”

“许老爷，汇源典当收进两件哥窑瓷器，鉴赏一下？”汪掌柜说道。

“来日再观赏，就此告辞。”

许老爷拿起银子匆匆走了。叶祥禾沏了茶捧给程尚德，茶尚未喝到口中，程尚德就看见杨家二少爷急步走进铺子。

这杨家二少爷在川蜀做木材买卖，生就一张精明的生意人的脸。徽州除了盐业，木材生意亦是主要的产业，利润极大。杨家二少爷素来将买卖做得滴水不漏。

自杨家二少爷进门，程尚德就打定主意，要以四分起息。

“二少爷想要看看古玩字画？”程尚德抢先说道，堵住汪掌柜的嘴。

“那是文人雅士的喜好，敝人是生意人。”杨家二少爷简短地说道，“生意人就要谈生意。”

“眼下，二少爷做什么买卖？”程尚德问道。

“木材买卖，皇帝的一趟江南之行使得扬州、杭州需要大批的木材兴建房屋宇舍。”杨家二少爷的狐狸脸露出了一丝狞笑。

“二少爷刚成亲，留下新婚妻子空守闺房，恐怕……”

“唉，徽州的女人不都是如此吗？杨家与程家世代为邻，程老爷能否低息拆借银两，以资助敝人完成眼下的买卖？”

“不瞒二少爷，你来晚了一步，汇源典当已拆借不少，一时难以拿出大宗银子，若二少爷早来一步尚有可能呀。”程尚德微微一笑说道。

“二分起息，这已高于官府借贷的利息了。”杨家二少爷说道。

“二少爷还是去别家看看吧，汇源典当已没有闲银可拆借了。”

“这歙县还有谁家的实力能比得上程家？徽州商人素有‘亲帮亲，邻帮邻’的美德。”

“二少爷，老夫难为无米之炊呀。”

“程老爷，三分起息。”杨家二少爷一咬牙。

“汪掌柜，库银还剩多少？”程尚德说道。

“老爷，不足千两银子。”汪掌柜说道。

“二少爷请另去他处，这些银子已定给了盐商江家。”说着程尚德做了一个送客的手势。

“程老爷，四分起息，以杨家在竹铺的茶园抵押。”杨家二少爷的脸色已经白到极点了。

“二少爷爽快，这样吧，这一千两银子先拿回府中周转，过两日老夫再送银一千两。”

“程老爷，敝人两日后出门。”

“二少爷放心，耽误不了事。”

杨家二少爷验完银子，不甘心地走了。程尚德吩咐把程家压箱底的银子拿出来，以备近日银两拆借。

“银两拆借的起息不得低于三分五。”说完程尚德走出柜台。

程尚德出了铺子去了商会，在会馆那儿，程尚德见到了行色匆匆的徽商会长。会长汪思定被前来打探消息的徽商围在中央不得脱身。一位木器店的老爷说，明日赶往扬州办分号；一些商人在询问如何领凭帖；绸缎商汪老爷拉住汪思定正询问丝绸行情；米铺的汪掌柜正急于找到东家。好不容易等到汪思定从人群中出来，程尚德迈步上前，谁知汪思定挥挥手匆匆走了。程尚德在会馆内待了五分钟后，突然恨不得能即刻到扬州把汇源典当办起来。出门时他撞到了一个人。

他面前站着汪启茂墨店的东家胡天柱。乾隆四十七年胡天柱承顶了汪启茂墨店。今朝胡天柱到扬州聘良工刻模制墨，出奇制胜。胡天柱想要以精工细作的墨模和药墨闯出一条路来。程尚德被胡天柱拉住走不了，他要向汇源典当拆借银两。程尚德本想一口回绝，却抹不开脸面。胡家的墨终究是净心墨的竞争对手。

“胡老爷来晚了，除去周转，铺子不剩多少银子了。”程尚德一脸无辜地说道。

“总有这个数吧？”胡天柱伸出五个手指问道。

“这个数是铺子的总数了。”

“那么这个数呢？”

“两千两银子，四分的起息，胡老爷看……”

“就两千两银子吧，到别处再拆借不足的银子……”

程尚德趁胡天柱沉吟不语时告辞。他就这么朝前走去了，又一次在金字招牌面前站住了。慈仁堂的柜台后只有谢姑娘守着，程尚德信步走了进去。

“今日可有老夫要的药？”程尚德微微一笑问道。

“程老爷若想要砚台倒有，但并不能医治程老爷的病。”谢姑娘说道。

“依谢姑娘看，什么药可医治老夫的病？”

“那药是不卖的。”

程尚德哈哈一笑说：“谁说老夫想买了？”

“不买药，程老爷到慈仁堂做什么！”

谢姑娘一转身进了后堂，程尚德笑着离开铺子。程尚德即使在这里受了气也高兴。走了两步，他看见几位伙计正热火朝天地收拾一家店铺，看样子要新开张铺子了。他从斗山街转来时遇见了一头汗水的叶祥禾。一见着程尚德，叶祥禾就像见了救星般。

“老爷，汪启茂墨店的胡老爷要支取两千两银子，库里的现银不足了。”叶祥禾开口说道。

程尚德吃了一惊，立在了许老爷的扎染铺子前。他离开铺子也就两个时辰库银就没了，而胡天柱可以说转身就去铺子支取银子了。他暗想到，若胡天柱支不上银子，对外张扬汇源典当库银不足，定会影响到买卖。想到这里程尚德惊出一身冷汗。

“先稳住胡老爷，待我再去筹集银子。”

程尚德匆匆的脚步，不仅敲击着叶祥禾的心，也敲击着他自己的心。程尚德在前面大步走着，叶祥禾在后面小跑地赶着。程尚德进大宅后往净心斋走去，走到半路他转回来又朝着铺子走去。他想起在银库的粉彩镂空转心瓶里还有五千两银子，急跳的心顿时放缓了。一进铺子，他见柜台上放着一包银子，汪掌柜正登记入库。

“哪里来的银子？”程尚德问道。

“老太爷拿来的，说是为了眼下银两拆借，暂时放到库里。”汪掌柜说道。

程尚德的心一下就踏实了。老太爷还像当年一样举足轻重，依然像当年一样运筹帷幄。眼下正是需要大量银两的时候。程尚德心花怒放，脸上满是喜色。汪掌柜看了一眼程尚德，微微一笑。

“有多少银子？”

“两万两银子。”

“老太爷技高一筹呀。”

“再有拆借银两的，四分的起息。”

“是，老爷。”

“胡老爷走了？”

“拿上银子就走了。”

程尚德长出一口气。出了铺子，程尚德来到灶前，跟着他来到灶前的是程尚德嫁入棠樾鲍家的大女儿琴心。可怜女儿嫁过去没两年，夫婿即故去，连个孩子都没留下来。妻子叶氏怕女儿寂寞，将其接回家小住。

在奉朱子为圭臬，一切事宜皆以《文公家礼》为准的徽州，女人的尊严和地位并不高。不知怎的，程尚德的心格外难受。他不愿女儿改嫁，更不愿看到如今的结果。

夜晚，叶氏在油灯下刺绣，程尚德说起嘉道的亲事。他把烟袋放到柜子上，叫叶氏放下手里的刺绣坐到床上来。他不想叫妻子着急，只说在安苗节前把亲事办了。时间有点紧，但他知道，叶氏为了儿子的亲事，早两年就已备齐各项物品。

女孩家是宏村人氏，是叶氏的外甥女。宏村位于黟县东北部，建于南宋，为徽州第一大姓汪姓子孙聚族而居的地方。

这是一桩门当户对的婚事，叶氏极为满意。但有一点叶氏没弄清，外甥女千弦并不是事事都同她一条心。

“嘉道的亲事早该办了。”叶氏一边放下帐子一边说道，“妻贤夫祸少，子孝父心宽。”

“太太说得极是。”

“千弦是妾身看着长大的，嘉道也认识。”

“要不是怕大嫂伤心，早两年就提出了。”程尚德看着妻子愉快的脸说道。

叶氏笑了，轻声说道："老爷，今夜可以睡着了。"

程尚德哈哈一笑把叶氏扑倒在床上，叶氏顺势吹灭了烛火。虽然程尚德心里时刻装着谢姑娘，可是他并不能把叶氏从心里赶出去。他与叶氏相濡以沫近二十年，早把叶氏当成亲人来爱了。他心里亦未想好，把谢姑娘迎进家门后，如何面对叶氏。

第二日，程尚德着手安排汪掌柜前往扬州一事。近一年制作的净心墨和优良的砚台已打包好了。汪掌柜一直瞅程尚德手中的那款砚台，那是程尚德耗时三个月雕刻而成的鳌鱼吐水的眉纹砚，正是这款砚台让程尚德感到刻刀游刃有余了。近来忙于生意，从婺源购来的两块砚石料尚未动手雕刻，手又生了。

"这些货最快也要半年方能告罄，程老爷大可留下这款砚台。"汪掌柜说道。

"拿去卖个好价。"说完程尚德着手包装砚台。

汪掌柜微微一笑，打理好包袱。他正拿不定主意是直接走呢还是叫一顶轿子，却听程尚德吩咐汪开泰备轿。

送走了汪掌柜，程尚德查看地契。程家在宏村尚有五亩水田，宏村的亲家是务农人家，这五亩水田就是最好的彩礼。他刚想喊汪开泰，又想起他出门送汪掌柜了，就吩咐叶祥禾让汪开泰从街上回来就去后堂。程尚德翻开账册细看近几日的买卖。他看见一笔唐模千秋墨庄汪老爷拆借银子五百两的买卖，是叶祥禾做成的。他暗暗叫苦，这是助纣为虐呀，这位汪老爷觊觎府城墨业市场多时，一直苦于没有资金。

此时程尚德明白了商机亦是危机，老太爷的话不可不听。程尚德对净心墨有十足的把握，即便千秋墨庄开业也应该不会有大的影响。他手打算盘粗粗一算，年底将会有万两银子进账。他刚放下账册，汪开泰就进来了。

"明朝去万安的赵家，为大少爷的亲事选个良辰吉日。"程尚德说道。

汪开泰答应着出去了。程尚德一身轻松地上街了，这是他多年养成的习惯。他往往能第一时间知晓街上的风吹草动。

叶氏久盼的亲事启动了。纳吉和纳征之礼三年前就行过，如今是请期和迎娶之礼。三日后汪开泰从万安回来了，带来风水先生选定的吉日。程尚德书男女命于绢制庚帖，又附上五亩的地契和二百两银子送往宏村。银子是让新娘子置办新装的。

第三天，程尚德收到女家的回帖，一切均按照程老爷定下的办理亲事。程尚德打听了一下汪家的近况，就打发汪开泰去了铺子。程老爷志得意满地到茶房里找到叶氏。

"汪老爷回帖了。就定在安苗节的前三天娶亲。"程尚德像通知般地说道。

“日子紧了点，老爷，办亲事要这个数。”叶氏放下手里的活计比画着。

“紧着点用，汇源墨砚斋的银子都拆借了，办亲事不要超出五百两银子。”

“这是程家多年来的头件喜事了，五百两银子并不能办得热热闹闹的。”

“外面风光点，家里的陈设就不要太奢侈了。”

安苗节前后正是人们最忙的日子，不过，叶氏没有提出异议。程家便按部就班地准备亲事了。

琴心帮母亲准备婚事，在程家要多待几日，鲍家来接少奶奶的轿子空着回去了。这不过是缓兵之计，要不了两天鲍家的轿子会再来的。果真琴心没在程家再住满三日，就被接回鲍家了。

第二章 无妄之灾

程尚德从斗山街到打箍井街再到大北街，看见新开张不少铺子。打箍井街吴家的染坊令程尚德刮目相看，虽是新开的，规模却不小，前来染色的人也不少。斗山街上那间新收拾出来的铺子开张了，是一家墨庄——千秋墨庄，此为唐模汪老爷在歙县开的分号。一见千秋墨庄，程尚德想起它开业用的银子还是程家的。

程尚德尚未走进铺子，就看见杨家大少爷从铺子里走出来。杨家祖辈上都是做官之人，曾官至二品，如今官运尽失，后辈子孙读书不上进，多为捐纳做官。杨家的木材生意做得红红火火，杨家大少爷却自幼喜好读书，但运气不佳，乡试屡试不中，赋闲在家。

杨大少爷平日里吟诗作画，纵情山水，无所事事，对家中买卖之事不闻不问。然而他的见识并不比做官之人低。杨家大少爷几次落第，郁郁不得志，放弃了科举考试，倒把心思放到墨砚的收藏和注经考学上了。

"程老爷来看墨？"杨家大少爷说道。

"哈哈，千秋墨如何？"程尚德笑着问道。

"程老爷看这款油烟墨，不输于净心墨，也不比净心墨更好。"

程尚德听见杨大少爷的话站住了。他接过千秋墨，以行家的眼光看、闻、听、掂，完成了对墨的鉴赏。他暗想这墨的确不输于净心墨呀，这墨终将抢走净心墨的市场。

“好墨！杨大少爷不要忘了净心墨入水不化。”

程尚德的这句话被千秋墨庄刚走出的一位老爷听去了。此人一转身又进了铺子。

“这是净心墨立于不败之地的法宝。”杨大少爷把千秋墨放入怀中说道，“程老爷去千春茶庄喝茶吧。”

程尚德哈哈一笑随着杨大少爷走了。千春茶庄里喝茶的人更多了，聚集着各行各业的商人。一到茶庄，杨大少爷就被一位捐纳的候补道拉走，进了一包间，门帘一晃，他们的身影就消失了。程尚德要了一壶绿茶，慢慢地品。程尚德从千春茶庄出来时，看见几位秀才从千秋墨庄出来。等那几位秀才走远了，程尚德走进千秋墨庄。

铺子里飘着淡淡的麝香。程尚德仅一眼就看清了墨庄的格局，铺面不大却干净整洁。千秋墨庄只做墨的生意，柜台里摆放着松烟墨、油烟墨、药墨，还有漆砂墨。墨品中有集景墨也有套墨，从墨品上看墨模都出自于雕刻高手。墨庄的主人颇有生意头脑，以唐模的檀干园入模制墨，檀干园十景套墨甚是不错。

伙计被柜台前买松烟墨的秀才缠住了。程尚德假装选购墨品，却听伙计向秀才兜售药墨。此伙计机灵、活泼，很懂得文人购墨之心理。不出五分钟，两位秀才在伙计的兜售下购买了两款药墨。在伙计把秀才送出铺子时，程尚德也离开了铺子。

回到程家大宅的程尚德直接去了净心斋的制墨间。叶存世正在翻晒墨品，一见程尚德严肃的脸，叶存世就知道又有事了。

“以十二生肖制模如何？”程尚德开门见山地问道。

此前程尚德说起过此事，却一直未见行动。如今市面上的墨多以景色入模，叶存世不能确定十二生肖是否能引起文人雅士购买的欲望。

“文人也许难以接受，恐怕十二生肖为村夫野老所喜闻乐见，”叶存世说道，“而墨的消耗者多为附庸风雅之人。”

“若是天干地支就不一样了，纪年法是每个人都关心的。”程尚德说道，“请唐燠过来。”

一会儿唐燠从砚雕室过来，程尚德说出了刚刚溜入脑海里的想法。唐燠的眼睛一亮，程尚德并没有忽略这小小信息。

“这要比十二生肖更有市场，净心墨会占领歙县的墨业市场。”唐燠说道。

“把手中的砚台先放一放，拿出图样再雕刻。”程尚德爽快地说道，“明日去账房支取五十两银子。”

叶存世送程尚德到门外时问道：“新开张的千秋墨如何？”

“墨好，墨模要更好，才能有市场。”程尚德说完走了。

铺子外，程尚德遇一白面书生。他见惯了歙县内各色人的脸，这张脸却不同于他见过的任何一张脸。他常自我吹嘘，生意人就要有这样一双眼睛。第二眼他就看出这白面书生有一双与他一样的眼睛，程尚德有了不祥之感。

次日程尚德早早地来到铺子里，他想要看一看千秋墨庄开业对铺子的影响。叶祥禾刚把柜台里外清扫干净，就见昨日的白面书生进来了。叶祥禾不失时机地推销铺子里的墨品，白面书生并不瞅其他物品，专挑净心墨查看。无须叶祥禾过多的口舌，白面书生购买了矸石墨。

“听说矸石墨入水不化，可为真？”白面书生笑着问道。

“先生说得没错，矸石墨入水不化。”叶祥禾说道。

“若果真如此，倒是奇墨了。”说完白面书生走了。

白面书生走后，叶祥禾笑着说：“若都是这样的买主倒省事了。”

“这位书生不像买去用，而像买去……”程尚德的话被老太爷打断了。

程老太爷在炼丹房坐不住了，来到铺子里。这几日虽不见儿子事事汇报，但他对街上的事却耳熟能详。

当铺刚收进殷商代的伯格卣，老太爷让程尚德去鉴赏。程尚德把眼前的疑惑丢至脑后，走进当铺。程尚德看了款式和落款后，确定为汉代的铜制伯格卣。

“殷商代制品市面上极少见，但伯格卣时而会出现在市面上。”程尚德放下伯格卣，说道，“八月剥枣，十月获稻；为此春酒，以介眉寿。正是殷纣王荒淫腐化，极尽奢靡，才会有这伯格卣流传下来。”

“有长进了。”老太爷说完就出了铺子。

程尚德看了看当票，当票显示汪掌柜以极低的价格将此物典当下来。程尚德一高兴，来到净心斋习赵孟頫的字。

第三日程尚德路过斗山街上，注意到千秋墨庄已不像刚开张那么热闹了。程尚德心情愉快地往程宅走去。远远地他就看见大宅门前挂着书写着“当”和“墨”的两个大红灯笼，同时他注意到有不少的人聚集在铺子外。程尚德以为是前来购买墨砚之人，走近才发现那些人正与叶祥禾和叶存世纠缠在一起。

原来这些人是来摘程家汇源墨砚斋牌匾的，“童叟无欺”铜字牌匾已被摘下来了。

“程老爷来了。”叶存世大喊一声。

一见程尚德走来，爬到木梯上正要摘牌匾的白面书生又下来了。

“程老爷来得正好，事情也可说清楚了。”白面书生转向看热闹的人群说道，

“请大家评评理，矸石墨素以入水不化而闻名，今日我们几个文人雅士在檀干园饮酒作诗，一不小心把矸石墨落入小西湖中，谁知小西湖即刻成了墨湖了。”

围观的人群发出哄堂大笑，有几位大叫着摘牌匾。

听了白面书生的话，程尚德明白被人算计了。前日此人买墨时的痛快，原是为了今日的落井下石。

“何以见得？”程尚德想暂时拖住此人。

“杨大少爷为证，今日的诗文赛会，杨大少爷也参加了。”白面书生说道。

此时程尚德才看见立在一旁想躲避的杨大少爷。白面书生的话却让杨大少爷走不了了。众人的目光齐射到杨大少爷身上，杨大少爷索性坦然地望着程尚德，却也不说话。见此程尚德清楚了眼下的情形。

“恐怕是制墨工弄错了，不过既然如此，凡购买了矸石墨的顾客都可以换购新款的‘天干地支’墨，此为汇源墨砚斋新推出的墨品。”

“一句‘弄错了’就想息事宁人？商人的诚信丢到哪里去了！”白面书生气急败坏地说道。

“汪少爷不要得理不饶人。”杨大少爷劝说道，“千秋墨并不能留存千秋。”

“只要是矸石墨就能换？”一位落第的秀才问道。

“从汇源墨砚斋购得的矸石墨一律包退或包换。”程尚德大声地说道，“若想换购天干地支墨的顾客，请一个月后来。”

“程老爷，敝人先把话撂这儿了，一个月后来换购天干地支墨。”杨大少爷说完带头走了。

一会儿看热闹的人陆续走了。人群中的几位秀才却议论这汪少爷做买卖急功近利，墨好坏自要用者评说，千秋墨并不能留存千秋。汪少爷一脸尴尬地想溜走，却被叶祥禾拦住了。

“汪少爷把‘童叟无欺’的牌匾挂上去再走。”叶祥禾说道。

有几位尚未走远的秀才叫道：“汪少爷摘下来再挂上去。”

汪少爷伺机想溜却被叶存世挡住了。在几位秀才的叫喊声中，汪少爷把“童叟无欺”的牌匾挂了上去，然后灰溜溜地走了。

等众人走远，程尚德一脸严肃地走进铺子里，吩咐把矸石墨撤下柜台，重新和剂，加入“天干地支”墨模。不一会儿，汇源墨砚斋里的矸石墨墨品全不见了。程尚德沉着脸向制墨间走去。

天干地支墨模尚未全部雕刻出来，有些墨模的样式尚未最后敲定。叶存世和唐燠还在构思墨模，十二地支尚有戌狗和亥猪尚未成形，其余的都已成形了。

“先雕刻已成形的墨模，剩下的再放一放。”程尚德说道，“火烧眉毛了，不能按部就班。”

其实叶存世和唐燠已听说了研石墨的事端了。

“程老爷请放心，天干地支墨月余后就上市。”唐燠说道。

“这千秋墨庄的汪老爷是要拆汇源墨砚斋的台呀。”叶存世说道。

“汪老爷却没想到，这一闹也为天干地支墨做了宣传呀。”程尚德说道，“天干地支墨想要收集全了极为不易，六十个墨品会有很大的市场空间。”

“此墨将会迎来更多订单。”叶存世说道。

“此乃不幸之中的大幸，切不可再出差池。”程尚德说道。

七日之后，陆续有人前来打听天干地支墨，叶祥禾以尚在制作之中为由，把来人打发走了。再往后前来汇源墨砚斋过问此墨的人更多。等此套墨终于面市时，歙县之内的文人雅士全聚集到了汇源墨砚斋。杨大少爷是第一个换购得此墨之人。杨大少爷赋闲在家，交游广泛，经他的口，天干地支墨尽人皆知。

被人交口称誉的天干地支墨，让千秋墨庄的汪老爷坐不住了，带着汪少爷前来道歉。

“犬子年少无知，多有得罪。”汪老爷说道。

汪少爷则走至程尚德的面前拱手抱拳道：“晚生在此给程老爷赔罪了。”

程尚德哈哈大笑说：“年轻人有闯劲不是坏事，却要注意方式方法，再有个三五年，汪家会成为墨业大家的。”

“谢程老爷吉言。”汪老爷说道。

“汪老爷拿两款净心墨去用吧。”程尚德转身对汪开泰说道，“拿两款净心墨来。”

程尚德把汪家父子送至铺子外，待他们走远后哈哈大笑。这笔买卖成为程尚德墨业生涯中的得意之作，时常在老太爷面前夸口。

汪掌柜从扬州回来了，收回了地租，查清了扬州的账册。扬州的账上差着二百两银子，被大少爷过度支取的银子都用到了跑马、捧角、赌博上了。汪掌柜同样带来扬州诗文赛会的盛况以及汇源墨砚斋买卖空前地好的消息，这无疑让程尚德的心劲又上一层。程尚德让汪掌柜先回家歇息，次日再来上工。

购买墨砚、古玩的商人络绎不绝，程尚德有两日未出铺子了。送走一位典当瓷器的商人后，他想去街上转一转。尚未走出柜台，他看见杂货商唐老爷走进铺子。唐老爷原本靠着几亩田产过活，年初在打箍井街上开了一家杂货铺子，因经营不善，已闹到举步维艰的地步。

程尚德请唐老爷坐下，唐老爷几次欲言又止。程尚德装糊涂并不问他为何而来，这时又进来一位秀才，买了些笔墨和宣纸。秀才走后，唐老爷犹犹豫豫地走上前来。

“程老爷可否能拆借老夫二百两银子？眼下实在过不下去了。”唐老爷说道。

“唐老爷可有抵押物？”程尚德慢悠悠地问道。

“只有几亩薄田可作抵押。”

“田产已抵押给汇丰典当了吧？”

“若再有一条路，老夫也不会来典当，积压物销不出去，必需物品又没银子进货。”唐老爷叹口气说道。

“敝人给唐老爷出个主意，高薪把西递村胡老爷家的伙计雇上即可改变现状。”程尚德说道。

杂货铺程尚德去过两次。唐老爷初次做买卖，又无道上人的指点，货物摆放得杂乱无章，铺子里常不清扫，因而少有人进去。油盐酱醋、针头线脑的日用杂货都是百姓日日要用的物品，唐老爷的铺子里并不少。铺子不需要再进必需品之外的货物，只要把这些经营好，就能维持一家人的生活。

“眼下老夫手里无任何现银。”

“若按敝人的话去做，这里有十两银子，拿去用吧。”程尚德从怀中拿出十两银子递给唐老爷。

唐老爷接过银子千恩万谢地走了。程尚德吩咐叶祥禾好生守着，就出了铺子。街上又有新铺子开张了，一家酱菜园开在斗山街，还有一家木器店开在了东街上。街上的行人也要比前些时候多些。回来的路上经过千秋墨庄，程尚德看见有几位秀才刚进去。他清楚眼下最火爆的是典当业。

程尚德从后堂直接来到制墨间。叶存世一见程尚德，走了过来。

“老爷，这是雄村曹家的订单，天干地支墨和净心墨各要一套。”叶存世高兴地说道。

雄村的曹家是官宦之家，历代以读书扬名。曹文植官至尚书，他的儿子又喜好读书。雄村的曹家以及西递的胡家素来用程家的墨。

“不愧为尚书之家，松枝要沥尽胶香，墨才不涩笔。”程尚德说道。

“是，老爷。”

“晾晒要注意气候变化。”说完程尚德走了。

斗山街吸引着程尚德，两日没去了。他刚走到金字招牌下，见府衙的师爷从柜台前转来，且听见师爷说：“谢姑娘要与哪家结亲？”

程尚德看见柜台上的两包点心，他的心也像点心一样膨胀起来。谢姑娘正要说什么，看见程尚德却又改口说道：“非官宦或书香门第之家不结亲。”

此话令师爷回转身来，看见程尚德就笑了。谢姑娘的话明显是对程尚德说的，府城里除了谢老爷，尽人皆知程尚德迷恋着谢姑娘。师爷倒暗中倾心谢姑娘，无奈谢姑娘的心只在程尚德身上。

“谢姑娘想过那穿花着锦的日子。”师爷笑着说道，“谢姑娘，不知可有程老爷想买的药？”

师爷向程尚德点头后就走了。此话亦点醒了程尚德，他记起常在慈仁堂碰见师爷。他心一动却又暗暗一笑。

“谢姑娘应懂得，铁打的衙门流水的官呀。”程尚德朗声说道。

“程老爷懂的多，却不知精诚所至，金石为开。”

“谢姑娘想要什么？”

“若不知本姑娘想要什么，程老爷也不必来了。”

此时谢老爷送一位病人从后堂出来了。谢老爷见了程尚德，客气地招呼了一声，就嘱咐谢姑娘，这服药要比前两服药多一味僵蚕。他常见程尚德却不知为何一直不太热情。程尚德闷闷不乐地回到程家大宅。

叶氏张罗着汪开泰把为大少爷亲事定做的满顶床抬到新房里。程尚德一进门她就看见了，这不是她素日常见的生龙活虎的老爷，而是垂头丧气的老爷。走进中堂，叶氏闻到更浓的草药味，知道老爷从药铺直接回家了。一看老爷的脸色就清楚，老爷已知晓谢姑娘定亲一事。这是老爷心上的脓包，要把它挤破，不能让它在心里溃烂。

“老爷可是从街上回来的？前两日在街上听人说慈仁堂的谢姑娘定亲了，男方入主慈仁堂做上门女婿。”叶氏把沏好的茶水放到桌上说道。

“谢姑娘早晚要定亲。”程尚德低声说道。

“这谢老爷呀，儿女双全了。”叶氏装作没看见老爷的脸色，一味高兴地说道，“老爷，看一看新做的满顶床。”

程尚德极不情愿地跟着叶氏来到二楼大少爷的厢房。

“老爷，我还能记起那年叶家用金丝楠木做满顶床的情形，转眼嘉道都要成亲了。”叶氏手抚床柜说道。

“嘉道成了亲，也好打理铺子。”说完程尚德下楼了。

程尚德走远后，叶氏偷偷地笑了，紧接着张罗匠人制作多宝格。

从街上转回来的程尚德走进铺子，就看见正买徽墨的杨家大少爷。

叶祥禾拿出几款刚从外收购来的徽墨、新出的宣纸任杨大少爷挑选。徽墨市场如今被歙、休、婺三大派分摊了。官宦之家出身的杨大少爷更喜欢歙墨。歙墨的造型端庄儒雅，烟细胶清，重香料，重包装。

杨大少爷是个识货的人，首先跳入杨大少爷眼帘的是天干地支墨的戌狗和亥猪墨品。汇源墨砚斋总把自家的墨砚摆在最显眼的位置上。然后他从摆在柜台上众多的墨中，又看中胡家的药墨。杨大少爷不仅会写诗文，还擅长书画。他用墨极为讲究，写字要用油烟墨，作画则要用松烟墨。

叶祥禾拿起净心墨递给杨大少爷。杨大少爷挑选墨也是个好手，先看、掂，再听。闻就不用了，墨的香气飘散在铺子里。杨家大少爷正因闻到龙脑香，方来买新推出的净心墨。

杨大少爷用手指轻弹墨锭时，程尚德说道：“这些墨都是用窑里最尾端的烟制作的，声音清脆。”

“好墨，程家的墨快要赶上曹素功的‘非烟’了，这款墨我要了。”杨大少爷说道。

“再来一款胡家的山水套墨。”叶祥禾说道，“集锦墨还可收藏。”

“还是杨大少爷识货，这套山水墨刻工精良。”程尚德走上前来说道。

“与程君房的墨不相上下了。”杨大少爷调侃道。

“这里有笔墨纸砚，杨大少爷可以试试这净心墨。”叶祥禾说道。

柜台右侧单独摆放一长条桌子，上置笔墨纸砚。叶祥禾已研好了墨，杨大少爷拿起湖笔，挥笔写下“风花雪月”四个大字。这字倒有柳公权的遗风。门口处有人大喊：“好字。”

铺子里走进一人，西递胡贯三的大公子——胡大少爷。胡家亦是官宦之家，这大少爷饱读诗书。

“胡大少爷，可以一试笔墨。”程尚德说道。

胡大少爷并不推却，走上前来，拿起狼毫写下“名留青史”四个大字。

“好墨，丰肌腻理，光泽如漆，光明可鉴。”胡大少爷说道，“净心墨快赶上李墨了，来两套净心墨。”

程尚德哈哈大笑。众人也笑起来。

“胡大少爷在这里，把唐煥新近雕刻的金星砚拿来看一看？”程尚德不等叶祥禾上前，转身把前两日摆到柜子里的砚台拿到柜台上。

“雕刻技法又有提升，不愧为唐家的雕工。”胡大少爷接过砚台说道。

“砚台，一要看石质，二要看雕刻技法，胡大少爷好眼力。”程尚德哈哈一笑说道。

“砚台不像纸、墨、笔，易损耗，更易流传下来。”杨大少爷道。

程尚德知道，杨家收藏着许多名砚，杨老太爷对砚台情有独钟。杨老太爷爱砚如命，可谁也没见过杨家的砚台。

“苏东坡可是砚台收藏之大家，那些砚台却石沉大海。”程尚德说道。

“名砚不是拿来用的，而是供的。”杨大少爷笑道。

“哈哈，杨大少所言极是。”

“这一款鲤鱼摆尾不错，我要了。”杨大少爷说道。

程尚德正等着杨大少爷这句话，笑了笑，出了价。杨大少爷满不在乎地挥挥手说：“一会儿家仆会送银子过来。”

程尚德哈哈大笑，为杨家大少爷的爽快而笑。那边叶祥禾已经包装好了墨和砚台。杨大少爷接过墨和砚台，就此与程尚德告别。胡家与程家是儿女亲家，早年间胡家小姐许配给三少爷了。

“胡老爷可好？”程尚德问道。

“家父忙于买卖，身子骨越来越硬朗了。”胡大少爷说道。

“徽商闲不住的，眼下的乾隆帝下江南非同小可。”

“胡家的铺子又开了两家，徽商还有更多的事要做。”胡大少爷笑着说道。

程尚德哈哈大笑，又问道：“胡大少爷前来为何？”

“为了眼下的春殿，入仕为官也是徽商最为在意的事。”

程尚德想起尚在读书的嘉堃来，再过两年也要参加秋闱了。

“胡老爷明鉴万里，仕商两不误。”

“家父让不才过问银两拆借一事，程家可否拆借三千两？”

“不瞒胡大少爷，程家近期要迎娶少奶奶，银子周转不灵，也许能凑出两千两。”程尚德微微一笑说道，“徽商本是亲帮亲，邻帮邻，三分的起息如何？”

“就三分的起息，以胡家西递的水田作抵押。”胡大少爷笑着说道。

程尚德吩咐叶祥禾验地契，支取银子。胡大少爷签字画押。胡大少爷要的墨也已备好，胡大少爷拿起墨说还要赶回西递村。程尚德于是将其送出门外。

“千秋墨庄有何动静？”程尚德看着胡大少爷走远后问叶祥禾。

“听说要推出新墨品。”叶祥禾说道。

“留意汪少爷，不要牌匾被摘了都不知情。”程尚德说着查看账本。

今日又有两笔银两的拆借，库银不足千两了。程尚德放下账本走入仓库，分门别类的仓库中有一间密室只有程尚德有钥匙。打开的铁制大门扬起一股细灰，程尚德挥袖走入密室。靠墙放着铁制的一人来高的柜子，程尚德拿出一把久未用过的钥匙打开柜门，柜中放着一酸枝木的盒子。

程尚德打开蜜蜡黄的缎子，拿出盒中那件镇店之宝——粉彩镂空转心瓶。程尚德转动内瓶，细看闪过的五彩，他暗笑还远未到动用此瓶的艰难时期。他把瓶子放回盒中，锁上了柜门。出了密室，程尚德再次锁上大门。出了仓库大门时程尚德碰到了叶祥禾，叶祥禾笑了笑，把新当的物件放到柜中。

“库银吃紧，小心银两的拆借，该要的账往回收一收。”程尚德说道。

“是，老爷。”叶祥禾答道。

程尚德走出铺子，去了净心斋。他终于确定了那两块砚石料要雕成什么样。他拿起刻刀静下心来依纹而雕。唐燠经过门前，看见程尚德平心静气地伏在石料上笑了。很久没见程尚德雕刻了。

今天是取烟的日子。程老爷吩咐叶祥禾守着铺子，他则来到净心斋。烟窑冷却下来，制墨工正在取烟。他刚走到烟窑前，就看见老太爷从竹林那儿身轻如燕地走过来。看见父亲的身手，程老爷笑了，老太爷是来查看烟的质量的。他打开烟袋，手指一落烟就飞起。

“好烟，这烟用来制作净心墨极好，不要忘记放龙脑香。”老太爷说道。

净心墨是程家推出的墨品，程家只用最好的烟来制净心墨。汇源墨砚斋的净心墨常被杨家大少爷买走。

“父亲，净心斋的墨逐渐被人赏识了。”程尚德说道。

“若做到‘百年之后，无君房而有君房之墨；千年之后，无君房之墨，而有君房之名’，程家的墨就算做到家了。”老太爷说着进了净心斋。

制墨工正在捶打墨坯。老太爷看了看墨坯的成色，说道：“墨一斤，以好胶五两浸梣皮汁中，其皮入水绿色，解胶，又益墨色。可下鸡子白，去黄五颗，更以真朱砂一两，麝香一两，别治细筛，都合调下铁臼中，宁刚不宜泽，捣三万杵，杵多益善。”

“是，老太爷。”制墨工说道。

“父亲，这是前两日新制作的松烟墨。”程尚德拿起墨桌上一款正准备装匣的墨说道。

老太爷看了看墨没吭声，这是要试墨。叶存世放下烟袋，走向靠墙放的书柜旁，从中拿出笔墨纸砚。宣纸铺放到桌上，墨已发好了。程尚德努力不去注意叶存世手上的黝黑。制墨人一天洗十次手，也洗不干净手上的墨渍。

“墨之就试也，如吹竽，必一一而吹之。”老太爷笑着说道。

老太爷运笔写下“百岁千秋”四个大字。

“松香未尽，此墨有滓结不解之病。”老太爷放下笔走了。

松烟墨制作前先要将松树流去胶香，然后伐木。此法就是在木根处凿一小孔，炷灯缓炙，则通体膏液就暖，倾流而出也。

“这批墨不要落款净心墨。”程尚德对叶存世说道，“不要忽视制墨的每一个环节。”

待程尚德出得净心斋，老太爷已走远了。程尚德闷闷不乐地返回铺子。他从柜子里拿出收藏目录，刚翻开就见亲家俞老爷走了进来。俞大少爷、俞二少爷押船去了汉口和广州，俞老爷随船去北京，顺路拜访程家。

徽州的绿茶自古就有“早春英华，来泉胜金”的美誉。以溪头梨园茶、砚山桂花树底茶、大畈灵山茶和济溪上坦源茶为贡茶的婺源，历来是茶商云集之处。这一年，俞家春茶号迎来茶史上最大的茶叶产量。

乾隆下江南给徽州带来商机，俞老爷以商人的精明看出在通商口岸广州开分号的机会来了。短短两三年，俞家就开通了三条航线，茶叶远销北京、广州、汉口。俞老爷带来两斤明前的茗眉绿茶。叶祥禾沏好茶后，退了出去。

“这是明前的茗眉绿茶。二少爷有音信吗？”俞老爷问道。

“两年来音信皆无。”

“大老爷未能落叶归根，二少爷又……”俞老爷说不下去了。

“生死有命，二少爷自有吉人相救。”程尚德说道。

“如今是开办分号的最佳时机，徽商已在汉正街开办两家茶行。”

从俞老爷的话，程尚德听出了弦外之音。他的心隐隐地动一下，原本想过两年在扬州办分号，如今看来可以提前了：若把家底拿出来再苦上半年，换领凭帖打点官府之人的银子就够了。说起来，歙县的汇源墨砚斋和典当的生意量近两年也翻了几番。

“开办分号不在此时，更待何时！”程尚德大笑起来说道。

“程老爷所言极是。”

“徽商素以吃苦耐劳闻名于商海，俞家茗眉绿茶会走进千家万户。”程尚德说道，“如今在粤办茶行，徽茶亦可以进入西洋的千家万户。”

“借程老爷吉言，汇源墨砚斋……”

“哈哈，若抓不住眼下的商机，就不是徽商了，徽商不仅仅是以小积大，而更具慧眼。”程尚德喝了一口俞家的绿茶说道，“机不可失，失不再来，汇源典当开办分号的机会就在眼下。”

“徽商纵横商海二百余年，自有其机缘呀。”说罢俞老爷要去看俞氏。程尚德陪着俞老爷去二宅。

未等打烊，程尚德就回大宅了。叶氏准备了丰盛的宴席招待俞老爷，徽州人家虽俭朴，可待客却从不吝啬。叶氏的拿手菜——花菇石鸡、臭鳜鱼、三套鸭都上桌了。俞氏也被请了过来。老太爷先上桌，俞老爷和程老爷在老太爷两旁坐下。叶氏、俞氏和两位小姐均坐下首。嘉堃被从书房里请了出来，坐上席。

酒过三巡，老太爷说起茶来。茶的话题一旦提起，俞老爷就滔滔不绝了。

“茶宜蒻叶而收，喜温燥而忌湿冷。”俞老爷说道。

“茶宜常饮，不宜多饮。常饮则心肺清凉，烦郁顿释；多饮则微伤脾肾，或泄或寒。”老太爷说道。

“珠兰花茶，到了晚间制作，则无自然之气了。”二小姐落梅轻声细语道。

“凡收天香茶，于桂花或珠兰盛开时，天气晴朗，日午取收，不夺其味。然收有法，非法则不宜。”俞氏插言道。

落梅笑起来。俞氏也笑起来，为自己多年不制茶尚能熟记制茶之法而高兴。程老爷张罗着众人都喝了不少酒。老太爷借口要炼丹先走了，随后俞老爷陪着俞氏回二宅了。

次日清晨，俞老爷要走，程尚德送至渔梁坝埠头。埠头上一派繁荣昌盛之景象，云集着整装待发的商船，练江之中，扎成捆的木材顺流南下。众多的商船中，程尚德很快看见了挂着“俞泰昌茶号”的商船。

送走了俞老爷，程尚德开始盘点墨砚斋的藏品。粗粗一算，在扬州开办分号的银子有了，程老爷大喜过望。叶存世拿着净心墨进来，摆到最显眼的地方。程尚德到街上查看新近出品的墨砚行情。

无论程尚德想往哪儿走，他的脚总把他带到慈仁堂。有些日子没来了，金字招牌依然如故。走进药堂，他并没见到想象中的掌柜，却见一身女儿装的谢姑娘。程尚德的心像街上的棉花糖一样膨胀起来。一脸憔悴的谢姑娘又让程尚德的心疼痛起来。

“谢姑娘今日有何良药？”程尚德微微一笑说道。

“慈仁堂没有程老爷的药，去别家药铺吧。”谢姑娘轻声道。

“老夫的药就在这铺子里。”

“程老爷若没有真金白银，就不要再来铺子了。”

说完谢姑娘转身走进了后堂。被撇下的程尚德愣在那里，悻悻地离开了慈仁堂，向着千秋墨庄走去。时有书生进入千秋墨庄购买千秋墨。眼下的春殿吸引了大批的举人前往墨庄。打箍井街上一位盐商正在娶妾。满地爆竹碎片让程尚德憧憬起将来，有一日也可把谢姑娘娶进家门。这么一想，程尚德的心又膨胀了几分。

天井里他碰见准备亲事的叶氏。叶氏喜气洋洋，诸事齐全就等新娘子进门了。程尚德趁叶氏高兴就把隐藏心中多时的想法说出了口。

“太太可见着打箍井街上盐商娶妾的热闹？嘉道的亲事也要这么热闹才行。”程尚德笑着说道。

程尚德一开口，叶氏就清楚他真正要说什么。她微微一笑说道：“嘉道的亲事要更热闹，娶妾再热闹那新人也会满含委屈，若不是家境贫寒，谁愿给人做小？”

“话是这么说，三妻四妾自古就有。”

“就说谢姑娘吧，她可要招上门女婿为谢老爷养老送终呢。”

叶氏的话堵住了程尚德的口，他咽下了想说的话只说道：“嘉道该回来准备亲事了。”

“谁说不是呢，嘉道也该回来了。”

程尚德扔下叶氏，着手安排大少爷归家的事。汪掌柜被打发到扬州接嘉道回来。在扬州，汪掌柜看到身穿绸衣绸裤、手持绢伞的程嘉道。一切都以扬州习气为风尚的嘉道看上去儒雅风流。汪掌柜暗笑嘉道在四月的扬州还手持一把伞。

账面上差了二百两银子。汪掌柜知道银子用到了什么地方。从账面上看，嘉道的野心不大，多用的银子仅仅为满足个人喜好。汪掌柜把大少爷看透了，优柔寡断，做不成大事。

第三章 情意难相知

程尚德盘算着汇源当铺换领凭帖，扬州分号请领新帖一事。请徽州知府汪定塘听戏一事程尚德盘算几日了。汪定塘爱听戏，尤其爱听《打目连》。

程尚德曾资助嘉贤与汪定塘同去斗山书院听过姚鼐的讲学。紫阳书院毁于兵燹后，府城内的学生在斗山书院听注经、考据。嘉贤考中秀才时汪定塘已经是举人。汪定塘会试两次落榜，赋闲在家。上一年汪定塘被曹文植看中，举荐至府衙做知府。

碧儿在清冷的阳光下清扫庭院，叶氏坐在中堂里缝补衣物。程尚德走出制墨间来到中堂。

“明天要请汪知府听戏，太太请人搭戏台吧。”程尚德说道，“换发凭帖的事还要汪知府的手谕。”

“这个戏听一听倒无妨，还可听别的戏。”叶氏看着天井里的太平缸讥笑道。

叶氏对老爷想要把谢姑娘迎进门一事耿耿于怀，自那日暗示后他又提起过两三次。叶氏知道程老爷一旦动了心思，很难挡得住，她却不能安然帮程老爷迎娶新姨太太。

“人生如戏，不是看戏就是演戏。”程尚德微微一笑。

叶氏气得说不出话来，想要发泄却又找不到对象，一抬头看见天井里的碧儿，大声骂道：“不要指哪儿干哪儿！把后院的腌肉放入坛子里。”

碧儿清楚叶氏受了老爷的气，拿她出气呢。她苦笑着去了后院。

程尚德拿上请帖来到打箍井街上。街上的行人就像那微风，忽而从东来，忽而从北来，变幻不定。他注意到街上新开了不少铺子，千秋墨庄门可罗雀。他笑笑继续往前走，过了八角牌坊就到府衙了。送上帖子后，程尚德在衙门的耳房等候，一会儿衙役请他进后堂。

程尚德看见了几年未见已入仕为官的汪定塘，他还看见了坐在太师椅上的千秋墨庄的东家汪老爷。汪定塘为他们二人做了介绍，原来汪老爷是汪定塘的叔父。程尚德和汪老爷彼此看了一眼，目光又移向对面的多宝格。

“二位认识？”汪定塘问道。

“歙县不大，只要在街上混日子总会遇见的。”汪老爷说道。

“程老爷此为何来？”汪定塘问道。

“明天程宅唱戏，请两位大人有空前去听戏。”程尚德微微一笑说道。

“多谢程老爷的美意，老夫明天有事，恐怕不能前去。”汪老爷抢在汪定塘开口前说道。

见汪定塘微笑不语，程尚德自然不好再问。有汪老爷夹在中间，他不能对知府畅所欲言，也不能提起旧日的恩情。程尚德预感不妙，却无计可施，寒暄后告辞出来。回到铺子，程尚德讲述了上述情形。

“千秋墨庄的汪老爷竟是汪知府的叔父，有事躲不过。”汪掌柜说道。

“汇源墨砚斋素与千秋墨庄无仇，能有多大的事！”程尚德说道，“若不是当初汪少爷带人强摘牌匾，也不会有天干地支墨的诞生，还多亏了汪少爷的无理取闹。”

“搬起石头砸自己的脚，如今要赖到他人头上了。”叶祥禾说道。

“做好手里的活计吧。”程尚德说道。

程尚德出了铺子，来到前院。他吩咐叶氏拿出上好的徽州甲酒、上好的竹铺大方茶，另备大量新鲜的果蔬和时令小吃。

“汪开泰从雄村回来了吗？”程尚德问道。

“一早就去雄村了，到现在还未见人影。”叶氏说道。

汪开泰奉命去雄村曹家请戏班子去了。曹文植在朝廷里官至尚书，而他的一干亲戚多为盐商。

碧儿从灶前来到前院那棵结满石榴的树前，今年的石榴结得又大又红。碧儿摘下还带着花蒂的石榴。

“碧儿，去请搭戏台的伙计歇息一下，进来喝茶。”叶氏吩咐道，“去看看二小姐、三小姐在哪儿，不要让她们去后院了。”

碧儿手提竹篮，扭着腰肢走了。叶氏恨得直咬牙，她看不惯狐媚样的女人。程尚德坐在中堂里，焦急地等待着汪开泰的归来。下午，叶存世前来请程老爷去烟窑验烟。他倒忘了今日取烟。程尚德匆匆地走进后院，来到烟窑，制墨工已把尾烟取出放入烟袋里。程尚德的手指尚未伸入袋，烟味就飘了出来。

“好烟！尾部的烟制作龙脑香的药墨，中节的烟制天干地支墨，起端的烟制成普通大众墨。”程尚德说道。

“老爷，敝人烧烟二十年未见烟如此之轻，这烟不如开发一款新墨品。”叶存世说道。

“这松树取自……”

“取自黄山梦笔生花的山峰上。”

“梦笔生花墨以梦笔生花一景入模。”程尚德哈哈一笑说道，“十月桂花香，和剂时加点桂花。”

叶存世也笑起来。往前院走时，程尚德看见戏台快搭好了，女人看戏的地方布置在回廊那儿。叶祥禾正指挥着众人搭设进出场的通道。待程尚德从制墨间返回前院时，已是酉时。

程尚德喝了一口已凉的茶，抬头看见汪开泰满头大汗地从角门进来。

“曹家的‘廉家班’呢？”见汪开泰只身一人，程尚德急问道。

“老爷，‘廉家班’在后面呢，奴才快马加鞭赶回来报信。”汪开泰说道。

“怎么这么晚才回来？”

“老爷的请帖未送到曹家，后因三少爷去竹山书院听姚鼐讲学，与曹少爷相识，才得以借到‘廉家班’。”

“下去吧，去账房支取赏银。”程尚德说道。

半个时辰后，丝弦之声传到程家大宅，“廉家班”到了。汪开泰安排着众人的生活起居。前一分钟还是诸事不齐，转眼就一切就绪了，程尚德心头大悦。

次日，程家上下早早地起来了。人多手杂，两位小姐寸步不离厢房，只在前院出入。

巳时，众位客商陆续来到程家大宅。会长汪思定被请到主台坐下，并送上了戏本。他客气地点了一出《水淹七军》，就让给盐商鲍老爷点戏。鲍老爷点了一出《琵琶记》，许老爷则点了一出《昭君出塞》。程尚德知道众位老爷喜爱听《贵妃醉酒》，早早地点上了。戏唱起，台下就安静了。

程尚德草草一看，发现最想请的人未到场。他起身到门外迎接一人——徽州知府。听着从后院传来的鼓曲声，程尚德知道《琵琶记》唱完了。嘉道奉命再次去请汪定塘，程尚德不信这汪定塘一点不念旧恩。听鼓曲《贵妃醉酒》开唱了。程尚德收回失望的目光要进门了，这时他看见汪定塘在嘉道的陪同之下快步走来。

“汪大人，老夫有失远迎。”程尚德几步迎上前去说道。

“程老爷，在下来晚了，给程老爷赔罪。”说着汪定塘拱手抱拳。

程尚德连忙拉住汪定塘，将其让进家门。

“《贵妃醉酒》戏好！桂花飘香的日子里听戏会更好。”汪定塘说道。

待汪定塘坐在主台后，程尚德长舒一口气。第五出戏唱完，程尚德瞅准机会来到汪定塘身边，说起换领凭帖一事。

“程老爷与往年一样到户部办理即可，墨斋是墨斋，当铺是当铺。”汪定塘微微一笑。

“多谢大人，大人还想听什么戏？”程尚德问道。

“传统剧目——《打目连》。”

程尚德哈哈大笑，吩咐下去。他瞧见这边碟子里的瓜果空了，又招呼碧儿送果子。程尚德侧头寻找叶氏的身影不得，却见两位小姐与女宾客并没听戏，而在窃窃私语。程尚德来到灶前，见叶氏正查验茶水与果子。

“果子即刻送上，再送些酒水。”程尚德说道，“叶祥禾呢？”

“去铺子里了，汪少爷领着一群人来换天干地支墨。”叶氏说道。

“这不是闹事吗？去叫叶存世来。”程尚德走了一步又说道，“回头叫汪开泰去街上再买些云片糕，送到后院。”

程尚德走进铺子，看见汪少爷拿着三款研石墨叫嚷着换天干地支墨，汪少爷身后七八个乡民手拿研石墨，也要换天干地支墨。叶祥禾和汪掌柜在柜台前拦阻。双方正僵持着。

“铺子里的天干地支墨不足以更换眼前这些墨。”叶祥禾抢上一步说道。

“既然大伙是来换墨的，请进，只要是研石墨，汇源墨砚斋一定换。”程尚德说着走到柜台前，“汪少爷先来。”

见程老爷如此说，汪少爷却往后退，指着一位乡民让他先来。这时叶存世进来了。

“叶存世，验墨！”程尚德说道。

叶存世接过乡民手中的墨，仔细看起来。粗看这仿佛就是净心斋的墨品，细看却不是。叶存世制墨有一特点，最喜在不惹人注意处留下落款“非白”二字。

“这不是净心斋的矸石墨，模仿得虽很像，但不是。”叶存世轻声而坚决地说道。

“这就是矸石墨。”乡民说道。

“这才是矸石墨。”叶存世说着拿出净心斋的矸石墨，“假造墨者没注意到净心斋的墨在墨尾端都留有‘非白’二字吧？”

汪少爷本来往前挤，这时又往后退却半步。

“有人说这是矸石墨，让我们来汇源墨砚斋闹事，事成之后还有重赏。”乡民举起墨说道。

“请那位先生来汇源墨砚斋一谈。”程尚德说道。

程尚德说着话，却没放松对汪少爷的观察，汪少爷的脸早已变白，且想脚底抹油溜之大吉。叶祥禾先一步赶到门口，堵住汪少爷的退路。

“汪少爷，做买卖不能只凭坑蒙拐骗，而要靠诚信。若不是汪少爷一味地闹事，天干地支墨也不会大卖。”程尚德哈哈一笑说道，“让汪少爷走。”

汪少爷一走，那些乡民一哄而散。

“汪掌柜留在铺子里，叶祥禾去后院帮忙。”说完程尚德走了。

待晚间众人散去后，程尚德方觉得累了。一想到换领凭帖事无碍，程尚德浑身又充满了力气。

程尚德在后堂查看银两拆借的账册。他算准了千秋墨庄不日将会是程家的。近来净心墨大卖，到底把千秋墨压下去了。天干地支墨六十方为一循环，对于收藏墨品的文人而言，乐趣无穷。秋闱临近，秀才们争相抢购梦笔生花墨，而千秋墨却无人问津。

千秋墨庄的账就要到期，连本带利要归还程家近两千两银子。从眼下的情形看，千秋墨庄拿不出这些银子。程尚德听说汪老爷为了推行千秋墨，远赴扬州聘匠人雕刻墨模，欠下大笔银子。他还听说汪老爷为了筹集银两，已被两家当铺拒绝了。程尚德拿着千秋墨庄的房契笑了。这一年来，他受够了汪少爷的无理取闹，下定决心定要把千秋墨庄赶出歙县。

程尚德吩咐汪掌柜好生照看铺子，就上街了。东街上新开了一家茶叶店，还有一家香粉铺子。近几日他在慈仁堂没见着谢姑娘。越见不着他越想见，开始认真考虑要把谢姑娘迎进程家大宅了。虽有叶氏的阻拦，但不久的将来，谢姑娘依然会进门的。

千秋墨庄的大局已定，程尚德匆匆而过，并不仔细观察其买卖情形。他的脚依然把他带到慈仁堂的金字招牌下。

还是那百子柜，还是一尘不染的柜台，还是那款倾心的砚台，却不见那流风回雪的身影。程尚德竟然魂不守舍了。梅鹊玉带金星砚也引不起程尚德注意了。半个时辰过去了，谢姑娘依然未回柜台。他总不能一直等下去吧。后来他想明白了，谢姑娘有意躲他呢。在一位前来抓药的病人来到柜台前时，程尚德离开了。见不着谢姑娘，难解程尚德心头之痒，想把谢姑娘娶进门的心愿越发急迫起来了。

今朝是中元节，街上热闹非凡。府衙前搭起戏台唱大戏，围观的戏迷连声叫好，游街的傩舞去了东街。这些热闹的场面更让程尚德厌烦，躲过人群回家了。叶氏被频繁的草药味引出嫉恨，并深感不安。她一见程尚德带着渴望和愤怒的脸就知道其碰钉子了。她可不想火上浇油，马上满面笑容地迎了上去。

落梅来问叶氏要绣样，却见父亲坐在中堂。程尚德见到落梅，非但没感到快乐，却更加失落了。他再次想起谢姑娘了。自乾隆下江南后，这个时间落梅很少在家里见到父亲。她沏了俞家的绿茶捧给父亲，想讨他的欢心。养在绣楼未出阁的女儿不知怎么就知道了父亲的心事。

“父亲，今晚去练江上放水灯吧。”落梅笑着说道。

“铺子里离不开人。”程尚德喝着茶水说道。

“父亲到街上转了两圈了，铺子里也没出事。”

“老爷的脸越转越黑了。”叶氏忍不住说道。

“老夫的脸不黑恐怕太太的脸就墨了。”程尚德哈哈一笑。

“父亲和母亲一起去放水灯吧，练江之水有火树银花的美丽。”落梅说道。

“老了，老了，年轻人去吧。”程尚德说完去了铺子。

落梅和叶氏相视一笑。

那边程尚德刚离开铺子，谢姑娘就从百子柜后闪了出来。在他没看见她之前，她就看见程尚德，有意躲起来了。哪一次不是她先见到他，可他还总以为自己先看见她了。她不愿继续这种感情，更不愿去给人做小。她见过叶氏，一副相夫教子的贤惠样子。她不愿让叶氏伤心，更不愿委屈自己的心。

谢姑娘想到了离开，不能再这样下去了。她现在对程尚德的心不是爱而是恨，恨不相逢未娶时。

程尚德料定的那日来临了。清晨他去了千春茶庄，那里聚集着来自各方的徽商，消息最为灵通。程尚德的目的不外乎就要给人一种云淡风轻的姿态。程尚德豪放直爽，待人却随和大度。他陪着绸缎商汪老爷喝休宁的松萝茶。戏台上的唱曲声和捧场声好不热闹。

“盐商靠着两淮盐业发了大财，听说扬州的江家进账二十万两银子。”汪老爷说道。

“盐业历来就是徽州四业之主业，盐业之家都是世袭，可见其盈利之多呀。”程尚德不在意地说道。

“扬州、杭州大盖园子急需木材，五年树龄的金丝楠木价格都要高上天了。”

程尚德哈哈一笑说道：“徽商有了银子，广置田地，大盖宅院，更要绫罗绸缎，还要吃珍馐美馔。”

“并不是所有的徽商都大有收获，听说千秋墨庄入不敷出，烟草商胡老爷一船的烟草都落入练江了。”

“银子不是伸手就能拿到。”程尚德朗声说道。

“千秋墨庄拆借银两遭到了所有当铺的拒绝。”

“汪老爷恐怕难过此关了。”

“这一年程家收获不小吧？”

程尚德并不想谈论自家的事，哈哈一笑。他叫来小二给了一两银子说：“点一曲《南柯梦》，汪老爷想听什么戏？”

“就点一出《水淹七军》吧。”汪老爷微微一笑说道。

唱曲的接了银子卖力地唱起曲来。程尚德的心思不在戏上，却又表现出乐此不疲的神情。汪老爷沉浸其中了。他们的戏还没听完就听见杨大少爷的声音。

“程老爷乐得清闲，千秋墨庄的汪老爷四处找程老爷呢。”

“汪老爷找老夫有何事？”程尚德一脸轻松地说道。

“敝人进汇源典当时碰见汪老爷，眼下汪老爷回千秋墨庄了。”

“听戏吧，不是什么大事。”汪老爷说道。

杨大少爷一打搅，戏也唱完了，茶也喝完了，程尚德起身告辞。吃过午饭，程尚德意气风发地来到铺子里。他坐镇柜台，打发汪掌柜和叶祥禾去了制墨间。几位秀才买了天干地支墨就走了，柜台前再次静下来。眼看快打烊了还不见汪老爷。程尚德却一点不着急，悠闲地赏玩新雕刻的砚台。

汪老爷尚未进门，程尚德就先看见了门外那犹豫不决的影子。程尚德笑了，却保持着一本正经的严肃。汪老爷先探进一只脚，等他整个身子进来时，程尚德放下手中的砚台。

“听说汪老爷在找老夫，有何事？”程尚德温和地问道。

“不瞒程老爷，敝人有一事相求。”汪老爷满含愧疚地说道。

“请汪老爷说来。”

“今日当票到期了，想请程老爷宽限几日。”

“徽商本是亲帮亲，邻帮邻，可是程家眼下就等着汪老爷的银子用呢。”

“先归还一千两银子，房契依然押在程老爷手中。”说着汪老爷拿出一包银子。

“若不是急等银子用，倒可以宽限几日，以解汪老爷燃眉之急。”

此时汪老爷已看出程尚德铁了心要把千秋墨庄赶出歙县。

“素日犬子多有无礼，望程老爷见谅。”

“汪老爷也知晓程家在扬州的凭帖已领到手了，铺子开张所需要的银子可不是小数。”

“程老爷意欲何为？”

“房契三日后挂牌出售，换取铺子开张的银子。”程尚德朗声说道。

“看来，程老爷的如意算盘早打好了。”说完汪老爷拂袖而去。

程尚德哈哈一笑，任汪老爷走了。

次日，程尚德的脚把他带到慈仁堂，又带到了千秋墨庄。他站在招牌外，细思这三间大房可作何用。千秋墨庄开张如旧，不见任何举家迁移的动静，少数几位秀才出入铺子。程尚德过于专心，并未注意来到眼前的人。

“程老爷，心急吃不了热豆腐，千秋墨庄还不是程家的。”

程尚德一转身，就看见了千秋墨庄的汪老爷。

“早一日晚一日又何妨？”程尚德哈哈笑道。

“程老爷确信要千秋墨庄？”

“程家不需要墨庄，只要银子。”

“此话当真？”

“一言九鼎。”

汪老爷诡谲地一笑，走了。程尚德却走不了，汪老爷诡谲的笑让他起疑了，不知其葫芦里到底卖的什么药。一会儿他看见汪老爷坐着一顶轿子走了。程尚德转念一想，即便得不了铺子，银子也是少不了的。

第三日到了，程尚德拿上房契，带着汪掌柜和伙计去了千秋墨庄。汪老爷站在铺子前专等他的到来。他尚未走进铺子，汪老爷就说话了。

“程老爷若不买墨就不要进去了。”

“三日的期限，这铺子已是程家的。”程尚德朗声说道。

“程老爷，连本带息两千两银子在此。”

汪少爷手拿一包银子走上前来，拱手抱拳施了一礼。程尚德哈哈大笑，却不接银子。

“当票的日期可是三日前，老夫只给了三日的举迁时间。”

“程老爷可只要银子的。”

“当日汪老爷并没有银子。”

“程老爷想要多少？”

“这铺子少说值五千两银子，汪老爷若有五千两银子，千秋墨庄依然是汪家的。”

汪老爷诡谲地一笑。这时一声大笑从铺子里传来，汪定塘稳步走出铺子，站到程尚德的面前。

“程老爷，看在在下的面子上，宽限三日不为过吧？”汪定塘平和地问道。

“竟有劳汪大人，小人知罪。”程尚德施礼后说道。

“汪少爷年少轻狂，多有得罪程老爷之处，今日看在在下的面子上，就放过他一马吧。”汪定塘说道。

“老夫本没把此事放在心上，但按典当的规矩，千秋墨庄已是程家的。”

“徽商本是亲帮亲，邻帮邻，若落井下石，则不能称之为徽商。程老爷，退一步海阔天空。”

“汪大人所言极是，但规矩就是规矩，老夫并不想坏了典当行的规矩。”

“哈哈，打仗还有‘将在外，军令有所不受’，何况铺子是程老爷的。”

“汪大人……”

“今朝汪老爷在八色楼宴请各位徽商，向程老爷谢罪。”

汪老爷和汪少爷拱手抱拳，再次递上银子。程尚德哈哈一笑。

“汪大人可保两家的买卖相安无事？”

“若汪少爷再滋事，本大人定会秉公处理，绝不偏袒千秋墨庄。”

“好，汪掌柜验银子。”

汪掌柜查验银两，程尚德奉还房契。汪定塘看着一切交割完毕，坐着轿子走了。汪家父子把程尚德送至街上。

当晚，程尚德春风得意地来到八色楼，此八色楼素以菜色八种而闻名。得知程尚德宽限了汪老爷时日，众徽商纷纷夸他宅心仁厚。在汪家父子的谢罪下，程尚德心花怒放，一扫多日的不快。

后来程尚德听说，汪定塘资助了汪老爷一千两银子。

近来程尚德展望未来，几下扬州进出户部，盘算着开分号所需周转银两、库存货物、年初要交的凭帖、税银等事宜。眼下典当业的前景程尚德看得清楚，就像新安江两岸的桃花，迎来三月的小雨。

为开办分号，程尚德三上扬州。扬州有六家当铺和三家墨砚书画斋。各家铺子的物品和特色，程尚德已经查看清楚了。程家的收藏偏重瓷器、墨砚、书画，更适合扬州文人雅士附庸风雅。从扬州回来的程尚德春风得意。

查验库银后，程尚德来到柜台。入库的银两并未像程尚德预见的那样日进斗金，细算下来，到扬州办分号还缺几千两银子。程尚德一边拨着算盘一边翻看当票，再有一日杨家二少爷的当票就到期了，许老爷拆借的银两要等年后方能收回了。

程尚德听见一墙之隔的墨砚斋来人了。叶祥禾过去招呼客人。程尚德正愁开办扬州分号的银子无着落时，就听见疾蹄声声和马的嘶鸣声。程尚德笑起来了，起身朝柜台外走了几步。

“扬州办分号的银子有着落了。”程尚德对汪掌柜说道。

来人果然是从渔梁坝直接来到铺子的杨家二少爷。杨家二少爷翻身下马，拿着一包银子走进铺子。入冬了，杨家二少爷却一脸热汗。

“二少爷可是来归还银子的？”程尚德开门见山地问道。

“按当票约定，今朝提当只需出一百两银子，拖延至明天还需多还十两银子。”杨家二少爷说道。

“二少爷精打细算，汪掌柜验银子。”

汪掌柜接过杨家二少爷手中的银子一一查验，验后对程尚德点点头，归还杨家竹铺茶园的地契，收回当票。

“二少爷慢走，有事再来。”汪掌柜把杨家二少爷送出铺子。

“清理铺子里的存货，准备上扬州。”程尚德说道。

程尚德一时高兴，信步来到后院。老太爷正在打坐。程尚德烧水沏茶，等待老太爷打坐完毕一同品茶。老太爷结束了打坐，舒筋活血后在太师椅上坐下来。

“千秋墨庄的少东家不再无理取闹了？”老太爷喝了一口茶问道。

“有了知府担保，汪少爷谨慎多了。”

“徽商素以诚信著称，却也有败类，商人要想名垂青史，定要以‘诚’字为先。”

“自明末后，商人的地位越来越重要，天下的赋税，商业税不少于田税。”程尚德说道。

“纵观历史变迁，朝代的更替，商人总是庄周梦蝶一场空。”老太爷说道。

“太平盛世能有什么战乱？”

“程家二宅就是最好的例子，尚铭外出经商十八年，一无所获地走了。”

“如今是徽商的天下。”

对老太爷的悲观，程尚德哈哈大笑，并未放在心上。

在知府汪定塘的调解下，千秋墨庄与汇源墨砚斋迎来相安无事的局面。

一心盘算着换凭帖和领新帖的程尚德时刻注意着街上买卖的变化。眼看换凭帖和领新帖即将大功告成，程尚德心情愉悦。他吩咐叶祥禾守着铺子，就朝着斗山街走去。

田间陌头经霜的乌桕叶预示着秋天的到来。程尚德方觉得这一年又要过去了，头一次发觉岁月是那么不禁挥霍，年少时的度日如年悄然变成了流年似水。从斗山街来到打箍井街，程尚德注意到唐老爷的杂货铺子生意兴隆。

杂货铺店面整洁，货物分门别类，摆放整齐，前来购买物品的行人络绎不绝。胡老爷家的伙计热情地招徕生意。程尚德从铺子外瞄了一眼，微微一笑，继续向前走，却被走出铺子的唐老爷叫住了。

“程老爷请进，有什么需要的？”唐老爷说道。

“改日再来，生意兴隆呀。”程尚德笑着说道。

“多亏了程老爷，铺子有了起色，这十两银子该还给程老爷了。”说着唐老爷递来一包碎银。

“不要急着还银子，过了年再还不迟。”程尚德哈哈一笑说道。

“多谢程老爷挽回了铺子。”

程尚德听到那个“谢”字更乐了。在街上转了一圈后，程尚德注意到新开张的铺子生意逐渐进入平稳期。千秋墨庄的生意有了起色。慈仁堂柜台前依然看不见谢姑娘。回到铺子，程尚德看见柜台上摆着一套胡家的西湖山水墨。

“胡老爷归还了拆借的银两，还送来新款的山水墨。”汪掌柜说道。

“银两结清了吗？”程尚德问道。

“结清了，老爷请过目。”

程尚德摆摆手说：“扬州分号开张需要大量银子，近期不要再拆借银两了。”

“是，老爷。”

“胡家的墨最终会开到歙县的。”程尚德手拿山水墨说道，“休宁墨的品质要数胡家为优。”说完程尚德出了铺子，朝着制墨间走去。

叶存世正查看烟窑的火候，见程尚德走来就迎上前去。

“这是胡家的墨，这油烟墨并不完全用桐油烧制，还加了别的什么。”程尚德说道。

“程老爷，胡家的墨素以油烟量要比松烟量多，和剂时更易成形，不易松散，而且易于存放。”叶存世说道。

“梦笔生花墨的墨模要尽快完成，要不了多久，胡家的墨就要从程家铺子里消失了。”

此言一出，叶存世就明白了程尚德的言外之意。

过了几日，程尚德告诉叶氏，扬州办分号一事手续就差去户部领凭帖了。第三日，打点好歙县的事务，程尚德再上扬州。

程尚德前脚刚走，叶氏后脚就找到了慈仁堂的谢姑娘，虽说她常路过慈仁堂，却从没进去过。叶氏一进药堂，谢姑娘凭着女性的敏感就知道她来做什么。谢姑娘并不想装着招呼顾客一样招呼叶氏，只静静地看着她。叶氏看了两三眼，就明白了眼前的姑娘并不容易对付。

“谢姑娘等待这一天吗？”叶氏微微一笑说道。

“我不等任何一天，每一天都一样。”谢姑娘笑着说道，“叶氏今朝与素日大不相同了，叶氏的一生中能有几个今朝？”

叶氏全然不顾谢姑娘话里的讥讽，微微一笑，也许在未来的岁月里，她还会为程尚德的朝三暮四再次走进另一家铺子。

“今朝因谢姑娘而不同了，我来是想问一问姑娘有何打算，真想去给人家做小？”

“那是叶氏的想法，本姑娘从未这般想过。若真想谈此事就请程老爷亲自来谈。”

“程老爷若不来呢？”

“程老爷的脚会把他带来，这次不来下次也会来的。”

叶氏笑起来了，真是小瞧了这位姑娘。她暗想老爷未必能俘获谢姑娘的心，不如让老爷亲自来谈，以免老爷与她暗生嫌隙。

“谢姑娘，静等程老爷吧。”说完叶氏走出铺子。

叶氏走后，谢姑娘关了铺子，坐在柜台前潸然泪下。她足不出户，可心却不在了。一来一往之间她爱上了那位神情落寞的男子，她的心就那样被偷走了。可怜她的父亲还在四处张罗她的亲事。她年岁渐大，也成了父亲的心病。

谢姑娘走入后堂，看见父亲正在看诊。她静静立在门前看父亲诊脉。病人走后，谢姑娘微微一笑，谢老爷看见女儿就笑起来。他所做的一切都是为了女儿。即便他不善于观察，还是看出女儿满腹心事。他的女儿他清楚，只有她想说她才会说。

“父亲，我们离开这里吧。”

女儿的话让谢老爷大吃一惊，仿佛不认识日夜相见的女儿了。谢老爷不问并不表示不想知道实情，而他的目光多少让谢姑娘不能承受。

“不要问了，一切都过去了。”

“去哪儿呢？”谢老爷问道。

“越远越好。”

谢老爷放下手里的活计，开始收拾铺子。

程尚德在扬州办完事务，急着赶回歙县。在渔梁坝的码头，他看见一只装载着家用物什的渡船像要离开歙县，他感叹人生就是这样，充满悲欢聚散。回到宅子，叶氏亲热地接过他手中的包袱，伺候他更衣。来到中堂的程尚德洗去了一身的疲倦，换上了志得意满的愉快。叶氏手理绣线，欲言又止，她在想要不要说谢姑娘一事。她知道此事是瞒不住的，何况谢姑娘正在举家迁徙。在这件事上，叶氏倒佩服起谢姑娘来。见程尚德喝上茶水，叶氏开口了。

“扬州的事一切顺利吗？”

“凭帖，户部批下来了。”程尚德愉悦地说道。

“老爷可以高枕无忧了。”

“最后一步的手续最难，铺子里有什么事吗？”

“铺子里倒没事，但有一件事与老爷有关……”

“什么事？铺子里没事就好。”

“谢姑娘请老爷到慈仁堂一谈。”

程尚德大吃一惊，手里的茶水洒了出来。他心里立刻有了不祥之感。

“谈什么？”

“老爷去了便知。”

程尚德站了起来，要走。

“明天再去不迟。”叶氏不愠不怒地说。

“太阳还要半个时辰才落山呢。”说完程尚德就走了。

远远地程尚德看见金字招牌不见了。他更着急了，脚步走得更快了。碰到扎染店的许老爷只点一下头就过去。紧接着他放慢了脚步，他看见柜台前的谢姑娘了。铺子里除了谢姑娘和那款砚台，百子柜和家具物什都不见了。程尚德的心再次像街上的棉花糖一样膨胀起来。他尚未开口，离愁别绪就涌上心头。

“程老爷这是刚从扬州回来？”谢姑娘问道。

“刚回来，凳子没坐热就过来了。”

“程老爷有一位贤妻呀。”

“谢姑娘有何事找老夫？”程尚德全部的柔情都集中在这一句话中。

“本姑娘候在此专为送程老爷一句话。”谢姑娘听出了程尚德饱含的柔情，她也还了句充满柔情的话。

“谢姑娘，什么话？”

“平生不与群芳斗，冰天雪地独自开。”说着谢姑娘把柜台前的砚台递给程尚德。

这句诗是砚台上的题词，谢姑娘在向他告别。

“谢姑娘这是要走？”

“不得不走了。”

“我要娶了谢姑娘呢？”

“本姑娘不会给人做小，程老爷更不会休了叶氏。”

“谢姑娘……”

“程老爷，就此告别吧。若不是为了等程老爷，本姑娘两天前就走了。”

“谢姑娘，把这个玉佩带上。”说着程尚德解下身上的玉佩递给谢姑娘。

谢姑娘接了玉佩转身去上门板。一会儿程尚德和谢姑娘就被门板分隔了。两边的铺子纷纷响起上门板的声音。

程尚德不知怎么走回宅子的，当晚他没吃晚饭。程尚德躺了半个月方起身去铺子。他派汪开泰四处打听谢姑娘的去处，却音信皆无。在那半个月中程尚德的身板就单薄了。那款砚台也成了非卖品，程尚德用那款砚台习赵孟頫的字。

打理程尚德衣物时，叶氏看见了砚台，也发觉少了玉佩。她当什么都没发生，一如既往地过着日子。她看着程尚德日渐消瘦下去，看着他茶饭不思，看着他无心打理铺子。叶氏倒有心把谢姑娘请进程家宅子，与她不分尊卑地做姐妹。

程尚德躺在帐子里一脸清瘦。叶氏的心软下来了。

“老爷想吃点什么？妾身给老爷做。”叶氏看着痛苦不堪的程尚德说道。

“没有我想吃的，看着给孩子们做点，嘉堃正在读书，要吃些荤菜。”程尚德有气无力地说道。

“老爷的身子要紧，嘉道的亲事就在眼前。”

“我的身子我清楚，去吧，我要睡一会儿。”

程尚德转过身躺下。叶氏脸上挂着泪珠，轻手轻脚地出了厢房。让叶氏伤心的是，程尚德对谢姑娘并非逢场作戏，而是动了真情。私下里叶氏派人去各处寻找谢姑娘，却一无所获。她情愿自己受点委屈，也要让程尚德快乐起来。

第四章 意料中的亲事

。。。

自千弦在二楼的美人靠上看着程家的管家拿着回帖出了门，汪家的喜气就弥漫开来。千弦为赶制嫁妆连日里做活计。她和母亲充分地利用了程家送来的二百两银子，如今都已变成了嫁妆。千弦的手被扎得千疮百孔。汪太太为了省几两银子的工钱亦不辞辛苦地刺绣、裁衣。汪太太为了她的嫁妆大费周折。

汪老爷好赌，汪家一年不如一年。汪太太想了想，从手上取下叶家祖传的镯子放到嫁妆里。她叹了一口气，查看烛火。她手持清油灯经过千弦的门前时，说了一声“早点睡，明天还要赶路”。

听见千弦的答应声，汪太太放心地进屋了。

忙乱的家终于安静下来，明日就是千弦出嫁的日子。

千弦剪烛花时瞥见镜子里一张心神不定的脸。她忽然觉得，这双细长的眼睛没那么明亮，又觉得弯曲而笑的嘴唇没那么上扬了，还有那细细的柳叶般的眉毛太淡了。在镜子里千弦看见的是更多的心事。她的心急速地跳了起来，她隐约感到幸福也是这么明灭不定。让她欣慰的是婆婆是自己的姨妈，进入程家的第一步就不那么难了。千弦绝没有想到，姨妈所能给她的幸福与她想要的不一样。

新郎的情况千弦大致了解，母亲不止一次说起过。从那年分别至今，程家的生意越做越大，门第高起来了。按如今汪家的条件，母亲不会同意这门亲事的。徽州对亲事的选择首要认可的是门当户对。为了能配上男家的聘礼，母亲把祖上传下来的翡翠镯子当了，给她做了凤冠霞帔。千弦极喜爱这行头，指望着丈夫一见着她，就能爱上她。

新郎千弦十岁那年随姑妈去府城时见过。程家有两个男孩，千弦记不清哪一个才是自己的新郎。有一个机灵活泼，常以欺负她为乐，另一个则文雅忠厚，以迁就她为快。那时千弦常常别出心裁地取笑那个文质彬彬的男孩。在那样的年龄，无论是哭泣还是大笑，三分钟后她就忘了，并不认为欺负她的男孩就是坏的，迁就她的男孩就是好的。若现在让她分辨，她定能有个喜好之别。

想到这里，千弦眼前浮起一张脸。细想起来，这张脸早已印在心里了，千弦却不知道那是谁的脸。想起两个男孩时，千弦的心里总感到温暖。成亲前的这个夜晚，千弦觉得心里的那张脸是未来丈夫的脸。千弦心里的爱满满的，总想要爱上什么人。她自然是很爱父母的，但知道那种爱是要分离的，只有有了男女之爱，才能长久地守在一起。

千弦对自己能爱上丈夫不存任何疑虑，她已爱上了心里的那张脸。从窗外传来母亲的声音，母亲叫她早早睡下，明天要早早上路。这是母亲第三次叫她睡下了。嫁了两个女儿的叶氏对这个女儿出嫁无不舍之情，嫁出去的女儿就是泼出去的水。

灭了油灯，千弦躺在床上辗转，不能成寐。母亲的厢房里没有了声音，院落里静下来，千弦起身点燃了油灯。娶亲的日子突然间定下来，她并不激动只是好奇，亲事在家里被无数次提起，无奈男方家迟迟未见行动，如今仓促行事，不知为何。

从母亲和姐姐们的命运中，千弦得知婚姻是一条河，女人就是河里无根的浮萍，是被岩石撞得粉碎还是在平静港湾里聚成一个家，都由男人决定。两个姐姐一个嫁入卖花渔村，一个嫁入雄村，当真与家里脱离得干干净净，而她们的生活也随着夫家沉浮。

千弦是家里的小女儿，比两个姐姐都漂亮，也格外伶俐，父亲给了她极多的爱。由于她最小，家里的活计少有让她做的，千弦得以跟着先生读了几年的书。读书识字又让千弦更多地得到了父母的爱。

第二日，穿戴好凤冠霞帔的千弦正襟危坐在母亲的屋里。一屋子的人围在她的身旁，汪太太正说到朱子治家格言：黎明即起，洒扫庭除，要内外整洁。既昏便息，关锁门户，必亲自检点。一粥一饭，当思来之不易；半丝半缕恒念物力维艰。宜未雨而绸缪，毋临渴而掘井。自奉必须俭约……

听着母亲说话，千弦的心早已飞到歙县的程家。踏上花轿前，千弦并未伤心，哭嫁之风的习俗于她只是形式。辞别了父母，拜别了乐叙堂的祖宗，绕着红杨走一圈，在母亲的哭泣声中，千弦踏上婚姻生活的第一步。

走在雷岗山的细雨中，千弦嗅到飘扬在空中的含笑、木槿、栀子花香和湿润泥土的清香。锣鼓声中，渐渐远离自小就熟悉的花香和乡土气息，千弦感到被连根拔起，抛到了未知的河流中，她的命运将随着自己的男人沉浮。千弦突然间意识到少女生涯永远结束了，她伤心地大哭起来。

正午的阳光狠狠地照在大地上时，一行人刚到歙县。坐在轿子里的千弦把盖头掀起朝外看。

这里的街道与家乡没有不同，一样的黛瓦马头墙，练江之水绕城而过，狭窄的街道上显出繁华的八字门楼与熙攘的人流。

戴春林香粉店、王庆隆雨伞店、木器店、王恕有滴醋、张小泉剪刀店、千秋墨庄匆匆而过。千弦看见独一无二的青色茶园石砌筑的许国八脚牌坊。许国石坊是为嘉奖“平夷”云南边境叛乱有功的晋太子太保——武英殿大学士许国。见惯四脚牌坊的千弦顿觉八脚牌坊更宏伟气派。

过了打箍井街，就来到了大北街，千弦知道快到程家大宅了。千弦看到宅基前泰山石敢当，门楣五福雀替。青囊铺地，新郎来到她的身边。青囊传接中千弦听到第一句“一袋高一袋”，第二句“代代高”。琴心趁乱来到千弦的身旁，低声说道：“大少奶奶到家了。”这句话让千弦安心多了，让她度过了拜堂成亲的恐惧时刻。

新郎牵着千弦的手，共同走入新房身边的男人不比她高很多，手指纤细而轻柔。千弦的心落了地，她最担心的是遇到一位粗鲁蠢笨而不知体贴的男人。拜堂、闹洞房、撒帐后，叶氏悄悄地让围观的人散去。

千弦静静地等待新郎挑起她的盖头。

送完最后一位客人，嘉道立在回廊里看夜空中的上弦月。父亲突然把他从扬州叫回歙县成亲，他心里一百个不乐意。

嘉道害怕看见一位相貌丑陋的女子。新娘子下轿时他看见一双三寸金莲。

在扬州的岁月，嘉道见过不少美貌的妙龄女郎。扬州是文人雅士、纨绔子弟聚集之地，生活便利又有许多的游玩场所。在琼花飘香的扬州，嘉道生活得如鱼得水。关键是扬州的春台班，有嘉道的红粉知己香娥，人称夜莺。嘉道听她唱戏、给她捧场，陪她吊嗓子、练功、踏春赏花，还送她许多戏服。香娥娉婷的身姿令他欲罢不能。

怡春苑也有一位他喜爱的姑娘秀橘，她不像香娥那么令他渴望，她也不像香娥那样钟情于他。香娥被接到官宦之家或大户之家唱戏时，他方能想起秀橘。但秀橘自有令嘉道喜欢的一面，乖巧伶俐、能言善语。

春台班是江家组建的戏班，嘉道偷偷摸摸地见香娥时，被江家的三少奶奶碰见几次。三少奶奶是嘉道的姑妈。他与香娥暗度陈仓，少不了被徽州同乡所见。在徽商遍地的扬州，他的一举一动想不被传回家乡是不可能的。自从认识香娥后，嘉道的花销大起来，父亲急着让他成亲，是想把他的心留在家里。

嘉道接替墨砚斋两年，生意日渐兴旺。年前嘉道从一位戏迷手中意外购得十竹斋木版水印朱墨双色《灵芝图》。纸醉金迷的扬州隐藏着多少没落的商贾大户，又暗藏着多少官宦之家，商机往往存在于这些来自各行各业的戏迷之中。这套版画毋庸置疑会给墨砚斋带来更多的生意。

对未过门的新娘子，嘉道不担心别的，只怕她长得不好看。从新娘子下轿的那一刻，他看见一双坚定的三寸金莲，从凤冠霞帔上看到了流风回雪的身影，心中一喜。行各种礼数时他又感受到新娘子一双玉手，顿时心花怒放，拜堂时竟乱了手脚，被众人哄笑。

从回廊走向新房的嘉道有点激动，他示意喜娘、丫鬟退下去，挑开了新娘子的盖头。听见脚步声的千弦更是心跳加快，表面上却依然文静端庄，不露一丝慌张。

新娘子的容貌出乎嘉道的意料。新娘子不像人们常说的“低头含笑，欲语还羞”。她一双明亮的黑眼睛正紧紧地看着他。这是一张容光焕发的脸，抿嘴而笑，弯弯的眉毛、清澈的目光无不显露出新娘子的美丽。新娘子比嘉道想象得还要漂亮。那双明亮的眼睛所显示的气度熄灭他的随心所欲。他无法在这个美人面前纵情肆意。

嘉道早已把香娥忘在脑后，喜爱上了这张美丽的容颜。

而盖头被掀开的那一刻，千弦看见一张与记忆中不同的脸，一张圆滑得刚刚好的脸。这是一个儒雅风流的男人，这并不影响千弦顷刻间喜欢上这张相貌清秀的脸。

从面前的这张脸上，她努力地想找出与心中相同的印迹，却失败了。千弦意识到这个男人的意志也如这张脸一样，家境好的时候，顺风顺水，家境发生变故时，则毫无主见。千弦粲然一笑，新郎提起的心放下了，立刻想到能与新娘子滚作一团了。

“弦妹一路上累了吧？早点睡。”他帮她摘下凤冠。

“少爷不想再看月亮里的嫦娥了？”千弦看着嘉道笑着说道。

嘉道心里一惊，她怎么知道他在看月亮呢？见他不说话，她又说道：“寂静无声的夜里，除了看月亮还能做什么？”

“有一位客人缠着我不放……”

“是少爷的心放不下来。”

“弦妹……”

新娘子笑了笑，转身看见将陪伴她一生的金丝楠木满顶床。千弦铺好床铺，脱去衣物，躺到被子里。转眼马鞍橱桌上那对红烛被吹熄，新郎轻轻躺下来。新郎既温柔又灵巧，千弦的心完全放下，她的心渐渐移到新郎那儿了。

第二天，新媳妇千弦处处小心，事事谨慎，不敢多说一言，不敢多行一步。明亮的中堂里，千弦看清了程老爷并没有她想象中的亲切，脸上有让人退避三舍的威严，叶氏也没有母亲的和顺。千弦的心忐忑不安，唯一能安慰的就是嘉道的温和柔顺。

叶氏喝了千弦捧的茶，笑着说道：“新娘子也就三日的好光景，不要在这里受累了，去二宅拜见伯娘。”

程尚德喝过茶却默然无语，只笑了笑。千弦随着碧儿退了下来。银荷早等在天井里，见她们过来就迎了上去。银荷带着她来到二宅。俞氏眼盲之前，大宅与二宅之间有一道门，如今为方便照顾俞氏，这道门形同虚设，大宅和二宅就连通了。

俞氏坐在中堂里的太师椅上，干枯的眼睛再流不出一滴泪。这几日程家大宅的喜气洋洋没有带给俞氏一丝快乐，却徒增她的思念。鼓乐响起时，俞氏想到嘉贤也到了成亲的年纪，却杳如黄鹤，更伤心了。俞氏看不见新娘子，但觉得新娘子的声音像小鸟一样动听。听见这个声音俞氏心里一动，干枯的脸呈现出悲戚的神情。

新娘子走到天井时，俞氏说：“不要做女人，更不要做徽州女人。”

“少奶奶不要责怪大太太，大老爷离家至今未归，大太太想大老爷了。”银荷赔笑道。

送新娘子出来的银荷，急忙拉着大少奶奶走了。千弦却在想俞氏说的话。从母亲那儿，她已听到太多的关于徽州女人的故事。眼下嘉道陪在身边，千弦完全没想到三个月后的离别。等千弦再转回来时，程家的小姐们来看大少奶奶了。

小姐们穿着朴素的细布褂子与黑色的裙子，落梅的青丝发已经画带双花为君结。三小姐雪月身穿交领襦裙，看上去有点呆滞。大小姐则一副寡妇的悲戚，眼前的喜庆丝毫没带给她快乐。嘉堃一大早去了竹山书院听课，千弦未见到嘉堃。

两三个照面下来，千弦觉得程家女性的穿戴远不及街上的太太和小姐们的衣服样式新颖。叶氏的装扮更显得陈旧，老式的垂髻加老式的珠串和花钿、细布的褂子、细布的襦裙。

千弦听母亲说过徽州的妇女崇尚勤俭，但如此节俭还是第一次见到。千弦不由得想到陪嫁的新衣恐怕不会让婆婆满意。

“散去吧，让新娘子自己随处看看，这两日还可走走，再过两日夏茶采摘就没工夫了。”叶氏对围着新娘子的众位奴婢和小姐们说道。

落梅拉着雪月的手走了，众仆妇也离开了。留下千弦一个人孤零零地站在天井里。嘉道从二楼瞧见千弦的可怜相笑了，他走下楼说：“看看未来生活的家吧。”

千弦笑了，在嘉道的陪同下参观了程家大宅。

“曾祖父建了两座一样的宅院，弦妹，这儿是大宅的后院。”嘉道指着院子里的回廊说道。

程家大宅朝街的正门饰以麻石门场，大门内有一门厅，设有仪门，平时紧闭，出入有侧门。跨过门厅是恢弘的大厅和宽大的天井，两侧为厢房，配以方圆形状的青石雕花漏窗，使得中堂气宇轩昂。二进为两楼五间结构，是女眷和长辈憩息之处。三进正屋的右首是几间便厅，分别通往正屋，北面依着三进设置的灶前，有门通往用人房，亦为两楼三间结构。另置一月华门通向庭院，院中设有花坛、石几，遍植花木。

千弦看见门厅里两株用陶瓷缸种植的石榴树，心不由得一沉。自小千弦就听母亲说程家人丁不旺。自进入程家第二日起，千弦就感觉到了千斤的重担压在肩头。千弦看了一眼身旁悠闲自在的大少爷笑了。此时嘉道完全是一个风流倜傥的公子哥形象。千弦暗想大少爷不知道是不是那种中看不中用的人。

“少奶奶笑什么？”听见少奶奶的笑声，嘉道说道。

“人闲桂花落……大少爷能待几日？”

“我不会扔下新娘子去做生意的。”嘉道笑着说道。

新媳妇的头三天是一生中最幸福的时刻。嘉道很迷恋千弦，耗在新房内足不出户。即便在屋里，他也穿着扬州式样的绸衣、绸裤，手拿丝绢扇子。没出一个上午，用来擦他潮湿的手的绸手绢丢得满屋都是。千弦跟在他身后捡手绢都来不及。

嘉道看着新娘子扭着水一样柔软的腰在屋里走来走去就乐不可支。少奶奶看书，他也装模作样地看书；少奶奶刺绣，他则手拿丝线陪在一旁；少奶奶整理床铺，他则握住少奶奶的手把被子打开。

这两日千弦享受到有生以来最大的快乐。叶氏体贴小两口不来打搅他们。白天的时候只有程家的两位小姐来看过她，不住地夸她漂亮。

第二天的傍晚，嘉堃下学后听人说起大嫂有着天仙的容貌，忍不住要来看看。千弦记起来，他是三少爷，温文儒雅。千弦问他读什么书。

“《文选》《杜诗》《昌黎先生集》，自择一书肄习。”嘉堃道，“大嫂，过几日可以跟先生学习《杜诗》。”

“女人的本分原不在诗词上，三弟成亲后就知道了。”

“历史上的女诗人不少，李清照还写词呢，薛涛的诗也不错。”

千弦笑了，说道：“做媳妇的没有那么多时间，家里的活计都做不完，哪有读书的时间？”

嘉堃逗留了一会儿就走了。

第三天千弦记起母亲的嘱托：要在婆婆之前起床。可她醒来时就听见婆婆扫尘的动静。新婚的第二天晚上，她睡下时还能听见婆婆操持家务的脚步声。嘉道不想让她起来，她笑着抽出手径自下床而去。千弦给公婆请安，捧了茶。又给伯娘请安、捧茶。回房时才见两位小姐匆匆往公婆屋里去。

三天回门，公婆备好了礼品。这一日是安苗节。程宅一大早在叶氏的张罗下，晾晒陈年的诗书、衣物。徽州之域，郡之地隘，斗绝在其中，厥土骍刚而不化，高水湍悍少潴蓄，地寡泽而易枯。千弦深知，靠天吃饭之不易。

从县城走到山林田野间，田间地头上有许多祭祀之人。农家在田边焚香、烧纸，在田地里插上小红旗，祭祀“谷神”，祈求丰收。有的农家正以当日阴晴占卜秋收旱涝。天气温和，太阳躲在翻滚的白云中，微风习习，正是赶路的好时候。千弦想这样的天气也正是农家所想见到的，象征着既不会大旱也不会洪涝。千弦为家里感到欣慰，今年是个丰收年。

新女婿上门，岳丈家张灯结彩。见到千弦和女婿，汪太太大喜。亲上加亲，女婿年轻英俊，汪老爷极为高兴。请吃三茶，再吃咸鸡蛋和肉丝盖浇面。下午岳丈家摆设回门酒席，汪家的近亲都来了。汪太太亲自操持上菜，看到第一道菜全鸡的鸡头对着新郎，最后一道菜全鱼的鱼尾对着新郎，汪老爷高兴地笑了。汪太太退到灶前对婢女说：“三女婿倒比头两个女婿更为耐看。”

“这是三小姐的福气，三姑爷既有银子又一表人才。”婢女说道。

汪太太听了这话，笑了。临走时，汪老爷送一只红毛公鸡和一只黄毛母鸡。在路上这两只鸡把嘉道折腾坏了。他身穿样式新颖的绸衣绸裤，不知该把两只鸡如何处置。千弦不去帮忙，任由他紧张地看护着两只扑腾的鸡。到了家里，嘉道狼狈不堪，儒雅风流的形象早已不见。千弦大笑起来，嘉道则羞愧不已。

“若不是这两只鸡……”

“一个大活人还斗不过两只鸡？”

“弦妹……”

接下来程家邀请亲家的亲属来大宅“会亲”，由于父子不同桌，故安排好几次，汪家请女婿家的亲属去“会亲”，同样安排好几次。一切礼仪均结束时，两个月过去了。嘉道待在家里悠然自得，不愿回扬州，每日仅在典当铺露个面。

按习俗，对新娘子的迁就很快便过去了。千弦知道婆婆对自己服饰的不满。晌午时分，千弦得空拿出新衣，把样式新颖的褂子改成了朴素的式样，衣角、袖角上的绣花千弦却不想拆除。这些精美的刺绣都是她一针一线缝上去的。

千弦换下身上那件得意的豆沙色的扬州式样的丝绸褂子，换上刚改过的藕荷色的褂子。她展平衣裳，看看日头，去了灶前。

叶氏看见身穿藕荷色丝绸褂子、黑色丝绸裙子的千弦，眉头皱在一起。不难看出千弦对衣裳做了改动，但依然达不到叶氏的要求。叶氏再次看了一眼她漂亮的衣服，暗想过不了多久，她的着装就会和程家大宅的格调一致了。

“要晒冬衣了，把柜子里的冬衣拿出来晒。”叶氏对正在备菜的千弦说道。

千弦放下手里的活计去了厢房。从阁楼取秋冬衣物时，她看见嘉道手持折扇歪倒在床上。她笑说：“何当尽屏去，万事付懒惰。”

嘉道一本正经地说：“我在想乾隆帝下江南的盛景。”

“乾隆帝下江南？”

嘉道说：“这可不是乱说，乾隆游历时，盐宪谕诸商人自伏龙洞至南门外起造十里轩亭，以获庄寻行宫，开御宴，更奇的是百姓列大鼎焚香迎驾，数里不绝。弦妹，你要在扬州，就能看见皇帝游历瘦西湖的盛景，瘦西湖的大虹桥由盐商建造，行宫亦是盐商所造。”

“皇帝不是什么人都能看见的，老爷也没见过皇帝。”

“弦妹不信？”

“妾身相信盐商富可敌国，街上那些盐商子弟个个油头粉面，追逐声色犬马。”

“扬州的盐商则以诗会友，一年的赛诗会不下十余次。”嘉道说。

“作诗？少爷作一首诗来。”

“此时哪里是作诗的时辰？”嘉道说完站起来就要亲吻千弦。

千弦吃了一惊，巧妙地躲过嘉道的追逐朝后院走去。她手搭在晾衣绳上，却在想老爷的话。她不止一次听见老爷说起让嘉道回扬州的话。刚成亲，千弦心中对嘉道的热度还未过去，她宁愿嘉道一事无成地守在身边。

回到厢房没见着嘉道，千弦来到灶前。在灶前没见到叶氏，千弦问碧儿：“太太去哪里了？”

碧儿说："太太去二宅了。"

叶氏给二宅送物品去了，喜宴后大宅里还剩下许多食物。叶氏刚一进天井，俞氏就闻到甜米酒的香味。俞氏年轻时就爱喝上两口米酒，失明前她每年都做些米酒，珠兰酿、桂花酿。俞氏请叶氏坐在太师椅里，并让银荷倒茶。

"新做的米酒趁新鲜时喝，等二少爷到了家，再让少奶奶送些来。"叶氏说道。

叶氏知道，俞氏不会吃的，定要放到嘉贤回来再吃。

"在窖里放三两天不碍事。"俞氏说道，"在外做买卖的人哪吃得上徽州米酒？徽州甲酒就是这米酒。"

"谁说不是呢！男人在外很辛苦。"

"要说男人守在家里比什么都好，再多的钱财不过就是个算法中的一个数字。"

"大嫂说得极是，让银荷去大宅再拿些春笋、花菇和咸肉。"叶氏又说道，"新媳妇还摸不着放在哪里。"

每当俞氏要引出对大老爷的思念时，叶氏就巧妙地把大太太的注意力转移到别的事情上。银荷来到中堂，叶氏起身告辞。

在后花园里，千弦遇到叶氏。千弦正找嘉道，成亲的初期她正迷恋着大少爷，一时半会儿见不着就要找。叶氏让银荷先去灶前，她站住和千弦说话。

"头里听见大少爷说要和绸缎庄汪老爷家的三少爷去打石鸡。"叶氏说道，"男人家要到外头做事，男人外出经商是徽州自古的传统。"

"是，太太。"千弦低声说道。

"女人不能拖男人的后腿。"叶氏说完就走了。

叶氏素以勤俭持家闻名，叶氏对少奶奶不满，是因为她那高耸的芙蓉髻、式样新颖的短比甲以及颜色鲜艳的马面裙。起初叶氏以为刚成亲的少奶奶是为了给程家上下留下好印象，后来发现她的衣饰款式都极为新潮。

叶氏尚未走过紫薇树又站住了，看了一眼少奶奶说道："在家里不用穿比甲，做起活计不方便。"

"是，太太。"千弦低声答道。

"整件衣裤的绲边多费事，更不需要数层，眼看秋季来临，家里的活计会更多。"叶氏轻描淡写地说道。

"是，太太。"

千弦知道叶氏嫌弃她陪嫁来的衣饰过于繁杂了。其实歙县街上，许多女子的衣饰都是扬州样式，还梳着扬州髻。

嘉道对少奶奶极为满意这一点，令叶氏心里很高兴。看见嘉道六神无主地跟在媳妇身后，叶氏又暗自气儿子不争气。令她宽慰的是少奶奶是自己的外甥女，对程家不会有二心。不用问，老爷急于让嘉道成亲，不外乎想用家室牵住嘉道的心。叶氏看不出儿子的心其实不在媳妇身上，不在生意上，更不在家里。

站在桂花树下的千弦清楚，嘉道远赴扬州是早晚的事，不免愁肠百结。傍晚时分，她在门厅里见到满载而归的嘉道和身后扛着一串石鸡的许承茂。大少奶奶来到灶前，把火通开，吩咐碧儿把石鸡收起来。

“明日吃花菇石鸡。”嘉道说道，全然没注意到千弦落寞的神情，“再拿壶花雕酒，诗酒趁年华。”

“不过是贪恋酒肉，哪里能作诗？”千弦说。

“作诗也要有酒有肉，还要有好茶。”嘉道说。

“大少爷作的是酒肉诗歌。”

千弦笑起来，开始张罗晚饭。吃晚饭前她就为嘉道留下可口的饭菜，这会儿她给嘉道热菜、烫酒。千弦把酒菜端至厢房旁的耳房。嘉道极为高兴，倒不注意饭菜了。嘉道要千弦陪他喝两盅酒。酒下肚，嘉道的兴致更高了。千弦喝了两盅酒后艳丽夺目，嘉道搂着千弦就要求欢，被千弦躲开。嘉道草草地吃了饭就去了厢房。

他临走时说道：“早点上来，不要太晚了。”

千弦笑笑，让嘉道快点走。从耳房出来，千弦看见叶氏坐在天井下把翻晒的麦子装袋。千弦不敢直接回厢房，怕叶氏笑她。少奶奶的心里虽有千万只蚂蚁在爬，却仍与叶氏一起清理晒布上的麦子。待一切收拾好，可以回厢房时，月亮已挂在房梁上。厢房里的嘉道睡意蒙眬了。千弦恨得没了脾气。

又过一个月，程尚德催着嘉道回扬州打理生意，叶氏也催促嘉道回扬州。定好的行期一再拖后，嘉道推托阴雨天气不宜外出。程尚德看不惯嘉道懒散的样子，让他站铺子。可程尚德去铺子十次，九次嘉道都不在铺子里。想起自己早年间跟随父亲外出做买卖，程尚德就恨嘉道不上进。

连绵的阴雨季终于过去，迎来阳光普照的夏天。程尚德把嘉道叫到汇源典当的后堂。这段时间他雕刻出不少砚台，还收藏不少古玩字画。物件已被汪开泰打点好了。一进门嘉道就看见长条几上放着的包裹。

“这次回去，把这些砚台带到扬州的墨砚斋。”程尚德说道。

“由货运渡船捎带去吧。”嘉道懒洋洋地说道。

“这样可以省下运脚费，家业的积累并不在挣多少银子，而在于精打细算上。”

程尚德说。

“程家不用再为着几个运脚费操心了。”嘉道不情愿地说道。

“混账，勤俭持家是立家之本。”

嘉道赌气拿起包裹走回厢房里，他把包裹往帐子里一扔就躺下了。千弦见了嘉道的脸就知道他受了老爷的气。

“要不了几个月，大少爷就要回来过年了，还有什么不快乐的？”千弦安慰道。

听到千弦的话，嘉道高兴起来了，更有一点也因为这是他与新娘子在一起的最后一夜。次日阳光明媚，嘉道登上了去扬州的渡船。而走的前一夜，他好好地和千弦爱了一场。三个月的时间，嘉道躺在千弦的温柔乡里，一点也没想起香娥和秀橘。

第五章 当风轻借力

。。。

嘉道的喜事亦未能换来程尚德的笑脸。在程尚德威严的表情下，气色渐渐恢复了，铺子里又响起急促的脚步声了。伙计们都说程老爷的心病好了，只有叶氏清楚，程老爷的心病再也好不了，除非见到谢姑娘。叶氏怨恨程老爷，却更心疼程老爷。

叶氏看着一脸严肃的程老爷去了制墨间，她则去许老爷的扎染铺子取靛蓝色的细棉布。她要给程老爷还有孩子们缝制中衣。取上靛蓝布回来时她在斗山街碰到了师爷。师爷的秘密瞒不过叶氏。她忽然想到也许师爷知道谢姑娘去了哪儿。

“师爷这是上哪儿？”叶氏热情地问道。

“只是走走，在街上走惯了。”师爷微笑着说道。

“这街再不是以往的街了。”

“人面不知何处去……”

“奴家倒想问师爷，可知谢姑娘去了哪儿？”叶氏压低声音说道。

“谢姑娘恐怕去了扬州。”

“师爷还在想谢姑娘？”

“老夫只有想念谢姑娘时，才能感受到自己还活着。”

叶氏想也许程老爷此时也是这般地想念谢姑娘。她道了谢后直接回程家大宅了。她到地窖里拿出上好的金华火腿、腌制恰好的臭鳜鱼还有石耳。叶氏吩咐碧儿烧上火，晚上要多做些菜。叶氏轻快的身影穿梭在灶前和天井之间。两位小姐亦感到喜气，从厢房里走出来要帮忙。叶氏把她们赶走了，要亲自准备晚上的菜肴。千弦来到灶前想要把火腿切片，也被叶氏拦住。

“去太平缸里舀些水把靛蓝布洗上两水。”叶氏一边做着手下的活计一边说道。

千弦把靛蓝布过了一遍水，洗第二遍时见程老爷走进天井。一入天井程尚德就感受到不同以往的气氛。他知道叶氏为了能让他快乐起来想尽法子，也许这又是叶氏突发奇想。

刚才程尚德在制墨间筹划制作梦笔生花墨。他料定此墨一定会大卖，秀才们都想用此墨写出盖世的文章来。墨模的制作上他始终未拿定主意。叶存世设计出几个图案都被他否定了。程尚德去了书房，看过嘉堃后，就去了吞云轩。

晚饭在叶氏的张罗下，一家人快快乐乐地吃好了。在碧儿和千弦收拾碗筷时，叶氏紧跟着老爷去了吞云轩。叶氏沏了酽酽的绿茶，又给老爷点上烟，方在一旁坐下。程尚德抽完一支烟，心满意足地躺在烟榻上。

“说吧，有什么喜事？”程尚德说道。

“妾身知晓了谢姑娘的去处。”

听见叶氏的话，程尚德一下子坐了起来。叶氏的心又滴血了，不过她很快咽下即将脱口而出的讥讽。这是她的男人，将要依靠一辈子的男人，他好她才会好。

“谢姑娘在哪儿？”

“在扬州，明天老爷就可启程。”

程尚德一把搂住叶氏。他不能不爱这个女人，她就是他身上的一部分，与他融为一体了。

叶氏的心在这一刻被填满了。

“老爷把谢姑娘迎进门吧，妾身与谢姑娘不分尊卑地做姐妹。”叶氏伏在程尚德的怀里说道。

“不要说了，太太无非是为我好。”

叶氏流下眼泪，感到了来自内心的甜蜜。这一刻程尚德更爱的女人是叶氏。

第二日清晨，程尚德赶往扬州，下榻汇源墨砚斋。不受约束的嘉道依然耗在茶楼、酒肆或怡春苑里，傍晚时分方见到父亲。他很高兴，近来他促成的一笔大买卖就待验货了。见到父亲，嘉道就想把好事全抖搂出来，讨父亲的欢心，但程尚德却根本不让他有说话的机会。

“扬州城内近期新开张的药铺在哪儿？”程尚德开口问道。

“扬州的茱萸湾新开了一家药铺，不过没什么名气，士绅们并不去那儿治病。”嘉道说道。

“名气？那些老朽懂什么名气，地域远而已。”嘉道的话却引出程尚德的怒气。

“酒香不怕巷子深。”

程尚德的怒气一发不可收了，大叫道：“混账话，明天一早备好轿子。”

程尚德扔下目瞪口呆的嘉道去了厢房。许承茂对老爷的愤怒更感到莫名其妙，而嘉道的怒气就撒到许承茂头上了。

次日程尚德前往茱萸湾。一路上他几乎不说话，只快到了问了一声还有多远。下了轿子，仆人领着程尚德来到一铺子前。金字招牌在阳光下闪光：慈仁堂。程尚德全身的血液都沸腾了。他敲开铺子，却是一位老者来开门的。

“请问，谢先生在家吗？”程尚德和气地问道。

“谢先生过世了。”老者面无表情地说道。

“谢姑娘呢？”程尚德急问。

“谢姑娘安葬了谢先生后，就不知去向。”

老者的话如晴天霹雳般在程尚德的头上炸响。他刚燃起的希望瞬间熄灭了。

“谢姑娘走了多久？”

“三天前刚搬走。”

“谢姑娘走时说了什么？”

“临走时，谢姑娘说要长伴青灯古佛，了此一生。”

想到谢姑娘年纪轻轻就遁入佛门，程尚德的眼泪不停滑落。紧接着三日内，程尚德遍寻扬州城内外的寺庙、道观，却一无收获。

第五日，他从大明寺返回城内时遇到了西递村的胡老爷。胡家在扬州的铺子有六家，两家杂货铺子、三家米铺、一家典当铺。胡老爷请程尚德去铺子里详谈。

扬州的买卖在胡老爷的打理下井然有序，账面清楚。胡老爷吩咐仆人沏茗眉绿茶。仆人退去后，胡老爷走过去把后堂的门关上了。

胡老爷见程尚德坐定喝了茶水方谨慎地说道：“程老爷一路走来，可听见什么风吹草动？”

“未闻丝毫，胡老爷有何消息？”程尚德说道。

“郡王府中失窃的珍宝恐怕已流落到扬州，典当铺是失窃物品出手的首选。”

两月前程尚德在千春茶庄听见许老爷说起过郡王府失窃一事。这世间总有胆大之人仗着武艺高强硬闯王府。胡老爷的这句话却让程尚德的心猛跳起来，端着茶杯的手抖动了一下，幸好只有半杯茶水。此时的程尚德恨不能一步赶回铺子，胡老爷若不是听说了什么，也不会这么谨慎。

“失窃的物件有哪些？”程尚德不动声色地问道。

其实胡老爷早已看清程尚德神态上的变化了。

“一幅唐寅的书画，几款御用瓷器、玉器，还有王爷用过的扳指。”胡老爷说道。

“不是寻常之物呀。”

“因此更危险，这些物件碰不得，就像贴了标签了。”

“胡老爷所言极是。”程尚德哈哈一笑说道。

“失窃物到了扬州，听说以极低的价格出手了。”

“可要把铺子守紧点呀。”说完程尚德大笑起来。

胡老爷亦大笑起来。

回到铺子里，程尚德立即让嘉道拿出账册。扬州的账面永远欠着二百两银子。每个月总有那么几笔不知去处的款项。程尚德深知嘉道寅吃卯粮却又胆小怕事的性格。程尚德仔细看完账本，并没看见他最担心的事。他转念一想，嘉道总归知道轻重，并且也没那个胆子做这些事。

程尚德的心被郡王府失窃案牵扯着，闲暇之余依旧在青灯古佛旁寻找着谢姑娘。程尚德坐守铺子时，嘉道却躲避得远远的。许承茂殷勤地服侍程老爷。程尚德每日细心查看账册。今朝铺子里做成几笔小额的银两拆借，还卖出不少净心墨与瓷器古玩。

“这五百两银子年底时要收回来。”程尚德指着一笔款项说道。

“是，父亲。”嘉道低着头说道。

程尚德微微一笑，走出铺子，向着盐运司走去。

进入盐业的想法，程尚德有了不止一年两年而是数年。徽州四业中，盐业的盈利最多。盐运司朱红的大门外聚集着不少盐商。淮南盐业歉收，盐价居高不下，这些就像诱饵一样吸引着盐商。巨大的利益面前，自有盐商铤而走险，“明修栈道，暗度陈仓”不仅仅适用在军事上。

车马往来之中，程尚德看见江家的马车离开了盐运司，鲍家马车刚驶来。盐商鲍老爷从车上下来，大摇大摆地走了进去。画饼充饥并不能满足程尚德那颗一心想扩大家业的心。他转身往回走去。在汇源墨砚斋门外，程尚德碰到一位急匆匆从铺子里出来的人。此人一看既不是商人，也不是书生的模样，倒像是江湖上的浪人。

程尚德两步跨进铺子，一眼看见摆在柜台上的瓷器和字画。嘉道正俯身在账册上登记，许承茂准备将其入库。程尚德在心里大叫一声不好，一伸手把账册拿在手中。这笔买卖果然是郡王府中失窃之物，只少了玉器和扳指。程尚德百密一疏，并不知道一向胆小怕事的嘉道为了弥补亏空的银两总是拆东墙补西墙。没墙可拆的嘉道倒生出破釜沉舟之势。

“逆子，看不出这是王爷府中失窃之物吗？”程尚德大声喝道。

“父亲，这些收藏只花了很少的银子就购得了。”嘉道小声地说道。

“这要招来杀身之祸的，真有那么大的利益也轮不到汇源典当铺来挣。”

“那接下来怎么办？”嘉道带着哭腔说道。

程尚德不理会嘉道的询问，紧紧地看着手中的当票存根，突然间眼睛一亮。当票存根上只写着明代瓷器天球瓶一款、康熙瓷器橄榄瓶一款、唐伯虎字画一幅。多亏了嘉道的粗心大意，没有注明具体的名称，这些物件可用铺子里其他瓷器和唐伯虎的书画代替。他翻开收藏目录，选定了替代的瓷器，但唐伯虎的书画程家却没有收藏。

扬州文化艺术的流传、发展同徽商有着不可分割的关系。以江家为代表的徽商对古玩字画锲而不舍的追求，大力推动了扬州文化艺术的发展。当年“扬州八怪”齐聚小玲珑山馆就因扬州的艺术魅力使然。

程尚德吩咐嘉道守在铺子里，他拿上瓷器和书画带着许承茂出了铺子。程家的马车直奔盐商江老爷的兄弟江家宅院。路过盐运司时，程尚德再无心考虑涉足盐业一事。他被让进了中堂，江老爷微微一笑，请程尚德喝茶。他们在书画与瓷器收藏中多次交手。

“程老爷莫不是为了《竹西歌吹图卷》而来的吧？”江老爷笑着问道。

“不是程家的，不进程家的门，今朝老夫手里有江家想要的收藏。”说着程尚德打开带来的瓷器与书画。

江老爷只看了一眼，就大笑起来。郡王爷府中的失窃案闹得沸沸扬扬，尽人皆知。

“程老爷是要给江家招来杀身之祸啊。”

“做买卖总要有风险，若不冒风险亦不会成就今朝的徽商。江老爷素有艺高人胆大之名，不用老夫多说了。”程尚德哈哈一笑说道。

“此物如何到了程家？”

“老夫教子无方，犬子不知其害，贸然收了这烫手的山芋。”

“好！货在下要了，程老爷要多少银子？”江老爷爽快地说道。

“需这个数。”程尚德伸出手掌说道。

程尚德出的价已是收购价格的两倍，但仍远远低于市场估价。

“成交。”

“老夫还有一事相求，还需借江家一幅唐寅的书画一用。”程老爷见江老爷要喊仆从时抢先说道。

“何用？”江老爷疑惑地问道。

“偷梁换柱。风波过去，即刻完璧归赵。”

“《牡丹仕女图》更适合应付眼下的局势。”江老爷微微一笑说道。

等程尚德验完银票和书画已是酉时。江老爷亦不多留，将其送至大门外。此后程尚德坐守铺子，专等官府之人的盘查。

不知不觉过了十几日了。遇着顾客少时，程尚德在柜台后习赵孟頫的字。盐商鲍老爷走进铺子里。寒暄过后他看见桌子上的字就笑起来。鲍老爷把盐业买卖交给孩子们后，闲暇之余亦时常习字，习柳公权的字。

“程老爷的字可以以假乱真了。”

“哈哈，只能骗骗自己，鲍老爷看墨？程家的天干地支墨最宜习字。”程尚德轻松地说道。

“墨好，能锦上添花，但发笔处便要提得笔起，不使其自偃，乃是千古不传语。盖用笔之难，难在遒劲，而遒劲，非是怒笔木强之谓。”鲍老爷微微一笑说道。

“鲍老爷所言极是，好马还需配好鞍。”程尚德说道。

“程家的梦笔生花墨何时上市？梦笔生花不用再临场发挥，就让它书写老夫的一生吧。”鲍老爷笑着说道。

程尚德哈哈大笑，吩咐许承茂拿墨。鲍老爷拿着墨盒尚未离开铺子，就被一群人挡住了去路。起头的就是知府大人马慧裕，后面跟着一群衙役，还有一个被五花大绑的浪人。知府大人显然看见了摆在桌上的字。他四下打量一番，微微一笑。

“程老爷何时到了扬州？”知府问道。

“大人，老夫到了半个多月了，每年查账总不出这个时间。”程尚德淡然地说道。

“程老爷是否听说过郡王府失窃一案？”

“大人，老夫已有耳闻，不知知府大人因何而来？”

“这位浪人在得月楼饮酒时口吐狂言，盗得郡王爷府中珍宝并卖给程家铺子，且有字据在手。”知府大人紧盯着程尚德的双眼说道。

“大人，这位浪人的确到过铺子，所典当的瓷器和书画却不是郡王爷府中失窃之物。”程尚德说道，“大人手中的当票可否给老夫一看？”

“程老爷怎知不是郡王爷府中失窃之物？”知府大人问道。

“大人，此事尽人皆知，若是失窃之物，老夫自不会收下。”

知府大人一招手，旁边一衙役递上当票。程尚德看后吩咐许承茂提取典当物。天球瓶与橄榄瓶都是极普通的样式，花色亦为普通吉祥花色，且有串烟之疵，唐寅的画作则是《牡丹仕女图》。

“大胆逆贼，竟敢欺骗知府大人！”一旁的师爷大声说道。

被绑的浪人大呼：“小人酒后失言，还望知府大人放过小人。”

原来这位浪人前日在得月楼与他人喝酒，酒兴上来夸口说郡王爷府中失窃一案是他所为。此话被路过的伙计听见告到官府。知府大人虽觉此事蹊跷，却看不出破绽，全当此人酒后吹嘘。

后来程尚德听说这位浪人被杖四十大棍赶出衙门。马慧裕为官一方，清廉公正，办案要有理有据。程尚德深知此人性情，那幅《牡丹仕女图》一直存放在程家铺子里，直到当票过期才归还给江家。

此事过后，程尚德并未立刻离开扬州，而是静观其变，寻找谢姑娘的心也就淡了。

一个月之后，程尚德回到了歙县。他回到程家大宅，第一件事就是去看梦笔生花墨的制作。梦笔生花墨最终确定以黄山的迎客松制模。这套集景墨本该更早上市，因唐燠的手受伤而耽搁，在程尚德去扬州之前墨模刚雕刻成形。

制墨间漾起阳春三月之馨。这让程尚德想起，墨有自然之馨，才能入纸不沁散，笔不阻滞。制墨已到晾晒阶段了。叶存世走来向程尚德介绍墨的制作。从晾晒的模子走过，程尚德的目光停在最后一块墨模上。

“这些墨明天能上市吗？”程尚德问道。

“只等试墨了。”叶存世说道。

“备笔墨纸砚。”程尚德说道，“请老太爷验墨。”

制墨工去请老太爷，叶存世则请程尚德到制墨间里唯一白净的桌子那儿。那儿早已备好了笔墨纸砚。程尚德运笔、发墨。制墨工陪着老太爷走来。程尚德请老太爷试墨。

老太爷挥笔写下了“梦笔生花”四个大字。

“字之巧处，在用笔，尤在用墨。”老太爷哈哈大笑，“好墨！”

“老太爷的字又有长进了。”叶存世说道。

“书法虽贵藏锋，然不得以模糊为藏锋。”老太爷说完把湖笔往笔洗里一扔，身轻如燕地走了。

“梦笔生花墨定价十两银子。”程尚德说道。

叶氏见到程老爷独自一人从制墨间过来就明白了。她微微一笑，张罗给程老爷换衣、洗漱。查看过烛火从天井走来，她见程老爷的书房里仍透着光。叶氏沏了老爷爱喝的茗眉绿茶走了进去。她见程老爷手抚梅鹊玉带金星砚，脸上带着泪痕。她可不想让程老爷把谢姑娘像仙女一样放在心里念念不忘。

“老爷喝茶。”叶氏轻声地说道。

“嘉堃睡了……再过一年就要参加秋闱了。”

“妾身看老爷与谢姑娘今生无缘，老爷的身子要紧，程家指望着老爷呢。”叶氏并不理会程尚德有意想避开谢姑娘的事。

“太太请放心，雨过天晴了。”

“妾身这么做无非想让老爷快乐。”

程尚德拉着叶氏的手，微微一笑说：“去睡吧。”

等他们相扶着往厢房走时，叶氏当真感到以往的程老爷回来了。

程尚德走后，汪掌柜守在铺子里。这虽不是他第一次独自守在铺子里，却担心节外生枝。汪掌柜练达老成，看清千秋墨庄早晚会再次寻衅滋事。

这一日汪掌柜来到斗山街上，徽州紧邻扬州、淮河而拥有无限商机，街市繁华，行人神色安详，这一切均令汪掌柜开心。他筹划着在杭州开铺子一事。程尚德自然看出他的意图却没为难他。

路过千秋墨庄，汪掌柜看见不断有人进出。千秋墨庄经过两个月的筹备，推出新款套墨“潇湘八景墨”。这款套墨的墨模由扬州的刻工雕刻而成，极为精美，一时净心墨的生意被抢去不少。程家的梦笔生花墨若上市定会拉回不少顾客。汪掌柜在路上遇见去买麻油的银荷。俞氏就认崔家的麻油。汪掌柜受过银荷的万福礼后方想起要买臭珠，库房可缺不了臭珠。

汪掌柜借买臭珠的时机，又在心里盘算起开分号一事。从眼下的情形看，再过一年分号就办起来了。一路想着，汪掌柜回到程家铺子。他刚进铺子就见汪开泰从大宅那儿过来。

“汪掌柜，徽州商会有请。”汪开泰说道。

“程老爷外出了，程家就不出人了。”汪掌柜说道。

“此为商议重建斗山书院一事。”汪开泰说道。

“回来人话，三少爷参加商会。”说完汪掌柜整理好衣衫就走了。

汪掌柜来到书房请嘉堃。当嘉堃听说是为了重建斗山书院一事，当即答应下来。来到会馆，大多数徽商尚未到来。嘉堃看见千秋墨庄的汪少爷已就座。嘉堃记得斗山书院毁于兵燹后，上不起私塾的孩子没有书可读。当年若不是程尚德延请先生授课，二哥同样没书可读。

“建书院可是为民的大好事，徽州大地上的书院多为商人所建。”汪思定说道。

“作为徽商的一员，捐纳不可少呀。”嘉堃笑着说道，“原址重建少说得要几万两银子吧。”

“三少爷要捐纳多少银子？大概得上万两银子吧。”汪少爷突然间问道。

“为民之事捐上万两银子未尝不可。”嘉堃坦然地说道。

“会长，程家捐纳一万两银子。”汪少爷狞笑着说道。

许老爷刚走至门厅就听见汪少爷的话。

“三少爷三思而后行，重建书院不会花费更多银子。”许老爷说道，“既然是徽商之事，大伙儿都应承担费用，此事还可再商议。”

“说出去的话如泼出去的水，覆水难收。”汪少爷叫道。

“大丈夫一言九鼎，何须变卦！”嘉堃一怒之下道。

话虽如此说，嘉堃却有些后悔，毕竟他还没掌管程家的银子。当然他也意识到汪少爷有意把他推到眼下的处境。嘉堃沉默寡言地坐在那儿，懊悔自己的冲动。他虽未转身却听见汪少爷得意的笑声，以及众徽商欣慰的谈笑。

徽商陆续到齐了，汪思定召开了会议。

“重建斗山书院所需不过万两银子，如今程家已应承下来，各位若还想捐纳也可。”汪思定说道。

“重建斗山书院是每个徽商的责任，不能让程家一家负担。”许老爷说道。

“程家主动提出承担费用，不好夺人之美。”汪少爷说道。

“老夫提议，程家出银子，众人出力。”汪思定说道。

众徽商点头称赞，许老爷倒不好过度反对了。出了会馆，许老爷同嘉堃走入千春茶庄。待他们坐定茶水端上来，许老爷起身关了门又坐下。

“近来听说市面上出现了元末年间的粉彩镂空转心瓶。”许老爷神秘地说道。

“真有此事？”嘉堃问道。

“三少爷有所不知，传说这转心瓶与程家所收藏的是一对，程家的典当之所以称霸，就因拥有独一无二的转心瓶。”

“真有第二个转心瓶？”

“这转心瓶本是一对，官搭民窑烧制的。第一炉烧坏后，官府埋了那些碎瓷，重新制坯进行第二次烧制，只有一对转心瓶烧制成功了。乱世时官府却忘记讨要了，得以流落至民间。

“后来转心瓶被一丝绸商收藏，再后来丝绸商因经营不善对外拍卖，却因意外当众毁了一只。老太爷高价购得独一无二的转心瓶，作为镇店之宝收藏，汇源典当名噪一时，进而称霸歙县的典当业。”

“许老爷见过此瓶？”嘉堃问道。

“见过，千秋墨庄的汪老爷也见过。”许老爷说道。

“可是真的？”

“若不是真的，老夫也不会对三少爷说了。”

“屋漏偏逢连夜雨呀。”嘉堃说道。

“汇源典当风雨飘摇。”

嘉堃和许老爷在千春茶庄分手。回到铺子，嘉堃吩咐汪掌柜查看库银，只剩下不足五千两银子。嘉堃急切地盼望程老爷早日归家。

次日，程尚德一脸平静地走进铺子。此时铺子里只有汪掌柜，叶祥禾到街上采购物件。汪掌柜请程尚德查看账册。程尚德一目十行地浏览着这一个多月来的银两出入，看见捐纳那笔银子时大吃一惊。他正要问汪掌柜，看见嘉堃从后堂转来。

嘉堃一走进铺子就跪下了。程尚德上前扶起嘉堃，让他细说详情。当听说是为重建斗山书院一事，程尚德倒笑了。

“这是为徽州做好事。紫阳书院兵燹被毁多次，最后一次是曹氏叔侄捐纳而建的。”程尚德哈哈一笑说道。

“若不是汪少爷设计，儿亦不会落入此陷阱中。”嘉堃说道。

“万两银子……此事时有发生，老马还有失前蹄之时。”程尚德宽慰道。

话虽这么说，程尚德已开始心疼那万两银子，但他敏锐的目光注意到嘉堃还有话要说。他暗想可别再出差错。

“还有何事？”程尚德问道。

“近来有人传说转心瓶出现在市面上。”嘉堃谨慎地说道。

嘉堃的谨慎显然是必要的，这个消息对程尚德来说是雪上加霜。他的话还未说完，程尚德的身影已来到仓库的大门外。转心瓶作为程家的镇店之宝，一定会放在秘密之处。程尚德没有让嘉堃久等，一会儿他就出来了。

“会有第二个转心瓶？”程尚德轻松地问道。

“有人在市面上见到过粉彩镂空转心瓶。”嘉堃说道。

“无风不起浪，有人要对汇源典当下手了。”程尚德说道，“不必惊慌，该来的躲不过。”

“是，父亲。”

程尚德前脚走出铺子，后脚走进千春茶庄。云集各路商人的千春茶庄是探听消息最好的去处。他有意走到一僻静处。他人尚未坐下，就瞧见千秋墨庄的汪老爷正与面粉铺的杨老爷喝茶。他要了一壶婺源的绿茶，慢慢喝着，时刻留意汪老爷的话。

程尚德没听见汪老爷说什么，却听见左侧一位五十岁开外的盐商说：“这可是真的？那一年在千春茶庄，众目睽睽之下粉彩镂空转心瓶被意外打碎一个，这世上独一无二的转心瓶只存在于汇源典当。”

“那还有假，此事已众说纷纭。”坐在对面的木材商人说道。

“转心瓶可是汇源典当的镇店之宝。”盐商说道。

“也许早已暗度陈仓。”

“此事切忌搬弄是非。”

“在千秋墨庄，老夫亲眼见过转心瓶。”木材商说道。

听见此话，程尚德悄悄地离开了千春茶庄。回到大宅的程尚德来到竹林的炼丹房，老太爷正在打坐。程尚德等老太爷打坐结束后说起转心瓶一事。

“市面上的转心瓶若是真的，当年打碎的就是假的。”老太爷说道。

“若任事态发展下去，汇源典当会受到影响。”程尚德说道。

“此事不宜声张，要找到转心瓶的主人再把它买回来，流言蜚语自会消失。”

“只怕虚要高价。”程尚德说道。

“再高的价都要买回来。”

程尚德答应着出了竹林却一头雾水。到了半夜他明白了老太爷的意思。

为斗山书院重建一事，商会再次召开会议。程尚德一口答应了嘉堃许下的银两，此举引来不少商人的注意。会议结束了，程尚德刚想走却听见绸缎商汪老爷的话。汪老爷的话不仅拦住了程尚德的脚，还挡住了其他人的脚。

“许老爷可见过千秋墨庄的转心瓶？”

“没见过，倒听人说起过。”许老爷说道。

“这就是说世上还有第二个转心瓶。”汪老爷说道。

“话不能这么说，到底没人那见过第二个转心瓶。”许老爷说道。

“无风不起浪呀。”

“汪老爷不必心急，自有见分晓的一日。”

程尚德走远了。他暗想千秋墨庄这是誓要与汇源典当为敌了。

转心瓶一事越演越烈，铺子的生意受到影响。程尚德通过多方打听，确定转心瓶就在汪老爷手中。至于转心瓶如何到了汪老爷手中，就无从得知了。

今朝的账目上显示只做了七笔生意。程尚德意识到转心瓶一事不能再往后拖了。他吩咐叶祥禾守住铺子，自己就往街上走去。远远就看见千秋墨庄门前有人进出。程尚德抬脚走进了千秋墨庄。

柜台处有不少秀才正在买墨。潇湘八景套墨跃入程尚德的眼帘中。仅看一眼程尚德就认定为好墨。汪老爷在柜台后查看账目。一见程尚德，汪老爷放下手中账目。

“程老爷请进，老夫有失远迎。”汪老爷说道。

“汪老爷，借一步说话。”程尚德说道。

“请程老爷去后台。”

“想必汪老爷知道老夫为粉彩镂空转心瓶而来。”程尚德开门见山地说道。

“敝人恰巧得到粉彩镂空转心瓶，实不知此为程家镇店之宝。”汪老爷装模作样地说道。

“程家想购得此瓶，汪老爷出个价吧。”

“汪某并不想夺人之爱，无奈此瓶乃无价之宝。”

“此瓶对程家是无价的，对汪老爷却是有价的，若不是这样，汪老爷亦不会四处张扬。”

“程老爷既然如此说，非得五千两银子。”

“成交，但老夫有一要事相求，请汪老爷明天把此瓶拿到千春茶庄给大家鉴赏。”程尚德说道。

“若是如此，再加价一千两银子。”

“好。”说完程尚德走出千秋墨庄。

因重建斗山书院，程家的库银亏空了，好在银子是随着重建步伐而分阶段提取的。眼下程尚德心中考虑的是如何筹集这六千两银子。唯一的办法就是典当部分字画、瓷器。程尚德回到铺子里盘点存货，挑选出一批需典当的收藏。汪掌柜看见程尚德喜爱的黄龙戏珠砚、赵孟頫的《鹊华秋色图》也在典当单子中。

“去汇丰典当，这么多的银钱只有汇丰典当能拿得出。”程尚德说道。

汪掌柜和叶祥禾拿着要典当的物品朝着汇丰典当铺走去。柜台前叶祥禾递出《鹊华秋色图》：“三千两。”

“《鹊华秋色图》一幅，霉烂蠹蚀，画粉变墨，边角残缺，一千两银子。”铺子里的伙计说道。

“再加点，一千五百两银子。”叶祥禾说道。

“一千两银子。”伙计说道。

“这可不比街上做买卖，急用银子时只有典当铺能拿出银子。”汪掌柜拉住叶祥禾说。

叶祥禾苦笑着把黄龙戏珠砚递上去说：“一千两银子。”

“黄龙戏珠砚一款，龙鳞缺损，残墨污损，五百两银子。”伙计说道。

此时叶祥禾已冷静下来，依次把物品送进柜台里。带来的物品最终典了五千五百两银子。回到铺子里，叶祥禾看见程尚德正等在柜台前。

“典当了多少银子，五千五百两？”程尚德问道。

“回老爷的话，正是五千五百两银子。”叶祥禾说道。

“汪掌柜去各个铺子通报声，就说明天千秋墨庄的汪老爷请各位乡绅前往千春茶庄鉴赏转心瓶，人最好多些，越热闹越好。”程尚德说道，“不要忘了请绸缎商汪老爷。”

“是，老爷。”

“把会长汪思定请上，还有汇丰典当的胡老爷。”

汪掌柜答应着走了。程尚德转身进了银库。

次日巳时，汪掌柜走进铺子。程尚德已整装待发。

“老爷，各位老爷已到千春茶庄。”叶祥禾说道。

“会长汪思定到了吗？”程尚德问道。

“到了，汪老爷尚未到。”

“再等半个时辰。”说完程尚德又坐下了。

半个时辰尚未过去，叶祥禾跑进铺子大声地说道："千春茶庄各位老爷都到齐了，就等老爷了。"

"见着转心瓶了？"程尚德问道。

"汪老爷一去就被各位老爷围住了。"叶祥禾说道。

"关铺子，去千春茶庄。"程尚德说道，"汪掌柜拿上银子。"

程尚德手拿一木匣子走出铺子，尚未走进千春茶庄，就听见各位老爷的赞叹声。等他们一行人进入茶庄却鸦雀无声了。

程尚德哈哈一笑说道："大家继续赏转心瓶，敝人最后一个鉴赏。"

"大家已赏过了，专等程老爷了。"绸缎商汪老爷说道。

"胡老爷，您看这转心瓶是真是假？"程尚德说道。

"在下看这粉彩镂空转心瓶确为真的。"汇丰典当的胡老爷说道。

"会长看呢？"程尚德说道。

"自然是真的，假的也不敢拿到这里。"汪思定说道，"请程老爷鉴别。"

程尚德从汪思定手中接过细细一看，果然为粉彩镂空转心瓶真品，凹雕款字而挂以黑釉。

"众位都看准这是真品的粉彩镂空转心瓶？"程尚德问道。

"确为真品，与当年老太爷所购得的是一对。"许老爷说道。

"好，汪老爷验银子。"程尚德说道。

汪老爷接过汪掌柜手中的银子。

"银子可验准了。"程尚德又说道。

"验准了。"汪老爷说道。

"众位老爷，此瓶程家出六千两银子买下了。"程尚德说道，"大家还记得程家当初买转心瓶一事吧？独一无二的转心瓶。"

"记得，其中一个被打碎了，程家以高价购得另外一个。"许老爷说道。

"众位老爷看好了，汇源典当的镇店之宝独一无二，今日各位老爷就请做个见证。"说着程尚德高举手中的转心瓶重重地摔到地上。

在各位老爷的惊呼声中，转心瓶被摔得粉碎。千秋墨庄的汪老爷当场就吓呆了。虽然他从转心瓶中挣了不少银子，却被程尚德的霸气吓住了。随后响起的叫好声更令汪老爷自叹不如。

"敝人就不信这世上还能出现第二个转心瓶。"程尚德说着把手中的酸枝木的匣子打开了，"这是程家的镇店之宝——独一无二的转心瓶。"

接着传来一阵喧哗声，嘈杂声中程尚德听见汇丰典当的胡老爷说道：“在下出两万两银子购买这独一无二的转心瓶。”

“此为汇源典当非卖品，再多的银子也不卖。”程尚德说道。

“好，汇源典当不愧为童叟无欺。”许老爷说道。

“徽商历来以诚信行遍天下，汇源典当就是徽商的榜样。”汪思定说道。

“今日程家请各位老爷喝茶，汪老爷想喝什么茶？”程尚德说道。

汪老爷拿着银子灰溜溜地往外走，听见程尚德的话只说“铺子里有急事”。在汪老爷身后爆发出哄堂大笑。

此后程家的铺子宾客盈门，年底时程尚德就赎回了《鹊华秋色图》，其他的物件也陆续被赎回。千秋墨庄的买卖再不如从前，而汪氏父子洗心革面，从此诚信地做买卖。

第六章 亲帮亲，邻帮邻

。。。

岁末年初之时，凡开典当的商家必须要赴户部请领凭帖。凭帖每年完税后更换一次，各州县征完税银，连同旧凭帖上交各省藩司，藩库收银时换发新帖。新帖拿到手意味着新的商机。扬州要开分号，新旧典当均要请领凭帖。

徽州知府汪定塘早年间曾受惠于程尚德，又是嘉贤的至交，换发新帖之事不难办成。到扬州领新帖就没那么容易了。

地处长江和大运河要塞的扬州因两淮盐业而富甲一方。

程家的银两、货物在程尚德的催促下早已备齐。若不是换发凭帖的日子限制，程尚德早上扬州了。程尚德以书写赵孟頫的字度过两个月的时光。浪费了几块砚石料后，程尚德放弃雕刻砚台了。他心急难耐，常常出错。程尚德打听到还有三日开办换领凭帖，急不可待地赶赴扬州。

程尚德赴扬州府领取新帖，落脚汇源墨砚斋。程尚德站在汇源墨砚斋门前，端详铺子两边的楹联。这还是当年老太爷亲手书写的楹联：墨香凝千古，歙砚存百世。转眼汇源墨砚斋已过了五十个春秋。

程尚德踌躇满志，想要把汇源典当开到大江南北。伙计许承茂把程尚德迎进了铺子。

“大少爷呢？”程尚德已看清嘉道不在铺子里。

“大少爷去街上看字画了。”许承茂说道。

“把那些物件拿进铺子里。”

许承茂带着家丁出去了。程尚德四下一瞧发现，铺子里卖出几款净心斋的砚台，天干地支墨亦卖出不少。一心想着请领新帖的程尚德却坐不下来，信步往瘦西湖走去。见到草木萧疏、人迹罕至的瘦西湖，忙了一秋一冬的程尚德才感到冬天来到了。他兴味索然，返回汇源墨砚斋。

程尚德独自一人用过膳后开始等嘉道，掌灯时分依然不见嘉道的人影。程尚德的怒气就撒到许承茂头上了。

“大少爷平日就是如此打理铺子的？”程尚德说道。

“大少爷也许被朋友留下了。”许承茂说道。

“被酒肉朋友留下了吧，掌灯。”

程尚德在一肚子的怨气中睡下，倒让一腔委屈的许承茂解脱了。

嘉道在江家戏园听香娥的戏，回到铺子里方知父亲来了。他从许承茂那儿没问出半句有用的话，把许承茂赶走了。他在厢房里踱步，猜想父亲是来查账的。后来看见铺子里的徽州物产时嘉道愣了一下，似有所悟。子时嘉道方睡下，清晨起来程尚德已上知府府衙。

嘉道不是一个掌握主动的人，因而并不敢冒险去问父亲此行的目的。次日嘉道起床后方记起父亲的来信，程家要在扬州开办分号。

他把许承茂叫入后堂问：“老爷到扬州为办分号？”

“老爷在办理凭帖一事。”

“怎么不早点说？连这点小事都办不好。”嘉道挥挥手让许承茂走了。

许承茂刚走到门口又被嘉道叫回来。

“老爷问起我时到春台班送个信。”嘉道得意地笑了，一身轻松地听戏去了。

程尚德已到了睡不着的年龄，早早起床匆匆游览过扬州，向东关街走去。他要到弄堂小巷里吃小笼包和米粥。程尚德不像附庸风雅之人喜好吃印有嘉湖细点的点心。他就着王致和豆腐乳和汪恕有滴醋吃着包子和米粥。多年来程尚德在扬州的早饭只吃这两样。

吃过早饭，程尚德向着府衙走去。走在路上，程尚德感到乾隆五下江南带给扬州的变化，街市更热闹繁华，瘦西湖沿岸的行宫、亭台楼榭更繁多，东关街上货物更齐全，盐商的园林更加气派。他暗想有朝一日程家在扬州也会盖起园林。

路上程尚德碰见娶亲的队伍，他看不真切，那些金银珠宝晃花了他的眼睛。他听路人说是盐商嫁女。嫁妆分装一百零八抬，一路敞开任人观看，按先后顺序是金、银、玉、首饰、卧房用物、文房四宝、古玩、绸缎、皮毛衣裳、衣箱、被褥。新郎这边派去八个人去迎接嫁妆，新娘子那边也来八个人陪送嫁妆。他只看见最后的古砚、古墨、古画和二十四个红漆箱子的衣裳、十六个盒子的丝绸被褥。

走在路上，程尚德再次动了要做盐业生意的念头。从左卫街过来，程尚德看见盐运司门前的盐商进进出出换领盐引。他看见江家管事的匆匆离开盐运司。程尚德叹口气，徽州的盐商富可敌国。他明白程家进入盐业还需要一些时日，等嘉堃入仕后也许情况会有所改观。

给衙门里使了银子，领新帖的银子方交上去。衙役验完银子，查验手续后让过几日再领取新帖。程尚德却没有走，与门外几位换领凭帖的人一样等在墙根处。中午时分他到街上吃了一碗饺面，很快返回衙门。等到西边的太阳落山了，也没等到凭帖。后来一位丝绸商人说："走吧，今朝又过去了。"

次日程尚德再次来到府衙门外，他见昨日那几位商人同样等在墙根处。他走过去搭讪道："这位老爷做什么营生的？也是来换领凭帖的？"

"做竹器买卖，眼看到年根了凭帖还没着落。"客商说道。

"这是第几日等在府衙门外了？"程尚德问道。

"第十日了，干等着也不是个事呀。"竹器商人说道。

"这是要咱们送银子呢。"另一位商人说道。

这时府衙的大门打开一条缝，客商们蜂拥而上。冲在前头的衙役把商人往外驱赶，一边驱赶一边说道："散开，知府大人要去大明寺。"

仪仗队出来了，紧接着知府的轿子威风凛凛地过去了。府衙的大门重又关上了。

"走了，明天再来。"

程尚德心有不甘地跟着众商人走了。

程尚德到扬州已有十日，眼看着要过了领凭帖的日子，程尚德束手无策。

此时为嘉道最难熬的日子，担心老爷会查账本。嘉道勤谨地守在铺子里，哪儿都不去了。盐商子弟鲍少爷几次叫他喝花酒、听戏，都被他拒绝了，香娥、秀橘也被嘉道忘在脑后。看见父亲进进出出，却一无所获，嘉道为此着急又不敢上前询问。嘉道唯一能做的就是离父亲远点，但总有躲不过的时候。领凭帖的事不顺利，程尚德倒忘记了查账一事。

嘉道洗漱后出了厢房，踱步走到天井里，冷不防与程尚德碰到一起。嘉道本以为父亲去了府衙，想抽空溜出铺子。

“这么晚了还不去铺子，一日之计在于晨。”程尚德说道。

“这就去，铺子已开张了。父亲，凭帖的事办得如何？”嘉道说道。

“朝中无人难做事，这几日把铺子看紧点，不要外出滋事。”程尚德愤愤说道。

嘉道答应着，快步溜出了宅院，向铺子走去，怕父亲把一腔怒气撒到自己头上。其实嘉道大可不必如此，程尚德已出了铺子。

这一日，江少奶奶来到汇源墨砚斋，她还是从那些听戏的老爷们口中得知程尚德到了扬州的。江少奶奶接到程尚德的信，但没想到程尚德会如此快地来到扬州。江少奶奶急于见到程尚德，不仅为了程尚德领凭帖一事，她更想见到程尚德带来的徽州物产。

程尚德吩咐许承茂沏松萝茶。茶端了上来，许承茂退了出去。

“大妹最爱喝徽州的松萝茶。”程尚德说道。

“大哥来扬州不来江府认个亲吗？”江少奶奶嗔怪道。

“凭帖的事无着落，哪有心思外出？”程尚德叹口气。

“只差领凭帖了？”

“就差领凭帖了，官府无人难做买卖。”程尚德待江少奶奶坐定后说道。

“这有何难？送上五百两银子即刻能领新帖。”得知大哥的心事，江少奶奶笑着说。

“扬州知府马慧裕可是廉洁的清官，衙门里办事人员都打点过了。”

“此事要巧做，知府马慧裕那儿行不通，盐运使柴桢那儿就行得通。”江少奶奶说道，“大哥今日就随我去江家，江老爷一封信抵得上大哥几百两银子。”

对柴桢克扣盐商银两，截留上缴国库盐税之事程尚德有所耳闻。乾隆的南巡，造成国库空虚，官员大肆贪污索贿已是尽人皆知。程尚德本有疑虑，但见江少奶奶信心十足的样子就放下心来。

到了扬州，程尚德急于领帖，还未拜访江家。其实来之前他从江少奶奶那儿就得知了江老爷的喜好，从徽州带来了大量的土特产。许承茂把程尚德带来的物产搬运至马车上。此时江老爷一家住在退园。程尚德随着江少奶奶前往江家。

江家的少爷是从江春的兄弟那儿过继来的。江少奶奶在江家的媳妇中门第不是最好，却是极有眼力之人。从一进江家的大门她就看出，江老爷是个生活在徽州的乡绅。江家的园林就是徽派的园林，一切用度都是徽州的物产。这些都是她家乡之物，得来并不费事，可通过程家把江家所需之物运至扬州。在江家，江少奶奶深得江老爷的器重。

程尚德带来的特产被一一呈现在江老爷的眼前。

“老爷，这可是问政山的笋，还有徽州地道的臭鳜鱼。”江少奶奶夸张地说道。

“还有老爷爱喝的松萝茶，一直念叨这就来了。”江少奶奶的音量又高了八分。

听见江少奶奶连珠炮般的话，程尚德微微一笑。江少奶奶无非是想引起江老爷的注意，好把大哥的事办了。

“这松萝茶条索紧卷匀壮，色泽绿润；香气高爽，滋味浓厚；汤色绿明，叶底绿嫩。按江澄云《素壶便录》中所云：‘茶以松萝为胜，亦缘松萝山秀异之故。山在休宁之北，高百六十仞，峰峦攒簇，山半石壁且百仞，茶柯皆生土石交错之间，故清而不瘠，清则气香，不瘠则味腴。而制法复精，故胜若地处产也。’”江老爷说道。

“灵山方有灵草。”程尚德说道。

“老爷看这又大又轻的木耳、石耳。”江少奶奶叫道。

“一生痴绝处，无梦到徽州。”江老爷微微一笑说道。

“这是什么？这可是老爷爱喝的徽州甲酒。”江少奶奶拿出一坛黄泥封口的酒。

“每年只有程老爷惦记着老夫呀，都拿下去吧。”

“老爷今朝就吃这臭鳜鱼吧。”江少奶奶笑着说道。

“少奶奶去安排吧。”

江老爷高兴之余，吩咐婢女上茶。饮茶上江老爷并非只喝徽州的茶。婺源的茗眉茶极好，江老爷却更爱喝西湖的明前龙井。江老爷喝茶极为讲究：春喝西湖龙井，夏喝松萝茶，秋喝祁门红茶，冬喝普洱茶。泡茶的水是仆人每日从法净寺担来的泉水，火候和烧水的柴火都有专人看管。

程尚德喝着普洱茶，说起家乡的事，等着江老爷开口问他此行的目的。从看见程尚德的第一眼，江老爷就知道程尚德此行的目的。少奶奶早向他吹过风，程家要在扬州开分号。待婢女离开中堂，说了半日话，大冬天程尚德出了一身热汗。

江老爷笑了，看出程尚德的焦急。他也知道时间不等人，待程尚德停下不说时，江老爷吩咐仆人伺候笔墨，给盐运使柴桢写了封信。柴桢与身为总商的江老爷的交情颇有渊源。每年的盐运全仰仗盐商，纳盐税亦仰仗总商。大运河淤塞、泛滥多次造成河运不畅的清淤多亏盐商大力协助。

“此事办起来难倒不难，关键看怎么办。”江老爷一边写一边说道。

“请江老爷指点。”

江老爷写完信，交代程尚德送上书信时还要再送上五百两银子。

“清朝官员，银子比信更好使。”江老爷说道。

“多谢江老爷。”

“晚上过来听戏，江家要唱戏。”

在江家用过餐的程尚德放心地回到墨砚斋。回到铺子里的程尚德方觉出那茶的香甜。当晚在江家的退园里，程尚德看见了扬州知府马慧裕、两淮盐运使柴桢及盐运司各位官员。“春台班”的唱腔引来阵阵叫好。程尚德却只想着第二天的使命。江少奶奶请大哥点戏，程尚德随口点了《惊魂记》。

“大哥真会点戏，这出戏柴桢最爱听了。”江少奶奶说道。

程尚德哈哈一笑，注意力转到戏上。

次日清晨，程尚德向柴桢递上书信和银子，当即领到了凭帖。程尚德春风得意地回到铺子，没见到大少爷。

“大少爷呢？”

“去古玩市场了。”许承茂说道。

“古玩暂且放一放，分号开张需要银两。”

许承茂答应着，却不敢再接话。程尚德仔细查看账目，发现几笔大少爷随意支取银子的账目。

“这两笔账目做什么去了？”程尚德问道。

“大少爷……”许承茂再要说什么，却见程尚德锐利的眼睛正盯着他。

“铺子里每月支出不得超过五十两，告诉大少爷年底把银子还回来。”

许承茂答应着去招呼刚进铺子的顾客。程尚德合上账本，走出铺子。

一身轻松的程尚德向着翠花街走去。那儿有一家苏州人汤氏开办的翰墨园装潢铺子。程尚德去那儿打听字画。宽大的酸枝木的桌子上摆着盛懋的《秋舸清啸图》。汤老爷正在给书画装裱，用的是宣和装技法。

这位汤老爷是一位古玩收藏者。扬州城内再无第二人比汤老爷更清楚古玩市场之行情。他借铺子之便时常能购得极为罕见的字画、瓷器，有时还能偶得御用的瓷器和宫廷书画。他不仅修补字画还修补瓷器。

“汤老爷近日可有收获？”程尚德笑着问道。

“不比程老爷开办分号，家大业大，敝人养家糊口而已。”汤老爷说道。

“汤老爷真人不露相呀，这《秋舸清啸图》是……”

“盐商江家的，江家对扬州的文化贡献不小。”

程尚德一转身，看见桌上摆着净心斋墨品天干地支墨和唐煐雕刻的金星砚。汤老爷注意到程尚德的目光，放下手里的尺子说道："汇源墨砚斋的货进入扬州城内文人雅士的书斋了。"

"借汤老爷吉言，近期古玩市场有何消息？"程尚德问道。

"有一样宝物倒与汇源墨砚斋有关。"

"何物？"

"砚台'百一砚'。"汤老爷神秘地说道。

"汤老爷手里有'百一砚'？"

"汇丰典当铺的胡老爷来到铺子说看见'百一砚'了。"汤老爷停顿了一下继续说道，"说昨日一位云游道士想要当'百一砚'，又反悔了。"

"如今道士在哪里？"

"听说去了琼花观。"

"多谢汤老爷，敝人告辞了。"说完程尚德走出了翰墨园。

程尚德雇上轿子向琼花路赶去。一想到即将见到"百一砚"，程尚德就笑起来。经营汇源墨砚斋以来，程尚德并未见过"百一砚"，只因老太爷常提起，因此他也对这"百一砚"耳熟能详了。在程家的收藏目录里，亦未见详细的描述。

在琼花路北侧，程尚德看见了日渐衰败的琼花观。进得观来，阒无一人。程尚德从三清殿转过来，碰见了观主。程尚德深深鞠了一躬。

"请问施主有何贵干？"观主问道。

"敝人在找一位云游道士。"程尚德说道。

"此人已离开道观了。"观主说道。

"道士去了哪里？"

"云游四海，浪迹天涯，无迹可寻。施主请回吧。"

观主回礼后，转身便走，消失在三清殿内。

返回汇源墨砚斋时，程尚德不免有些失望，"百一砚"的庐山真面目终将不得识。

第三日，程尚德去了东关街茂源绸缎庄买了一块豆沙色的丝绸，到瑞祥金银玉器店买了一对翡翠镯子，去富春茶社买了糕点。程尚德是个急性子，随后返回歙县。

程尚德从藩司回来时，春风得意。孩子们分食了糕点，亦喜笑颜开，尤其是落梅最爱吃富春茶社的糕点。晚上叶氏让千弦准备了一桌好酒好菜，连许久不与他们同席的老太爷都上席了。户部对典当的税收提了一成，程尚德并不放在心上，眼下的形势，收益会更大的。一家人的生存都靠着这凭帖呀！

如今老太爷是内外丹一起炼，想要羽化升天。嘉贤以前向祖父请教道家之事却并非想要入道教，在青城山时他对道教入了迷。嘉贤向往鸿仁道长两袖清风、淡泊宁静的生活方式。嘉贤记起鸿仁道长说过一句话：鱼得水逝，而相忘乎水；鸟乘风飞，而不知有风。识此可以超物累，可以乐天机。老太爷虽没有完全抛开尘世之恋，却能淡然看待这红尘往事。

对程尚德在扬州偶然探得"百一砚"的去处，老太爷极为高兴。他不问砚台倒问起那道士来，当程尚德说未见着道士，老太爷有点失望。沉浸在快乐中的程尚德并未注意到老太爷的失望之情。

"胡老爷有三十六典，汇源典当也可以做到。"程尚德喝到高兴处说。

"心地清净方为道，退步原来是向前。"老太爷慢悠悠地说道。

"盈缩之期，不但在天。"

"身后有余忘缩手，眼前无路想回头。"

对老太爷的话，程尚德不以为然。没有长远的眼光是不能成就大业的，他认为父亲的眼光短浅了。叶氏忙招呼老太爷吃菜，让嘉堃给老太爷斟酒。

叶氏并不想要三十六典，男人常年不回家，再多的家当也不顶用。叶氏觉得，老太爷入了道教后，清静寡欲，自然无为。叶氏不懂得道教，更不懂山里的佛教，以为只要男人以家为重，这个教就是好的。老太爷自入了道教后，日日守在家里练功，足不出户，这个教就是好的。叶氏虽然心里反对在外办分号，却谨守妇人的本分，对买卖之事从不过问。

徽州有个俗语，粮收万石也要粗茶淡饭。这是叶氏从上辈那儿听来的。叶氏想，办分号更不能让程尚德守在家里，她站在老太爷这边。另外叶氏清楚，徽州商人的家业是一点一滴积攒下来的，即便有了余钱也不会用在生活中，对外赚得金钵满满对内还是清锅冷灶，与其如此还不如没挣下银子。

晚上一家人都睡下后，叶氏方回到厢房里。厢房里的炭盆烧得通红，屋子里暖洋洋的。程尚德从书房来到厢房。叶氏伺候老爷洗漱后，关了房门。躺在床上的程尚德拉住叶氏的手笑了，从怀里拿出那对翡翠镯子。

"这是给太太的，那块料子过年做件衣裳，太太一年忙到头，会更累的。"

听见老爷的话叶氏笑了，她早看见了放在顶柜上的料子。叶氏倒不是为了镯子和丝绸而高兴，而是为老爷那句话而快乐。

"老爷到底还是想着我们女人的苦，老爷……"

叶氏说不下去，滚到程尚德的怀里。她是从心里爱这个急躁的男人。程尚德顺势搂住叶氏，亲吻着她的脸。今朝程尚德得意，心里的火越发旺了。他看了一眼偎依在怀里一脸甜蜜的叶氏，一股火从心里腾起。温暖的屋子里躺着两具热汗淋淋的搂抱在一起的身体。

一进入冬月，上门找程尚德写春联的人越来越多。谁都能看出，程尚德的字越写越好了。每年的腊月也是程尚德最忙的时候，不是忙生意而是忙写春联。写春联用的砚台就是梅鹊玉带金星砚。程尚德把这款砚台当宝贝一样藏着，任何人都不能动。

程尚德写春联时不忘推销汇源墨砚斋的文房四宝，一边写一边说："这是用墨砚斋的墨、笔写出的字，个个笔锋苍劲，力透纸背。"

"好墨，好笔，好功夫。"许老爷夸赞道。

"没有这发墨益毫、储墨不涸的砚，也不会有这字，汇源墨砚斋的砚台石料全是龙尾山的石材。"程尚德道。

"程老爷的字得赵孟頫的真传。"扎染店的许老爷说道。

这句话程尚德最爱听。

鲍老爷要的春联是"守身如执玉，积德胜遗金"；许老爷家的春联是"万世家风惟孝悌，百年事来在读书"；绸缎商汪家的春联是"冬去山明水秀，春来鸟语花香"；程尚德给自家写的春联是"满院花香呈翰墨，隔林鸟语话文章"。

来程家大宅归还十两银子，唐老爷顺势也要了一副春联。程尚德哈哈一笑写了"善为玉宝一生用，心做良田百世耕"。

"田产都收回了吧？"程尚德停笔问道。

"归还了汇丰和程家的银两，还有盈余。"唐老爷开心地说道。

"各业都有自己的道，入了道方可长久。"

"多谢程老爷指点。"唐老爷说道。

要字的人家走后，程尚德拿着自家的春联去了老太爷那儿。老太爷看后点头赞许。这是程尚德写春联第一次没有提及买卖。

"试试这李墨，书写还是用李墨好。"老太爷说道。

"父亲还收藏着上好的'李墨'！"程尚德看见墨时，惊喜地说道，"黄金易得，李墨难求。"

"《述古书法纂》载'邢夷始制墨，字从黑土，煤烟所成，土之类也'。今之墨法，以好醇松烟干捣，以细绢簁于缸中，筛去草芥。松烟二两，丁香、麝香、干漆各少许，以胶水溲作挺，火烟上熏之，一月可使。入紫草末色紫，入秦皮末色碧，其色俱可爱。”

“墨之为用也，以观其妙。”程尚德笑着说道。

“若不是程老爷眼拙，程家的李墨都典当出去了。”

“商人仅仅为升值而收藏。”

程老太爷笑了，随后说道：“大少爷还未归家？不要怠慢了新媳妇。”

“快了，最迟不过灶王爷生日。”

程老太爷笑着走了，暗想大少爷娶了亲依然不改恶习。

年关临近，各地的店铺都关了门，掌柜的、老爷们纷纷赶回家过年。汇源典当铺的掌柜和伙计们得到银子后纷纷回家准备年货去了。净心斋的制墨工和砚雕工拿到工钱也回去过年了。一时热闹的净心斋冷清下来。

程老太爷路过净心斋时闻到空气中淡淡的墨香，不觉笑了。他虽把家业交到儿子手中打理，唯对制墨极有兴趣。他去了炼丹房却还想着嘉道迟迟未归家一事。

第七章 旧燕归巢

俞氏常请道士到家中扶乩，久而久之道士不请自来。俞氏听见道士的鼓声，没有一次不请他进来的。道士伴着光阴的流逝进入暮年，却从没乩出大老爷归家的音信。嘉贤音信皆无的两年，道士的扶乩亦没乩出嘉贤的去留。

道士摇着拨浪鼓前来时，俞氏正午睡。道士不厌其烦地在程家二宅前摇动着拨浪鼓。银荷出来要轰道士走。道士赖着不走，说程家二宅要有喜事了。

“这么多年，二宅就没有喜事。”银荷说道。

“贫道要见太太。”道士推开银荷的手说道。

“太太不在家，不要再来了。”

“贫道等太太醒来。”说完道士又摇起鼓来。

银荷赌气把道士关在门外。她不想引起俞氏无谓的等待。午睡后俞氏听见那招魂的鼓声，把道士请进二宅。道士并不要人吩咐，摆开了阵势。沙盘上的悬锤画出了与以往不一样的字。

道士看见沙盘上的字就笑了：“恭喜太太，二宅有人要归家了。”

俞氏忙问：“几时归家？”

道士笑而不答，伸出手来要赏银。

俞氏吩咐银荷去取赏银：“拿二两银子。”

道士拿了银子，笑呵呵地走了。俞氏沉浸在狂喜之中。

从午市上回来时，叶氏看见大宅院门里走出一道士。

叶氏知道俞氏又叫道士扶乩嘉贤和大老爷归家的日子了。俞氏常叫人算命或扶乩，却没有富裕起来。叶氏说了一句“穷算命，富烧香”。

叶氏把物品放到灶前后，往制茶间走去。临到门口时她又向家祠走去。进去后，叶氏烧了三炷香，念念有词地九叩首。程家的祖宗遗像，叶氏都记在脑海里了。叶氏看着升入屋顶的烟雾，感觉到很踏实。

叶氏再次来到制茶间，看了一下火候和茶叶的柔韧度。清晨采摘的茶叶经千弦的手挑选过了，一芽一叶。叶氏刚把茶烘出来，程老爷进屋了。千弦在老爷未进屋时就听见急促的脚步声。

砚台雕好，程老爷想让叶氏看一下。叶氏出自于砚雕世家，对砚台的优劣颇有心得。雕工唐燠金针度人，那两块龙尾砚石料经程老爷之手雕成姜太公钓鱼；另一块砚石料依其纹路雕成松鹤听风。

文房四宝中，程尚德最看中歙砚和徽州独一份的徽墨。而色泽黑润、坚而有光、入纸不晕、舔笔不胶、经久不褪、馨香浓郁、浓淡层次、落纸如漆的徽墨更令程老爷情有独钟。程尚德用歙砚研磨出的徽墨挥毫作画或书写，有着纸落云烟之快。

程尚德对砚台的兴趣，来自无意中看见的处士汪少微的那款砚台。此砚台后为苏东坡先生所有，几经易手到了程家。程老爷更钟情于歙砚坚润如玉、磨墨无声、发墨益毫、储墨不涸、久磨不损的优点。经年累月的喜好中程老爷选择了雕砚、制墨。作为商人的一种喜好，雕砚、制墨最合适不过。

千弦看不出好坏，而叶氏仅看了一眼就觉得程尚德的功底又上一层。前一款砚台她感到刚刚好，而后款松鹤听风砚台却太满了。石料有点小，图案布满了整个砚面，仿佛是凌驾于石料之上。

“花开半看，酒醉微醺。”叶氏笑了笑说，“少奶奶怎么看？”

“我门外汉一个，看不出好坏。”千弦笑着说道。

程尚德细看一眼，知道石料被过度利用。他知道唐燠看后为什么摇头了。为了尽最大力度表现松鹤的情致反而破坏了整体的意蕴。叶氏看了老爷一眼不再说话。她清楚老爷已明白哪儿不对。

“路让一步，味留三分，未尝不是好事。”程尚德懊恼地说道。

“老爷所说皆是金玉良言。”叶氏微笑着说道。

听见叶氏的话，程尚德心里舒服些，把砚台放入精致的酸枝木盒子里。程尚德忽然闻到茶叶的清香，转身看茶烘上的茶叶。

“这冬茶有别于往年，味道清雅。”

“没有什么不同，茶而已，既不能当饭吃，又不能当衣服穿。”叶氏淡然地说道。

叶氏并不是不知道茶叶可以换成银子。只是她不懂得那些附庸风雅之事，茶叶就是茶叶，是家里进账的一部分：花荫树下喝茶只是男人的事，女人连想都不要想。

“女人不懂，只知道吃饭穿衣。”程尚德说道。

叶氏把散落到茶烘外的茶叶归拢，一边放到锡罐里一边说道：“一天省一把，十年买匹马。”

这些品相不好的茶留给自家喝。婆婆不止一次说过，家就像江海一样，不积细流无以成江海，二十年前的程家只能称其为细流。千弦想起，母亲也常说这样的话。她想也许徽州的女人都说这样的话。

千弦累极了，想休息一下，可是看见茶烘上婆婆上下翻飞的手，就忍住疲惫上前整理茶叶。不知过了多久，千弦看见叶氏满意的目光。茶叶都放到锡罐里，叶氏离开茶房时，地上不见一丝散茶叶。

出了茶房，程尚德来到典当铺，吩咐叶祥禾把砚台送往墨砚斋预备出售。

第二天迎着朝阳起床时，千弦体会到母亲所说的离别之苦。务农虽说苦一点，家贫一点，却能守着夫婿过日子。经商的人家常年在外东奔西跑，一年到头见不了几面。夜晚两位小姐结伴而去，公婆在厢房里喃喃低语。月光下，千弦辗转反侧，低唱《十送郎》的歌谣：

一送郎，送到枕头边，拍拍枕头睡睡添；

二送郎，送到床面前，拍拍床梃坐坐添；

三送郎，送到槛闼边，开开槛闼看看天，有风有雨快点落，留俺的郎哥歇夜添；

…………

九送郎，送到灯笼店，别学灯笼千个眼，要学蜡烛一条心；

十送郎，送到渡船头，叫一声撑船哥，撑船哥……

灯下千弦细细做着活计，想起早晨那封信。母亲捎来信：家里一切都好，庄稼丰收，今年的收成比往年多了几成；农闲了，村子里的人时而聚在一起赌博，父亲偶尔去一次；二少爷汪士义常去参赌，家里正给他提亲……

徽州各村里的情况历年如此，农闲季节留守村子里的人多以赌博打发时间，官府多次禁赌不见成效。禁赌的告示编成儿歌被人们传诵，赌徒们只将其当成茶余饭后的笑谈。千弦知道二弟是个懒散的人，什么事都不放在心上，唯有吃喝玩乐不忘怀于心。千弦叹了一口气，希望二弟能遇到一位贤内助。

千弦听见叶氏来到后院里查看烛火。叶氏每晚总要亲自查看各处的烛火是否熄灭。她不敢再唱下去，睁着眼看着满顶床顶柜上的缠枝莲。

院子里还有婆婆忙碌的脚步声。千弦在床上躺不住了。几个月以来，她很清楚程家如今有如此大的家业全在勤俭上。天不亮就听见婆婆起床的声音，夜不黑透婆婆不会进厢房。千弦正想提了灯去院子里看一下，却听见婆婆进了厢房。她坐下来望着绣枕发呆。她常常想大少爷，想他在做什么，去了哪儿，看了什么戏。嘉道不喜写信，偶有从扬州带来的衣物和用品。

前一阵子，嘉道托人从扬州带来一包嘉湖细点的点心和一块丝绸衣料。这会儿千弦从柜子中翻出衣料，睹物思人，更引来千弦的思念。这一夜，她在时断时续的睡眠中迎来东方第一道曙光。

茶房里，叶氏正给少奶奶讲采茶与制茶。新媳妇出自务农之家，做不惯这采茶、制茶、纺纱、织布的活计。叶氏极有耐心，千弦又是心灵手巧之人，不出一个月，千弦手下的活计快赶上叶氏了。

眼看着百里挑一的少奶奶按歙县习俗行事，叶氏再没什么可不满意的，对少奶奶式样花哨的衣装也不太计较了。

天刚刚擦黑，叶氏对千弦说："早起三日抵一工。"

这是叶氏暗地里叫千弦次日早起。天空还布满星星时，千弦与落梅就前往竹铺。与她们同时出门的还有去五明寺打水的汪开泰。

落梅出个门可不容易，长衣宽袖，高高的立领把人裹在衣服里，不知是人穿衣服还是衣物裹人。千弦把眼前依稀的星星数了两遍后，同落梅出门了。

雾中飘起细雨，山路上有不少采茶的少女、外出务农的男人和匆匆远行的客商。渐渐地，少女从山路上进入各家的茶园里。程家的茶园在山谷最里面，最后就剩下她们俩了。还在山路上，千弦就听见采茶歌飘过来：

三月呀采茶（哩）桃花（呀）红（啦），

四月呀采茶（哩）做茶（呀）忙（啦），
五月呀采茶（哩）是端（呀）阳（啦），
六月呀采茶（哩）茶飘（呀）香（啦），
七月呀采茶（哩）秋风（呀）凉（啦），
…………

云雾环绕的山谷里飘荡着山泉混着花香的甜美气息。阳光洒向徽州大地时，她们已采了些带着露珠的茶叶。落梅边采边玩，茶没采多少，把鞋子和裤角都弄湿了。她拿一个茶筒接茶叶上的露珠，叫醒睡在叶子上的金龟子。做这些事时，落梅不会看脚下的路。

落梅识书认字，观花望月能写诗，颇得程老太爷、老爷、太太的喜爱。落梅的才情还在其次，她的容貌十里之地无人能比。短短几个月，千弦看出落梅性情虽孩子气，却有执拗的一面。程家严厉的家规下，落梅从小对贞女、烈妇极有兴趣。落梅不做女红时常看的书是《烈女》与《内训》。

手拿茶叶的千弦看着在茶园里扑蝶的落梅哭笑不得。这哪里是来采茶，完全是少女踏春游玩。再新奇的景色也经不起日日相看，第三日落梅的心思就放在采茶上了，但依然不及千弦。千弦的茶篮里采满了茶叶，而落梅的茶篮里只有一半。

“大嫂，大哥不在家，夜里你都做些什么？”落梅问道。

“能做什么？不过是做些消磨时光的女红。”千弦笑着说道。

“古书上常说，女子出嫁后要多看《内训》《孝经》。”

“《内训》《孝经》并不能减少女子的思念，二小姐出嫁后就知道了。”

程家明前的茶叶采摘完，进入制茶阶段。烤茶时落梅出了茶房，给程老太爷捧茶。走进竹林，清雅之风扑面而来。落梅正因喜爱这里清静，常来看望老太爷。

老太爷精神矍铄，银须银发，一张童子脸。他刚从练功房里出来，在打太极拳。今朝老太爷刚从山里回到大宅。自炼丹以来，老太爷着迷深山里的草药。他进山自制草药，一走就是十来天。

老太爷饮茶极为讲究，茶要当年的明前茶，水要五明寺的泉水。落梅收集的露珠水泡茶亦是极好的。一见落梅，老太爷就知道今朝的茶是用露珠水泡的。老太爷极喜爱落梅，也就格外用心培养她对书画的爱好。

“‘晴时早晚遍地雾，阴雨成天满山云’的徽州宜产茶。竹铺大方茶可是灵草，常饮必长寿，今年的茶多，这里还有些，拿去喝吧。”老太爷坐定，接过落梅的茶说道。

“祖父，我喜欢喝珠兰花茶。”

“芬芳的东西并不能结出果实，习画要学习倪云林的韵致，构图疏淡有致，立意要高远，那些浓艳之画只有一时快乐。这几日的画作可有收获？”

“画了这么几年，方清楚作画之真意。女子无才便是德，绘画只能当成消遣，刺绣才是本分之道。”落梅笑着说道。

落梅跟随一位回乡的宫廷画师习画有好几年了。老爷无意中发现，她很有绘画天分，但她绘画技法的长进并不大。落梅有意逃避绘画，醉心于刺绣。在落梅心目中，女子的本分就是持家守财，相夫教子。

“话不能这么说，那是蒙蔽女人的一种说法。这里有上好的墨拿去画吧，不要让你父亲看见。”

“多谢祖父。”落梅微微一笑。

“这是紫玉光墨，御用墨。”老太爷在宣纸上一边写一边说，“徽墨素有拈来轻、磨来清、嗅来馨、坚如玉、研无声，一点如漆万载存真的美誉。”

“净心斋制作的墨？”落梅问道。

“这是程家的墨，墨的好坏在于烟上，越轻越好，窑里最后面的烟是上等的。”

落梅快乐地笑了。她知道如果让父亲看见这墨就会拿去当收藏品。陪着老太爷喝完茶，落梅拿着墨去了后花园。

千弦到街上想买一种靛蓝的细布做盘扣，遇到了杨家二少奶奶。

在深宅大院里，千弦见过杨家二少奶奶几面，官宦之家的礼仪要多些。杨家虽为官宦之家，杨家二少奶奶的夫婿却是位木材商人。朝中有人好做官，做生意同样要朝中有人。歙县杨家的木材生意做得不同凡响。

杨二少奶奶要到街上买些胭脂。千弦注意到她的衣着都是扬州样式，用料虽不是丝绸却是飞花布，花色更为多样化。杨家婢女身穿的衣裳用料竟然也是飞花布。

“苏州胭脂扬州的粉，香粉一定要是戴春林的货。”杨家二少奶奶看了一眼千弦说道。

“美人一身香，穷汉半月粮。不是每个女人都能用上戴春林的香粉的。”千弦笑着说道。

“女人嘛，在脂粉上就要舍得花钱，男人喜欢这些。”

千弦笑起来。她倒没注意叶氏用的脂粉是什么样的货色，从落梅的脸色上看，她用的脂粉一定不差。

“就是所谓的‘三分长相七分打扮’了。”千弦笑着说。

“这与读书之人绘画写诗一定要用徽墨，砚台要用歙砚或端砚，笔要用湖笔，纸要用宣纸是一样的。”

“二少奶奶见多识广。”

“耳濡目染，杨家的少爷们书读得不好，却对文房四宝要求极高。落第的秀才最难伺候，那墨呀、砚台呀，都不知用了多少，却不见中榜。”

千弦暗笑，知道杨家二少奶奶在说杨家大少爷。杨家为官宦之家，祖上曾做过翰林院学士，以后的官职再没有高过此职。

千弦越看越觉得杨家二少奶奶的衣裳好看，那豆沙色的布料还未在街上看到过。她一见二少奶奶的衣裳就知道不是许家扎染店的货。

“二少奶奶，杨家的布都在哪儿染的啊？这豆沙色的布市面上可不常见。”千弦的好奇心最终胜利了。

“早先在许家的扎染店，如今改到吴家扎染坊，那里花色更多也更耐用。茜纱红就一定要到吴家染了，这里会用到一种明矾的媒染剂，色泽明亮而且不易褪色。”

“好布才能做出好衣裳，二少奶奶这身衣服再也挑不出错了。”

“若是丝绸的会更好，盐商鲍家的衣服料子都是丝绸的。”杨家二少奶奶说着就去往戴春林香粉铺子。

千弦告别二少奶奶继续向前走去。此时她看到街上行人的衣料都比她的衣裳样式要新颖，颜色更加明亮。她方觉得程家用来做衣裳的料子从花色到样式都太土了。千弦从王庆隆铺子外看见新进丝绸面料的阳伞，就走了进去。铺子里有几位太太正在挑伞。精工细做的伞拿在手上就是不一样，把人都衬得美丽了。程家的伞一律都是褪色的黑伞。千弦往柜台前走了一步又退出来。离开伞店时千弦隐约听见伙计说，歙县只有盐商子弟用丝绸面的阳伞。

千弦想要折回的脚步又向前走去，来到隆耀布店买了一尺靛蓝布。她回到大宅，正赶上叶氏在中堂缝补程老爷的长袍。千弦走上前要接过手来，却被叶氏挡住了。

“嘉道马甲上的盘扣开了，少奶奶给缝补上吧。”说着叶氏把圆凳上的马甲拿给千弦。

千弦坐下来，把手里的靛蓝布递到叶氏跟前说道：“这成色要比大少爷这身马甲的成色明快多了，程家的布在哪里染色的？”

“在许老爷的扎染坊，程家的布从祖上起都在那儿染的。”叶氏感到有点怪异。

“打箍井街上的吴家染坊，染出的布要好得多，杨家的布都在那儿染的。”

“许家是百年老店……不过这成色确要比许家染的好些。”叶氏拿起布料说道。

这时程尚德扬扬自得地走进中堂。他收到扬州的来信。

信中嘉道说姜太公钓鱼那款砚台卖了五百两银子，松鹤听风砚台卖了三百两银子。程老爷不无得意地笑了。叶氏看过信微微一笑，这封信程老爷等候多时。程老爷是个急性子，客商对砚台的估价就是对他砚雕技艺最好的评判。

千弦放下手里活计，给程老爷沏了一杯绿茶。

“一技之长在于精益求精，老爷的砚雕还未炉火纯青。”叶氏有意说道。

“妇人之见。”

“精益求精可不是出自女人之口，出自《朱熹集注》。”叶氏笑着说道。

程老爷对叶氏所言不置可否。叶氏笑起来，让一旁捧茶的大少奶奶回厢房休息。

千弦回到厢房，身子一挨床就迷迷糊糊地睡过去。从花园传来碧儿叫二小姐的声音，惊醒了千弦。望着床顶上的描金缠枝莲，她想一个女人的快乐就像这缠枝莲一样，与丈夫紧紧地缠绕在一起。千弦想要起来，一侧头看见顶柜上有一杯昨夜喝剩的茶。她记起家里的冬笋要给伯娘拿一些。

灶前静悄悄的，就连平日主持灶前饮食的叶氏都不在。千弦找到一个白瓷碗，装上冬笋，从月华门进到俞氏的中堂里。千弦看见俞氏坐在太师椅上进入梦乡了，梦里俞氏笑起来。俞氏脸上的容颜没有清醒时五官皱缩到一起的愁苦，而是泰然自若。千弦不想惊动俞氏，悄悄地去灶前，俞氏却一下子惊醒了。

“是大少奶奶呀，坐。”俞氏低声说道。

“伯娘，这是今冬的竹笋。”

“银荷，把冬笋拿到灶前。”俞氏大声喊道。

“尽快吃吧，上次二老爷拿来的枇杷都放坏了。”银荷不满地说道。

“一天两天不会坏，少爷兴许这两天就回来了。”

“太太过两日就吃吧，不要再把好东西放坏了。”银荷说着，拿上冬笋往西一拐，进入后面的灶前。

“大少奶奶，二少爷最爱吃这冬笋了。我这身体熬到这会儿，全靠二少爷的体贴。可惜眼睛失明了，不然能看见二少爷吃冬笋会很快乐的。”

“伯娘，外面的阳光很好，我扶您到天井里坐会儿吧。”千弦怕大太太伤心就说道。

这个声音又唤起俞氏心中的暖意。从第一天见面起，这个声音就让她感到亲切。

俞氏觉得这个女子就像她的女儿一样一直生活在她的身边，也许这就是人们常说的“不是一家人，不进一家门”。俞氏想她若是从自家的门进来就更好了，女孩子有些离经叛道的想法不足为奇。

“大少奶奶喝茶，太太哪儿都不会去，也许只有二少爷能劝动太太。”端着茶走来的银荷说道，“要不是为找大老爷，二少爷定能考中举人。”

“二少爷是读书人？”千弦问道。

“二少爷读书时先生常常夸奖，比三少爷还要会读书。”银荷笑着说道。

“一个婢女倒知道主人的事，快去灶前准备饭菜。”俞氏嗔怪道。

“银荷说得对，二老爷也常说起二少爷的学问，大少爷不是读书的料，只能经商。”

俞氏喜欢少奶奶，喜欢少奶奶的直率与坦诚；二小姐太拘泥于形式，以烈女、贞妇自比；三小姐则呆头呆脑。虽然二小姐是全家人的宝贝，俞氏却觉得被节妇、烈女思想束缚的二小姐可怜。有时俞氏倒对被程家忽略的三小姐心生喜欢，因为三小姐太不像徽州的女人了。

“少奶奶就像我的女儿，如果二少爷能娶……”

“我就是伯娘的女儿。”

见伯娘不说话，千弦正想站起来，却看见俞氏伸起脖子，身子前倾，一脸询问的神情。千弦顺着俞氏的目光望去，看到挡住阳光的身影投射到面前。

千弦看见一张熟悉的英俊的脸，一时间不知在哪儿见过的脸。千弦感到亲切，像家人一样亲切。千弦突然间脸红了，为自己除了嘉道之外，还对陌生男子的熟悉而脸红。千弦把手放在俞氏的胳膊上，想要安慰伯娘。

“太太，二少爷回来了。”从天井走来的银荷大声叫道。

俞氏颤抖了一下，两手一扶椅子站起来，向前走了几步来到天井，手在空中急促地摸索着。那位男子上前几步扶住了俞氏。要不是男子扶住她，俞氏就摔倒在地上了。

千弦再次看向男子。此人个子高挑、身子单薄板正、眉眼周正、脸色苍白，目光中坚定的神情透露出他吸引人的特质。他的气质与嘉道完全是两样的。嘉道给人绣花枕头的感觉，是放在前面给人看的，却不能放在后面让人依靠。

这张熟悉的脸，千弦感到在哪里见过，一时想不起来。男子根本没注意到中堂里还有第三个人，直直盯着俞氏。

“母亲，我回来了，母亲的眼睛怎么了？”男子痛心地问道。

“嘉贤，老爷呢？”俞氏紧紧抓住嘉贤的手不放，生怕他会跑掉。

“父亲……他……”

男子的声音哽咽了。俞氏的身子晃动了一下，又站定了。她早已猜测到老爷命归黄泉，她以为她连儿子的面都见不着就会追随老爷而去了。嘉贤把母亲扶到太师椅上坐下来，随后在俞氏旁的椅子上坐下来。俞氏不停地抚摸嘉贤的手，摸索着把手放到他的脸上。确认这就是她一走两年的儿子后，俞氏松开了手。

“嘉贤，这是大少奶奶。”

俩人的声音同时响起，向对方问好又同时停下来不说话。俞氏听着他们的动静，越发觉得他们是她的一双儿女。俞氏笑起来说：“你们就是我的一双儿女。”

千弦的脸更红了，只觉得是俞氏高兴过头了才说出这样的话来。她并没有把想象中的嘉贤与眼前这位男子联系起来。俞氏和银荷把嘉贤描绘成不染尘世之苦的秀才模样。

嘉贤沉着地坐下来，抚摸着母亲的双手。为了让母亲更加真实地感受他就在身边，他挺直的背向前倾。他苍白的脸色却有一种俯瞰众山的气势，仿佛他周身的一切都变得渺小，唯有他和母亲。他侧过身来看到了千弦。嘉贤的黑眼睛里有着和善的笑容，有着一种包容一切、看透一切的适情率意。

正是此时千弦想起来，这张脸就是她多年来记忆中的那张脸，虽然有些不同，但大致模样没有变，从少年的青涩变成青年的成熟，还有一种饱经沧桑的坚韧。嘉贤正低着头细看饱经风霜的母亲。那双看不见的眼睛迎向他时，他的眼泪像决堤的河水般倾泻而出。阳光下，泪流满面的脸掩盖不住他的翩翩风度。千弦感到嘉贤要比嘉道更为英俊。

回到厢房，千弦依然睡不着。已过了平日睡觉的时间，千弦还在想嘉贤。猛然看见一位与自己年纪相仿的男子，千弦的心没那么平静了。她在想嘉道有力的胳膊什么时候能把自己搂在怀里。这时千弦多么渴望嘉道能守在身边。

嘉贤当年一路风尘仆仆地赶到川蜀的木公所，却得知父亲失足落水而亡。他怀揣着徽州梦离开徽州，带着要与父亲重逢的渴望离开徽州，听着徽州的歌谣离开徽州。

前世不修今世修，苏杭不生生徽州；
十三四岁年少时，告别亲人跑码头。
前世不修今世修，转世还要生徽州；

十三四岁年少时，顺着前辈足迹走。
徽州徽州梦徽州，多少牵挂在心头，
举头望月数星斗，句句乡音阵阵愁。
徽州徽州好徽州，做个女人空房守，
举头望月怜星斗，夜思夫君泪沾袖。
前世不修来世修，转世还要生徽州；
书香门第也富贵，忠烈节义美名流。
前世不修来世修，转世还要嫁徽州；
多少辛酸多少泪，悲欢荣辱也轮流。
…………

父亲未见着，嘉贤的徽州梦破灭了。

在川蜀嘉贤大病一场，怨恨自己没有早点来。病未好又赶上鼠疫，他几乎要死了，没有人以为他可以活过来。守在他身边的几位同乡想放弃对他的救治时，遇见一位云游的道长。人们尊称其为鸿仁道长，银须银发，精神矍铄，没人知道他的高寿，更没人知道他来自何方。道长把嘉贤带走了，没人知道他把嘉贤带到了何方。鸿仁道长临走时说了一句“此症非三死之症”。

程尚德派人到川蜀寻找嘉贤晚了一步。汪开泰赶到宜宾时，嘉贤已音信全无。

鸿仁道长把嘉贤带到青城山的天狮洞。他一边修行练功，一边给嘉贤治病。鸿仁道长是医家高手，精通五行。曙光微明，他跋山涉水，到很远的山谷里采撷草药；傍晚他披着一身的寒气归来为他熬制草药。

很长一段时间，嘉贤毫无知觉。他气息微弱，脉搏无力。鸿仁道长没有放弃。几个月之后，嘉贤有了知觉，还不能动。半年以后，嘉贤方能活动。他下不了山，走不了长路，他靠着天狮洞遥望远处的家乡，思念他的老母亲，一坐就是几个小时。鸿仁道长从不打搅他，任他静静地坐在那里，天凉了给他披件衣服，天热了让他少穿件衣。

为了强身健体，嘉贤随着道长采撷、熬制草药。渐渐地嘉贤能分辨草药，能号脉抓药了。他在医学上有着奇异的灵性。一些草药，他闻一次或看一次就能记住，而那些药理作用听一遍就熟记于心。鸿仁道长见嘉贤有这方面的天赋，着意培养他辨识草药及五行经络。不知不觉中，嘉贤逐渐掌握了鸿仁道长所教的药学知识。

进入徽州腹地，鸿仁道长就被眼前“青山云外深，白屋烟中出；双溪左右环，群木高下密；曲径如弯弓，连墙若比栉”的村落所吸引。

今年风调雨顺，庄稼大丰收，徽州大地上一片欢天喜地的喜庆场面，传统活动极为活跃。在祁门他们遇见众多参加齐云山香会的道士。鸿仁道长决定到齐云山修行。为了赶第二年的百子会，道长在祁门与嘉贤分手。

回到家，他先看见那位侧身而坐的姑娘，听见她说话的声音。女子快乐而调皮，随着说话，皓齿与眼睛一闪一闪的，白玉般的手在空中弹琴似的画出一道弧线。听母亲说那位女子是他的大嫂。嘉贤不敢放纵他的情感，稍稍压下急跳的心，把目光从那位女子身上移开。

鲜嫩的脸依在云鬓之下，明亮的眼睛里欢快的神情惹人爱怜，笔直的鼻子、小巧方正的嘴巴无不展现着她的美丽。起坐之间有一股珠兰花的香味飘过来，发髻上的白角篦闪烁着晶莹的光芒。飘动的云鬓更引起二少爷的联想。

母亲在女子的妙语中找到安慰，脸上有一种宁静安详的光芒。一时间他为母亲的模样一点没变，而感到欣慰，更感激那位女子。

几分钟之后，嘉贤清楚想要支撑这个家还需要再外出做生意。俞氏问嘉贤还走不走，他不敢说要走。

银荷已经把厢房清扫出来。两年之中发生了许多他所不知的事。他洗了脸，换上银荷找出的旧衣服，去看望叔父与婶母。嘉贤走到门口又回身看向银荷。

“银荷多费心了，谢谢你。”

“二少爷回来就好，太太的身体亦可望好起来。”

“去拜见你祖父和叔父吧。”俞氏轻声地说道。

“唉，家业……”二少爷未说完，转身走了。

“二少爷，家业事小，太太的心病事大。”银荷的声音从后面传来。

从月华门过来，嘉贤看见一位女子立在一棵紫薇树下。十月了，紫薇花早谢，丹桂飘香。女子转身的瞬间，嘉贤认出是千弦。

千弦没有看见嘉贤，扭着水一样的腰身向西走去。嘉贤知道大哥在扬州做生意，望着千弦消失的身影，他想这是另一个徽州女人。

程尚德在东街就听说嘉贤回来了。下午集市最热闹的时候程尚德上街了。掌握市面上墨砚行情一直是程尚德最为看重的事。见到士绅纷纷购买程家墨砚的情景，程尚德对在扬州开办分号更有信心了。另有一点，程尚德在街上主要留意那些诗书人家对汇源斋墨和砚台的反响。梦笔生花墨近来最为抢手。

其实与程家有一墙之隔的杨家是汇源墨砚斋最大的用户。他们几辈都是官宦和读书人。斗山街上新开的千秋墨庄却是程尚德心头最大的顾虑，谁也说不好又会出什么事。眼下倒也风平浪静。

从街上回来，程尚德先去了铺子，在铺子外碰见从扬州回来的汪掌柜。汪掌柜不负众望，收回全租，还带来一些上等的湖笔。程尚德想要汪伯立笔而不得，这种笔在市面上绝迹了。有了这些湖笔，程尚德又可像赵孟頫一样日书万字。

“汪掌柜辛苦了，程家不能没有你呀。”程尚德看着账簿说道。

“老爷过奖了。”汪掌柜掩饰着得意说道。

“回去休息吧，明天再来。”

程尚德离开铺子，来到中堂专等二少爷。喝了一盏茶的工夫，才见嘉贤从月华门过来。程尚德细细地打量着两年来音信皆无的嘉贤。从前院走来的婶母惊喜地叫一声，把嘉贤揽入怀中。嘉贤感到一阵宽慰。那种身在家人中，亲切与自然的情感温暖了他的心。婶母详细地询问了他这两年的生活，没有问到他的父亲。嘉贤看了一眼叔父，明白他们早已知道父亲的死讯。嘉贤听母亲说过，叔父几次三番派人去川蜀寻找他们父子。

“回来就好！”叔父宽慰地说道。

“晚上到大宅来吃饭。”叶氏高兴地说，“嘉道要知道二少爷回来了，不知会有多么高兴呢。”

嘉贤婉言谢绝，要与母亲一起吃饭。嘉贤知道大哥在扬州的墨砚斋打理买卖。但他急于回家，路过扬州时没有登门拜访汇源墨砚斋。

“先歇息吧，养好身体再考虑做些什么营生。”程尚德温和地说道。

“我看二少爷最好就留在歙县，二宅不能没人。”叶氏笑着说道。

嘉贤只点头微笑并不说话。程尚德问了些路途上的见闻，主要关心商业贸易，徽商的前景。也许因身体的病痛，嘉贤对未来的木材业前景并不乐观。嘉贤不便与叔父辩驳，击碎其徽州商人的梦。

沿途嘉贤看见徽州的松木在徽墨的制作生产中大量被消耗，如今大半都是幽树。油烟墨的创立虽然减少了对松树的需要，从根本上却不能解决木材的供不应求；龙尾山砚石料的歙砚更难求了；英国在东印度的茶叶公司的茶叶已渗透到欧洲各国；西方国家工业革命必将会对本土物产产生冲击；“一口通商”的局面只是延缓了西方物产侵入国内的进程。

“西洋物产的渗透对国内的物资不是件好事，徽州的手工业会受到冲击。”嘉贤说道。

“‘一口通商’，西洋物资不会很快进入中国。”程尚德哈哈一笑说道。

“也不会长久维持眼下的局面。”

“二少爷再看几日，就不会有这种想法了。”

程尚德让嘉贤去看望老太爷。嘉贤往后院走时碰见了落梅。

“二哥，回来了。”

“还在学绘画吗？”

“不画了，女子无才便是德嘛。”

“这些是程朱理学束缚女子的说法，顺其自然，体察本心，不可枉费一生。”

“祖父正在练功，晚上再来吧。”落梅打断嘉贤的话说道。

落梅笑笑走了，不想听这些叛逆的说教。看着落梅远去的背影，嘉贤知道并没能说服她。嘉贤从后院直接回二宅了。

吃完晚饭，嘉贤到屋里整理散乱的诗书。淡淡的芸香溜进嘉贤的鼻子里。书桌上翻开的书还如他匆忙离开般放着，原封不动。那日他离家去寻找父亲，本以为几日后便能回到歙县。如今这些书将与二少爷无缘了，今后他将过上挣钱养家的生活。

那本翻开的《论语》上写着：“天下有道，则礼乐征伐自天子出；天下无道，则礼乐征伐自诸侯出。自诸侯出，盖十世希不失矣；自大夫出，五世希不失矣；陪臣执国命，三世希不失矣。天下有道，则政不在大夫。天下有道，则庶人不议。”

书上的批注还印在他心里，这些书不会再在他的生活中出现了。二少爷把书放到楼上那间不常用的杂物间里。嘉贤在书房里待久了，身上亦染上芸香味。

从楼上下来，嘉贤看见母亲坐在太师椅里。他招呼一声后去看老太爷。老太爷备好茶正等嘉贤呢。傍晚时分，老太爷听说嘉贤回来了。消息像一服灵药，老太爷觉得身心一轻。嘉贤从小明白事理，聪明好学，处事淡然，深得老太爷的心。

还是轻而稳健的脚步声，人却一脸的病态，多日不见阳光的脸苍白消瘦，纤细的身板快要缩回娘胎里了。老太爷暗想这孩子一定受了许多苦，外虚内热。引起老太爷注意的是嘉贤脸上焦急的红晕。老太爷不清楚，嘉贤为了什么而焦急不安。

看到祖父的第一眼，嘉贤还以为是鸿仁道长，一样的银须银发，一样健朗的身子、挺直的腰板。祖父崇尚道教，练内功来提高定力。祖父的功没有白练，嘉贤感到祖父身体更健康，面容更年轻了，而他的声音比往日更洪亮。

老太爷上前走了两步，竟然没一点声音。

“嘉贤，这里有上好的大方茶。”

“孙儿无用，让祖父受惊了，使家业衰败，愧对祖宗。”嘉贤愧疚地说道。

“此话太早，百年之后再看今朝方能知对错。人回来就好，一切自有定数。”

“家母为了不孝的儿子哭瞎了眼睛，孩儿却无一养家糊口之技能。”

“一时之难无须挂齿，岁寒，方知松柏之苍劲，大灾后方验国力之殷实。”老太爷声音洪亮地说道。

“眼下都过不去了，更别提将来。”

“真思至道，学知清静，清静方可为；要清心寡欲，强筋健骨，养好身子。”

道家的思想，嘉贤在青城山时常听鸿仁道长说起，那时不过为了熬时间，今朝听见祖父如此说，却有了全新的认识。

老太爷步履轻盈地走到屋外，看看天上的月亮要“静坐”了。嘉贤告辞出来。仅仅一个下午，嘉贤感到所有的力量全都回来了，对父亲死亡的愧疚消失了，对母亲的愧疚依然紧紧箍在心上。嘉贤慢慢地走向月华门，迎面是夜晚凉爽的微风。

祖父的话让嘉贤对眼下的处境有了全新的认识，自己年轻力壮，不愁找不到事情做。他低着头往前走，走进珠兰花的香气中。嘉贤还未抬头，撞到一个人身上，是千弦。沐浴在月光中的千弦容光焕发，芙蓉髻上的珠钿闪着炫目的光辉。

猛然间看到大嫂，嘉贤吃了一惊，夜晚徽州女人家足不出户。他喜欢这位女子，第一次见面就喜欢。听见大嫂说她就是母亲的女儿时，嘉贤起初还以为是母亲给他定下的媳妇。他喜欢她不仅因为她的美丽，更喜欢她活泼坦率的情态。

万籁俱寂时，千弦找到一个去处——找俞氏说话。此刻，小姐们都回厢房了，叶氏在吞云轩给老爷点烟，嘉堃在书房里发奋苦读。千弦本想回厢房里做些活计，却转身往月华门走去。她想找人说说话，以赶走对大少爷的思念之情。

千弦按往常的习惯来找伯娘，以熬过漫漫长夜。她有许多话要说：家里收成不错，弟弟定亲了，嘉道从扬州托人带回一块香云纱的料子。她想问俞氏那块料子可以做什么。每到这时候，千弦就像上了发条的小人一定要去二宅。

借着月色，千弦看清是嘉贤时，她的脸红了，忘记嘉贤回家了。她清楚嘉贤回来了，不该再来找伯娘的。

“二少爷，我来找伯娘说话。”千弦不安地说道，“长夜漫漫，睡不着。”

“那种日子我体会过，养病期间没有一日能睡着，睁眼坐到天亮。”嘉贤说道。

千弦像找到知音一样，感到欣慰。她奇怪为什么自己不像别的女人一样，能熬过漫长的黑夜。千弦很高兴如今有个人与她一样。她抬起头来看嘉贤，还是与她梦中的男子一样，更真实，更亲切。在这种亲切的氛围下，千弦的胆子大起来。

“二少爷，你在外时想家吗？”

“在外能想的太多了，不仅仅是想家。”嘉贤说道。

“不知什么时候，女人也可以像男人一样，能四处行走。”

“没有人限制女人四处走，那是她们不想走。”

“妾身会走的，跟着大少爷走。”千弦道。

“女人的束缚，更在于心的束缚。”嘉贤道。

“二少爷，在青城山时会做些什么？”

“想家，想母亲，想得快发疯时看些《道德经》《南华经》。”

“二少爷又不做道士，看这些书做什么？”

“鸿仁道长教的，道士也分两种，全真派和正一派，我还不是道士。”嘉贤道。

“二少爷是道士，妾身也不怕。”千弦笑着说。

嘉贤笑了笑，没有说话，因为千弦调皮可爱的样子，说话时的语气都让人想笑。

今天是嘉贤第一次笑，他很久没有笑过了。月亮把他们的影子拉长又拉短。千弦再次抬头时看到天上的圆月，意识到时间不早了，匆忙返回厢房。

那一夜，千弦睡了个安稳觉。

第八章 假戏假做

程尚德的如意算盘打得精细。

古人云，饱暖思淫欲，他看出嘉贤再闲下去会生病的。过了年，汇源典当要在扬州开分号，需要一个掌柜。嘉贤在铺子里所做的事终究会超过一个掌柜所做的，为了对得起这份情义，每一笔业务嘉贤会比主人做得更好。再没有比嘉贤更适合的掌柜，这样一来大太太会更加感激他的。想到这里，程尚德得意地笑了，从后门出来直接上了乌聊山。

程尚德还保留着傍晚散步的习惯。为驱赶雕刻砚台的疲惫，在山上走走，吹吹潮湿的凉风，看看夕阳晚景，好不惬意。程尚德心头的烦恼溜走了，就像吹过乌桕树的凉风向南而去，旧的烦恼去了，新的欢乐涌起了。

程尚德心里有一个不能愈合的伤疤，那就是谢姑娘。他在山头上能静静地想谢姑娘。几个月过去了，没有谢姑娘一点音信。他并不真以为谢姑娘能离开徽州大地，也许她正在什么地方看着他。他的脚还是把他带到斗山街，不过铺子早已改换门庭了，现在是一家扎纸店。就这样走一走，程尚德的心又浮起来了。

夜晚程尚德对叶氏说起这事。叶氏正对着镜子要摘头上那个翡翠的簪子。她的手停在半空中，先笑了起来。俞氏悲惨的命运叶氏看在眼里，日日夜夜祈祷自己别碰上这样倒霉的事。徽州纪岁珠的故事家喻户晓，大太太只是其中之一。另外叶氏对程尚德的打算看得很清楚，她再次笑了笑。

“大嫂再经不起任何打击了。”叶氏说道。

“嘉贤为人稳重可靠，留在铺子里，对典当生意也有好处。嘉贤聪明好学，要不了多久，就能独当一面。”

“明天就叫嘉贤到铺子里上工吧。”

“还是太太知我的心，早点睡吧。”说着程尚德吹熄了清油灯。

叶氏尚未躺下，程尚德就搂住她温热的身子。叶氏感到程尚德从谢姑娘的离别中解脱出来了。漆黑之中，叶氏舒心地笑了。

第二天清晨，程尚德在后花园里拦住嘉贤。这时程尚德才注意到，这里已经成了中草药的发源地，更是一处芳香四溢的花园，珍稀树种已经在这里安家落户。

“嘉贤，明天开始跟着汪掌柜学典当的手艺，年后在扬州开分号需要人手，与其给别家做事，不如在自家铺子里做事。汪掌柜不会在程家做一辈子的掌柜，另立门户是早晚的事。”程尚德说道。

“谢谢叔父的抬举。”嘉贤放下手里的活计说道。

“不会觉得委屈吧，或许有更好的打算？”面对嘉贤的漫不经心，程尚德问道。

“侄儿做个掌柜心满意足，这样的世道，辛苦一生也许并不能挣下一份家业。”嘉贤说道。

“不要悲观，商机存在于风险之中，二少爷若另起炉灶我会鼎力支持的。”程尚德说道。

“侄儿胸无大志。”

“嘉贤，为商切记‘人无笑脸莫开店，态度谦和能生财’。”

程嘉贤进汇源典当铺的事就这样定下来。这件事定下来后，程尚德感到一件大事完成了。说起来这个主意还是老太爷最先提出来的。二宅的经济来源，程尚德了解得一清二楚，嘉贤的工钱一开始就按掌柜支付。

来到汇源典当铺的嘉贤，一头扎进历史的长河画卷中，瓷器、书画、佩饰、珠宝、丝绸、兵器等，他一一观摩。在典当铺里，他博览群书，探究古玩来源，核对实物与书中描述的细微差别，与现实中的物品相比较，书中的描述更能引起嘉贤的兴趣。

程尚德见嘉贤有如此高的兴致，颇感欣慰。在铺子里没几日，嘉贤对商人追求最大利益，无视典当之人眼前急难而不满。有些物品以极低的价钱收进来，却以很高的价钱卖出去。尤其是那些典当家具用品的农人常让嘉贤于心不忍。

汪掌柜看货收钱，手脚麻利，根本没注意到眼前那位面黄肌瘦的乡民痛苦的眼神。

“汪掌柜，这酸枝木八仙桌是不是可以多典两块银元？”嘉贤忍不住问道。

“二少爷，看这里有条裂纹，那里有个缺口，看货眼光要毒。”汪掌柜一边说一边在存根上写着什么。

“这可是整张酸枝木的桌面，世上难寻这么大一块酸枝木。”

“不要看表面，这张桌子样式古旧。”汪掌柜说着，已完成手中的活计。

前几日嘉贤看见比这小些的八仙桌卖出的价是这张桌子典当价的两倍，而且还没有这张八仙桌保存得好。汪掌柜转身收货付银子，紧接着接待下一位顾客。嘉贤明白了典当业就是这个行情，他一个人不可能改变现状，何况还是叔父的铺子。

对程尚德的安排，俞氏很高兴，儿子可以日日夜夜守在身边。俞氏潜意识里也是这么为嘉贤安排的，以她对程尚德及老太爷的认识，嘉贤最次的出路也是在程家做个伙计。

嘉贤一言不发地翻看古书，陪着俞氏坐在明亮的中堂里。俞氏得知大老爷死亡的悲痛很快消失在儿子归来的快乐中。也许此刻，俞氏才意识到她全部的感情转移到嘉贤身上，对丈夫的思念已消失。她手中的风筝线，早已感觉不到风筝牵引的力量。

“敏于事而慎于言。”俞氏轻声说道。

“儿谨记母亲教诲。”

汪思训在程家做了二十年的掌柜，眼力极准。物件到他手里，看、闻、掂、听，几个动作下来就给出价格，价格公道，典当得人满意，主家高兴。二十年来从没看走眼过，对借贷的底细亦能摸清，深得程尚德的信任。

典当的技艺汪掌柜对二少爷并不隐瞒，这行需要的是博闻强记，心细眼准，这些往往是自身拥有的。嘉贤还未到当铺时，汪掌柜已看出嘉贤要比嘉道强百倍，不仅用心琢磨典当这行的前景，有时说出的话既准确又有见地。这行人人都能做，只是有好赖之分。

汪掌柜清楚程尚德知道他有另立门户的心思，他感谢程尚德对他的赏识，在一天就认真做一天的事。

见二少爷细观西汉的四联陶罐，汪掌柜笑着说：“骨董之可贵，为其长寿也。其所以得长寿者，由古之良工，尽心力于斯，务极精工，不使有毫发欠缺。二少爷手中的陶罐为西汉年间，广东部分流行的各种组合连接陶瓷器皿，用来盛放调味料。”

“西汉之物，可谓长寿了。”嘉贤说道。

“物不能看表面，古玩字画假货极多，要能识本质，包括年代、款式、胎质、色泽。”汪掌柜说道，“要说瓷器的款识，宋瓷有‘内府’；元瓷款识，唯有官窑有‘枢府’二字款，其余民窑底有字者甚少；明代瓷品款识，盖有种种；有清瓷品之最高贵者，厥惟料款。”

“古玩字画，博大精深呀。”

只见一客商拿着橄榄瓶来到柜台前，说是前朝的瓷器，要当五百两银子。

汪掌柜示意二少爷验瓷器。嘉贤把瓶底迎着光查看落款，果然是前朝的瓷器，胎质细腻、温润如玉、釉色纯正，似乎有精雕细刻之感。嘉贤用双眼示意汪掌柜。

“胭脂水一色，发明于雍正，而乾隆继之，前朝尚无胭脂水瓷器。”汪掌柜上前一步说道，“此瓷器为眼下民窑内仿制。”

“落款可是‘枢府’。”客商说道。

“仿元代瓷器，十两银子。”汪掌柜高声说道。

“不当了，去汇丰典当。”客商说道。

“客商慢走，不送。”汪掌柜说道。

待客商走远，汪掌柜又说道：“仿制得太差了，连彩色的年代都没闹清。”

“还请汪掌柜多赐教。”嘉贤说道。

“二少爷，古玩鉴赏急不来的，多看、多听、多记，常去街市上的古玩铺子里留意行情即可。”

嘉贤笑笑，虽觉古玩字画中蕴藏着神秘的技法，却也被眼下约定俗成的规律闹得晕头转向了。汪掌柜劝二少爷去街上看看。

次日铺子刚开张，一位客商拿着一紫砂壶来到柜台前。嘉贤从未见过类似的鸟形壶。汪掌柜走上前来接过壶。

“客商要当多少银子？”汪掌柜问道。

“三百两银子。”客商说道。

“宜均天蓝釉鸠壶，曲颈鸠首式，肩颈处凸起弦纹一道，扁球腹，圈足，曲颈中部有唇边入水孔，当一百两银子。”汪掌柜一边写一边说道。

“一百五十两银子，若不是给家母治病也不会当。”客商说道。

“一百二十两银子，其他典当铺再无这个价。”

“好，成交。”

客商拿着银子走了。嘉贤虽对古玩字画热情不减，几日下来倒有些心灰意冷。

“二少爷，先看这本寂园叟的《陶雅》，再看董其昌的《骨董十三说》。”汪掌柜说道。

铺子打烊了，汪掌柜和叶祥禾都走了，嘉贤就着西边的太阳还在读《陶雅》。这之后一连数月嘉贤秉烛夜读，倒像要考取举人般用功。程尚德看在眼里，禁不住在叶氏面前夸赞二少爷。

短短几个月，嘉贤对典当已入门，不过还需要明眼人在一旁多加指点。小的事物上汪掌柜放手让二少爷做主，大物件上他在一旁指点。嘉贤用心学，用心做，想要报答叔父多年对他们母子的照顾之恩。查看几笔由嘉贤做的生意后，程尚德对嘉贤的表现很满意。

“二少爷入门了。”程尚德放下账簿说道。

“多谢叔父的栽培。”嘉贤说道。

“过几日我和汪掌柜要外出，二少爷要多加小心，谨防骗子。”程尚德道。

“侄儿会多加注意，请叔父放心。”

“扬州开分号需要银子，银两的拆借要少放。”

“知道了，叔父。”

“过两日绸缎庄汪老爷拆借的银两要还，注意验银子。”程尚德嘱咐道。

眼见快到年关，汪掌柜到扬州催要一笔到期的债务。程尚德再次去了龙尾山，前一阵偶得一方端砚，再次引出他收藏古歙砚的欲望。四大名砚中唯有端砚可与歙砚齐名。程尚德猜测年关上人们等银子使，或许会有古玩出售。

汇源典当铺里只有嘉贤主事。程尚德、汪掌柜走后，嘉贤小心谨慎地守在铺子里。这两日没有较大物件的典当，只有零星的小物件、急等银子使的生意。没有生意时，嘉贤看看介绍古玩真迹的书，许多古玩真迹有据可查。

这一日，一位外籍客商来到汇源墨砚斋，要典当一幅张舜咨的《古木飞泉图》。听见客商的话，程嘉贤急忙越过柜台来到前台。展开画，从宣纸的色泽、柔韧度、图中的布局上，嘉贤初步断定为真迹。这就是叔父寻找多年未果、常常在嘉贤面前提起的《古木飞泉图》。

这幅画嘉贤没有看过真迹，但许多的场合听到过。这幅图为师夔为伯雅所作，描绘的是恍如梦幻的幽谷寂静景象，图中古木挺秀，荆棘丛生，深具山荒野寒、自然灵秀之韵致。再看作者的自题与彦常的诗题均与介绍无二。嘉贤心中大喜，给出了价。客商没有讨价还价，拿了银子就走。

几个月来，嘉贤见过来自大江南北形形色色的客商。嘉贤对客商的不同表现多少有些了解。今朝这位客商不同于他以往见过的任何一位。客商走后嘉贤有点奇怪，这位客商根本不像急等银子用的人，穿着讲究，但焦虑不安。

“二少爷，典当客要都像这位客商这样，生意就好做多了。”叶祥禾望着走远的客商说道。

“这位客商倒有些奇怪，可具体也说不上来。”嘉贤说道。

“这位客商并不像急等银子用的模样。”

叶祥禾的话令嘉贤心里一动，再次展开图轴，并没有发现异常之处，稍稍安心。但不论做什么事，嘉贤心里都像有虫子在爬。

汪老爷走进铺子。嘉贤知道其为归还拆借的银两。见到汪老爷归还拆借的银两，嘉贤强打起精神。虽知道汪老爷素以诚信为本，嘉贤依然仔细地验过银子。

“二少爷年轻有为呀。”汪老爷见嘉贤如此仔细，就笑着说道。

“铺子不是本人的，做事就更要细心呀。”嘉贤说道。

“程老爷善于用人，一个顶俩。”

“汪老爷过奖了。”

送走汪老爷嘉贤又开始盼望叔父早日归家。

两日后，程尚德回到程家大宅。他从龙尾山空手而回，却在屯溪意外得到一块菊花石，在绩溪得到“墨仙”潘谷的“狻猊”墨品。

程尚德是夜晚到家的，直接去了竹林。他多了一个心眼，只拿出潘谷的“狻猊”墨品给老太爷看。此墨一经从包袱里拿出，香气就溢满了屋子。“墨仙”的墨具有“香彻肌骨，磨研至尽而香不衰”的优点。

老太爷拿在手里反复揣摩此墨。“狻猊”墨光滑细润，色彩明艳，外形规整无残缺。老太爷在手里掂了掂，坚实而质轻。老太爷笑了。

“好墨，此墨世上难存一二，‘百一砚’却是世上唯一，更是程家的开业之砚。”程老太爷手捻银须说道。

“父亲，我会留意‘百一砚’。”

“去休息吧，我要观天象了。”老太爷说完来到炼丹房外的空地上。

程尚德脚步轻松地穿过后院来到中堂。叶氏还在等他。他摆摆手，示意吃过饭了只喝茶。叶氏沏了酽茶来到中堂时，程尚德已不在那儿了。叶氏端着茶来到吞云轩，看见程尚德躺在烟榻上观摩菊花石。

“老爷，喝茶。”

“只有看透了石头才能动手雕刻，一旦动手再无法改变了。”程尚德目光停留在菊花石上，漫不经心地说道。

“石头又不会说话，怎么能看透？”

程尚德放下菊花石笑了，接过茶喝起来。他喜欢叶氏从无虚言的朴实无华。喝过茶，他接过叶氏装好烟叶的翡翠烟枪，放到嘴里等着叶氏给他点烟。今朝叶氏给程尚德装的烟叶是“轩露叶烟丝”。

叶氏点上烟要走，被程尚德拉住。几日不见，他真想叶氏了。叶氏知道老爷想要什么，轻轻一笑。等老爷抽完烟，叶氏起身去了厢房。程尚德迫不及待地跟了过去。好砚台、好墨在程尚德心里激起的可不只是银子，还有柔情蜜意。

在铺子里见到程尚德，嘉贤那颗悬而未决的心落下了。

嘉贤拿出《古木飞泉图》，让程尚德鉴别。初看《古木飞泉图》，程尚德极为高兴，而看到彦常的题诗，他脸色大变。程尚德再次读了一遍：“修整无缘作栋梁，人间几度换炎凉；等闲桃李年年过，赢得山中老雪霜。”

嘉贤亦看出问题来了：“霜”字中的“目”字写成“日”了。书法中用写错字来表明不同的寓意，虽不多见，但并不是没有。“瑞玉庭”中的错字联尽人皆知：“快乐每从辛苦得，便宜多自吃亏来”，这副楹联中的“辛”多一横，“亏”多一点，意在告诉子孙多付辛苦，多有收获；常吃小亏，于人有益。

但这幅画的题诗从未听说有错字之说。嘉贤已知此画是赝品，事已至此，亦无话可说。嘉贤想用几年的工钱把损失赔付给叔父。

程尚德看后哈哈一笑，叫来伙计叶祥禾说：“三日后，请各位士绅到千春茶庄，鉴赏菊花石和《古木飞泉图》。”

“是，老爷。”叶祥禾答道。

“最好多叫些人，热闹一下，不要忘了请米铺的汪掌柜、扎染店的许老爷、绸缎庄的汪老爷、面粉铺的杨老爷和盐商鲍老爷。”程尚德沉声说道。

“叔父……”

程尚德摆摆手，不让嘉贤说下去，小心地收起画。程尚德拿起画往外走，临出门时让嘉贤去净心斋。来到后院，程尚德站住脚，看着嘉贤。此时的后院满目萧然，地面上厚厚一层落叶。清晨的霜雾还未消散，嘉贤觉得这晨雾就如他的心，蒙着一层薄霜。程尚德拍了拍嘉贤的肩膀，笑了。

“此事不怨二少爷，典当行时有欺诈之事发生。二少爷照原样待在当铺里，对外说得到一幅《古木飞泉图》的真迹。”

“是，叔父。”

“画无笔迹，非谓其墨淡模糊而无分晓也。正如善书者，藏笔锋如锥画沙，印印泥耳。书之藏锋，在于执笔，沉着痛快。人能知善书执笔之法，则能知名画无笔迹之说。”

“叔父请指教。”

“凡辨古人墨迹，当观其用笔。虽体制飘逸、典重不同，其法一也。有如真书，宜逐笔拆看，不可全以体制、纸色言之。”

“谨听叔父之言。”

程尚德摆摆手，匆匆走入老太爷的屋子。

嘉贤半信半疑地走进铺子。叶祥禾已将铺子的隔板拆卸下来。进来两个赎回金银细软的商人。二人一看就是挣了银子回歙县的盐商。叶祥禾核对账目，查验银子取货。正在此时，扎染店的许老爷来到铺子。许老爷喜好收藏，常来汇源典当踅摸古玩字画。嘉贤本想把前两日到期的一款年窑青花介绍给许老爷，转眼之间另有新的想法。

“许老爷又有新的收藏？”嘉贤问道。

“歙县的古玩只有汇源典当有奇货，近来有新的典当物吗？”

“有倒是有……是幅书画。”

“看看无妨。”许老爷说道。

“昨日得到一幅张舜咨的《古木飞泉图》真迹，非卖品。”

“《古木飞泉图》？好画！这样的奇货都被汇源典当寻到了，好呀！”

“许老爷，铺子里还有上好的年窑青花，请过目。”嘉贤连忙打岔。

“虽不能买卖，却有先睹为快一说。”

“许老爷不要急，三日后，请到千春茶庄鉴赏《古木飞泉图》和程老爷新购得的菊花石。”

“汇源典当如此大费周折，定是好货了。”许老爷说道。

“许老爷请看这款青花。”

“从汇源典当购得的年窑的青花已有五款之多了，不看了。”说完许老爷走了。

望着远去的许老爷，嘉贤的心早已提到半空中。

坐在柜台后的嘉贤听见杨大少爷的声音。叶祥禾正向杨大少爷说起赏菊花石和《古木飞泉图》的事。

“二少爷身手不凡，《古木飞泉图》已纳为汇源典当之收藏。”见嘉贤走来，杨家大少爷说道。

“三日后还请大少爷前往千春茶庄赏画。”嘉贤微微一笑说道。

“请放心，一定捧场，程家对外大肆展览书画可是头一遭呀。”

“哈哈，不过图一高兴。”

“在绘画上，千秋墨终究逊色于净心墨呀。”杨大少爷拿起一款墨品说道。

“大少爷手里的可是上好的松烟墨，利于作画。”嘉贤说道。

“送上七套去杨府，一会儿家仆会送银子来。”杨大少爷说道。

每当杨大少爷如此说表明他要走了。嘉贤客气地将其送到铺子外。三日里嘉贤没见到叔父，第四日掌灯时分，程尚德回来了。

“对外宣扬程家得到《古木飞泉图》了吗？”程尚德一进门就问道。

“此事已成歙县的街谈巷议。”叶祥禾说道。

“走，上千春茶庄。”

千春茶庄外已聚集一群士绅。嘉贤看见了盐商鲍老爷、茶商程少爷、木材商胡老爷、绸缎庄的汪老爷、米铺的汪掌柜、扎染店的许老爷等。嘉贤心里捏了一把汗，因汪掌柜、许老爷最会传播消息，亦最爱嘲笑、讽刺他人，消息经过他们的口，不出一夜，城内就会尽人皆知。

程尚德见围观的人越来越多，便叫小二上茶，请大家喝茶。

“小二，各位客商的茶钱都算在程家的头上。”程尚德笑着说道。

“程老爷多得几件宝物，各位也可多喝几次程家的茶水。”许老爷嘲讽地说道。

“这样的机会会越来越多的，程家生意好了自然会请各位喝茶。”米铺的汪掌柜说道。

“不错，今日请各位老爷来，就是来看古物的。”程尚德大笑着说道。

程尚德先拿出菊花石。

菊花石一亮相，各位老爷争相叫好。菊花石有说不出的美丽。白色的菊花以花蕊为中心向三度空间呈放射状延伸，纹理清晰，界线分明，晶莹玉洁。人们向程尚德拥过来，挤作一团。程尚德手持茶盏，神态自若地看着眼前欣喜异常的人们。

这时有人叫喊拿出第二件古物。程尚德冲着嘉贤点点头。嘉贤打开那幅《古木飞泉图》。人们纷纷向嘉贤拥去。光线太暗，有人叫着要去拿灯。纷乱中，程尚德的茶盏掉到《古木飞泉图》上。

四下里响起惊呼声。汪老爷手疾眼快地抢出画来，可惜画已经毁了。许老爷把残画拿在手里，惋惜地叹了一口气。程家遇到这样倒霉的事，士绅老爷们纷纷走了。

许老爷临走时直说："画被毁，实在太可惜了。"

"此乃天意，汇源墨砚斋该不得。"程尚德拿起残画说道。

一时间千春茶庄的大堂里只剩下程家叔侄两人。程尚德和嘉贤拿起残画，匆匆离开千春茶庄。到了程家大宅，程尚德吩咐叶祥禾一早就去柜台上。

"明天一早就去铺子，会有好戏的。"

嘉贤弄不清程尚德的意图，但见程尚德信心满满，亦安心回二宅。

当天晚上，汪掌柜从扬州回来，直言不虚此行。程尚德问汪掌柜此行的收获。汪思训把收来的银子还有账簿拿来让程尚德过目。程尚德看见几笔最难讨的账都要回来了。

"汪掌柜，辛苦了。"

"为了二十两银子啊。"

程尚德知道汪掌柜在要那二十两银子的奖赏。临近年关，债务不好催要，汪掌柜硬能要回来。这也是每年程尚德都要派汪掌柜去讨债的原因。对汪掌柜如此坦率地要银子，程尚德反而大笑起来，爽快地给汪掌柜支取了二十两银子。

第二日清晨，嘉贤来到柜台上就看见了那位客商。叶祥禾说，客商来了半个时辰了。程尚德手拿一幅画轴刚刚走入大门，看见客商就笑了。客商拿出银子要赎回那幅《古木飞泉图》。程尚德笑了起来："嘉贤验银子。"

嘉贤注意到客商惊讶的目光。见嘉贤验完银子，程尚德打开手里的那幅画轴。此画刚展开，客商大吃一惊。

"此画不是被毁了吗？"客商惊呼道。

"毁的那幅是临摹的，快离开这里，此处再没先生的立足之地。"程尚德从容地说道。

"程老爷……"

程尚德摆摆手。客商的脸涨得通红，拿起画轴匆忙走了。望着收回来的银子，嘉贤方清楚叔父这三天做了什么。三天里叔父和祖父合作临摹那幅毁掉的画作。

"出了差错不要怕，要想办法追回来，造假之人终会毁在贪婪上的。"程尚德看嘉贤要说什么，摆了摆手说，"不要说了，这个教训二少爷会终生难忘，吃一堑长一智嘛。"

下午时分，许老爷走进铺子，尚未站定就问："程老爷呢？"

"叔父去了净心斋，这就去请。"嘉贤说道，"许老爷需要些什么？铺子里近期收进一款康熙年间的青花。”

叶祥禾已走出铺子去请程老爷了。

“闲银都放到生意上了，收藏只能暂时搁置。”许老爷说着把头凑过来，“二少爷知道外籍客商从哪里来的？”

“许老爷不用卖关子，客商是千秋墨庄汪老爷同宗族的人。”走进铺子的程尚德说道。

“程老爷隐藏得深呀。”许老爷说道。

“事不过三，汪少爷也该住手了吧。”程尚德哈哈一笑说道，“路径窄处，留一步与人行；滋味浓的，减三分让人食。”

“程老爷技高一筹。”许老爷说道。

“许老爷看中什么，按原价留到年底。”

“既然程老爷如此说，粉彩镂空转心瓶给敝人留着。”

“那可是非卖品。”

程尚德哈哈一笑，拉着许老爷上街去了。

夜晚的来临是俞氏每日最盼望的，千弦的到来能带走嘉贤的苦闷。这不是长久之计，但嘉贤再次离开，会要俞氏的命。俞氏并不清楚儿子有着与她同样的感情。俞氏把千弦当成女儿来看，这是一双守在身边的儿女。渐渐地，俞氏看出千弦的到来同样能带给嘉贤快乐。

夜晚坐在月色微明的中堂里别有一番情趣。嘉贤的见多识广亦能给千弦带来许多意想不到的乐趣。嘉贤已经从脸色苍白、忧郁的青年变成开朗的年轻人。千弦喜欢看见嘉贤快乐的笑容，听见嘉贤有趣的谈话，看到嘉贤不经意间望向自己的眼神。有时千弦感到这是自己带给嘉贤的快乐时，会更开心。

“几时了？大少奶奶还没来？”俞氏问道。

“伯娘，我这不来了？”随着说话声，千弦走进中堂。

俞氏由于着急，竟然没听见千弦的脚步声。

“前两日嘉贤寻到一种草药不知是什么，我寻思就是女人们在溪水沟边常见的野线麻叶，嘉贤拿给大少奶奶看一下。”

嘉贤去书房拿来尚且绿的草递给千弦。

“伯娘说得对，就是野线麻叶草，常在溪边生长，听老太爷说可以治疗腰腿疼。”千弦一看见草就说道，“男子是不识花草的，二少爷倒对花草有兴趣。”

“鸿仁道长教我认识了许多草药。这草的外形与青城山上的荨麻很像，只是不蜇人。”嘉贤说道。

“二少爷，草与草都很像，女子只辨识是否能食用，男子识草为何？想学名医李时珍？”千弦笑着说道。

嘉贤笑着说：“草与药不分，十草九药。芸薹是一种常用的草药，但人们却不知芸薹就是常食用的油菜。”

“二少爷倒说说这最常见的紫云英。”千弦笑着说道。

“紫云英既可食用，亦是草药。全草和种子可入药，有祛风明目、健脾益气、解毒止痛之效。”

嘉贤笑起来，又说起几种田头、地里常见的草药来。

“二少爷眼里的草药也就是女人眼中的野菜。新雨后绿芜如发，园蔬满畦径，说的就是野菜。”千弦笑着说道。

“田间地头时常有不知名的野菜，饥荒之年救活了许多乡民。”俞氏说道。

俞氏的话引来嘉贤和千弦的笑声。听见嘉贤和千弦的说笑声，这么多年来俞氏第一次觉得幸福来到心田里。俞氏以各种巧妙的问话，引出千弦对第二天到来的承诺。

这种狡诈的聪明在俞氏第一次使用时，就被千弦看出来了。嘉道远在扬州无法排解她的寂寞，苦闷的夜晚与俞氏和嘉贤的谈话则能驱散她心头的孤独。千弦更愿意到这种能带给他人愉快、也能带给自己快乐的地方来。

听说千弦要走，俞氏高声说道：“大少奶奶，明天拿些马齿苋让嘉贤看看，这可是大灾之年最常食用的野菜。”

千弦答应着走了。

除了陪母亲，嘉贤在后花园里栽种名贵的药材植物和他喜爱的花卉。红豆杉、杜仲、香果树这些树是嘉贤从深山老林里移栽过来的。这些植物栽种在花园的最南端，不易被人看见。徽州这块亚热带气候的土地上，雨量充沛，种什么活什么。嘉贤在园子里进进出出，竟然没人知道他在做些什么。

百无聊赖时，嘉贤采摘一些中药材，探究五行经络。病中那些让嘉贤受够的药材此时却能让他消磨时光。嘉贤把后院里一间不用的杂物间开辟成药房，进行中草药的试制，一待就是几个小时。嘉贤像李时珍一样，到深山老林寻找草药并在身上试验，这倒有点苦中作乐。

不知从什么时候起，嘉贤跟母亲一样盼望着千弦的到来，天上的月亮、夜晚的微风都像是不可缺少的抚摸。嘉贤很享受千弦到来时带来的亲切自然的愉快，更喜欢产生共鸣时的心领神会。嘉贤也看出，他们在一起时千弦很快乐。三个人同一条心却互相隐瞒。

夜深了，嘉贤扶着母亲回厢房睡觉。嘉贤躺在床上却睡不着觉，不是因为与胡老爷畅谈眼下大好的商机，而是与千弦擦肩而过。无所事事的日子仿佛靠着每晚那点快乐度过每一天，今朝的快乐却没有如期而至。

近来嘉贤总想看见千弦，想与千弦好好谈谈。吃完饭他想走却被叔父叫住陪胡老爷说话。嘉贤赶回来想与千弦说夏枯草的用法。有些常用的草约在徽州山脉里随处可见，说不定千弦外出采茶时看见过。嘉贤刚来千弦就走了，似乎预料中的快乐要留到明天才能到来。嘉贤含着那口气躺在床上。

嘉贤与叔父对眼下的形势看法不一样。虽然嘉贤看见集市贸易的繁荣，商船往来频繁，农人们喜获丰收的笑脸，想起父亲的惨死，青城山命悬一线，这一切如过眼云烟。嘉贤向往“春有百花秋有月，夏有凉风冬有雪，若无闲事挂心头，便是人间好时节”的日子。若不是为了母亲，做一个云游道士更合嘉贤的心意。

鸿仁道长来信说，齐云山有许多道场，香火旺盛；有不少的梯田可以种粮食、蔬菜、茶，自给自足，可以过上清静无为的日子。身在二宅的嘉贤向往这种日子。在铺子里做伙计有些日子，嘉贤倒也喜欢这一行当。典当在他的印象中是多么神秘的事，古玩字画中藏着多少帝王将相的秘密。

嘉贤看出千弦做事不拘一格以及对徽州风俗不屑一顾。有时他看见千弦在没有婢女的陪同下在东街上购买物品。

从西干山采草药回来的嘉贤在王星记扇子店里看见千弦被两位滋事的商人子弟纠缠。两位商人子弟有眼无珠，以为千弦是贫困之家的妇人，想要讨些便宜。千弦像没看见两位少爷一般，径直走了。临出门时千弦回头说了一句：“弃书捐剑学万人，纨绔儒冠皆误身。”

游手好闲之辈落荒而逃，被身后的嘉贤看见。嘉贤倒佩服千弦的胆量和见识。

嘉贤上前说道：“大少奶奶上街让碧儿陪同更好。”

“都说秀才手无缚鸡之力，可没说小姐。青天白日有什么可怕的？二少爷害怕吗？”

嘉贤听后哈哈大笑。千弦亦笑起来。在这种长时间的风平浪静的满足下，嘉贤心生感激。嘉贤感激千弦带给他和母亲的快乐，感激千弦每日涓涓细流的话语抚平他内心的伤痛，感激千弦把他看作兄长的亲切自然的坦率。在那些坦率自然的交谈中，嘉贤真觉得他们是母亲的一双儿女。

“二少爷做什么了？”千弦问道。

“采制草药，母亲的眼睛也许能用草药治好。”嘉贤信心十足地说道。

“程家要有自己的大夫了。”千弦笑着说。

嘉贤也笑起来。这几日嘉贤进进出出地忙碌着，想要医治俞氏的眼睛。嘉贤预感母亲的眼睛可能是假性失明：眼睛因疲劳所产生的暂时性失明。嘉贤让母亲每日喝决明子茶，用金银花水洗眼睛，用桑叶敷在眼睛上。在儿子的一片赤诚下，俞氏亦感到眼睛微明。俞氏乐得如此，心情竟渐渐好起来，但眼睛始终看不清。

落梅要嘉贤外出购买些胭脂和水粉。街上经营香粉的店很多，嘉贤不知要去哪家购买。嘉贤来到最近的薛天赐香粉店。店里有各种香气的粉，嘉贤又不知该买哪种。后来他想起千弦身上总有珠兰的香气，就买了珠兰香气的水粉。

给落梅送胭脂和香粉时，嘉贤在天井里碰见千弦。千弦正晾晒干菜，太平缸上的簸箕里晒满了干豆角。千弦随意地笑笑，低下头看手里的干豆角。嘉贤总是见到沐浴在月光中的千弦。今朝一见觉得阳光下的千弦更美丽，而她青春的朝气更加迷人。

“二少爷忙什么？”千弦头也不抬地问道。

“这是二小姐要的胭脂和香粉。”嘉贤说道。

“二少爷倒是有心人，二小姐在回廊那儿。”千弦再次笑起来。

嘉贤匆匆走到回廊那儿找落梅。正在刺绣的落梅看见嘉贤就迎了上来。落梅看了一眼手里的胭脂，愣了一下，却什么都没说。嘉贤急于见到大少奶奶，顾不上跟落梅说话就退了出来。等他从回廊里出来，来到天井里时，大少奶奶已不在那儿了。嘉贤怅然若失地走出月华门。

嘉贤刚回到中堂里坐下，就看见银荷领着薛天锡香粉店的许掌柜来到天井。

“伙计把胭脂拿错了，这个才是五十文的胭脂，先前的胭脂只值二十文。”许掌柜说。

接过香粉，嘉贤一看果然与先前的不一样，此胭脂质地均匀、干净，香气清幽，颜色匀致。嘉贤笑起来，外出寻父时常听见对徽商诚实守信的赞扬，果不其然。嘉贤唤银荷去二小姐那儿，把二十文的胭脂拿来换这五十文的胭脂。银荷嬉笑着走了。

回廊里的落梅正疑惑此胭脂不似先前所用之物，忽见银荷走来告知就笑起来了。

“男子果真不识女子所用之物。”二小姐笑着说道，“‘三月桃花合面脂，五月新油好煎泽’，这可是男子写出的诗句。”

“什么诗是男子写的？”

落梅转身看见大少奶奶从天井里走来。

“二小姐在说胭脂呢。”银荷笑着说道。

“‘林花谢了春红，太匆匆！无奈朝来寒雨晚来风。胭脂泪，留人醉，几时重？自是人生长恨水长东。’这是男子写的胭脂，却有很多无奈。”千弦说道。

“女子的风采在这句诗里，‘露宿风餐誓不辞，忍将鲜血代胭脂’。假如有这样的机会，我会以鲜血祭奠。”

“巾帼不让须眉。”千弦转眼看见胭脂说道，“胭脂却是女子专用之物。”

千弦不禁看了一眼二小姐，觉得二小姐倒是位很有主见的女子。

近来老太爷四肢微浮、口渴、气急，治疗此种病症要用到马褂木这味药。他在附近的山林中找马褂木而不得。程老太爷要服用马褂木干树皮加芫荽、阴行草、甘草等水煎的汤药。程老太爷知道嘉贤要慢慢走上医药这行了。只要用心深入中草药的世界里，不出几年嘉贤就可治病救人。

老太爷本想去黄山寻找这种草药，这几日他练功紧，走不开。他心里怀着另一种想法，想要在草药上引起嘉贤更多的注意。老太爷让汪开泰去叫嘉贤。

嘉贤从歙县的山林中赶回来。他得着一味草药，能治母亲风湿的草药。一进门，银荷收了他的雨伞，拍落他长衫上的泥草、树叶。

“二少爷去了哪里？这一身的泥水。”银荷说道。

“西干山，山中的雨说来就来。”嘉贤笑着说道。

见二少爷要配置草药，银荷说道：“二少爷快去歇息，换身衣裳，婢女来做这些。”

“马上就好，草药可是性命关天。”

银荷走入厢房，准备嘉贤的外衣。嘉贤配置好草药，泡到陶罐里，随后走入厢房。嘉贤到厢房里换了蓝色的对襟长衫，来到中堂里。

俞氏两只手在竹篮间上下翻飞。俞氏问了些天气之类的话后就不再说话了。嘉贤清楚，母亲喜欢他静静地陪伴她。他拿起放在桌上的《本草经集注》。他看到介绍海芋性味和功效之处时，汪开泰走来了。

汪开泰说老太爷请二少爷去大宅后院。嘉贤放下手里的书，出了月华门，来到老太爷的屋子里。屋里漾起药墨和草药的香气。老太爷闭目养神。汪开泰离开屋子后，老太爷问起嘉贤对新安医学的认识。嘉贤表示，只对草药有兴趣，还未想到治病救人，更没有阅读新安医学的主要著作。

“治病救人是早晚的事，新安医学重视脾胃、肝肾和气血的调养，用药平正中和。”老太爷说道。

“孙儿想新安医学的形成与徽州山灵水秀、中药资源丰富是分不开的，徽菊、祁蛇、红枣皮、杜仲都是极好的中草药。这几日我在山里有新的发现，不起眼的香薷都可以入药。”嘉贤说道。

“医学博大精深，一辈子的时间都学不完，中草药的书籍除了《本草纲要》《本草经注集》，还可以看一看《本草蒙筌》。‘固体培元’派的《伤寒论条辨》《石山医案》都是新安医学中重要的医书。《石山医案》主要在于将‘补土派’与‘滋阴派’的医学思想结合起来，提出‘调补气血，固本培元’的主张。”老太爷慢条斯理地说道。

“如今闲着无事，倒有心钻研医学，母亲的风湿病也是孙儿想从医的主要原因。”

在给母亲敷药多月后，竟然不见母亲的眼睛有一丝好转，嘉贤对医学的兴趣颇受打击。眼下嘉贤又对治疗母亲的风湿症感兴趣了。

“医药这行固然好，要在徽州大地上行医就要了解此地的水土、气候特征。同样的草药在徽州的性味与别处的可能会有不同，在医学上要有明辨分毫的精神。”老太爷不疾不徐地说道。

“若孙儿要在医学上发展，会谨记祖父的话。”

“今日叫二少爷过来，想叫二少爷到山中寻找一种叫马褂木的草药。马褂木徽州不常见，不要着急，慢慢寻会找到的。”

马褂木，在此之前嘉贤根本没听说过这种植物。看着老太爷殷切的目光，嘉贤了解了祖父的用意。嘉贤走到竹林时，老太爷的声音缓缓传来：“足下病不可求速愈，欲速，药必过剂，为害甚大。夫药非能去病，能杀其势耳。势杀则骎骎乎不能终日，邪气日衰，元气日长，故病去而身安，否则元气受伤矣。”

嘉贤站在竹林里，细细回想祖父的话。当年在青城山，他的病养了一年方好。过了一会儿他慢慢走开了。从大宅回来，嘉贤注意到院子里的桂花开了，桂花的香气引起嘉贤的注意。花香引出嘉贤的柔情，他最爱珠兰的香气。

嘉贤从案几上的书中了解到马褂木的形貌，了解到它的性味和药效，了解它的生长环境。徽州大地不是马褂木的主要生产地，但在生长环境相适宜的气候条件下也会有马褂木。他一连几日到山林里寻找这种植物，未果。植物并不像书中所述，相似的气候条件下一定会有，植物的落地生根同样神秘莫测。

夜晚，嘉贤说起马褂木。俞氏笑起来，不知道它是一味中药，只是喜爱那黄色的花朵，形似马褂。千弦听了也笑了。要说起来，千弦见过马褂木，它常与香榧树生长在一起，有香榧树的地方就有马褂木。

“竹铺的天子墓山上就有这种植物，我与二太太到竹铺采茶时看见过马褂木，当地人并不叫其为马褂木，而是叫鹅掌楸。”俞氏说道。

“黟县雷岗山一带的香榧树，村里人叫玉山果，也是一种中草药，二少爷可以到那儿寻找。”千弦说道，“马褂木与香榧树常生长在一处。”

听见千弦的话，嘉贤笑起来，为千弦能知道马褂木而高兴。后来嘉贤在竹铺找到了马褂木，经过此事，嘉贤对草药的兴趣更加浓厚。

扬州的墨砚斋亦关了门，却不见嘉道归家。嘉道并不比往年早回来一天，总是拖到灶王爷的生日这天才回来。

嘉贤知道，从腊八那天起，大少奶奶就盼望着大少爷回家。大少奶奶说，大少爷不喜欢写信，说不定哪天就站在她面前了。每天晚上千弦都要说一遍，等到半夜还不见嘉道的人，她的脸色才灰暗下来。到了最后，嘉贤比大少奶奶更急切地盼望大哥能早一日回来。

夜里等到千弦走后俞氏说，大少爷一点看不出是娶了媳妇的人，哪有娶了媳妇不早点回来的？嘉贤隐约听说，大哥在扬州追捧香娥和秀橘。他不以为是真的。从小他就知道，大哥性格活泼，见异思迁，但有这么可爱的妻子，性情总会转好的。

第二天晚上，大少奶奶又与俞氏坐在厅堂里。白日里千弦空守了大少爷一天。

“听说扬州很美，那里的女子更美，二少爷去过吗？”

“扬州并不比徽州美，那里的女子也不比徽州的女子更美。扬州地处交通便利的河道上，更为繁华而已。”

“隋炀帝三下扬州看琼花，可见其美。徽州人多去扬州建立家业，可见其繁华。”

“辘辘转转，把繁华旧梦，转归何处？不是有‘千古扬州梦，一觉庭槐’的说法吗？徽州人在扬州不会实现创建家业的梦想，不过一觉庭槐。”

“扬州有忘川河，大少爷喝了忘川水。”

“店铺有生意，大哥可能被困在扬州。”

这句话嘉贤不信，千弦更不会信了。千弦假装相信，只不过是不想让嘉贤再为她劳神。千弦说起准备的年货，哪些是大少爷喜欢吃的，哪些是不喜欢吃的，还有哪些不知嘉道是否爱吃。嘉贤感到，大少奶奶一腔柔情都用到大少爷身上了。嘉贤暗想，徽州的女人留守在家里等候外出归家的男人，恐怕就是以这样的柔情来表达对丈夫的爱吧。

这一晚千弦比前日走得更晚了。千弦不愿一个人面对黑黢黢、冷冰冰的厢房。

“能有什么事？铺子都关了，多半被戏子缠住了。”千弦走后，俞氏说道。

“大哥不是那样的人。”

“三岁看到老。”

嘉贤不说话，却在默默地想着千弦灰暗的脸。自他认识千弦以来，她始终是一张没有心事的笑脸，现在却是一张满腹心事的脸。二少爷倒恨不得替大哥回家，换来千弦一张充满幸福的笑脸。想到此，他对大哥长年在外忙生意顾不上家的行为感到厌恶。陋习不是一年两年产生的，几百年都如此。嘉贤无意摧毁几百年根植于人们心目中的痼疾，对大哥的晚归却也无可奈何。徽州地狭人稠，能有几人不掉入这样的命运中？他自己都不能保证能安静地守在母亲身旁。

第二天夜里千弦表面上很安静，不怎么说话，手里拿着一件刺绣活计。嘉贤看出那是一双丝履。千弦不止做了一双丝履。银荷过来沏茶水，看了一眼千弦手里的活计，站住不走了。银荷早年间跟随俞氏学刺绣，学得一手好绣活儿。银荷觉得千弦的刺绣不比俞氏的更好。

“大太太的鞋样有更好的。”银荷刚说完就住了嘴。

“大少奶奶在给大少爷做丝履吧。”二少爷打岔道。

千弦知道嘉贤怕俞氏想起往日刺绣的日子，就笑着说：“愿在丝而为履，附素足以周旋。”

听了千弦的话，嘉贤黯然神伤，一时间无人说话。倒是俞氏打破了沉默，说起早年采茶的日子。后来嘉贤说起在青城山的日子。千弦专心手里的活计，偶尔说上一两句。渐渐倒成了嘉贤一个人在说。他说青城山的水、青城山的树、青城山的道观，还有青城山的静。对大自然的好奇，让千弦的脸上散发出光彩。

“可以想象成九曲十八弯，山环、林木缭绕，隔绝了外界的流通，山、树自成一体，独立于天地之间。”

“想象？没有比心更能想象的，也没有比心更博大的东西。”

嘉贤从千弦的话中听出无限的惆怅。

为嘉道不归家着急的还有叶氏。上月程老爷收到江少奶奶的信。江少奶奶在信中说，嘉道依然与夜莺来往密切，还有一个怡春苑的姑娘亦与他暗通款曲。程老爷本想即刻赶至扬州，临近年关又打消了此念头。叶氏看见千弦日益灰暗的脸，心里越发痛恨嘉道。农家出来的姑娘，身体健康结实、手脚麻利这些讨婆婆喜爱。叶氏倒真心地喜欢千弦。

过了腊月二十，叶氏明白了嘉道回家的日子是灶王爷生日那天，那是嘉道做单身汉返家的日子。先前程尚德问起嘉道时叶氏还敷衍了事，此时她亦不再替嘉道说好话了。

碧儿去外间洗菜，叶氏看了一眼愁眉不展的千弦，说道："大少爷最迟不过灶王爷生日归家，大少爷不是个忘事的人。"

"兴许大少爷被生意耽搁了。"

"只是苦了大少奶奶。"

对嘉道迟迟未归，叶氏感到一片苦心付之东流。

第九章 不可言说的爱

昨天收到嘉道的来信，说今日归家。嘉贤早早到渔梁坝等候大哥。嘉堃原本要来的，出门时碰到程尚德。看着要出门的嘉堃，程尚德说："非诗书不能显亲，秋季的乡试要到了。"嘉堃迈出去的脚又收回来，转而向书房走去。

嘉贤望着幽幽的新安江之源头——练江之水，想起李白咏新安江的诗：

清溪清我心，水色异诸水；借问新安江，见底何如此？
人行明镜中，鸟度屏风里；向晚猩猩啼，空悲远游子。

阴雨绵绵，埠头上的浅沟积满了水，顺流而下，汇入练水。

站在伞下的嘉贤觉得格外冷。同往年一样，寒风中的细雨下了一日。往年的这个日子里，还可以看见在江边垂钓的人，今年的练江只有滚滚东逝的流水。傍晚时分，嘉贤接到嘉道。嘉贤快要失去耐心时，看见最后的渡船驶进埠头。熙熙攘攘中，一辆装载货物的牛车碰了嘉贤一下，主人聚精会神地注视着前方的路，竟然没有觉察到。

客商一下船，埠头上的搬运工纷纷围上去。马车、牛车、人群挤作一团，各种声音混在一起。嘉贤看见在外做木材生意的杨家二少爷大包小包地走上埠头，身后跟着拎着更多箱子的仆人。杨二少爷一上岸就被搬运工围住了。

嘉贤在客商中寻找着嘉道的身影。埠头上的人流逐渐散去，嘉贤终于看见了一脸迷茫的嘉道。

嘉道是最后一个走上埠头的，身后跟着拎着包袱的仆人许承茂。许承茂像牵线木偶一样，随着嘉道的一举一动而动。主人潇洒风流而仆人僵硬呆板，像一面滑稽的西洋镜。嘉贤忍不住想笑，却压抑下去了。他的脸憋得通红，嘬着嘴唇努力维持着本来的样子。

嘉道起迟了，没赶上第一班的渡船。站在埠头上嘉贤看见衣着鲜亮的嘉道。近三年没见大哥，嘉贤感到占有天下二分月的扬州把大哥变成了风流倜傥的少爷派头。他同时感到与大哥之间的距离无形中被拉大了。

嘉贤没有像往日那样跑过去抱住大哥，而是静静地等待大哥过来。许承茂喊了一声二少爷，嘉道才看见嘉贤。嘉道跑过来猛地把嘉贤搂住。那一刻，嘉贤感到大哥还是以前的大哥。他们后退一步仔细看看，又猛地抱在一起。片刻后，嘉贤推开大哥，撑开墨色的雨伞，拉着大哥向前走去。

“回家了，应该早点回来。”嘉道高兴地说道。

“大哥应该早点回来的，婶母和大少奶奶都盼着大哥能早日回来。”嘉贤淡淡地说道。

嘉贤暗自好笑地看着一脸惊喜的大哥。嘉道就是这个样子，一旦离开故地，曾经的一切都灰飞烟灭，而双脚刚一踏上另一块土地，眼前的一切又跟自己紧密相连了。

“大少奶奶好吗？”嘉道迫不及待地问道。

“回家见着大嫂就清楚了。”嘉贤笑着说。

“你真应该去扬州看看，扬州会让二少爷忘记家的。”

“我的家只有一个，不会再有第二个。”嘉贤说道。

“回到歙县，这里就是我的家，回到扬州那里就是我的家，哪里有乐子哪里就是家。想要吃家乡的物产，只要有银子哪里都能吃得上。”嘉道嬉笑道。

“总该有个记挂的人吧？”

“哪里都有本少爷记挂的人。”嘉道满不在乎地说道。

嘉贤苦笑。他不禁想到千弦对大哥的一往情深，终将是竹篮打水一场空。嘉贤的眼前浮现出了为迎接大哥归来、在天井里洗发的大少奶奶。

千弦把簪子取下来，浓墨般的头发像瀑布一样倾泻而下，发梢在她的腰间芦苇似的摆动，更显得她袅袅婷婷。千弦一点都不吝啬从粤东买来的洗发用的胰子。阳光下熠熠生辉的乌发让嘉贤认识到千弦的头发可以用世间最好的簪子。千弦一转身看见立在月华门的嘉贤，嫣然一笑。

千弦心情极好，笑着说：“请二少爷担些水来，穷锅灶，富水缸。”

千弦极少让嘉贤做事的。听见千弦的话，嘉贤心花怒放，担起木桶就出门了。担完水回来，嘉贤看见千弦洗好头发正在天井里梳头。

“二少爷，明天记得早点去接大少爷。”千弦侧着脸说道。

“少奶奶还怕大哥找不到家吗？”嘉贤不知怎么说出这样的话。

千弦听见这话并不生气，只管着傻笑。笑声穿越冬日的阳光扑向嘉贤。嘉贤忽然间被这纯粹的笑声逗乐了。

想到此，嘉贤把手放在胸口，仿佛早间的快乐还停留在那儿。

前一刻还在气恨嘉道的千弦听见他们一行人回家的动静，马上健步如飞地来到大门口。嘉贤注意到千弦穿着那件用香云纱做成的夹袄。这大冷天，只穿夹袄有点冷了。可千弦的脸像刚洗过热水澡一样红扑扑的，惹人喜爱。

千弦可真恨嘉道呀，外出经商的徽州商人纷纷回家，只有嘉道拖到最后一刻。嘉道倒像单身汉一样不着家。这个日子千弦盼了半年多，自嘉道离家的那一刻就在盼望他回家来。嘉道不喜欢写信，扬州那边的情况千弦并不知晓，有时还要叶氏来告诉她。嘉道更不会给家里多写一封信的，有些消息是叶氏从江家三少奶妈那儿知道的。

一进入腊月，千弦与伯娘夜夜都要说到嘉道归家的事。到后来，千弦发觉伯娘有意避开这个话题，连嘉贤也有意回避。千弦明白了他们都不认为嘉道能尽快回来。她不知道婆婆是如何想的，从未与婆婆说起过。尽管叶氏将焦急的心情隐藏得很好，千弦还是发觉了叶氏的焦虑。两位小姐对大哥的归家充满期待。雪月遇见大嫂就要问一次：大哥来信说几时回？千弦真是哭笑不得。

这个男人真可恨，在家时说不尽的缠绵缱绻，离家后杳如黄鹤，他夺走她的心却又随意地抛弃。千弦并没有把嘉道往歪里想，只想着生意上的事把嘉道拖住了。千弦对徽州男人骨子里有着好感，三妻四妾不少却没有抛家弃子的。一看到这个风度翩翩的男人，千弦心里滋生出无限的柔情。

嘉道一看见千弦，不顾众人在场，一下子紧握住千弦的手。

“承茂，把云片糕、梅饼、茯苓糕拿给少奶奶吃。”嘉道大声地喊道。

“没有把扬州城搬回来吧？”千弦讥笑地说。

“弦妹，这些都是给你的。”

千弦的脸上泛起桃花朵朵，生机勃勃而容光焕发，羞得不敢看叶氏一眼。动静响起的那刻，叶氏也跑到中堂里。千弦抬起头来想要看一眼嘉道，却看见程尚德阴沉沉的脸。

嘉堃和两位小姐从书房和厢房过来。他们知道，大哥从扬州带来许多县城里没有的好东西。嘉道哪里看见程尚德不悦的脸色，只管吩咐许承茂把那些纸墨笔砚、水粉、胭脂、布料、绢扇、头花拿出来。程尚德叫人们都下去，他要与嘉道谈谈。此时，嘉道才看见父亲那张黝黑的脸，吓得他手里拿着戴春林水粉呆呆地站在那儿。

嘉贤知道大哥怕看见这张黝黑的脸。那些没有出处的银子还有迟迟不归家都是大哥怕看见叔父的原因。到了这个时候扬州的孤雁都归去了，嘉道一个人在扬州是过不下去的，姑妈家他又不敢去。嘉道归家倒像是外在的力量促成的结果。叶氏一见程尚德的脸色就知道会发生什么事。她要拦在他前面，不让他有机会发泄。

“今朝是灶王爷的生日，可不要搅了灶王爷的好日子。”叶氏说道。

程尚德听出了叶氏话中的意思。他并没有为难儿子，更不想闹得家人不开心，却也看不惯嘉道若无其事的样子。人散去后，程尚德摆摆手，让嘉道走了。

叶氏等在二进的天井那儿。见嘉道心有余悸地走来，叶氏开心地笑了。

“去梳洗一下，叫大少奶奶过来烧旧的灶神像。”叶氏轻声对嘉道说。

嘉道跟随千弦来到灶房，看见新的灶神像和新的灶神对联“上天奏善事，下界保平安”。灶台上供奉着十二个寿桃馃。祭完灶，千弦要到后院烧化旧的灶神像，嘉道跟着去了。在后院那儿，他们遇见同样烧灶神像的嘉贤。

在中堂挂上祖宗遗像，嘉贤和母亲到大宅这边来了。父亲走了没有留下遗像，十八年的光阴，没人记得父亲长什么样，即便记得也没人能描绘清楚。嘉贤不记得父亲，与之也没有深厚的感情。看着曾祖父的遗像，嘉贤竟然也没有一点感情。这个家里他只与母亲血肉相连，那些故去的人他不记得一个，更没听说过他们的故事。

老太爷要练功没上席。菜很丰盛，是千弦从早晨起就备下的。她知道扬州的生活不比歙县，用尽心思准备饭菜，绝活扬州干丝、三套鸭自然少不了。千弦注意到嘉道心不在焉，最爱吃的三套鸭都没有动过，倒是嘉贤爱吃扬州干丝。

冗长的吃饭过程中，千弦只想快点吃完，好与嘉道说说话。从见面到这会儿有几个小时了，可是竟然没说上几句话，她反而与嘉贤说了不少话。千弦总能迎上嘉贤的目光，看见他的微笑。在诸多不愉快中，千弦有了一丝宽慰。

“二少爷，喜欢吃扬州干丝？”千弦问道。

“这里的菜都喜欢，真是辛苦大少奶奶了。”嘉贤说道。

嘉贤清楚这不是为他准备的宴席，可他忍不住要谢谢千弦。

看见千弦那张情真意切的脸，嘉道后悔莫及。

即将归家的那些日子，他对香娥着了迷。江家春台班连演七天的戏，包括《长生殿》《请郎花烛》《目连救母》《水淹七军》等。为此嘉道没少给香娥添置戏服和头饰，而香娥并没有给嘉道更多幸福。

嘉道并不觉得与香娥在一起更快乐，在那样的时刻他已经忘记自己娶亲了。回到家里，嘉道与千弦共度的三个月时光，全部闪现在眼前。他可爱的妻子就在眼前，嘉道多么想与千弦融为一体。

也许是快过年了，父亲没有问起银钱的事，嘉道时刻担心那二百两银子将如何补入账中。成亲前的三百两银子，程尚德一笔勾销，这一笔钱说什么都逃不过去了。嘉道食之无味，连吃的什么都没记住，更没注意到千弦时时飘过来的目光。

后来还是叶氏看出了千弦的心思。叶氏轻描淡写地说，少奶奶和大少爷累了一天了，早点休息吧。像得到特赦令，嘉道立刻溜出中堂。千弦亦以不引人注目的方式悄悄走了。

厢房里千弦看见一张快乐的笑脸。离开父亲，嘉道就像避开狐狸的兔子一样活蹦乱跳。现在他满脑子都是自己的妻子，香娥与秀橘远离了他的生活。他过的是三重生活，每一个场景里他都是一个痴心的情种。这会儿，他眼里只有千弦。除了那些好吃的，他还有更好的要送给千弦。嘉道拿出一个沉香的梅花坠，戴到千弦的香颈上。

“千娇百媚的狐狸精还没把你的心偷走？”千弦笑着说。

“只有少奶奶能偷走我的心。”嘉道嬉皮笑脸地说道。

“那就是被狐狸精缠住了，不让大少爷回来？或者狐狸精跟着大少爷回来了？”

“这就是我的心，与少奶奶的心紧连在一起。”嘉道指着梅花坠说道。

嘉道三两下脱掉衣物，躺到被子里，并且把千弦拽倒在床上。屋里的炭火忽明忽暗，温暖可人，淡淡的异香弥漫着整个屋子。千弦的心为了嘉道这句话而急跳起来。这就是她的男人，她日思夜想的男人。释放了心里的焦灼后，她与这个男人并肩躺在温暖的被子里。

千弦很快乐，新婚时的慌乱不见了。几个月不见，鱼水之欢中嘉道游刃有余。千弦在嘉道的胸脯上写下“心”字，嘉道则在千弦的手上写下“心”字。这一刻，千弦什么都不想，心里只有这个男人，将要与他生活一辈子的男人。千弦拿出一个香袋，要嘉道佩戴在身上。香袋上绣的是一枝并蒂莲。

嘉道侧身看了看身边这张容光焕发的脸，快乐极了。嘉道体会到成熟女人的魅力。千弦新婚时的青涩不见了，更为大胆和温柔。颠鸾倒凤后，嘉道对千弦更为了解，他的心就长在千弦的心里。

“欠下店里多少银子？”

“二百两银子。”

“把这个金镯子拿去当了，还有这个玉簪子。”

千弦取下胳膊上的金镯子，拿出放在柜里的簪子。这个金镯子是母亲临出门时戴到她胳膊上的。那时千弦暗想镯子也许是母亲最后能拿出的金器，真有点舍不得。看见嘉道那张瞬间变得快乐起来的脸，她的心一下子就高兴起来。

“年后，妾身要跟着少爷去扬州。”少奶奶轻声说道。

“妇道人家哪有在外奔波的？恐怕母亲不乐意。”

“太太要是同意了，妾身就去。”

“我倒真愿意你去扬州，可以夜夜跟你睡在一起。”嘉道说着在千弦的脸上亲了一下。

嘉道体内的躁动又翻腾起来，他一翻身压在千弦的身上。千弦除了欣喜外再没别的。一番云雨之后，嘉道从千弦身上翻下就睡着了。

夜深了，千弦还有许多话要说，嘉道却睡去了。银子的事解决了，嘉道睡得很香。守着自己的男人，千弦同样睡不着，她心里波涛翻滚，难以平静。看着身边睡熟的嘉道，千弦打定主意年后要随嘉道上扬州。千弦渐渐进入梦乡。

雨像嘉贤期待的那样停了，空气中浮动着冬季的清新气息。嘉贤喜欢徽州的乡土气息，温柔亲切。嘉贤和母亲坐在中堂等待千弦的到来。他心里有两种快乐，为看见大哥而快乐，为能看见千弦因大哥回家而展现出的笑容快乐。他希望雨停后能露出月亮的笑脸来，这样千弦来二宅时就不会淋着雨。

夜已经很深了，千弦没有来，空气中仿佛还留着昨日的珠兰馨香。他感到了奇怪的痛苦，猛然看清自己的心，他活着的每一天都在期待着夜晚的这个时候。嘉贤从没像今晚这样，看清千弦夜夜与他们交谈意味着什么。他感到孤独，第一次对大哥产生了妒意。因大哥回家的喜悦瞬间灰飞烟灭。嘉贤有点坐卧不安，围绕着冷清的月色散步。

嘉贤从怀里拿出那枚珍珠耳环，仔细地放在掌心，耳环还有他怀里的温暖。嘉贤瞧了又瞧，不忍心还回去。昨夜千弦走后，嘉贤在地上捡到一枚珍珠耳环。他一眼看出这是千弦的耳环。不知怎么，她身上的每一样东西他都记得清楚。这对耳环把千弦东方式的鹅蛋脸衬托得更漂亮，那双含笑的眼睛随着珍珠的闪动越发有神采。

嘉贤捡起时无意中说：“少奶奶把耳环掉到地上了。”

“听见有东西落地上却不知是耳环，大少奶奶要着急了。”俞氏说道。

“明天还给大少奶奶。”嘉贤说完，小心地把耳环放入怀里。

嘉贤记得千弦说过这是大哥送的耳环，水滴形状的耳环，一颗将要落下来的心。嘉贤暗自想到自己的心要落下，注定落入万丈深渊，而千弦的心不管抛至哪儿，他都会将其紧紧拥入怀中。嘉贤坐在那儿，不敢弄出一点儿动静，生怕母亲起疑心。

真奇怪，那夜出奇的冷。阴雨带来的低温并不因月亮的出现而消失。嘉贤给母亲披上件栗色的披风，沉默寡言地坐在中堂里，俩人都不知坐在这里做什么。他不敢胡思乱想，更不敢想千弦在做什么，只是呆呆地坐在那儿。太静了，仿佛自己的心都不能跳动。嘉贤有点害怕，以为自己就要死在这寂静中。

后来俞氏说：“睡吧，大少爷回家来，大少奶奶不会来了。”

母亲的这一句话，让嘉贤坐在那儿差点站不起来，更不敢说话。千弦可爱的脸呈现在眼前。有一股冲动在嘉贤体内升腾，嘉贤把这股冲动压制下来。

嘉贤勉强站起来，扶着母亲回厢房。躺在床上，他为看破自己的心而烦恼。明天将要以什么样的心情来迎接千弦呢？大哥在家的日子，千弦必定不会再出现在这里，他要怎样熬过余下漫长的黑夜？

那一夜，嘉贤几乎没有闭眼。他在痛苦中醒来，看见天空中最初的星光和最后几颗星星苍白地眨着眼。对日常事务，母亲没有再发布命令，嘉贤感到无所事事的一天又来临了，但俞氏却不会让嘉贤闲着。

徽州人家的年是丰盛的，平日里节俭持家，过年还是要大办特办。嘉贤注意到母亲要办的年货多得不计其数。这个年货表有：棒香、盘香、线香、黄表、红表、青表、绿表、黑表、白表、联纸、正炮、串炮、百子炮、天地炮、孩儿炮、祁门炮、绩溪炮、鸡蛋、皮蛋、清油、菜油、麻油、豆油、猪油、海蜇、虾米、醉蟹、银鱼、腊蹄、鱼肚、海参、燕窝、鹰爪虾、螺蛳干、灯笼，等等。

嘉贤有印象的日子里，每年的除夕都在叔父家里过，除了外出的两年。两个人的年有什么好过的？母亲却不这么认为。也许这十八年来，除夕夜的最后一刻，母亲都在等待父亲。今年不会再等什么人了吧，习惯已经形成。

自发觉对千弦的爱恋，嘉贤终日无所事事。他常做错事，被银荷撞见几次。他对银荷询问的目光视若无睹。嘉贤庆幸母亲看不见他这副模样。这时期除了办年货再无别的事可做，嘉贤尽量少去大宅，在家里陪母亲说话。

嘉贤依然给大宅担水，依然能看见千弦匆忙的身影。他没有试着再与千弦说话。

处于伉俪情深之中的千弦没有发觉嘉贤的异常。嘉道偶尔来找嘉贤到练江上玩耍。嘉贤不愿看见大哥，推托掉。要在以前，他和大哥整天搅和在一起，形影不离。大哥娶了媳妇，时间自然就用到大嫂身上。

冬天的徽州依然是一派青山绿水。俞氏想吃豆腐。徽州的豆腐要六月的黄豆用卤水点化，而入汤的水要用五明寺的泉水。天色微明，嘉贤走上太平桥。近来嘉贤失眠，躺在床上睡不着，外出走一走对他还好。来到桥头，嘉贤看见那座静悄悄的太白楼。这座整日热闹非凡的酒肆在归家人的脚步声中安静了。

嘉贤来到西干山脚下。风景优美的西干山吸引大批佛俗游众。唐朝时披云山麓建有寺院二十四座。当年李白寻许宣平不遇而留诗一首："天台国清寺，天下称四绝。我来兴唐游，与中更无别。卉木划断云，高峰顶参雪。槛外一条溪，几回流碎月。"

练江水中片片渚沙，由此亦被称为碎月滩。国清寺罩在冬日的冷空气里，五明寺的泉水无声地流淌着。嘉贤喝了一口，泉水清冽甘甜，从胸中升起的快意直冲入脑中。

担满了水，嘉贤往回走。他心神恍惚，心不在焉，差点撞到一个人身上。

嘉贤放下木桶，抱拳致歉。放下双手，嘉贤方看清了眼前的女子梳着麻姑髻，身穿观音兜，是一位道姑。道姑把拂尘一收，还礼。嘉贤想起齐云山上的鸿仁道长。彼此做了自我介绍后，嘉贤知道道姑叫云姑。

云姑是个孤儿，从小由道士们养大，住在齐云山上的道观里，此时她四方云游归来。嘉贤向云姑打听鸿仁道长。云姑果然认识。嘉贤一下子觉得云姑亲切起来。

久闭在自己心境中的嘉贤，仿佛见到另外一个世界中的人。嘉贤与道姑攀谈起来。他发觉，云姑虽然一身道服，却也眉清目秀，那双清澈的黑眼睛时时露出愉悦的神情。云姑云游四方，见多识广，令嘉贤耳目一新。云姑要赶往齐云山，在那里与道士们一起过年。

第二天就是除夕，云姑还真得加把劲才能赶到齐云山。她满脸是汗，急匆匆的样子。嘉贤请道姑喝了些泉水。他从挑担上取下水舀子，盛了一瓢水递过去。道姑的确渴了，一下子喝完水舀子里的水。嘉贤又盛了些水，递给道姑。道姑喝过水后，摆摆手表示不喝了。

清晨的雾中，他们脚步匆匆地走在山路上。他们在太平桥分手，临走时嘉贤送给云姑一个茶桶，她则送他一包茶叶。

"这是虫茶，苗族朋友们喜爱喝的一种茶。没有什么送的，这个给少爷。"云姑说道。

"虫茶……"

"少爷喝了就知道了，还有药理作用。"

"在齐云山能找到仙姑吗？"

"凡浮生不根茇者生于萍藻，有缘会再次相遇的。"

云姑的声音传来时人已走远了。嘉贤想起鸿仁道长说起过这独特的茶叶，记起它的药理作用。嘉贤把茶放入怀里时触到珍珠耳环。他的心猛地一跳，回到眼前。

这茶真不起眼，形状不似普通的绿茶和红茶。他并不指望这茶有多么好喝，随意地泡了一杯。五明寺泉水冲下去，香甜的气味扑面而来。

"什么茶，味道真好。"俞氏笑着问道。

"虫茶，香甜可口，母亲您喝。"

"等大少奶奶来了，让大少奶奶尝一下。"

"大嫂不会来了，有大哥呢。"嘉贤说道。

"嘉贤该娶亲了，要能娶到大少奶奶这样的姑娘我就放心了。"

"我不娶亲，这辈子我只想同母亲生活在一起。"

"傻孩子，哪有不娶亲的道理？"

中堂里俞氏的脸很暗，看不清在想什么。嘉贤与俞氏坐在中堂，沉默无语。银荷早早被打发去睡了。炭盆里的炭火发白了，火星小了。这一晚就这样过去了。他与母亲谁也说不清为什么还要坐在这里。嘉贤与母亲夜夜坐到深夜方睡去。

欢度了除夕，守岁至深夜。初一这一天，程家大宅的人依然早早地起来了。叶氏的脚步声响在天井里，千弦就躺不住了。身旁的嘉道沉沉地睡着，一脸幸福的笑容。嘉道最喜欢热闹，不到最后一刻不去睡觉。千弦悄悄地起床，轻轻地走出厢房。大年初一程家一定要喝锡格子茶，吃茶点。

茶点在腊月里就备好了，象征步步高的千张酥、吞金吐银的寸金糖、儿女双全的花生糖、节节高的芝麻糖，还有乾隆帝最爱吃的云片糕，一样不能少。

老太爷拿起桌上的对联"几百年人家无非积善，第一等好事只是读书"。看起来，程尚德的字大有进步，却难有字韵。

"凡世之所贵，必贵其难，真书难于飘扬，草书难于严重，大字难于结密而无间，小字难于宽绰而有余。"

程尚德虚心地笑了，想讨老太爷的夸奖。老太爷放下对联坐到八仙桌旁。嘉道迟迟未见人影。千弦抽空来到厢房，嘉道还睡在床上。千弦拉嘉道起床，说就等他了。

嘉道极不乐意地起来，就着已经冷了的洗脸水洗了脸。嘉道来到中堂，看见一家人都已就座。老太爷看也不看嘉道一眼，招呼大家喝茶。

每人面前一碗香茶和一碗甜茶。程家的茶是竹铺大方茶，不似徽州人家常饮黄山毛峰、太平猴魁或祁门红茶。这茶一定要先喝香茶，再喝甜茶，这是先苦后甜，好日子在后头呢。

程尚德随着老太爷喝了香茶，又喝了甜茶。叶氏跟着程尚德喝下茶。这些晚辈跟着长辈喝下两碗茶。千弦注意到程老爷爱吃寸金糖和芝麻糖，嘉道爱吃千张酥，叶氏每样尝了点，对锡格中四层茶点任何一款点心都没有特别的喜好。

千弦着意吃了些花生糖，她看出叶氏正盼着她能多吃点花生糖。热气腾腾的五香茶叶蛋端上来了，这也是初一这日必吃的。茶叶蛋每人两个，好事成双。

老太爷吃完五香茶叶蛋离席了，要去炼丹。嘉道心里一阵高兴，吃完锡格子茶要去走亲拜友。嘉道要出门时被程尚德叫住。

程尚德要带着大少爷去拜访买卖上互有来往的徽商，日后程家的生意还需要这些商人的关照。嘉道极不乐意地跟随父亲出了门。

家里添了新人，这一年的春节格外热闹。大嫂聪明伶俐，受到弟妹们的喜爱。嘉道对大少奶奶一往情深也深得叶氏的喜爱。对于二少爷不常与他们玩耍，他们竟然没注意到。有一次饭后他们聚在一起行酒令，叶氏偶尔说二少爷很久不来了。

元宵灯会过去三天，年过完了，店里的伙计们回来做工。嘉道没有返回扬州，汪掌柜和程尚德上扬州。汇源典当要在扬州开分号，程尚德要把这件事办起来。按说嘉道应该一道返回扬州的，万事开头难。对叶氏的深谋远虑，程尚德认为有点道理。他听从了叶氏的建议，让大少爷留在家里延续后代。

程尚德走的那日叶氏送他到渔梁坝，这是妻子送出的最远的地点。

这一日，嘉道与在扬州做买卖的朋友说好了要一起去碎月滩。嘉道邀请嘉贤一同去，嘉贤拒绝了。嘉道做事拖拉，等到出门时已是巳时。千弦在身后几次关照大少爷要早些时候回来，不要喝太多酒。嘉道答应着走了。

“大嫂，大哥出门可是脚底板抹油，玩乐可是大哥的拿手好戏。”雪月说道。

“随大少爷去吧，只要玩得高兴。留在家的男人并不见得好。”千弦说道。

“把媳妇丢在家的男人也不见得好。”雪月说道。

千弦苦笑，暗想与其把大少爷困在家里，不如放手让他寻找快乐。正月的活计在腊月里全做完了，千弦有空做些自己的事。她看见正月十五刚过落梅就拿起女红，也拿起许久没有完成的套枕。

在程家一年多，千弦也听说了落梅的亲事。因胡少爷的身体状况，落梅的亲事一拖再拖。落梅一声不吭地做女红是为自己的亲事准备的。千弦看出落梅的女红做得很好，可是针法用不好。母亲和婆婆是一母所生，婆婆却没继承到外祖母的一双巧手。

落梅待人有一种冷淡之意，平日里千弦很少与落梅结伴做活计。雪月有点痴呆，更不往千弦这边来。千弦早已瞧见程家大宅里的刺绣手艺赶不上自己的手艺。千弦有意拿出做了一半的荷塘月色套枕，给两位小姐看。

果然，落梅看见后目光就移不开了，一旁的雪月亦来到跟前观看。获得两位小姐的好评，令千弦极为快乐。

“大嫂，这个针法怎样绣的？”落梅问道。

“这是辫子股绣针法，运用双线条，线条舒卷自如，针脚亦均匀整齐。”千弦说道。

“落针不好掌握。”落梅说道。

“刺绣就要心细眼准，做到平、光、齐、匀、和、细、密，就是一幅好的刺绣。从喜鹊登梅这幅画看，并不是落针不好，而是布局过于疏淡。”千弦道。

“梅花浓密些，梅枝苍劲曲折，看上去会更好。”雪月说道。

“三小姐这话说得有理，配色是一方面，布局更重要。二小姐这件刺绣已相当好了，从这里加上旁逸斜出的梅枝，整个布局就变了。”

雪月不顾落梅冷淡的脸色，高兴地笑起来。

“大嫂快教我刺绣。”雪月着急地说道。

“先从最基本的配色开始，针法很重要，但配色更能表达出刺绣的意境。”千弦说道。

“配色……春天里桃红柳绿就是天然的配色呀。”雪月说道。

“三小姐说得太对了，大自然的色彩就是天然的配色，和谐一致。”千弦又说道，“绣得好还能以假乱真，且读这首诗：日暮堂前花蕊娇，争拈小笔上床描。绣成安向春园里，引得黄莺下柳条。”

“大嫂的喜鹊要飞走了。”雪月说道。

千弦笑起来，把刺绣的要点说给雪月听，一转身看见落梅已绣完梅枝。绣布上的画面大为改观，落梅正慢慢地琢磨刺绣的要领。雪月亦看见了改观后的刺绣，大为赞扬。这会儿雪月的呆劲儿上来了，非缠着千弦要刺绣。千弦没法，只好拿出丝线和另一个绣架交给雪月。雪月一溜烟地跑了。

落梅对这位新过门的少奶奶倒生出几丝钦慕之情。但落梅为人清高，轻易不肯说人好话。临走时，落梅说：“大嫂，晚饭不要等大哥了。”

果然嘉道如黄鹤一去不复返。千弦等到半夜方迎回嘉道。月光中带着怒气的千弦更显娇艳。嘉道后悔回来晚了，倒恨不得没出去。

“弦妹，让你久等了，那些少爷拉住我不让走。”嘉道说道。

“腿长在自己身上，少爷想走就能回来。”

“弦妹是不知道男人的难处。”

“快睡吧，明天还会有无所事事的少爷来请。”千弦息事宁人地说道。

千弦熄灯躺下了。嘉道亦不再说什么，也睡下了。

嘉贤与嘉道在典当铺里常常见面。虽然见到嘉道，嘉贤有些不自在，但仍然想见到他。嘉道会说起千弦来。如此一来，千弦的饮食起居嘉贤都知晓，反倒比以前更了解千弦。从嘉道的说来说去中，嘉贤明白了叔父让大哥留在家里，是为了让他们有个孩子。对外出经商之家，孩子是维系家庭稳定的主要力量。

程尚德临走时吩咐不让嘉道接触银钱。没有银子，城里的赌博、捧名角之事远离了嘉道。天不明嘉堃就起来读书，迎接秋天的乡试；两位小姐跟着千弦学刺绣，程家大宅里只有嘉道无所事事。

嘉贤选在老太爷不练功的时候去了后院的练功房。他拿些虫茶给祖父送去。炼丹炉里的火通明，渺渺青烟蜿蜒飞升。老太爷正泼墨作画。笔洗中搁置着两支湖笔，笔筒里也放着几支湖笔。鳄鱼形歙砚里发好了墨，明角灯闪烁着明亮的光芒。

嘉贤看见墨盒中半截李墨。在他寻父之前祖父用的正是此墨。

“李廷珪墨以久特闻，岂非尤物也耶？其既用也，如啖蔗，穷委而不厌。其渐尽也，如火销膏而不知。其成功也，如春蚕之作丝，而归于乌有。”见嘉贤盯着半截李墨，老太爷笑着说道。

桌上的画是一幅仿古的山水画，新安画作之风，画的是清幽萧疏、淡远空旷、夕阳西坠、涧水潺潺的秋天景色。

“新安画作崇尚倪云林之风。”

“云林画，江东人以有无论清俗。余所藏秋林图，有诗云：‘云开见山高，木落知风劲。亭下不逢人，斜阳淡秋影。’其韵致超绝，当在子久、山樵之上。”

“其诗亦是他人生的写照，‘兰生幽谷中，倒影还自照，无人作妍媛，春风发微笑’。”

“秋林山水之景，枯树最不可少，时于茂林中间出，乃见苍古。树虽桧、柏、杨、柳、椿、槐，要得郁森，其妙处在树头与四面参差，一出一入，一肥一瘦处。古人以木炭画圈，随圈而点之，正为此也。”老太爷指着画作说道。

“枯树为画中点睛之笔，画意跃然纸上，画形不足以打动人，而画意却深入人心。”

“以蹊径之怪奇论，则画不如山水；以笔墨之精妙论，则山水决不如画，这就是笔墨的魔力。”

嘉贤泡了茶捧给祖父。老太爷把手中的笔放到了笔洗中，接过茶水。

“好茶，什么茶？”老太爷喝了一口又说道，“虫茶，延年益寿。”

“祖父知道虫茶？”嘉贤问道。

“这是苗族、瑶族人喜爱喝的茶，样子不起眼，味道极好，哪里得来的？”老太爷说道。

“一位云游四方的道姑送的。”

“讲道之人四海为家，清静寡欲，自然无为。”

“欲壑难填来自心中，无为并非无欲。”嘉贤说道。

“天下有道，却走马以粪。天下无道，戎马生于郊。罪莫大于可欲，祸莫大于不知足，咎莫大于欲得。”老太爷说道。

“欲望并不总是表象的吃穿玩乐，还有更高的，也更难以平静。”

“人生于世，有情有智。以情统智，则人昏庸而事易颠倒；以智统情，则人聪慧而事合度。”

“正因有情有智，而更痛苦。”嘉贤喃喃地说道。

老太爷略感奇怪地看了一眼二少爷，暗想也许该给二少爷娶亲了。

二月十九日是观音菩萨的生日。千弦早早地起床了，要到水月庵向观音菩萨求子。她想早点去，路上不要碰到任何人。昨夜落梅说要陪千弦去求子，千弦说碧儿陪着去可以。叶氏也说去水月庵的女子多极了，碧儿陪少奶奶就可以了。

起初千弦不乐意去水月庵，刚成亲不必那么着急。但千弦却从叶氏时时瞥向自己肚子的目光中看出了她的想法。对嘉道迟迟不归，千弦不是没有怨恨，男人家一旦外出谁又能管得住？叶氏没把窗户纸捅破可她明白，扬州有嘉道迷恋的女人。按眼下的做法，孩子仿佛成为争夺男人的武器。千弦万万不想走这一步的，她追求的是相濡以沫的幸福。

少女时期，千弦和姐姐争相看不知从哪儿弄到的《牡丹亭》。杜丽娘和柳梦梅生死离合的爱情故事引出她多少幸福的遐想。而现实生活中，自己的男人却有点绣花枕头。

从母亲与姐姐的命运中，千弦知道自己的一生将随嘉道一起沉浮。无论嘉道最终会成为什么样的人，千弦都会将一腔柔情抛洒给这个男人。千弦的处世之道是宁肯委屈自己也不愿违逆叶氏的意愿。

水月庵在乡间的山中，离家可不近。

千弦和碧儿走在微黑的天空下，步履匆匆地向着水月庵赶去。在这虔诚的时刻千弦不想说话。天色很暗，碧儿一路上说着无用的话，想要排除心里的恐惧。碧儿的话令千弦不胜其扰，她渴望天色能快点亮起来。碧儿被脚下的铁线蕨绊了一下，惊叫起来。阒然无声中千弦被碧儿的叫声吓了一跳，看着一脸惊慌的碧儿，千弦气不打一处来。

“仔细脚下的藤草，不要一惊一乍。”千弦说道。

“少奶奶，这里有蛇。”碧儿说道。

“山里的铁线蕨都不认识了？”

碧儿怯怯地望着阴影下的藤条。千弦又可怜起碧儿来，苦笑了一下。

“咱们拉着手走吧。”千弦拉起碧儿的手说道。

山风微寒，吹到人的脸上稍有些刺痛。千弦拉了拉头上的观音兜遮住风寒。她们定了定神，重新上路。太阳露出了头，也赶跑了碧儿内心的恐惧。

千弦是悄悄起床走的，没有告诉嘉道要去做什么。她清楚嘉道的心除了用在让他自己舒适上外，就不会注意到其他的事。夜晚两人甜蜜地躺在床上时，千弦问过嘉道对孩子的看法，他不置可否。嘉道还没想到这个问题，他的生活就像一条被搁置在笔直的河流中的小船，目的地就是彼岸，不需要操什么心，生活就是按部就班。

山路拐弯过去不久，她们听见前面有说话的声音。千弦奇怪还有比她们更早的人。烧香时千弦注意到前面那位女子是杨家大院里的二少奶奶。千弦记得这位二少奶奶与自己成亲的日子相差不远。

杨家的二少奶奶跪在香案前久久不起，仿佛跪得越久就越能早点得到孩子。千弦在一旁等候着，心里着急。千弦可不想让其他求子的人看见。一炷香烧完，杨家二少奶奶站起来走了，身后跟着两位丫鬟。回来的路上，千弦遇到更多去水月庵的女子，另一岔路口上还有去来云岩的女子。也许女子进入夫家的那一刻就书写了今朝的这一步。

从水月庵回来后，千弦注意到叶氏常常瞅她的肚子。在婆婆的注视下，千弦对瘪瘪的肚子着急了，她怀着满腔的心事却无从对嘉道诉说。午睡起来嘉道无视千弦的忧愁，嚷着要吃臭鳜鱼。千弦想起叶氏的节俭就有点不乐意，无奈嘉道不依不饶。昨日里吃金华的火腿，叶氏的脸色就不好看了。千弦一想又不是做给自己而是做给嘉道吃的，就放下心来。

千弦拿出一条臭鳜鱼放到砧板上。

“昨个儿就听见太太说近来鱼肉吃得多了。”碧儿看见后说道。

“你倒做起主人家的主来了，把臭鳜鱼收拾出来。”千弦生气地说道。

碧儿听了不说话了。叶氏被臭鳜鱼的气味引到灶前，走过去拿起鳜鱼放了回去。

“非勤俭不能持家，家业是积少成多的。”叶氏淡淡地说道，“今日吃羊角、苋菜和毛豆腐，把阳春菜做上，嘉道喜欢吃。”

千弦讪讪地应了一声，瞥见灶旁的碧儿正在偷笑。碧儿的笑更令千弦生气。

“大少爷想吃臭鳜鱼。”千弦辩解道。

“真穷好过，假富难当。”叶氏冷冷地说道。

千弦想起在宏村的时候，家里一连几个月不见肉食。她和姐姐们尚且可以接受，可二弟却不能忍受。母亲总要在弟弟的抗议爆发时做上一些荤菜。千弦暗想家道富裕了也应改善生活，否则挣那些银子做什么？也许银子只是商人心目中想达到的一个数字，而不是享受生活，但她并不与叶氏争执，只是温和一笑。

叶氏检视好菜后，没有马上离开，开始择菜。羊角菜中不规整的或是细小的，叶氏都留下来，洗净。千弦把洗好的苋菜放到簸箕里。

叶氏拿起一个茄子说道：“茄蒂是最好吃的，许多人家不吃把它扔了，茄蒂其实可以单独做成一道菜的。”

“今天倒可以试一下，菜只要吃惯了都能吃。”千弦息事宁人地说道。

“这可不是第一次吃，程家的茄子都是连茄蒂一起吃的，可见放在一起，做出来没人分得清，倘若说出来反倒有人介意。”

叶氏走后，嘉道溜到灶前，没见着臭鳜鱼嘉道极不高兴，出去时说：“在扬州一切都由本少爷说了算，少奶奶的肚子要争气，早到扬州了。”

听了嘉道的话，千弦气得说不出话了，倒恨不得嘉道已离家去了扬州。

第十章 伴风搭雨的日子

这几日汇源典当行异常忙碌。嘉贤按程尚德信中所提的货物清单，清点包装，筹措银两。程老爷做事有条不紊，古玩字画名目清楚可查，这倒少了书信往来。看着这些精美的古玩字画，嘉贤一点不动心。这些东西是程家几十年下来积攒的。

有一个影青瓷酒注及温碗，嘉贤很喜欢。很薄的青白瓷，晶莹润泽，玲珑剔透，隐约可见的青色极为精美。还有一对郎窑红的瓷瓶，釉面光洁透亮，开纹片有如牛毛纹，润如玉，赤如血。叔父常挂在嘴边的倪云林那幅《虞山林壑图》也在其中。

嘉贤感到惋惜，买卖面前，一切可供欣赏的精美物品皆可抛弃。嘉贤很想留下《虞山林壑图》，却无可奈何。

“别看了二少爷，自家留不住，早晚是人家的。”叶祥禾说道。

“得来不容易，失去却是一瞬间呀。”

“换成银子更好，心里踏实。”

嘉贤无可奈何地笑了。

叶祥禾和嘉贤吃住在店里，依货物的特点包装归类。叶祥禾做事很仔细，每一样物品都要过问后才动手包装。那些易碎的物品更是仔细打点。正常开饭的时间，他们没法去吃饭。叶氏把饭菜亲自送到店铺。嘉道游手好闲，每日到铺子里露一下脸就走。叶祥禾颇有怨言，只恨不是少东家。

铺子要打烊时，杨大少爷走进铺子。程家在扬州开办分号一事家喻户晓。杨大少爷从王星记扇子铺那儿得知消息，赶来想买些古玩字画。汇源墨砚斋里存有好货在歙县不是什么秘密。柜台上放着尚未打包的倪云林的《虞山林壑图》。

落第的秀才总有些郁郁寡欢，杨大少爷越来越喜爱新安画派的幽秀旷逸、疏林坡岸的画风。渐江为新安画派领军人物，早年则是崇尚倪云林之画风。

“二少爷还未休息？”杨大少爷微微一笑问道。

“杨大少爷想要些什么？”

“汇源墨砚斋存有好货，名不虚传。”杨大少爷像刚看见《虞山林壑图》一样说道。

“杨家的货深不见底，御赐的宝物数不胜数。”

“这幅《虞山林壑图》要多少银子？”

“多少银子都不卖，要送往扬州。”

“价钱合适，在哪儿卖都一样。”

“这是要装点门面的，杨大少爷可以上扬州购得。”嘉贤笑着说道。

“五百两银子，在扬州可没这个价。”

嘉贤清楚叔父的心理价位低于五百两银子。叶祥禾看了看二少爷，想要说什么，却被嘉贤拦住了。有一个主意在他脑海里形成了。

“杨大少爷，这样可以吗？货物先送往扬州，开业一周后再送到大少爷手中。”

杨大少爷明白了嘉贤的心意，笑了。

“二少爷在歙县就替程老爷开张了，成交。”杨大少爷爽朗地说道。

“在商言商，不似杨大少爷悠闲。”

“汇源斋若有王翚的《平林散牧图》，请二少爷给杨家留着。”

“请放心，大少爷。”

“明日，家仆会送来银子，请二少爷验清银子。”

“十日后，《虞山林壑图》送到府上。”嘉贤说道。

杨大少爷心满意足地走了。

次日为避免打扰，铺子的隔板插上了。叶祥禾和嘉贤在后堂里打点物品。嘉道进来后就靠在货柜上，手里拿着一款砚台把玩。他穿着绸衣绸裤，风流潇洒，一脸倦怠无力的神情。大少爷放下手里的砚台，把另一款新近雕刻好的砚台拿过来，放在一起比较。其中一款是清初时的砚台，有点古旧。大少爷左右看看，开口了。

“这一款砚台，有些年头，能值不少银子，这一款值不了几两银子，不要送往扬州了。”嘉道指着新款砚台说道。

新近的这款砚台是唐燠用上好的龙尾山金星砚石料雕刻而成的。清初的砚台虽说有些年头，用料却是极普通的砂岩石料，雕刻亦不是名家所为。听见大哥的话，嘉贤笑了。

“常人贵远贱近，向声背实。对砚台的估价不仅要从年头上看，更要从用料、雕工、构意上看。”嘉贤说道。

“看不出用什么石料，只看年代的久远，这条定律八九不离十。”嘉道得意地说道。

“大少爷，此言差矣，砚台的好坏关键还是看石料和雕工。”叶祥禾说道。

“古玩，古玩，年代久就是古玩。”嘉道说道。

叶祥禾撇开嘉道，把打点好的瓷器装箱。

“大哥，三日后订渡船。”嘉贤一边把瓷器放入木制的箱子里，一边对嘉道说道。

“迟一日早一日没什么关系，待汪掌柜回来再订不迟。”嘉道懒洋洋地说道。

嘉道放下砚台，伸了伸胳膊走出典当铺，他要回到床上再睡一会儿。

昨日接到程尚德的信，汪掌柜赶回来护送货物。信中要嘉贤在汪掌柜回来前，准备好一切行船之事。这件事，嘉贤本不想让大哥做的，但他和叶祥禾有点忙不过来了。货物整装待发，嘉贤走出铺子时已是申时。

嘉贤没有回家，直接向城外走去，赶往渔梁坝订渡船。埠头上渡船往来穿梭，货物云集，剩下一条渡船还未装载货物，却不见艄公。嘉贤在客商的指点下，在渔梁坝的青石板路沿途的街上，找到艄公的家。

“这条渡船前些日子已被一木材商订下，订下的日子过了两日。”艄公说道，

“这些货物急等着送往扬州开张，可以再加运脚费。”嘉贤急切地说道。

“再多的银子也不能失去信用。”艄公说道，“这位木材商常年租用我家的渡船。”

“艄公还有别的渡船吗？”

“再无多余的渡船，每年的此时货物的运载量最大。”

“木材商是哪里人士？或许有事耽搁了。”嘉贤说道。

“休宁人，客商在街上有一货仓。”艄公看了一眼一脸急切的二少爷说道，“过了两日了……去货仓再问一下。”

嘉贤随着艄公来到背街的货仓，只有伙计在。货仓里的木材存量不足以雇佣一整条渡船。伙计告诉艄公，木材商在川蜀有事耽搁了，一时半会回不来。艄公很仔细地

询问木材商再雇佣渡船的日子后，方接下嘉贤的订银，却绝不收多给的运脚费。一切就绪时，嘉贤回到家里已是戌时。

俞氏独自在中堂等嘉贤。夜深了嘉贤搀扶着俞氏回厢房睡觉后，又去了书房。嘉贤在想一时到哪里筹借一千两银子。店里刚做了一笔高息拆借，一时拿不出那么多银子。嘉贤打过宗族财产的主意，最后否定了。宗族的财产就那么几项用途，怎么都不靠边。铺子里有三笔典当物还有一个月方到期，赶不上用。租田的账还未到催讨的时候，眼看行期将至，嘉贤一筹莫展。

二少爷起身去见程老太爷。透过竹林能看见火苗闪耀，炼丹房的背面烟雾缭绕，炼丹炉的火昼夜燃烧。老太爷正观天象。嘉贤一来，程老太爷就明白了他的来意。老太爷最清楚程尚德做事能做到十分的从不做九分，眼前有余忘缩手，身后无路想回头。

这几日前院的动静太大了点，把祖宗留下来的那点资产全倒腾出来了。

“银两不够了？”老太爷慢悠悠地说道。

“除去铺子的周转，还差一千两银子。”

“你叔父的心太急了，缓步来，不需要这么大开销。”

“祖父，您有什么法子？”

“我这儿还有点积蓄，先拿去用吧，程家的老底都拿出来了。”

“祖父真是解了燃眉之急。”

“不会再有第二次了。”

嘉贤笑起来，对老太爷说的话有所悟。扬州的分号晚开一年，银两要充裕得多。程家大宅经过大半年的节衣缩食，还有汪掌柜赶着收回的田租全用在扬州分号。嘉贤预计，程家大宅的日子还要再苦一年。

第二日，汪掌柜从扬州匆匆赶回来。

第三日，在蒙蒙细雨中，汪掌柜押着货物驶离了练江，进入富春江。

嘉道把几个月的月钱加上老太爷和老爷给的压岁钱全花完了。无所事事的嘉道想要到铺子里提些银子。嘉贤外出了，铺子里只有叶祥禾在。嘉道刚一提出要支取银子，就被叶祥禾以二少爷为由拒绝了。

“我是东家，支取一百两银子还要听伙计的？”

“少东家，老爷走时吩咐过……”

“伙计登堂入室了。”

叶祥禾不理大少爷，整理柜台上的货物。大少爷见叶祥禾不理会，走出铺子。嘉贤刚走进典当铺，叶祥禾说大少爷要提一百两银子。嘉贤清楚大哥要银子无非去玩牌九、斗鸡或听戏。盐商鲍家在东谯楼那儿搭起戏台子，准备大唱三天徽戏。叔父临走时交代，不能随意给大少爷提银子。

嘉贤左右为难。这是大哥的铺子，按理说他管不着大少爷的银钱用度。更让他为难的是，大哥的银子的去处。大少奶奶要知道了还不定怎么伤心呢！想到这里，二少爷更不会让大哥提取银子。

“几日后老爷就回来了，大少爷再提银子由老爷做主。大少爷要催得急，就让他领取二十两银子，算在我的账上。”嘉贤刚说完就看见嘉道再次走进铺子。

嘉道直截了当地说想支取一百两银子。嘉贤笑了笑，让大哥先坐下再说。

“要使银子？有什么好的去处咱哥俩儿一起去。”

“那些地方二少爷不感兴趣，另外二少爷要在铺子里做买卖，没时间。”

嘉道隐隐觉得，嘉贤会反对他去那些场所。那些见不得人的腌臜之所并不是每个人都可以去。嘉贤是个读书人，要不是大伯的事，嘉贤一定会考中进士的。读书之人去不得那些腌臜之处。如今嘉贤只能做个掌柜，嘉道暗暗为二少爷惋惜。

“兄弟不分彼此，我这里有二十两银子先拿去，其余的等老爷回来再取也不迟。”嘉贤笑着说道。

“就这几天要用，哪能等到老爷回来？”

嘉道就是想赶在老爷回来之前支取银子，在扬州欠下的那些银子表面上老爷不提，可都记在心里。老爷回来后，一两银子他都支不上。

“庄稼要一日一日地生长，不能像吹气泡般地长大，银子也不会丢在火里转眼就消失，也要一日一日才能花掉。”

“牛皮灯笼，沾不着光。”嘉道说完就走了。

嘉道看出嘉贤打定主意不会支给他银子，看来父亲走之前就防着他这一着。嘉道并不想闹得兄弟不和，这不关嘉贤的事。

嘉道心灰意冷地返回厢房，却不见千弦，更觉得在徽州的日子难熬。

扬州的分号开张大吉。意气风发的程尚德从扬州回来，汪掌柜留在扬州暂时管理业务。此行并非如程尚德想象得那么简单，到官府登记造册又被盘剥一层的课税，使了不少银子打点各方财神。

此次开张多亏江家帮忙。江老爷以布衣结交天子第一人，在扬州雄霸一方。开张那天，江老爷亲自到场送了贺礼，加上江家在外的打点，第一天就有不菲的收获。婺源的茶商俞老爷早几日就送来贺礼；远在九江的胡老爷亦送了贺礼；身在扬州的曹氏亲族看在江家的面子上，亦备有厚礼；盐商鲍家亦前来捧场。江家三少奶奶网罗各方的朋友前来庆贺，短短两个月建立起一些顾客群体。

临行前，叶氏给江家备了大量的徽州物产。江家在扬州多年，吃穿用度来自于家乡，住的是徽派的家宅、徽派的园林。让徽州物产大放异彩的是乾隆下江南，一切用度更是徽州物产。程尚德算定这些家乡物产会招来江老爷的喜爱，故不惜重金四处收集典买，更多的物品是程家特意定做的。

果不其然，江老爷看见程尚德送去的物品，心情大悦。开办分号这件事，江老爷亦鼎力相助。那几日江家的车马任由程尚德派遣，而带有“江”字号的车马无疑是另一种赞助。

为了备足货源，程尚德多年收集的古砚、古墨、书画纷纷送往扬州。连程尚德最喜爱的“相如闻道还持去，肯要秦人十五城”古砚也送往扬州了。

老太爷暗笑以收藏古玩字画闻名的程尚德，爱好还是以利益为重。某年云游四方，老太爷偶得一方古砚，背后刻有并蒂莲诗，且注明莲出自正仪东亭。真是块好砚，虽未被世人赏识，却是难得的好砚，涩笔不留，滑不拒墨。老太爷庆幸，一些收藏未被程尚德发觉，否则毁于一旦。老太爷注意到赵孟頫的《鹊华秋色图》，最终保留下来。

扬州地处便利，文人雅士云集，到典当铺做生意的客商络绎不绝，无论大小，每天都有二十笔以上的业务。长此以往，再过一年在杭州开分号的资本就有了。

在典当铺，嘉贤见到春风得意的程尚德。程尚德正在查汇源典当的账，核对银两。看过账簿后，程老爷满意地点点头。他暗想嘉贤在典当行里有了不小的收获，日后可委以重任，嘉贤什么时候有的这样的热心与判断？在铺子里仅仅是照看，远远说不上经营铺子。程尚德示意嘉贤到店堂去。嘉贤从高大的柜台那儿转过去，随着叔父进到后面的店堂里。

“近日多费心了，铺子里的事务照料得很好。”程尚德开心地说道。

“这是侄子应该做的。”嘉贤微微一笑说道。

“大少爷要有二少爷一半的努力就好了。”

“叔父过奖了。”

“二少爷不小了，该提亲了，男人在外做生意就要有一个稳定的家。”

“叔父，侄子眼下还不想成亲，还想跟母亲再过几年。”

“唉，总拖下去也不是个事，那这事以后再说吧。”

返回柜台后的嘉贤感到，提亲是早晚的事。眼下嘉贤无论如何也不愿成亲，否则他会对不住那女子的，更对不住他自己的心。生活在这世上已经够苦了，再违逆心愿做事，刀架在脖子上也不会做。

三月的徽州大地春暖花开。

细雨下了三日，这一日是少有的大晴天，嘉道邀请嘉贤到练江边上钓鱼。千弦做了许多糠砣，让嘉道带上。

说好的六时走，嘉道懒懒散散，八时还未出门。走入天井后嘉道又返回去，叫住千弦。嘉道和千弦站在天井里说话，一副难舍难分的情景。嘉贤远远地站着，并不想听他们说什么，那声音还是传过来。千弦让大哥早点回家，晚上要做大哥爱吃的臭鳜鱼和三套鸭。嘉道高兴地答应着走了。

嘉贤随着嘉道走入东街的青石板路上。出了城，嘉道的兴致上来了，说起钓鱼、桃花坞、推牌九。这些话随风而散，嘉贤礼貌性点点头或应和一声。嘉贤脑海里闪过千弦等大哥回家吃饭的情形，给大哥添衣暖被的情形。大哥与大嫂的生活以琴瑟和鸣的形象闪现在嘉贤的眼前。

嘉贤被大哥的欢呼声拉回眼前，嘉道发现了乌桕树上的鸟窝。嘉道本想爬到树上摘下鸟窝，看了一眼身上的丝绸衣裤放弃了。扬州已把嘉道变成了附庸风雅之人，不屑于这些乡民的所作所为了。嘉贤看了一眼嘉道，笑了。

练江两岸的平地木和桃花渐次开放。徽州大地呈现出鸟语花香的太平景象。滚滚而逝的练江承载着嘉道和嘉贤的童年和少年。几日的阴雨绵绵后阳光普照，有豁然开朗之感。微风吹来，花瓣纷纷扬扬地落入江中，被江水裹挟而去。

他们朝伸入江中的石块走去，那儿已经有垂钓者了。他们继续向前走，找到一处能立人的平缓的石块。

钓鱼是祖父教的，祖父迷上道教之前是高明的垂钓者。祖父让他们做到心定、神定、气定，抛钩入水，浮标立在水中。祖父说钓鱼也是钓人的耐性。嘉道更善钓，也更花心思钓鱼。嘉贤读《四书》《五经》《论语》时，嘉道则偷跑出来钓鱼。叔父为此不止一次地训诫过嘉道，可嘉道不长记性，骂过就忘，依然偷跑出去钓鱼。

桃花汛期，水位暴涨，三月的江水依然冰冷。嘉贤在与嘉道相距二十米处选定位置。嘉贤并不想钓鱼，只想静静地过好这一天。他平心静气地坐在那儿，稳稳地把诱饵抛到江中。鱼儿不像他想的那么容易上钩。他的鱼篓有了两条小鱼。嘉贤注意到，嘉道频频更换糠砣，却不见鱼儿上钩。

“这糠砣不管用，还是黑色的虫子容易让鱼上钩。”嘉道说道。

“意静自然心静，鱼就会上钩。”

“心再静也要有好的诱饵。”

嘉道并不认可糠砣的效果，把糠砣扔到江中，换以岸边一种黑色的虫子为诱饵。他不停变换地点，寻找更佳的垂钓位置。嘉贤没有挪窝，只是坐在那儿而已。

早上就在收获甚微的垂钓中结束。他们吃了千弦做的糯米馃，喝了茶筒里的绿茶。饭后嘉道来了精神，很快选定位置。嘉贤依然坐在老地方，悠然垂钓。有一阵下游没有动静，他注意到大哥终于安静下来。

嘉贤正以为一下午就要这么安静过去时，听见下游猛烈的动静。嘉道起竿收线，钓上鱼了，鱼随着鱼线的起伏露出水面。是条大鳜鱼，嘉贤从没见过这么大的鱼。鱼奋力挣脱，把嘉道拽到江中。

汛期的水往往是迅猛的。嘉道为了不让鱼挣脱，被鱼牵扯着慢慢下到水中。有那么一会儿鱼不见了，嘉道也不见了。情急下嘉贤打翻鱼篓，跳入水中赶往下游。刚入水中他却被水中夹带的冰块撞倒了。嘉贤全力挣扎，再次露出水面时已是百米之外了。

嘉贤再次寻找嘉道。不远处的嘉道还在与大鱼斗智斗勇。水再次没过嘉道的头顶，仿佛被鱼拖着走了。鱼在生死一线间，会拼尽全力来挣脱鱼线的牵引。嘉贤奋力冲向下游，在水中找不到嘉道。嘉贤跃出江面，却见嘉道把鱼引到不远处的浅滩那儿，那条鱼已是囊中之物。嘉贤提起的心方放下。

他们脱下夹袍，晾晒在岸边的桃树上。带着点冷气的风吹到湿衣上，整个人像筛糠一样抖动。三点钟的太阳还是温暖的。嘉道迅速走下堤岸，寻找最佳的垂钓点。嘉贤看出，大哥垂钓的兴致到了极致，醉心于钓鱼而忘记周遭的一切。

“嘉贤换个地方，鱼在下游。”嘉道朝着嘉贤喊道。

“钓鱼就是打发时间，哪儿都一样。”嘉贤淡淡地说道。

“钓鱼就是要把鱼钓上来，没鱼还不如躺在床上。”

嘉贤笑起来，羡慕嘉道到哪儿都有好兴致。

太阳落山了，眼看到了程家吃饭的时辰，嘉道竟然没有一丝要走的意思。嘉贤一直想着千弦的那句话。大哥必须走了，他不应该让千弦久等。嘉贤几次提出要归家，嘉道不置可否。嘉贤心烦意乱，心思完全不在钓鱼上。

晚霞消失殆尽，有一位山客的声音从对岸传来。嘉道忽然想起回家的事来，匆忙收拾渔具。见嘉道终于要回去了，嘉贤像得了特赦令，长出一口气。

嘉道的鱼篓子里装满了鱼，而嘉贤干瘪的鱼篓子里仅有几条小鱼。在大宅门口分手时看着大哥走进屋子，嘉贤倒恨不得没有回家。

回到宅子里，嘉道得意地拿着满篓子的鱼找千弦，却碰上了千弦的冷脸。自成亲后这还是第一次。嘉道的印象中少奶奶是温柔可亲的，一定发生了什么事。他亦想不起来做过哪些令人指责的事了。在歙县里，他可真没少做让少奶奶伤心的事。

嘉道百般地温存体贴，换不来千弦一张笑脸。后来千弦把那封信拿给嘉道，嘉道猛然记起春台班的香娥。这段日子里嘉道想都没想到香娥，一心用在千弦身上。即便嘉道现在想起来，香娥的模样还是模糊不清。嘉道哈哈笑起来，千弦原来为这事不开心。他把千弦拉到身边坐下。

“弦妹，我对你怎样你清楚。那是扬州的事，与徽州无关。你知道宗族法制绝不允许我娶那样的女子。”嘉道毫不在意地说道。

“少爷的心呢？想要娶她？”千弦讥诮地说道。

“那只是少奶奶不在身边时找点乐子。”

“妾身要跟大少爷回扬州，你乐意吗？”

“不是不乐意，而是家里能同意吗？”

“这个不用大少爷管了。”

出嫁时母亲告诫过千弦，女人要大度，对男人烟花粉黛之事要睁只眼闭只眼。这几个月千弦看出嘉道一心用在她的身上。千弦暗想男人要是缺乏管束，不定会做出什么出格的事，守在身边就好了。千弦很清楚叶氏把嘉道留在家里的用意。千弦喜欢嘉道，当然希望能有个孩子。拜观音求子，肚子还是一点动静都没有，千弦有点着急了。

“大少爷去看看太太，许医师来看过了，太太身体不舒服在厢房里。妾身把饭菜热一下，一会过来吃饭。”

“叫碧儿做这些事。”

“妾身要为大少爷做这些事。”

听见千弦的话，已走出厢房的嘉道又返回来，搂住千弦亲吻起来。千弦挣脱了身子，把嘉道赶了出去。晚饭时千弦几乎没吃，专等嘉道回来一起吃。

落梅守在叶氏的床边，嘘寒问暖。有落梅在身边，叶氏有再多的苦恼都会消失的。果然，叶氏见到垂头丧气的嘉道，并没有训斥，只是问吃饭了没有。一听说嘉道还没吃饭，叶氏就催着他去吃饭了，仿佛那场闹剧根本没有发生过。

“叫少奶奶给少爷做些热乎的饭菜。”叶氏吩咐道。

“少奶奶预备下了。”嘉道答应着出来了。

从叶氏的厢房回来的嘉道看见油灯下的千弦，感到危机已过。

千弦准备了梨花春，浅斟低酌。千弦陪着嘉道吃饭。自嫁过来，两个人很少单独在一起吃饭。对这个男人她多少有些了解：见异思迁、胸无成竹、喜爱风花雪月。这就是她遇到的男人。尽管嘉道一无是处，但还是能带给她些许的快乐和幸福。千弦想到也许承祖上的荫庇，这辈子可以衣食无忧。

早已过了吃饭的时刻，俞氏要等着嘉贤回家一起吃。嘉贤把鱼拿到灶房，让银荷收拾。听见嘉贤坐下，俞氏说程老爷来信了，分号开张，扬州的生意分外好，老店的一些古玩字画要送往扬州，并支取三千两银子。

银荷把热过的汤端上来，听见俞氏的话就笑了。

“银荷笑什么？”俞氏问道。

下午时分，银荷给大宅拿点毛豆腐，恰巧碰见送信的。两封信同时到，以为都是程老爷写来的。叶氏不识字，就让千弦拆开来看信。谁知第二封信是扬州的香娥写来的，问大少爷为什么不回扬州，是不是把她忘记了。少奶奶读完信后一言不发，叶氏气得病倒了，嘉堃和雪月还不知道呢。

这消息无疑令嘉贤烦恼，放下碗筷。这个结局在嘉贤隐秘的内心已经预见到了，大哥终将辜负大嫂的一往情深。他记起第一次见到千弦的情景，她侧身坐着，垂着眉眼与母亲说话，从背后射来的阳光并未掩盖她美丽的姿容，却赋予她安详娴静之光。

“别说了，把饭菜撤下去，给太太沏茶来。”嘉贤说完就走了。

“二少爷还未吃饭呢。”银荷在嘉贤的身后说道。

“随二少爷去吧。”俞氏说道。

嘉贤来到天井，心乱如麻，不知要做什么。泥土的清香舒缓了嘉贤奔流的血液。典当铺里亮着灯，叶祥禾守在铺子里。嘉贤信步进入典当铺的后堂。他问了今日的几笔进出，查看了账簿。如往常一样，账面清楚，几笔生意都有不少的盈利。嘉贤绕到后院，走进花香和月色中，想看一看那几棵中草药树。嘉贤颇感欣慰，月光下，红豆杉和杜仲的新芽闪闪发光，含笑、栀子花结花骨朵了。

从后院转过来，刚走到天井那儿就嗅到奇异的香气，并听见千弦的声音。这不是千弦身上的香味，却明明是千弦的声音。嘉贤在记忆里搜索出这是四大香之首的沉香。嘉贤突然间厌恶起沉香，在这之前他对沉香情有独钟，不仅因为沉香的香味，更因它的药用价值。

依然是爽朗快乐的笑声，不见丝毫的烦恼。嘉贤微微有点喘气，努力地压下心头的冲动。嘉贤返回后花园，绕着红豆杉和杜仲走了两圈。他想等千弦走后再去中堂，脚每次都把他带进天井里。

千弦与俞氏坐在太师椅里说话。嘉贤问候了大嫂，这比他想象中要难。不一会儿嘉贤放松下来。千弦含着笑意亲切地看着他，明亮的眼睛像有话对他说。嘉贤正想问千弦什么事，却听见母亲开口了。

“让大少奶奶尝一下虫茶，这可比婺源的绿茶好喝。”

银荷要去灶前，被嘉贤拦住。嘉贤从中堂里出来，来到后间的灶房里。他拿下坐在灶台上的开水，沏了一杯虫茶。他还未走到中堂，就听见千弦说“好茶”。茶香飘进屋里了。千弦喝了一口，更加称赞起来。

“好茶，还有吗？让大少爷也尝一下。”

“拿去吧，就这么多了。”嘉贤说着把剩下的茶都拿给千弦。

“珍珠耳环还给少奶奶了吗？那夜少奶奶走了以后，嘉贤捡到一枚珍珠耳环。那种耳环家里只有少奶奶会戴。”俞氏笑着对千弦说，“少奶奶找不着，着急了吧？”

“不记得放在哪儿了……”嘉贤说道。

那个耳环嘉贤贴身放着，不想还给千弦。自那夜后，嘉贤觉得所能拥有千弦的物品恐怕只有这个耳环了。每天夜里他都拿出来看一看，确认它还在那儿才能放心。听见母亲的话，仿佛要把它从身边夺走般可怕。

千弦注意到嘉贤的声音有些古怪。千弦细看嘉贤，发觉嘉贤面色苍白，瘦了不少。她有多久没有这样看他了，这一看竟然吃了一惊。还是那个嘉贤，却有了许多不同，低沉的声音表达了一种情感。忽然间千弦的心像一面鼓似的响起来。

“伯娘，妾身不戴那对耳环了，有了新的，大少爷给的。”

其实，嘉贤一进门就看出千弦换了新耳环。他还想再说点什么却不敢张口，害怕声音出卖了自己。千弦站起来走到天井里，转过身来说：“二少爷，妾身想要些调神静气的中药。”

嘉贤听出千弦的这句话并不是真的想要草药，却像有话要对他说。嘉贤对母亲说了一声，陪着千弦走到后院。他们在月色中站定，互相看着对方。嘉贤以为承受不住千弦的注视，没承想却很享受她目光的爱抚。相视下，他的脸像被火烤一般热起来，他的双眸却不愿离开饱含流水一样的眼睛。

千弦有些忧郁，注视嘉贤一会儿，忽然间开口了：“二少爷，我和你大哥这么久了还未有个孩子，眼看着家里的生意越做越大，不能再往后拖了。”

嘉贤的心一阵绞痛，小心翼翼地问道：“大哥想要孩子吗？”

“这事不需要让大少爷知道，二少爷有什么法子？”

“过两天给少奶奶药方子，这事用不着那么急的。”

“不是我急，而是太太急。”

千弦走了，嘉贤站在沉香的香气中发呆。回到中堂，母亲依然坐在太师椅上，空气中有着淡淡的沉香的香气。坐在浓郁的香气中，嘉贤感到仿佛还与千弦在一起。

嘉贤在痛苦中睡下，听见从母亲的厢房里传来轻微的呼噜声，还有细雨的沙沙声。大宅那边一点动静都没有了，看来全睡下了。嘉贤睡不着，想着大哥、大嫂，还有他自己。直到此时，嘉贤清醒地意识到对千弦的爱情终将是一场空，一场白日梦。这并不是他第一次认识到，只不过这一次让他从梦中醒来。

睡着后嘉贤做了个梦，梦到大哥得了一个胖小子。

清晨嘉贤外出到各个药铺里配置草药。有一味药没有，嘉贤要到山里寻找。他把几味草药放到药房里，走了出来。经过月华门时，他看见大哥和千弦正站在紫薇树下。不知为什么，他们笑起来，幸福的声音飞到嘉贤的耳朵里。嘉贤不止一次见到他们卿卿我我，只有这一次让他产生了嫉恨。

嘉贤没有惊动他们，悄悄地走回去，又走出大门。三日后，嘉贤把配置好的草药交给千弦。

“春天到了，西干山、问政山上有许多覆盆子，让大哥多吃点覆盆子。”

“还要注意什么？”千弦问道。

“这事不能急，自然而为。”

看着走远的千弦，嘉贤知道这句话千弦并没有听进去。

春无三日晴，嘉道被困在家中。在歙县，嘉道的另一喜好是打石鸡。徽州有一道名菜是花菇石鸡。花菇产自于山中的林子里，石鸡则来自栖息于岩石坡和沙石坡的丘陵。山坡上的梯田里常有觅食的石鸡。打石鸡，嘉道无师自通。他对旁门左道的营生有着天生的迷恋。往年夏秋之际，活跃于梯田的石鸡常常成为嘉道的碗中餐。

阴雨绵绵的第三日，嘉道想约嘉贤去打石鸡。嘉道把那杆猎枪找了出来，擦拭干净。嘉道喜爱枪，不让他人沾手。油灯下的千弦，看着专心擦猎枪的嘉道，心里感到好笑。她从未见嘉道对什么事上过心。平日里他懒懒散散，没个清醒的时候，此刻的热情着实让千弦吃惊。嘉道用绸布把猎枪擦净后放在墙角，开始整理弹药。千弦看见嘉道备了许多火药，少说也要三天方能用完。

“想住在林子里与石鸡为伴？”

“哪里，我想要与少奶奶为伴。”嘉道知道千弦在讥讽他。

“这么多的火药还不要打三日呢！”

“总比没火药好吧，要过瘾就得备足火药。”

千弦笑起来，这哪里像成亲的人，倒像那四处为家的单身汉。

“在家里困着不自由了？想去扬州？”

“一个大男人，日日守在家里算什么！”

千弦气得脸都红了，她气嘉道只想着消磨时间。

次日石鸡未能打成，嘉道便闲闲地待在家里。嘉贤忙于铺子和扬州分号的事走不开，嘉道一时又找不到其他的闲人。嘉道那些商人朋友都返回扬州做买卖了。程家宅院里只有嘉道是个闲人。他喜好热闹，一个人打猎可不是嘉道所擅长的。嘉道所擅长的是做什么事都要敲锣打鼓地弄出点动静。

今年的春季要格外忙。叶氏交代，嘉贤忙于典当铺的事，俞氏那几亩茶林要她们帮着银荷采摘制作。看到困在家中的嘉道，千弦差点笑出声来。若是千弦能走开，会陪着嘉道打石鸡的。几日的忙碌后，几亩明前茶全采摘制作好，今天有了半日闲暇。

千弦坐在厢房里做活计，嘉道守在一旁。嘉道不知从哪里得来《汉宫春色》一书。别的书他读不进去，这本书他倒读得津津有味。家里静悄悄的，叶氏正睡午觉。两位小姐在楼上的厢房里午睡，嘉堃到竹山书院听讲授注经。

嘉道忽然放下手里的书，站起来亲吻千弦，千弦想要躲开，却被嘉道拽住胳膊。自吃了嘉贤的药方子，千弦亦不觉得有什么进展，只是与嘉道燕好的日子多了。

千弦听见嘉道喘着粗气，双手搂抱着她的腰，有点急迫。千弦知道，嘉道想求欢。可是大白天的人来人往，不定什么时候叶氏就会叫她。千弦粉颈低垂，本想推开嘉道，却被抱起来，倒在床上。嘉道的舌头正挑逗着她的舌头，一股发自心底的快乐涌上来。千弦猛地抱住嘉道，二人滚作一团。

一身热汗的嘉道从千弦的身子上滚下来。

“弦妹，这书太好了。”一身疲软的嘉道欢愉地说道。

“扰乱心性的书，哪有半点好处？”

“少奶奶不知道这书的好。”

看着心满意足的嘉道，千弦整理好衣服站起来。云鬓散了，她对镜梳理。镜中映出一张心满意足的脸。

这个男人有诸多不好，但用在少奶奶身上的情，把不足之处填平补齐了。

发往扬州的货已运走，铺子里闲下来。嘉贤清理账目，整理货物并编辑成册。嘉道日日盼望嘉贤清闲下来。他一日三次到铺子里查看嘉贤的动静。嘉贤一见到大哥就笑了，倒恨不得能清闲下来。

又过了三日，嘉贤陪着嘉道打石鸡。昧旦晨兴，嘉贤和嘉道就来到坡山脚下。星罗棋布的石鸡在太阳出来前悠闲地啄食着坡山下的油菜花、梯田里的草籽、嫩叶和昆虫。石鸡栖息于丘陵地带的岩石坡和沙石坡，夏秋之际，成群地窜到靠近山坡的农田中觅食，受惊后径直朝山上奔跑，躲入草丛或灌木丛中。

太阳努力地跳出山脉，燃烧了整个田野。梯田里的油菜花变幻着金红和金黄的色泽，绵延到天边去了。朝霞映照下，油菜花美得令人叹惜，嘉贤站在梯田边上，久久不愿动手。嘉道慌慌张张地闯入梯田，惊得几只石鸡飞起来。

“大哥，这就是你日思夜想的石鸡，快动手吧。”嘉贤笑着说道。

“二少爷先动手吧，我最擅长打飞翔中的石鸡。”

“并不是所有处于静止中的鸟都好打，有的恰恰在飞翔中被打中。”嘉贤说着开了一枪，打中一只顾盼自得的石鸡。

成群的石鸡拔地而起，天女散花般地朝着山坡飞去，另一批石鸡又飞起来。嘉道兴奋地大叫起来，接连开枪，只见石鸡纷纷落入油菜花地里。嘉道边打边向着坡山脚下跑去。那只训练有素的狗则把嘉道打下的石鸡运送至田埂上。嘉贤看见嘉道已冲到了沙石坡上了。

梯田里的石鸡瞬间不见了踪影。立在油菜花地中的嘉贤完全忘记了打猎一事，专心欣赏起田野里的景色来。远处的枪声零星地传来，仿佛清晨来自道观的晨钟。待到嘉道从沙石坡过来时，嘉贤只打中了两只石鸡。嘉道拎着一长串石鸡，开心地笑了。

回到程家大宅的嘉道夸张地说起此次打猎。千弦相信了嘉道所说的不实之词，却被叶氏粉碎了。

“三分颜色开染坊。”叶氏笑着说。

千弦听后笑起来，嘉道则垂头丧气地走了。

眼下人们津津乐道的是胡贯三的骡马大队。胡老爷押着粮队来到歙县。

徽州素有“山田无力薄半无泥，养得爹来子又啼；此地年丰休欢喜，水旱还须问江西”一说。乾隆三十六年暑夏，皖南地区出现百年未遇的大旱，精明的胡贯三早想到“黟县缺米，皖南少粮”，在鄱阳湖产粮区建起座座囤积粮食的粮仓；在阊江流域租下整只运船队，在关麓西武岭古道雇佣上百人的骡马大队为徽州地区供应粮食。

胡老爷讲商德，秤平斗满，价格公道，丰年不压价伤农，灾年亦能平价出售，为他赢得声誉。在黟县胡老爷取道大江南北，经商数十年创下巨大的家业，成为江南首富之一。

又到了青黄不接时，叶氏唠叨起骡马大队。忆起早年缺粮少米的年月，叶氏希望骡马大队早日到来。虽是个丰收年，粮价却一点不低。叶氏顾不上讨价还价，买了二百石米。程尚德指挥着挑夫把大米送往粮仓。粮仓里还囤积着半年的粮食。叶氏看着空出来的地方填满了，满意地笑了。年年吃陈粮，却吃得放心。

叶氏让挑夫担五十石粮食送到二宅，量出一斗新米放到灶前。叶氏把米放到阳光下瞧，又放到鼻子下嗅，真是当年的新米，有一股清新的米香。叶氏对米香也像程尚德对墨香一样着迷。

想起十年前的旱灾，叶氏不寒而栗，粮价飞涨，城内饿殍遍地，不法商人囤积粮食待价销售。乾隆虽蠲免了田税，徽州人家依旧几日吃不上饭。为了平抑粮价，盐商鲍老爷、程尚德、杂货商汪老爷外购粮食，低价投放到市场，后来在官府和士绅联合赈灾下，稳定了粮价。从那以后叶氏爱新米，更爱储藏粮食。

今晚叶氏要用新米做饭。这是程家多年的老习惯，购粮之日要尝鲜。

“碧儿把这些米拿到灶前，多做半勺米。”叶氏对走来的碧儿说道。

“今天吃新米，太太吃臭鳜鱼吧。”千弦说道。

“前天才吃过荤的，招待胡老爷就吃的臭鳜鱼。”叶氏看了一眼千弦说道。

千弦家务农，那年大旱家里同样没粮吃，想起家里也有这样的习惯就笑了。今朝清洗器物，天井里太平缸里的水只有一半。千弦想叫汪开泰到街口的井里再打些水来。太平缸里的水少了，婆婆又要不满意了。

徽州地狭人稠，时时刻刻防火。自何歆之后，高高的马头墙就成为防火有效的屏障，家家户户天井里的水缸也必不可少。自嘉贤归家，程家大宅吃穿用水就由嘉贤担水。他清晨起来把家里及叔父家的各个水缸装满水。

嘉贤担水时，千弦往往在宅院厢房里忙碌，很少见到他的人。千弦知道嘉贤忙着到深山老林里采制草药，也看出这是嘉贤消磨时间的方法。这会儿只有叫汪开泰去担水了。千弦见汪开泰担着木桶出去，方放心去了灶前。

等千弦经过天井想去后院拿点干菜时，却看见嘉贤正往缸里倒水。这时千弦意识到嘉贤的体魄完全恢复了。两只木桶在嘉贤的手上轻巧地提起又放下。嘉贤的身板健壮而挺拔，黝黑的脸上呈现出健康的红色。

千弦不禁想起嘉道纤细的手和苍白的脸。伴着哗哗的水声，千弦快乐地一笑。嘉贤看见千弦后微微一笑，强健的手轻巧地提起木桶，把水倒入缸中。

嘉贤到紫阳山里找一种叫夏枯草的药材，久寻未果。他想第二天去西干山再找一找，说不定那儿的山沟或水沟旁就有。嘉贤正想着草药时，看见汪开泰担着水桶从街角那儿拐过来。嘉贤让汪开泰把草药拿给银荷，自己担着水来到程宅。

倒完水一转身，嘉贤看见大少奶奶从西侧过来。不知怎么，嘉贤感到分外高兴。千弦来不及说话，点点头就进入后院了。嘉贤愣了一下，失神地看着大少奶奶的身影消失在月华门内。嘉贤担着木桶跟到月华门，抬脚迈出门洞方清醒过来。大门外嘉贤遇见程尚德，程尚德告诉嘉贤，担完水后陪胡老爷吃饭。

黄昏时分总是女人最忙的时候。今晚请胡老爷吃饭。叶氏让千弦拿出家里自酿的米酒招待客人。徽州人待客，饭前要为客人献上米酒煮荷包蛋，菜要四个冷盘、五个炒菜外加一汤。千弦从母亲那儿学得一手好菜，更喜爱做一道菜——三套鸭，这是扬州名菜，待客的热菜里就有三套鸭。

扬州干丝也是千弦的拿手菜。能做出这道扬州干丝是千弦苦练的结果。豆腐丝要切成头发丝一样纤细可真不容易。千弦为了能得到叶氏的赞扬，苦练而成。起锅的瞬间，千弦看见叶氏眼里的惊喜。这道菜是从程宅邻居杨家少奶奶那儿学来的。母亲会做的菜，叶氏同样会做，这道菜出乎叶氏意料。看着一脸惊喜的叶氏，千弦快乐地笑了。

“扬州干丝，从哪儿学的？”叶氏问道。

“杨家二少奶奶那儿学的。”千弦笑着说道。

“少奶奶可以当家了。”叶氏说道。

“太太过奖了，妾身还有许多要向太太学。”

“第一要学的就是勤俭持家。”叶氏笑着说道。

“是，太太。”

“臭鳜鱼腌制的时间不够，今天做刀鱼吧。”叶氏一边清洗刀鱼，一边说道，“拿些火腿、春笋来。”

“是，太太。”碧儿答应着去了。

“刀鱼用蜜酒酿、清酱放盘中，如鲥鱼法蒸之最佳，不必加水。如嫌刺多，则用极快刀刮取鱼片，用钳抽去其刺。用火腿汤、鸡汤、笋汤煨之，鲜妙绝伦。”叶氏说道。

这道菜是叶氏的拿手好菜，多次受到程老爷的赞赏。叶氏有意做这道菜就是想把大少奶奶比下去。千弦自然看出了叶氏的用意，微笑不语。

眼看天色已晚，千弦加快手里的活计。千弦看见各种配料、菜食、器碗放在灶台上，一片混乱。之前千弦打下手配合叶氏张罗饭菜时，灶台上有条不紊，叶氏伸手就能拿到想要的各种配料。千弦暗想女子统管灶前也是一门学问。

今朝这些菜都是叶氏定下的菜谱，千弦主做，碧儿打下手。从原材料的准备到下锅每一样工序，千弦都亲自动手，叶氏检视。上菜的顺序和朝向叶氏都有精准的要求。千弦暗笑这与母亲那些苛刻的要求毫无二致。一切程序都符合叶氏的精准要求，千弦看见婆婆露出满意的笑容。千弦偷偷一笑，回到灶前。

席上嘉贤看见胡老爷。胡老爷人情练达，脸上有一种商人特有的诚信而变通的世故。胡老爷正问嘉堃明年的乡试。众所周知，徽州商人贾而好儒。胡老爷的儿子官至二品。嘉堃对胡老爷在考据、注经方面的问题有很好的对答。胡老爷极满意，夸赞嘉堃的学问。

程尚德趁此提起嘉堃的亲事。胡老爷微微一笑说：“待弱冠后再考虑。”

胡老爷的言下之意是学问有待考虑，亲事也有待商量。程尚德暗自夸赞胡老爷的精明。叶氏在二进的天井里听到他们的谈话，心中一喜。西递村里胡家小姐是出名的贤淑。

千弦注意到席上嘉道的神情更为生机勃勃，显得更为英俊。所有的菜中，嘉贤对扬州干丝情有独钟。嘉堃的心思不在吃上，而在做学问上。汪掌柜的心思同样不在吃上，暗自盘算着典当的生意经。程尚德和胡老爷谈兴正浓。

宴后程尚德、胡老爷、嘉道和嘉贤到中堂里说话，嘉堃去了书房，汪掌柜回家去。席上的菜撤下后，千弦与婆婆在灶台边吃点剩菜。已经很晚了，从中堂里传来议论眼下局势的声音。今朝有客人，叶氏吃过后回厢房。收拾完灶台，千弦回到屋里想躺一会儿，心情有点激动，睡不着。她干脆起来，悄悄地出了月华门。

桂花的清香味越来越浓，千弦走过时落了一身的花瓣。她想起“馨香盈怀袖，路远莫致之”，不由得笑了。

中堂里只有俞氏静静地坐着。往常多一人不觉得，今朝少了一人，千弦感到这里太空旷，亦觉得冷清。千弦第一次感到初冬的夜晚有点凉了。千弦并没感到失望，有许多的话要说。这是她第一次待客，尤其招待胡老爷这样拥有七条半街、三十六典的老爷。

人还未到中堂，俞氏就说：“嘉贤还在程家大宅那儿吗？”

“二少爷与老爷们商谈经商之事。”千弦答道。

“买卖上的事有什么可说的？”

千弦没接话，知道伯娘担心嘉贤会外出经商。她引开话题说起胡老爷。胡老爷是家喻户晓的人物，千弦小时候就听说过胡老爷创业的故事，灾害之年有谁没吃过胡老爷押运的粮食呢！丰年的日子忘记了，灾害之年的日子俞氏没有忘记。胡老爷声名远播就在于赈济与救灾。俞氏与千弦说得高兴起来，也就不注意嘉贤不在身边。

“伯娘，我已经成为能干的主妇了。”由于心里快乐，千弦不由得说道。

“能干的主妇只有更多的辛酸，刚成亲那会，谁不夸奖我是能干的主妇！如今落得空守房间、双目失明的下场。”俞氏哀叹道。

“操持一个家可不容易。”千弦轻轻说道。

这句话引出千弦对俞氏的怜惜之情，但她青春盛年的心不会联想到日后自己的命运。夜晚吹来桂花的香风，千弦要回去了。嘉贤没回来，千弦不敢走，怕俞氏再唠叨。等了等，听见从天井里传来脚步声，一定是嘉贤回来了。

忽然俞氏说快回去吧，嘉贤回来了。话音刚落，嘉贤出现在天井里。千弦跟嘉贤打声招呼就走了。

这一年风调雨顺，徽州大地上各种物产都有不小的收获。

如往年一样，丰收之年的诉讼最多。徽州租佃制中把田骨与田皮分开交易。歙县自古有“歙邑买卖田地之契约，有大买、小买之区别。大买有管业收租之权利，小买则仅有耕种权，对于大买主，仍应另立租约……”

丰收之年找价之风更盛。稍有不如意辄诬告纷纷，时有“种肥田不如告瘦状”之谣。府衙门里告状之多，不可胜数。

中堂里，程尚德与嘉贤谈论唐模村许承昊状告佃户吴德贵，此事闹得沸沸扬扬。嘉贤刚从府衙回来。嘉贤去看望同窗汪定塘，听说了这个案子。他与汪定塘正在叙旧时，敲鼓鸣冤的鼓声响起。汪定塘整理衣冠进入大堂，嘉贤离开府衙。离去的路上他又听到三次鼓声。随着鼓声响起好事的百姓则拥向衙门。

眼下的案子是这样的：两年前，许承昊以二十两银子把田皮卖给佃户吴德贵。大丰收之后同样的田皮则要卖到三十两银子。许家要找价，吴德贵不同意，双方为此在田地里大打出手。两家的宗族都参与其中，最终成了家族的械斗。许承昊一纸诉状将吴德贵告到府衙。

嘉贤说这还是小找，大找的更多，早些年卖掉的田骨今年也开始找价了。嘉贤感到人心不古，徽州之地多为薄田，蓄水不力，产量低，气候亦不利于庄稼的生长。小灾大灾之年的损失无人赔偿，遇上风调雨顺之年人人都想分得一杯羹。单说家里那几亩茶林，前几年的收成仅勉强支撑人工费用，今年方有盈余。

程尚德听叶氏说起过，亲家的来信中同样提及找价之事，三年前家里买的田骨也被卖家找价，私下里赔些银子了事。

“从庄稼人手里抢得些银子，不见得能大富大贵，却失去了仁厚之心。”程尚德感慨地说道。

“知足者常乐，最简单却不易做到。”嘉贤淡然地说道。

“孔子曰：七十而从心所欲不逾矩，恐怕要等到七十方能做到。”程尚德哈哈一笑说道。

扬州的事务汪掌柜一个人忙不过来，来信让嘉道赶过去。

千弦的肚子没有动静，最着急的倒是叶氏。嘉道游手好闲、不务正业，叶氏都看在眼里。嘉道没有正事，还常常打搅嘉堃读书，毁坏两位小姐的刺绣，缠着千弦。只要一整日不出门，嘉道就把宅院里弄得鸡飞狗跳。

正在厢房里裁剪鞋样的千弦听见雪月的叫喊声。原来嘉道把雪月做了一半的刺绣给铰了。千弦急忙从厢房里出来。

“我再给三小姐做一个同样的香囊，虽说只做了一半，这针脚却极为精致。”千弦息事宁人地说道。

“大嫂做的香囊算什么！香囊只有自己做才有情有义。”雪月说完转身走了。

千弦拿着残破的香囊，无可奈何地走回厢房。刚进到厢房千弦就听见落梅的骂声，原来嘉道来到回廊内把落梅的绘画给毁了。程老爷从净心斋出来看见眼前一幕。嘉道已被程老爷喝问，灰溜溜地走了。

这一切都被坐在天井里的叶氏看见。若不是她的主意，程尚德早把嘉道遣返扬州了。

从扬州回来的程尚德把心都放在菊花石的雕刻上。他足不出户，然而对程家大宅的一切事项却了然于胸。嘉道的胡作非为他看在眼里。嘉道不喜读书，没有文人雅士之喜好，身上又没有银子，他的精力就只能消耗在鸡毛蒜皮的小事上。程尚德同样认为，一个大男人没有事，在家里待不住的。

吃过晚饭，叶氏跟着程尚德去了吞云轩。待程尚德在烟榻上躺好，叶氏从烟袋里拿出些烟叶装到铜制烟枪里递给程老爷。火光一闪，程尚德一口烟吸下去，烟点好了。这杆铜制烟枪上镶嵌着翡翠的烟嘴。每日的饭后用这翡翠烟嘴抽上两袋烟，程尚德舒服极了。第二口烟下去，程尚德就露出舒心的神情。

如今铺子里生意兴隆又无后顾之忧，程尚德百事顺心。他看不惯嘉道懒散之状，心情愉悦之下亦不放在心上。今日典当铺做成一项高息的拆借业务，程老爷吃饭时喝了点酒。两袋烟下肚后，平日让人舒展放松的劲头上来了。

叶氏见老爷收起烟枪，捧上茶水。程尚德从烟榻上坐起来接过茶水，心满意足地喝了一口。

“嘉道不能总无所事事地待在家里。”叶氏说道。

“还能做些什么？这边铺子有嘉贤掌管。回扬州去吧，汪掌柜那边忙不过来。”程尚德说道。

“有了孩子怎么办？扬州那儿更多是非。”叶氏问道。

“让少奶奶跟上去也好照应嘉道。唉，少奶奶要走了，太太就要忙了。”

“这倒没什么。少奶奶跟过去也好相互有个照应，嘉道也会收敛一些。”

“让他们三日后启程，这几日打点物件。让碧儿跟着去，如果有了孩子可以照应下。”

“就这样办吧，嘉道待在家里真不是个事。”

听到消息，千弦不觉得惊讶，这个结果她心里想几遍了。嘉道满心欢喜。歙县他待腻了，没有扬州那么多可供赏玩的去处。隋炀帝三下扬州，文人骚客在扬州留下的诗文数不胜数。嘉道虽不会赋诗作画，附庸风雅可是高手。千弦跟在身边，虽然有点碍手碍脚，但在扬州的乐趣是不会少的。

这三日里，千弦打点行李，计划着哪些要带去，哪些可以在扬州买，哪些日后再捎过去。嘉道跟没事人一样，照样睡觉、听戏。三天里，嘉贤忙着典当铺的生意，没见着千弦的面。嘉道要走的前一日，他从银荷那儿听说此事。嘉贤的心一沉，仿佛生离死别，夜晚的畅叙没有了，现在连面都见不着了。嘉贤借铺子里有事找叔父，却未能见到千弦。

临走的那天晚上，程尚德把嘉道叫到吞云轩。他们父子躺在烟榻上抽旱烟。程尚德给嘉道讲了“百一砚”的来历以及如何从程家流落到外的经过。

“那可是程家最早的收藏，正因有‘百一砚’，程家的生意逐年好起来了。”

“‘百一砚’离开程家后再没消息？”嘉道问道。

“年前在扬州与‘百一砚’擦肩而过，最早是苏东坡的收藏，历代文人争相收藏。”

“父亲，若得到‘百一砚’的消息儿即刻购得。”

“谨防赝品。”

嘉道起身给父亲点烟。今日他们抽了三袋烟了。第三袋烟抽完后，他们起身喝酽茶。每当此时程尚德心满意足。嘉道却不一样，正盼望着回扬州听香娥的戏呢。

出了吞云轩，程尚德说：“时辰不早了，早点休息，明日早上路。”

细雨蒙蒙，这一年的雨多极了。嘉贤把他们送到渔梁坝的码头上。千弦走时，要嘉贤照看好铺子，照顾好老爷、太太和弟妹。千弦撑着细洋布伞和嘉道登上渡船，碧儿和许承茂随后登船。站在渔梁坝上，嘉贤望着悠悠而逝的练江之水，想起《路程歌》。

一自渔梁坝，百里至街口；八十淳安县，茶园六十有；九十严州府，钓台桐庐守；潼梓关富阳，三浙垅江口；徽郡至杭州，水程六百走。

嘉贤默默地想与千弦离得太远了，仿佛有千里之遥。渡船转个弯，消失在岸边郁郁葱葱的树林中。嘉贤仿佛觉得那曼妙的身影在消失的瞬间回头看了他一眼。就因那一眼，嘉贤的心顿时热了起来。

第十一章 无处安放的心

○
○
○

江家的三少奶奶来信，扬州的盐商捐纳三十万两银子准备皇帝的南巡。程老爷知道这几年江家巨大的花销将家产消耗殆尽。身为总商的江春生活奢靡，在扬州的园林建筑就有八处之多，养着三大戏班。江家建园子、养戏班、蓄马、聚集文人雅士会诗赏花，以至于盐业运营的银两消乏。

江家三少奶奶的来信让程尚德看到了商机。随着乾隆南巡，扬州、杭州将聚集大批文人雅士，也将迎来典当业的高峰和笔墨纸砚需求的高峰。程老爷苦于没有早些领取凭帖，此时在杭州开分号，必将会势如破竹。

一年来，汪掌柜的举动表明要独自开办典当铺的日子不远了。程尚德暗想如果与汪掌柜合开典当铺再好不过，只怕汪掌柜不肯这么做。程老爷预计汪掌柜开办典当铺的银钱不足，可以从这里着手，一切顺利的话，典当铺在乾隆到杭州之前就可开张。

腊月里汪掌柜一脸喜色地从杭州回来了。走之前汪掌柜说要去杭州看望亲戚，实际上汪掌柜去杭州办理凭帖一事。汪掌柜给叶氏带了一块青绿色的丝绸衣料，送给程老爷一包淡芭菰烟叶。

程尚德不动声色地瞅着汪掌柜清理账目，盘点货品。汪掌柜沉着的脸令程尚德担心起来。也许汪掌柜已凑足了开办当铺的银两。程尚德一日几次进出铺子，却咬着牙不过问汪掌柜开当铺一事。

正月里，汪掌柜提请辞呈。汪掌柜要到杭州开办典当铺，凭帖已领到。因周转银两不足他拖延至今，空缺的款项东拼西凑也没能到手。他本想向宗族提出援助，可是宗族的资产仅那么几项用途，他的要求得不到满足。汪掌柜深知程尚德的性子，不到万不得已不会向他求援。

跟随程家二十载，程尚德的精明，汪掌柜一清二楚。汪掌柜望着沉默不语的程尚德，不知他会说出什么话来。汪掌柜做了最坏的打算，出高出行情一分的利息，却没想到程尚德有更大的野心。

看见汪掌柜一脸忐忑地走进铺子，程老爷就知道他想说什么。他招呼嘉贤给汪掌柜倒茶，杭州的龙井茶。当汪掌柜委婉地提出请求后，程尚德心花怒放，这与他料想的结果一致。他没有喜形于色，而是半晌没说话，他要抓住这次机会。

汪掌柜喝了第一口茶后，程尚德让嘉贤坐下来。

“喝惯了徽茶，这西湖的龙井倒不爱喝了，人一旦习惯了就难改其嗜好啊。”程尚德轻描淡写地说道。

“程老爷说得极是，但有时改变却是有利的。眼下两淮盐业日盛，典当业的赢利离不开盐商银两的拆借。”汪掌柜说道。

“银两的拆借，典当业的风险最小。”

“典当有其便利的一面，更有其不便的一面。眼下老夫想在杭州开办典当，就想向汇源典当拆借银子。”汪掌柜说道。

“汪掌柜需要多少银子？汇源典当一概会拿出来。”

“需要这个数。万事开头难，却拿不出抵押之物。”汪掌柜比了个“八”的手势。

程尚德预见到汪掌柜所要提出银两的拆借，没想到数目如此之大。汇源典当能拿出这笔钱，但最好的效益则是合股。汪掌柜可以继续做老本行，如此一来可靠稳当，一年只需查查账就可。想到这里，程尚德笑了。

“二一添作五，还需要多少？”程尚德精明地说道。

“所缺的银两要不了那么多，不出两年这些银子就有了，要不再高出一分的息？”

“你我主仆一场，合股岂不更好？开业之初有许多想不到要用银子的地方，把汪掌柜扶上马，再送一程不更好吗？”程尚德哈哈一笑说道。

“程老爷……”

“掌柜的那笔工钱，你依然还拿着。”

“老夫几十年就想做成这件事，眼下的时机成熟了，就差……”

“总得这么个数吧。”程老爷做了一个手势说道。

“要不了那么多，老爷，要不这样……”

“一个人的困难两个人来扛不是更好吗？二少爷，给汪掌柜提银子。”

“老爷，不是要合股，仅仅想拆借银两……”

“要说起来汇源典当可是一笔无形的财富，可抵上万两银子，胡家墨庄的兴盛就是最好的例子。”

“汇源典当拿得出这些银子，老夫并不想要更多的银子。”汪掌柜说道。

“银子多了总不是坏事，营运资金少不了的。”

程尚德就是想给汪掌柜一个措手不及。他不让汪掌柜有机会说话，想以一种居高临下的姿态制伏汪掌柜。至于汪掌柜离开程家大宅，是哭泣还是咒骂，都与程尚德无关。程尚德觉得身为徽商就要有这种强势。

走出汇源典当，汪掌柜不知是喜是忧。想到多年的愿望终要实现，汪掌柜的心情渐渐好起来。杭州的分号程家再出不来一个人，那里的一切都由他说了算，这一点总算宽慰了汪掌柜的心。他的脚步没那么沉重了。

正月一过，汪掌柜和程尚德远赴杭州办理分号的事。办分号的优点，可以借用汇源典当的名气与势头，汪掌柜最终看清了这一点，同时银钱的大量进出也是考虑不足之处。程老爷拿出的银子恰好维持了典当铺的正常营运。

杭州分号开办之时，恰逢乾隆造访杭州。大批的官员跟随至杭州，典当铺每日都有银钱进出。开业之初一切顺利，虽没像扬州分号那样势头强盛，但也有一定的客户。所幸的是，杭州像有钱的寡妇，而扬州仅是有闲的少女，因而典当业的扩展还有很大的空间。汪掌柜终于在心里承认了程老爷的先见之明。

一个月之后，程尚德从杭州回到了歙县。他带着嘉贤在制墨间走了一圈。

“二少爷以后要查验制墨，程家不能丢了老本行。大少爷不在家，只能靠二少爷了。”程尚德说道。

“是，叔父。”

“制墨工序的查验要向二少爷汇报。”程尚德说道。

“是，老爷。”叶存世答应道。

出了制墨间，程尚德问起铺子里的生意。

“每日有二三十笔进出。”嘉贤说道。

“这要好于往年了，生意总要这么好，要不了两年，程家也可进入盐业。”程尚德说道。

“叔父，侄儿在想水满则溢，月满则亏。”

“眼下看不出，若抓不住眼下的商机更不要提将来了。”

他们从月华门来到前院。叶氏一看见嘉贤就笑了：“老爷从杭州带来了衣料，拿一块给大嫂做衣裳去。”

嘉贤谢过叶氏就回二宅了。程尚德坐下来喝茶，叶氏陪在一旁缝补衣物。晚饭后程尚德想起未完工的砚石料，向着净心斋走去。路过书房时看见嘉堃还在用功读书。算算日子，殿试在京结束了。

年底账目核对，程老爷对每一笔的进出都极为满意，即使是汪掌柜做也做不到更好。这个结果与程老爷当初设想的完全一致。嘉贤做的活计远远超出一个掌柜所做的，对程家绝对忠诚。当然，嘉贤只拿掌柜的银两有点太少了。

短短四年时间，嘉贤练就了一双雪亮的眼睛。四年的时间里，嘉贤的心也老去了许多。嘉贤见识了更多的疾苦，轻易不会再拿出银子贴补典当物品之人，亦很少动恻隐之心。当然他也能识破许多骗人的鬼把戏。

嘉贤淡然地面对眼前的一切，唯有对千弦的情不能忘怀。一来到山下的程家宅院，嘉贤想入道教之事就烟消云散了。一看见这里的树、这里的花、这里的草、这里的土地，嘉贤就想到了千弦。

程尚德合上账簿，得意地一笑。

“账目一清二楚，嘉贤辛苦了，日后汇源典当就靠二少爷了。”

“叔父过奖了。”

“嘉贤到账房再支取五十两银子。”

“叔父，这……”

“这是二少爷应得的银子。”

从此汇源典当由嘉贤独当一面，程老爷潜心雕刻砚台。

这一日，胡天柱前来歙县送山水墨。在墨砚斋里胡天柱看见四君子花卉李墨。他惊异于程家收藏的墨，如今的李墨已不是当年的价了。

胡天柱见到了文人雅士争相传颂的天干地支墨。他感到净心墨的品质大有提升，位于歙县中心的程家虽不是专一制墨，可墨品却能广泛流传。同时他也想到远离歙县的休宁，难以把胡开文墨庄的墨推广至内陆，若开办分号就简单多了。想到这里，胡天柱放下手中的净心墨，寻找胡家的墨，两相比较下，在外观上确难分辨出好赖。

饭后叶氏沏了竹铺大方茶后退下，胡天柱对程老爷说起徽州之文房四宝。“君王的喜好决定着商人的命运，开中法时是晋商的天下，而折色法则是徽商的天下；澄心堂纸因一代君王的偏爱而广为流传，亦因君王的喜好而销声匿迹。”胡天柱手捻胡须说道。

“天下的百姓皆为草民，事物的流传皆不由百姓之好；汪伯立笔由湖笔取而代之，澄心堂纸由宣纸取代。”程尚德哈哈一笑说道。

“程老爷，看这套西湖山水墨，断桥残雪由雕刻世家唐家大少爷所刻。”胡天柱说着拿起一块墨。

“断桥残雪，要的就是瑞雪初晴向阳的桥面上冰雪消融，而背阳面的桥则玉雪生辉之景象，虽说断桥之处四时不同，但最耐看的还是冬日。”程尚德接过墨说道。

“不知四海之内独一份儿的徽墨的辉煌，将会延续多久？”

“他邑无黄山松，徽墨会流芳百世。”

“借程老爷吉言，此来还想再拆借银两。”

“哈哈，按前办理，明天到柜台上支取银子，胡老爷看，如何？”程老爷笑着说道。

“程老爷是个爽快人，一言为定。”

叶氏前来续茶水，程尚德让叶氏先去睡。程尚德与胡天柱就眼下的商业形势直谈到三更方睡去。这两日，胡天柱由程尚德陪着在歙县内查看各家的墨。程尚德再次感受到胡墨升值带来的喜悦。

来到歙县的胡天柱注意到的第一件事就是千秋墨庄。他以不引人注目的方式走进铺子。伙计很会招揽顾客。千秋墨庄的墨有一两款可以与程家的净心墨抗衡。但不知为何，千秋墨庄的顾客却没汇源墨砚斋的多。

喝过茶后，胡天柱问起此事。

“急功近利只能得到一时的成效，千秋墨庄急于把净心墨赶出市场，反而弄巧成拙。”程尚德笑着说道。

关于汪少爷的无理取闹，胡天柱有所耳闻。

“也许有朝一日，胡家的墨也会开到歙县。”胡天柱试探地说道。

“哈哈，胡家的墨庄终将会开到大江南北，胡老爷不要有顾虑。”程尚德说道，“眼下胡家的墨，给汇源墨砚斋带来不少顾客。”

听见程尚德如此说，胡天柱放心了。胡天柱在程家小住两日后返回休宁。

汇源典当、墨砚斋的买卖步入正轨，程尚德把更多闲暇投入到雕刻和字画上。他习赵孟頫的字、临摹新安画派的画、雕刻砚台。习画之余程尚德常去街上查看墨砚的动态，更多的时候程尚德去街上收购古玩字画。

程尚德从王星记的扇子店看到张小泉的剪刀铺子，注意到街上新开了几家古玩字画店，曹素功墨店又出新品的油烟墨，薛涛笺扇庄推出几款新的歙砚和端砚，千秋墨庄推出两款新墨品。程老爷碰到了许老爷。许老爷正寻找一种新的染料，染色后可以经久耐用，且不易褪色。

“许家的顾客被打箍井街上吴家扎染铺子抢去不少，吴家铺子新近染出的布成色更好且不易褪色。”许老爷愁眉不展地说道。

程尚德听叶氏说过几次许家染的布效果不如吴家，许家的老客户都跑到吴家染布了。他看出街上布店里的布颜色更多样化了。

“听说在染料中加一种从石灰提取出的添加剂，染出的布效果会更好。”程尚德说道。

“试过了，还未找到技法。”

“不用学吴家的染法，植物染料行不通的话就从矿物染料找到一种更好的染料，成色好不怕揽不到买卖。”

“买卖中的金科玉律，莫不如此呀。”许老爷点头说道。

程尚德礼貌地微笑，但心里却笑不起来，汇源墨砚斋的墨砚要积压了。千秋墨庄新出的几款墨品同样会抢走汇源墨砚斋的部分市场。许老爷问起铺子里有没有要出售的瓷器。

“近期当铺收进什么好东西了？”许老爷说道。

“尚未有许老爷看得上眼的，若有一定前去告知许老爷。”

“转心瓶是老夫最关注的。”

“那可是老夫视为珍物的特异之品，民间少有，即便有也难露出水面。”

“好东西从来都不易得。”

许老爷心知肚明，程家若得到宝物必定会留在手里，非卖也。他就此与程老爷告别，向斗山街走去。

程尚德返回薛涛笺扇庄，买了些浅青色的薛涛笺，又让伙计拿出新出的几款墨和砚台。这不是胡家的墨，是休宁雅俗共赏的墨，而不论端砚还是歙砚，都出自名家之手。程尚德细看了看落款，知道了是哪家的货。程尚德明白端砚望尘莫及了，若是徽州境内的墨砚就好办了。

从街上回到大宅尚早，程老爷来到铺子里。他说起街上新推出的墨砚。

“这几日前来购买墨砚的人要少些了。”嘉贤说道。

“果然如此，明日启程前往休宁收购新出的油烟墨，再去婺源收购三款最新的金星砚。”程老爷转身对叶祥禾说道。

“是，老爷。”

叶祥禾走后几日，程老爷醉心于诗画之中。第五日叶祥禾返回歙县，带来程老爷最想要的墨砚。此墨砚在程老爷看过后，当即送到铺子里。汇源墨砚斋始终是歙县文房四宝用具最全的一家铺子。接下来的几日，前来购买墨砚的人就多了起来。

到了夜里，程老爷心满意足地拿起翡翠烟枪，抽起旱烟来。

经过两年的雕刻，菊花石可谓光彩夺目。

这块菊花石程老爷琢磨了很久，也与唐燠反复商讨过很多次。他们对石头的认识不一致。程老爷以为这块石头在深层次里还会有菊花展现，而唐燠则认为除了表面的菊花外，石头里可能不会有太多的菊花晶体。经过反复的揣摩，他们达成共识，以主菊为中心的左侧可能分布着大小不一的菊花。

一动手雕刻，看到石头的纹理分布，程尚德深感欣慰。他庆幸这块菊花石放了如此之久。石头刚买回来时，他迫不及待地想要动手，被唐燠阻拦了。依着程老爷急躁的性子，会按他的第一印象雕刻的。后来，程尚德的兴趣被凭帖一事牵住，菊花石被耽搁下来，心头的热望也冷却了。再次拾起菊花石时，程老爷的眼光完全变了。从细细的纹路上，他认出唐燠所指出的隐藏的纹路。若不是唐燠指点，菊花石会被糟蹋的。

完成最后一刀是下午四时，唐燠正在雕刻一款漆砂砚台。唐燠没抬头就感觉到程老爷的高兴劲了。每逢程老爷遇到高兴事，他会在净心斋内踱步，步伐越来越快。唐燠看见菊花石的第一眼，不禁被怒放的菊花所吸引。菊花争奇斗艳，真是太美了。

程尚德日日看，但雕刻每一刀的变化都带来不同的感受。菊花石雕刻完成后的样子，程尚德有无数的想象，却都不如最后完成的模样。朵朵菊花竞相开放，呼之欲出。这款菊花石若由唐燠来雕刻也不会比这更好。从雕刻菊花石中，唐燠看出程尚德急躁的性子变了，变得平心静气了。

“好石！雕刻得恰如其分，没有比这更好的了。”唐燠心悦诚服地说道。

“哈哈，终于体会到雕刻的乐趣了。每一刀都有新的发现，新的发现引出反复的修正，直至最佳。正是深藏在石头里未知的神秘，让人一味地探索下去，直至解开谜团。”

“英雄所见略同，雕刻的乐趣在于把未知的石头变成意想不到的物品。”

几个月来，程尚德第一次早早离开净心斋。他手托菊花石往后院走来，想让老太爷先睹为快。老太爷正在练功房炼丹。等了一会儿，程尚德见老太爷从练功房里出来。老太爷早看见程尚德手里的菊花争妍。

“好石，慢工出细活呀！”老太爷缓缓地说道。

“请父亲指点，还需要注意些什么？”

“这一款没有什么建议，即便有也不会更增益这石头。平心静气，还是送给你的忠告。”

程尚德笑起来，最清楚自己性情急躁。

“进来喝大方茶。”老太爷走进屋里对身后的程尚德说，“程家的商船也像这雕刻业一样，稳稳地驶入商海中了。”

“程家的买卖多亏了父亲的指点。”

老太爷喝了一口茶说道：“‘百一砚’依然不知流落何方，那可是程家的开业之宝。”

程尚德知道父亲又想起了“百一砚”，当年为了凑足开办汇源典当的资本，被迫将其卖了。

“父亲放心吧，一有‘百一砚’的踪迹，儿绝不放过。”

今朝的大方茶，老太爷喝得最为畅快，而程尚德喝得最安心。

菊花石和一些砚台被送往扬州汇源墨砚铺待价而沽。在扬州的汇源墨砚铺，菊花石一亮相就获得众人的一致好评。不久，菊花石被一位浙商以两千两银子买走。在程尚德雕刻的生涯中，这块菊花石卖出的价是最高的。

程尚德从千春茶庄刚回到中堂，汪开泰手执扬州的信件过来。嘉道来信，府城水沟淤塞，徽商捐纳银子疏浚要一千两银子。听到消息程老爷急招嘉贤到中堂。

“扬州城内的事就是徽州商人的事，疏浚河沟是好事，库存的银子尚余多少？”

“叔父，库存尚有八百两余银。”

“卖上些库存物，凑足一千两银子，灾害之年只怕卖不上价。”

“是，叔父。”

嘉贤放出话要卖康熙年间的香薰炉。第二日许老爷一早来到汇源典当。许家扎染店近期找到一种植物染料添加矿物合成剂，染出的布，颜色鲜亮，不易褪色。老顾客纷纷把布料拿到许家扎染店。

“许老爷来看香薰炉？”叶祥禾问道。

“若有其他好东西一并看。”许老爷笑呵呵地说道。

“沏茶，碧螺春茶。”嘉贤稳稳走上前来，对伙计说道。

“还是二少爷知道老夫的喜好。”

茶过三杯，许老爷要看香薰炉。这是铜制三足双耳坐佛香薰炉。许老爷看了看炉底的落款后出了价，价位出得很低，远低于市场价。

“大灾之年也不是这个价，许老爷的价只抵得上三足双耳香薰炉。”嘉贤一边说一边要收起柜台上的香薰炉。

“铜制的物件不比瓷器，二少爷出价多少？”许老爷按住香薰炉说道。

“再加二百两银子。”

“这个价……容老夫再想一想。”

“康熙年间的香薰炉不会再有了，若是乾隆年造的倒源源不断。”

“拿进来吧。”许老爷对着门外大喊一声。

原来许老爷带来的伙计拿着银子在门外守着呢。许老爷打开钱袋递给嘉贤，银子不多不少，正是嘉贤出的价。嘉贤和许老爷都笑起来。次日银子被带往扬州。程老爷见卖得这个价钱非常高兴，这是预期的最好的价位了。

这一天，嘉贤早半个时辰关了铺子。回到二宅，嘉贤拿出《石山医案》看起来。这段时间，俞氏发现嘉贤对铺子的买卖绝口不提了。

“今朝有几笔买卖？”俞氏问道。

“与往常一样。”嘉贤轻轻地说道。

“净心墨卖得好吗？”

“同素日一样。”

俞氏再问不出什么，却深深体会到嘉贤苦闷的心情。

眼下，嘉贤有点厌烦打着算盘过日子。商人追求最大利益化，一些急等用钱的人把那些祖辈传承下来的古玩字画以极低的价格典当，而铺子却以极高的价格卖出。如今嘉贤看到物品和典当的人时，就可看出物品是否可以被赎回。嘉贤经手的许多典当物成了死当，典当业的利润极为丰厚。

那日，有一位年纪不小的男子急匆匆赶到当铺，要当一套五彩十二花神酒杯。男子穿着旧日时髦的绸衣裤，干净整洁，一看就是家道中落、急等银子使的客商。

“为何要当了这十二花神酒杯？”嘉贤问道。

“家母病重，急等银子救命。”

嘉贤的心"咯噔"一下，想起母亲。

花神酒杯为康熙年间造。一套十二只酒杯，各绘花卉一种，对应十二个月的时令。酒杯保存得很好，只只没有磕碰，细白瓷光洁莹润，极有收藏价值。嘉贤按典当的行价出了价，其实这个价是嘉贤贴进去十两银子后的价。男子失望至极，最终咬着牙拿着银子走了，留下十二只花神酒杯。

后来，嘉贤认为再多出二十两银子也不为过。但铺子是叔父的，那样做嘉贤的良心愧对叔父。典当铺的掌柜终究是风箱里的老鼠——两头受气。身心疲惫和颓丧之余，嘉贤想到了鸿仁道长，还想到了道教。自然无为、清静寡欲，也许能让嘉贤抛却烦恼。

嘉贤原想直接去齐云山寻找一种叫鸡骨草的中药。程尚德知道嘉贤的计划后，让他推迟几天再走，三日后同去休宁，再去齐云山。

汇源典当铺里只有叶祥禾一人。胡开文墨庄在休宁开业，嘉贤和程尚德前去祝贺。

胡家墨庄更名一事在民间传诵一时。胡天柱对外称，李廷珪梦点胡开文墨庄之名，"岭耀彩"套墨亦是梦中所指。胡天柱根据梦中的幻境，结合徽州山水的风光，花了九九八十一天，制作了一套"岭耀彩"墨模，用它制出的墨，震惊了制墨界和文坛。

嘉贤想去齐云山，另外他还想看一看鸿仁道长。俞氏常年不动，染上风湿，近来越来越严重。俞氏的腿成了晴雨表。阴雨天，俞氏的腿常疼得站不起来。上次嘉贤在西干山找到了两面针，而鸡骨草则遍寻不见。

在众人眼里，胡天柱已是一位成功的徽商。嘉贤在不同的场合听叔父说过胡开文墨庄前身的故事。胡天柱承顶汪启茂墨店，延用老店墨模，推陈出新，开辟新的市场，终于成就自己的墨庄。胡天柱眼前的辉煌抵消几十年寒暑不易的艰辛。

自小，程嘉贤从叔父和老太爷的谈话中，就听说过"功成名就"。那时他并不清楚什么是功成名就，只躲在书房里忧伤地思念着父亲。嘉贤模糊地意识到，父亲与功成名就是不相关的。随着程家家业的扩充，嘉贤终于懂得了什么是功成名就。那就是说成为街谈巷议的人物，挣下大笔银子，盖起房屋和园子，有了以自己姓氏命名的铺子或是加官晋爵，同时也意味着抛妻弃子、远赴千里之外行商，父子相见不相识，节衣缩食，积少成多。

如今嘉贤每天都可以听说那些成功的商人的事迹。功成名就后，徽商最想做的是什么？很快嘉贤看出那就是好儒。曹家是做盐运的，但最让曹家名闻天下的却是尚书曹文植。徽州大大小小一百多家书院传承的梦想就是入仕为官。

胡天柱子女众多，更显得家业兴旺。程尚德见到了胡家的大少爷和二少爷。此二人已成为胡老爷的左膀右臂，往返于新店与老店之间。若不是胡家两位少爷鼎力支持，胡开文墨庄亦不会开业如此之快。

胡天柱把程尚德叫到一旁：“墨庄开业，日常的营运还需拆借银两。”

“好说，明日去当铺取银子。”程尚德爽快地说道。

“此处若有程老爷看中的套墨，亦可买上几款。”

“哈哈，此法亦可。”程尚德大笑着说道。

胡开文墨庄开张那天，众多士绅到场。许多程尚德的故交旧友都到场了。胡天柱游走于宾客之中，同时宣传新推出的几款西湖十景的油烟墨。

这套墨模延请高级雕工刻制，西湖的景色栩栩如生地展现在众人面前。金粉上色，线条流畅清晰，这套墨非同凡响，值得收藏。

新年伊始，汇源典当铺周转银两有了盈余。果不出嘉贤所料，程尚德买下西湖十景的套墨。另一套新安山水的套墨，程尚德亦纳入袋中。从众多购买徽墨的士绅、秀才之中，程尚德望着谈笑风生的胡老爷暗想，胡家的墨即将落户歙县。

程尚德离开热闹纷繁的前厅，来到胡家的后花园。胡家的后花园亦是一幅天然的水墨画，小桥、流水、茂林修竹。程尚德感叹，徽州各处风景如画，更激起他想要扩建家业的雄心。

次日嘉贤直接去了齐云山，程尚德则返回县城，铺子里只有叶祥禾一人不放心。

当年乾隆这句“天下无双胜景，江南第一名山”而使齐云山名扬天下。

云雾缭绕的山谷被亚热带的针叶林、竹林、灌木丛覆盖，海拔高点的山坡上香果树、杜仲、银杏、小叶栎木、杜鹃等树木郁郁葱葱，云雾的缥缈和变幻莫测更增加了山的美丽。巳时时分，云雾被太阳赶起，阳光下的齐云山呈现出壮丽、广阔的景色。不多时，嘉贤在山谷的水沟边就找到鸡骨草。令他喜不自胜的是，还收获了三尖杉、苦丁、朱砂根、天门冬、竹叶椒等珍贵的中药材。

离开了金钱的世界，程嘉贤以一种悠闲的心来欣赏世外之山。登上望仙亭，他看见横江水在此自然弯曲成太极图的河道悠然而过。从月华街出发，经玉虚宫过真廊桥，穿过荆棘丛生的树林和茅草区来到狮子峰，日出后的太极更加清晰与形象。游历中他看见四百多年的枫杨古树群，果实作为贡品的香榧树，步云桥头的古杉树，五老峰上的古赤松，太素宫的榔梅，东岳庙旁的楠木，各处的摩崖石刻。

嘉贤在太素宫找到了鸿仁道长。四年后再次见到鸿仁道长，嘉贤不能肯定，鸿仁道长是更加苍老还是更加年轻。道长正给一位山民看病，手搭在山民的脉搏上，闭目静听。精神矍铄、银须银发，还是那位睿智的救命恩公。中堂的后面还有几位山民等候在一旁。嘉贤走到太素宫外那棵榔梅树下等候鸿仁道长。

太素宫的四周有块块梯田。那是道士们栽种粮食、蔬菜和茶叶的地方。梯田里分布着忙碌的道士的身影，还有挑着担子归家的山民的身影。他们把用具胡乱地搭在肩上，沿着迂回曲折的山路慢悠悠地走来。

黄昏时分美丽的晚景在他们眼中是写实的印象，无须再展开心灵的联想与创造力。嘉贤想起在青城山的生活，道士们日出而作，日落而息，遵循着大自然的规律，春有百花秋有月，夏有凉风冬有雪。那种生活与嘉贤现在的生活有着天壤之别。山中的生活真是“一粒米中藏世界，半边锅内煮乾坤”的写照，这何尝不是嘉贤想要过的生活！

天色暗下来，从山路上走来一位担柴的道姑。走近来，嘉贤看清是云姑。是云姑的笑，让嘉贤认出她来的。远远地，云姑就笑起来了，如泉水般的笑声。

依然是一身灰布道袍，从云雾遮盖的山中走来，云姑更漂亮了。她的皮肤更细腻光洁了，那双会笑的眼睛更明亮了，她健壮的身子更妖娆了。这里的一山一水云姑都清楚。两天前，她就看见采中草药、游历山中美景的嘉贤的足迹。云姑并不想过早地惊动嘉贤，她知道他们早晚会见面的。

嘉贤接过柴担，跟着云姑把柴放到柴房里。

“二少爷，想学医还是想在这里安居？”云姑欢喜地问道。

“我来看望鸿仁道长。”嘉贤微微一笑说道。

“尘缘未断，道教吸引不了你。”

“也许时机未到吧。”

云姑笑笑，没有说话。她让他进道观喝一杯道茶。望着山边的彩霞，他说要看看傍晚时分的齐云山。云姑一转身进了道观。半座山笼罩在晚霞中，真是美极了。山色如黛，一片蔚然，仿佛蕴含着许多人生哲理。嘉贤陶醉在自然之美中，全然忘记了时间的流逝，更没半点的烦恼找上他。

“二少爷，来喝香风茶，解解疲乏。”

转过身，嘉贤看见鸿仁道长已经坐在茶桌旁，云姑正在沏茶。

“第一天到，先喝这香风茶，其实就是柳叶腊梅茶，可以解乏。过两天再请你喝齐云山的白岳黄芽道茶。”鸿仁道长说道，“云姑坐下来喝茶，走了一天也累了。”

“头遍茶不出味，要三遍以后味才佳。”云姑说道。

嘉贤听说过香风茶，俗称菩萨茶，是为解除上山香客的疲劳或治疗寒热感冒而制的。齐云山的道茶则是一种生长在千山万壑的白岳黄芽。清明前后采摘，黄中带翠，白毫显露，一叶一芽，形似金边碧鞘，碧鞘裹银箭，十分别致。汤色香若幽兰，芽叶悬浮，入口鲜醇，咽后生津，回味无穷。

“好茶，这里的山好，水好，茶更好！”

“在山里住上几天，嘉贤会觉得这里的人更好！”鸿仁道长大笑着说。“这些茶都是云姑采制的。”

嘉贤抬起头想看鸿仁道长，却看见云姑脸上的晚霞。此刻嘉贤亦觉得云姑是他见过的最美丽的女人。见他不说话，道长打破了沉默。

“草药都采集好了？两年了，二少爷的身体竟然没有起色。见到母亲应该消除忧愁，一定有什么事困扰着你。”

听到这句话，嘉贤想到了千弦。这是他进入齐云山第一次想到千弦。隔着千里的山路，隔着茂盛的林木，隔着淙淙的流水，千弦的脸依然清晰可见，就连她身上的香气都隐约可闻。突然间嘉贤意识到，他是为了逃避千弦而来到齐云山的。

在晚霞的映照下，嘉贤望着东边的山脉觉得更加美丽，因为那是千弦所在的地方。嘉贤知道心中的伤口是不会愈合了，鸿仁道长亦无法医治他内心的伤痛。

“弟子无才，无意于成家立业，愧对祖宗。”嘉贤说道。

“人皆知有用之用，却不知无用之用。”鸿仁道长说道。

嘉贤笑了。当晚他和鸿仁道长住在道观里。

第二天清晨，嘉贤又上了狮子峰。他望着东边的山脉，穿过浓密的树木与大小不一的山峰，看向远在天边的人。从东边吹来的温暖的山风，拂过嘉贤跳动的心。嘉贤尽力朝东边望去，想要看见心中所想的人，却一无所获。

朝霞满天时他看见云姑在山林里砍柴。云姑并不比嘉贤来得晚，她不是每天都有时间来欣赏日出的。嘉贤朝着云姑跑去，想要把活计接过来。嘉贤的身子被一株连香树绊倒，扭伤了脚踝。云姑撂下砍刀反而朝他跑来。嘉贤真是又急又气，羞愧难当。

云姑纤细的手熟练地把嘉贤脚上的鞋子脱下来。她的手指用力地捏住他脚踝处的关节，向左转了两下。嘉贤听见“咯噔”一声，脚没那么钻心地疼了。云姑又把嘉贤的脚抻了抻，让他下地试着踩一下，可以走路了，虽然没那么灵便，总算不用人搀扶。

在给嘉贤穿鞋时，云姑和嘉贤的身体碰在一起。她低下头想要帮嘉贤把鞋子穿上，他则弯下腰来想自己穿，他们的头分别触到彼此的肩头。云姑再次脸红了，笑了笑。他想到迄今为止，还没牵过千弦的手。他感到脚上不便，任云姑给他穿上鞋子，眼睁睁地看着云姑灵巧地把柴捆绑好，放到挑子上。

山路上，云姑跟在他身后，走走停停，中午时分方回到太素宫。道观那儿依然聚集着求治的山民。鸿仁道长无暇他顾，从早到晚忙于救治。夜晚时分是他和道长的时间。道长向他讲述道教的教义，也剖析人生的本质，这些至理名言触动了嘉贤的心。道教崇尚自然，与嘉贤本质上所追求的是一致的。

嘉贤开始认真思考加入道教的事。

嘉贤本想在齐云山多住几日再回去。他心里总有一个声音让他早点回去，只有在那里他才能看见千弦。也许他离开的这几日千弦回家了。一想到千弦也许会和大哥一起回来，嘉贤不想再折磨自己，又多住了两日。临走时，道长送嘉贤许多中草药，这些都是鸿仁道长两年来收集的。

云姑送嘉贤至山脚下。

老太爷是程氏家族这一脉谱牒保管人。

宗族规定每年七月拿出谱牒晒一次。谱牒放在练功房的阁楼里。程家宅院的阁楼是放置谱牒最为安全之所。阁楼之上还有一个夹层，这里既淋不到雨，淹不着水，又不会被猫抓鼠啮。

这隐秘的地方老太爷只让嘉贤上去了。上了年纪爬高走低，老太爷力不从心。他看着嘉贤把谱牒从阁楼拿下来，放到阳光下的木板上。阳光下的谱牒纸张柔了，散发出一股霉味。嘉贤站在桂树的树荫下，要防止突然而至的暴雨淋到谱牒上。他们坐在炼丹房的屋檐下，照看着烈日下的谱牒。老太爷说，程家人丁不旺，要嘉贤早点成亲。起初嘉贤没说话，但清楚如果一直拒绝定亲，亲事早晚会成为众所瞩目的事。

“孙儿刚回来，还想与母亲单独生活几年。”

“成了亲还是在一起生活。”

“多少会有不同。”

“傻孩子，谁不盼着早日成亲！”说完这句话，老太爷静坐练功。

天气太热了，老太爷的茶水续了第五碗。嘉贤的衣服全湿透了，像在水里洗过一样。嘉贤回屋换了身衣服，胸脯那儿又湿了一大块。

烈日下，老太爷回屋里小憩。嘉贤一边晒谱牒，一边翻看谱牒。父亲这一支三代单传，嘉贤看到祖父和父亲详情登记在册，他的名字后还是一片空白。父亲、祖父、曾祖父在他的脑海里一片空白，连名字都是陌生的。嘉贤不记得有关他们的任何事情，对家族的概念极其淡漠。嘉贤看着谱牒，以一个旁观者的眼光来看待家族的延续。他并不把自己归类于程家子孙，仿佛只是偶尔闯入程氏家族的外来户。

看见大哥的名字，嘉贤想到了千弦。在老太爷的影响下，道教学说引起嘉贤的兴趣，清静寡欲，自然无为。嘉贤很久没有想到千弦，这一刻千弦生动的容貌浮在谱牒上。

这几个月来，嘉贤埋首于典当铺的生意，颇有收获。在程尚德的悉心引导下，嘉贤对典当生意再次产生浓厚的兴趣。嘉贤以为忙碌而紧张的生活可以把千弦忘记，但嘉贤做不到这点，他的心依然想念千弦。嘉贤的心里涌起一股想要发泄的冲动。

阳光的力量不可忽视，嘉贤亦如阳光下的花草，没精打采。

嘉贤静静地站在那里，感到阳光下谱牒的霉味减少了。真应了程老太爷的远见卓识，下起了太阳雨。太阳雨在徽州的大地上太少见了。飞泉似的雨滴落在南边的屋檐时，嘉贤抱起谱牒跑进屋内，对紧跟在后面进来的程老太爷笑了笑。嘉贤再转过身时，暴雨停止了。老太爷笑了，他在梦中见到下雨就醒了。

“骤风暴雨，人的一生总要遇到几次。”老太爷说道。

“人生的极致也许正是平平淡淡，骤风暴雨不见得总带来不幸。不幸之中或许更能体会到生之权利与死之欲望。”嘉贤说道。

“小隐隐于野，大隐隐于市。”

“心静，在哪里都一样。”

“修谱牒的事由嘉贤来做，人老了动不了。”

“我还未老呢，正当年。”正说着程尚德过来了。

透过制墨间的漏窗，程尚德瞧出暴雨将至，放下手里的菊花石就过来了。看到完好的谱牒，程尚德放心了。谱牒损坏了可是大事，冬至的会谱眼看就要到了。程尚德听到老太爷最后那句话，谱牒交给嘉贤管理，他的心里可不乐意。程尚德觉得自己最应照看谱牒的。

三年一次的秋闱眼看就到了，嘉堃闭门读书。眼看考期临近，嘉堃不愿错过姚鼐的讲学，一大早就去竹山书院了。

徽州自古有“程朱阙里”的美称，读书兴盛，书院私塾遍布城乡，自井邑田野，以至远山深谷，居民之处，莫不有学、有师、有史书之藏。

程尚德在嘉道身上没有看到入仕为官的希望，却在嘉堃身上看到了。嘉堃不负众望，参加院试获得秀才，明年将参加乡试。程尚德为嘉堃延师讲学时，落梅也来听课。落梅的读书识字却是三天打鱼两天晒网。程尚德不强求女儿学习诗词，女子无才便是德嘛，若不是老太爷强求，他不会让落梅受这个罪。

程尚德坐在中堂太师椅上喝茶水，见嘉堃一脸疲惫地从竹山书院听课回来。碧儿捧了茶走来。程尚德示意三少爷喝茶。嘉堃一连喝了两杯茶方放下茶盏。

“虽说科举以八股文为重，但《算经十书》不可不读。”程尚德喝一口茶水说道。

“是，父亲。说起来，《算经十书》《策算》虽于科举无益，却有益于官府。这一日之内，不仅老爷、太太要算账，就连下人也要合计当日的花费。”嘉堃说道。

“今人为科举重八股轻考学和注经，实为功利之心。”

“一心只读圣贤书，两耳不闻窗外事，未必有利于朝廷。考学和注经里方有读书之真趣。”嘉堃笑着说道。

“累了一天了，去换身衣裳休息一下。”程尚德说道。

看着消失在书房门中三少爷的背影，程尚德无声地笑了。

眼下程家的重心渐渐移至眼下的乡试上。家里的一切事务都围绕着乡试而转。典当铺的生意程尚德极少过问，一切由嘉贤操持。嘉堃参加乡试的一切用具，叶氏在年初就备好了。

程尚德转到书房。先生已下学了，嘉堃还在用功读书。年轻时老太爷没有硬逼迫程尚德用功读书，可他就爱读书，但阴差阳错地几次与乡试失之交臂。时至今朝，程尚德依然忘不了自己乡试时，要么大病一场，要么家里遭了灾而不能成行。程尚德看着比自己都高大的儿子颇为高兴。在心里，程尚德觉得嘉堃最像自己。望着埋头读书的嘉堃，程尚德明白自然不需要对嘉堃说“万般皆下品，唯有读书高”之类激励他的话，嘉堃是真心喜爱读书。

嘉堃站起来请父亲坐下。程尚德摆摆手，坐在靠门那儿的椅子上。

“科举考试不是一锤定音，只要用心读书，机会有的是。”程尚德说道。

“做学问不仅局限于八股文，科举却仅限于此。”嘉堃说道。

“学问是很广泛的，科举却有一定的模式。这是你第一次参加乡试，不要想太多。”

“孩儿知道，科举与学问并不是一回事。”

程家没有一个做官之人是老太爷的心中之憾。程尚德希望程家能“脱贾入儒”。

商鞅变法指出："戮力本业，耕织致粟帛多者，复其身。事末利及怠而贫者，举以为收孥。"历代王朝皆有重本抑末之意，风雨飘摇的王朝行商终究不是立本。另外从徽商的崛起，纵横商场近三百年的历程看出，行商要借助官府的力量。盐商就是最为显著的官商一体，而盐运之总商大多由徽商控制。徽商渗透到大江南北的各行各业中，与借助官府的力量是分不开的。

多日不来前院的老太爷来到书房。嘉堃还在灯烛下用功读书。老太爷身轻如燕，并未惊动吞云轩内的程尚德。见祖父过来，嘉堃请老太爷坐。

"常说功夫在诗外，这是讲学问，而八股文则要讲究条条框框。"老太爷说道。

"是，祖父。"嘉堃说道，"考场上做文章不能随心所欲，而要遵守许多不适用的规定。"

"若作画像写八股文，则完全失去写意之美感。文人雅士摊烛作画，正如隔帘看月，隔水看花，意在远近之间，亦文章妙法也。"老太爷说道。

嘉堃笑起来了。他时常感到那些枯燥的八股文能把人逼疯了。

"如果做学问只一味地追求八股文，还不如不学，要记住科举考试并不是三少爷的全部。"老太爷再次说道。

老太爷像来时一样走了。但老太爷的话却深深地留在嘉堃的脑海里。

三日后汪开泰陪嘉堃赴庐州乡试去了。老太爷推迟游历深山之行，静候嘉堃的佳音。乡试结束，嘉堃捎信来说在庐州多住几日，等待放榜。在歙县的程家人也等着放榜，也许只有程嘉贤除外，对行商或入儒无所谓好坏。他认为在这个战乱不断的世上，无论什么行业，都是朝不保夕的。

一个月刚过，歙县捷报频传。嘉贤在街上遇到敲锣打鼓报喜的人马。旌旗之后，跟随着一大群喜不自禁的秀才。幽静的县城，这是一年到头少有的喜事之一。扎染店许老爷家的大少爷中举，绸缎庄汪家的二少爷中举，还有送往休宁、雄村的报捷人马一同从府衙出发。

程家的佳音一直未到，老太爷知道嘉堃落榜了。其实这是意料之中的，嘉堃还年轻，再读几年书，参加乡试也不迟。

嘉贤在埠头上等待一个时辰，才见到一艘客船缓缓驶上岸。前面那班渡船上，两位举人同时下船。汪、许两家大批的人员蜂拥而上，把载誉而归的人围在中心。一阵叽叽喳喳后，那批人走了，埠头安静下来。嘉贤怨自己来早了，他应想到嘉堃不会和举人坐同一条船的。嘉贤离开埠头，来到渔梁街上。

这条街道建在紫阳山脚下，因埠头而形成。这里的百姓几百年靠着手艺而存活。越过房屋，嘉贤可以看见山上的松柏、翠竹和一棵孤独的紫薇。秋日的阳光沉入翠竹之后，傍晚来临了。

嘉贤漫不经心地走过每个铺面，货物丰富却没有嘉贤想要的。嘉贤刚要转身往回走，看见一个铜制的火桶。火桶制作精巧，有三层结构，最上一层用一块铁板隔开。想起母亲常年坐在中堂的太师椅上，嘉贤买下了那个火桶。嘉贤望了望身后的紫阳山。晚霞染红天边的云彩，瞬息万变，真美，嘉贤想山野之趣就在于它的原始。

返回埠头的嘉贤接到刚下船的嘉堃。嘉堃有点沮丧，却毫无气馁之意。他们相视一笑，相伴走下青石板铺砌的小路。见面后的瞬间，嘉堃就变得意气风发。嘉贤看见朝气蓬勃的嘉堃，不禁触动了那颗垂暮之心。一时间嘉贤对未来的爱情、未来的生活、未来的家业都充满了希望。

当晚叶氏备下丰盛的宴席为嘉堃接风。老太爷亲自坐席，谈笑风生。全家人都没把这次失败当回事，鼓励嘉堃继续读书。

嘉堃很清楚父亲指望他走上官场之路，以保家业平步青云。嘉堃早已看出徽州商人与官府紧密结合在一起。曹家的盐务生意稳步经营，靠的就是朝中有人，而江家的盐业生意兴旺，则依靠布衣结交天子之利。

“读书为了养性，不要太在意一时的失利。”老太爷说道，“风光流转浑如昨，志气低摧只自伤。”

“是，祖父。”

嘉贤默然无语，他这一辈子都不会追求功名了，也不认为功名就能带来幸福。他想起从青城山回来时，一家人坐在一起的快乐，如今唯独少了千弦，更没有扬州干丝那道菜。嘉贤和母亲回到中堂，直坐到午夜。嘉贤在惆怅中睡去，在惆怅中醒来，经过一夜，垂暮之心的悸动归于平静。

第二天，程老太爷云游深山。

这一年的三月份，千弦分娩了一个八斤重的男孩。

叶氏喜上眉梢，程尚德犹如做成一笔高息拆借一样高兴。千弦的娘家同样为女儿高兴。头胎为儿子，千弦肩头上的压力消失了。嘉贤从汪家带回的大量婴儿物品即刻被捎到扬州。百日那天，程尚德摆宴庆生，歙县的士绅大多到场了。

程家在后院里搭起了戏台子，曹家的“廉家班”又被请来了。银荷被请到大宅帮忙，嘉贤忙前跑后地张罗宴请一事。戏大唱了三天，每场汪定塘都到场。俞氏也从二宅过来听戏。最后一日听戏的人不多了，戏开场不久，汪定塘被击鼓喊冤的鼓声叫走了。到了下午，乡绅们陆续退场，程家的喜宴落幕了。后续的扫除活计，叶氏带着两位小姐忙乎了三天方结束。

千弦和碧儿走后，叶氏没有再添置仆人，家里的活计少不得要小姐们做。俞氏打发银荷过大宅帮忙。俞氏双目失明，离不开人，银荷两头跑其实帮不上什么忙。

从千弦离开起，落梅就上竹铺采茶制茶。清晨嘉贤随着她们一道去一道回。这几亩茶叶还可以换点银子。中午时分，嘉贤再上问政山采摘珠兰花。茶叶刚制好时，把珠兰花与茶叶混在一起窨制珠兰花茶。

嘉贤喜欢山水之乐，到问政山和西干山采摘珠兰颇有一番情趣。他不清楚为什么喜欢珠兰，珠兰的香气远远地传来，嘉贤的心就安定了。后来嘉贤明白了，第一次见到千弦时，空气中就飘浮着珠兰花的香气。

今朝他们最早到达茶园。落梅裹在斗笠与宽大的衣服里，只露出可爱的面容。看见俯身在茶树里的落梅，嘉贤想起采茶、制茶的千弦。落梅更像个孩子，对茶的兴趣主要是在山野中的嬉戏；千弦更像是成熟的妇人，多了一份对采茶与制茶的喜爱。

初春时嘉道同千弦、落梅到竹铺采过茶。那时嘉道觉得好玩，随她们去过一次，以后再不去了。嘉贤却不能逃避采茶的责任。山野微明，嘉贤能看见千弦浓密的长睫毛下的眼睛里的光彩。有时在浓雾弥漫的天空下，嘉贤只能看见她珍珠般的眼睛。有了千弦的存在，这里的山、这里的树、这里的水都不一样了。

那时的天还没有这么亮，两个人走在山路上互相有了依靠，在一路的快乐中走向茶园。这里并没有山匪，两人都安心了。千弦会说起宏村村落的规划和建设。那美丽的村子，童年时玩耍的月沼、村头的红杨与银杏、穿村而过的西溪都令嘉贤向往。千弦的由衷之言不仅带给嘉贤快乐，也带给自己快乐。星光下，千弦的美貌不时引起嘉贤的幻想。

来到茶园，千弦的眼力极准，采茶动作干净利索，走在茶园里脚步坚定有力。

“女人的幸福往往并不掌握在自己手里。”千弦突然间说道。

“勇气总掌握在自己手里吧，失掉了勇气就失掉了幸福，并不是什么都掌握在他人手中，女人还是有作决定的权利。”嘉贤说道。

“许多事还没有选择，就已经决定了。”

“是女人决定的，还是男人？”

“无论是谁，也许结果都一样。”千弦坚决地说道。

“不一样……”

嘉贤暗想千弦所说的“都一样”是指什么。自千弦走后，已有两年多了，嘉贤未得到只言片语。嘉道不喜写信，千弦的信只写给叶氏。落梅惊喜的喊声也叫醒了沉浸在回忆中的嘉贤。

借着星光，嘉贤同落梅走在山间的小路上。这里的山真多，七环八绕，不认路有时还会迷路。采茶时，嘉贤巧妙地问到在扬州的大哥。落梅说到大哥时会讲到千弦。每次听到千弦的事，嘉贤的心都会急跳起来。嘉贤不知道的是，他的脸同样会苍白无力，而他的嘴则会稍稍抿紧。嘉贤知道，落梅正注视着他的脸。嘉贤低下头去，随手从茶树上摘下一片茶叶。

“大嫂又要做母亲了。”

“大哥如愿以偿，大嫂……”他轻轻地吐出这句话，显得力气不足。他知道，落梅依然看着他。嘉贤努力地保持着脚下和手下的动作一致。

“二哥坐在茶篷下休息一会儿，今天出来得早。”

落梅看见神色大变的嘉贤，以为嘉贤身体不适。今早她几次见到二哥，虚汗淋漓，神色无力。二哥从川蜀回来后，有一段时间身体复原了，脸上的气色重新展现出健康的光彩，近几个月来，又日渐消瘦和无力。

“没事，只是心悸而已，穷人家的孩子没有那么娇嫩的。”

远处传来采茶的歌声，紧接着四处响起采茶歌。茶园里隐约可见伏在茶树上采茶的女子双手上下翻飞。二小姐高兴起来，将注意力转移到采茶上。

还未到晌午，嘉贤和落梅摘下茶树上最后一片茶叶。嘉贤紧接着来到西干山，采摘珠兰花。珠兰花正午时开得最盛，嘉贤常选这个时间采珠兰花。这是今年最后的珠兰花了。这几朵珠兰花是嘉贤遍寻西干山而得。

返回家，嘉贤刚把珠兰花放入茶叶坛中，程尚德来看俞氏。

“好香，是珠兰吗？”程尚德说道。

“叔父，珠兰花窨茶用的，二小姐喜爱喝珠兰花茶。”

“还是绿茶回味无穷，茶的甘甜在于品。”

“哪儿的茶都比不上婺源的茗眉绿茶。”俞氏说道。

“俞泰昌绿茶尤其好，大嫂的腿疾好些了吗？”程尚德说道。

“喝了嘉贤的汤药好多了，腿脚都不疼了。”

“嘉贤的医术能治百家病了。”程尚德哈哈大笑起来。

自嘉贤归家后，程尚德常来看望俞氏，现在他不怕会让俞氏伤心了，嘉贤就是俞氏的开心草药。

这个宅院里阳光明媚，忧伤的阴郁都被赶到角落里去了。俞氏坐在中堂里编竹篮，心满意足，面色红润，脸颊丰满。程尚德没什么事，问候一些家常事务。隔一段时间，程尚德就过来看看这位寡嫂。

嘉贤从铺子里回到二宅，见到叶氏在中堂陪母亲说话。俞氏编织竹篮子，叶氏一边说一边帮俞氏整理竹篾。近来叶氏极为快乐，常去二宅陪俞氏话家常。看见嘉贤，叶氏方发觉时间不早了，匆匆走了。

叶氏一走二宅又沉静了。到了夜晚，嘉贤明白自己离千弦的生活越来越远了。银荷去了灶前，中堂里只有嘉贤陪着母亲。夜里，俞氏在中堂里越坐越久。俞氏白天头脑不清楚，夜晚睡不着觉。白日里，就连俞氏做熟的编竹篮的活计也要做不下去了。

嘉贤在后花园里栽种了香雪兰。这种兰花的香味可以舒缓人的神经，有利于睡眠。俞氏坐在香气四溢的中堂里，有时会打瞌睡，一有动静就醒了。夜晚为了陪母亲，嘉贤读书、算账、鉴赏古玩，都在中堂里。沁人心脾的香气围绕着他们，有时一整夜他们也不说一句话，却觉得安心。

天色已晚，嘉贤配好草药，让银荷休息，自己坐在灶前的椅子里熬草药。一会儿，他看见银荷手端茶水走来。银荷把茶水放到嘉贤身旁的茶桌上，在灶旁的凳子上坐下来。

“二少爷，二小姐想要点木香。”银荷拿出随身带来的绣活说道，“二小姐还让奴婢把这个香袋拿给少爷。”

银荷把香袋递给嘉贤，用绷架把活计绷紧后开始飞针走线。

“怎么不早点说？把柜子里那点木香先给二小姐送过去。”嘉贤边说边看那个香袋。

香袋里装着些香雪兰的花叶，有一股子沁人心脾的香味。嘉贤随后把香袋放入怀里，这个香袋嘉贤很喜欢。

“今天晚了，明天再送过去吧。”银荷说道。

“是有点晚了。”嘉贤看着窗外的上弦月说道，“绣的是什么？莫非是你的嫁妆？”

“奴婢会伺候少爷一辈子的，倒是少爷该提亲了。”

“提亲？也许不会成亲，你去吧，这里我来守着。”

银荷微微一笑：“少爷若不嫌弃，奴婢在这里陪少爷吧。”

“只怕你还有别的事要做。”说完嘉贤拿起手边的《景德传灯录》看起来。

银荷笑起来。药熬好了，嘉贤跟着银荷走出厨房时，方发觉夜很深了。俞氏接过银荷手里的草药，一口气喝了下去。随后俞氏站起来，跟着嘉贤回屋睡觉去了。

嘉贤第一次发觉在这样的时刻，这样的月光下，没有想到千弦。

第十二章 祸起萧墙

正月里老太爷云游归来。老太爷跑了大半个大清帝国，也见到了各行各业的徽商。“无徽不成镇”名不虚传。他意识到，位于吴头楚尾，起于山越文化的徽州文化深入人心。而在“永嘉之乱”“安史之乱”“靖康之乱”中大量为躲避战乱迁入桃花源的士绅称霸商海了。徽州商人的脚步深入到大清帝国的每一寸土地。

局势稳定令老太爷更坚定于道教。自此老太爷专心炼丹，一心想得道成仙。嘉贤来到后院，看见停歇多日的炼丹炉又燃起熊熊大火。

练功房里不见老太爷。嘉贤寻遍后院，亦不见老太爷的踪迹。嘉贤敏锐地察觉到老太爷急于成仙的渴望。此次回家，老太爷仿佛已找到灵丹妙药。练功房的西北角被烟雾熏得漆黑，四周的枯枝败叶上亦落满烟尘。风吹向东南时，炼丹的烟雾时常飘到前院来，叶氏倒也习惯了。

嘉贤在桂花树那儿遇到了落梅。

“两天前老太爷上凤凰山寻找一种矿土。”落梅说道。

“二小姐喝了木香泡的茶水，好些了吗？”嘉贤问道。

“好不了，也许我的病不在身上，而在心里。”

“没有治不好的病，二小姐夜里不要想太多，船到桥头自然直。”

“话是这么说，真要做起来就不好使了。”

“性命双修，身心和谐。”

回到家里，嘉贤看见母亲坐在中堂里编织竹篮，银荷正在一旁缝补他的褂子。银荷做起事来干净利索，从不拖泥带水，很讨俞氏的喜欢。银荷看见嘉贤就往灶前走去。其实嘉贤多次让银荷与他们一同吃饭，平起平坐。嘉贤早看出这个家一天都离不开银荷。

“银荷过来坐下，不要走。”嘉贤说道。

“奴婢去灶前，太太有话对二少爷说。”

嘉贤才注意到家里的气氛与往日不一样，母亲格外沉默。他看向母亲时不免看到桌子上的两盒糕点。这样的糕点他看见过几次。嘉贤心烦意乱，想回厢房去。他刚走出两步，听见母亲说话了。

“唐模许老爷家给二少爷提亲了。”

“家里刚好一点，过两年再说，现在这个样子也不能让许小姐满意。”嘉贤说道。

“也是这个理，男孩子晚点成家也好，不过眼下，人们娶亲的年纪倒越来越小了。”俞氏说道。

“这是一种陋习，并不比童养媳、节妇烈女的风俗好，都是些扼杀人性的陋习。”

“我不懂什么陋习，只知道传宗接代。”俞氏不满地说道。

嘉贤没有接母亲的话，径直出了程家二宅大门，对身后追着叫他的银荷置之不顾。嘉贤知道以后还会陆续给他提亲，也许再过两三年他会愿意成亲，但眼下绝不考虑。

婺源的俞老爷来看俞氏。此次前来，俞老爷是带着俞小姐一起来的。

每年俞家通过渡船捎带来的俞泰昌绿茶随同俞老爷一起来到程家二宅。俞老爷叫银荷收好当年的新茶。看见二妹的身体比先前要好，俞老爷颇感欣慰。他也看出二宅光景越来越不如从前。嘉贤给大宅当掌柜，不能立足于创业。

俞老爷陪俞氏在中堂里说话。俞家这几年遇上好光景了，俞泰昌茶号在广州、武汉、北京开办了茶行。俞家的少爷在当地坐贾，俞老爷这样行商，盈利更多。短短几年，俞家盖起五进的大宅和几处园子。

茶叶销售最好的是广州。广州的洋人和当地人都爱喝徽州的茶。“一口通商”使得广州的西洋贸易极为繁盛。西洋人爱喝中国茶，尤其是英国人，极爱喝婺源的茶。

“二少爷不想做茶叶买卖吗？”放下茶杯，俞老爷说道。

“我这一生也只剩下二少爷了，他就是二宅的家业。”俞氏气若游丝地答道。

“二妹，我知道你的苦，可二少爷要娶妻生子，这点家业恐怕难以养活一大家人。”

“贫寒之家有贫寒之家的活法，嘉贤离家会要我的命。”

“二妹……”

再说无益，俞老爷知道改变不了俞氏的主意，出了二宅向大宅走去。俞老爷同样备了当年的绿茶送给大宅。他把茶叶交给叶氏，来到后花园。他拜访过老太爷后来到净心斋。程尚德果然在那儿。

程尚德雕砚一举两得。他并非只为收藏而雕砚，主要还是送到扬州的墨砚斋创造收益。他醉心于雕刻的过程和完成一件雕刻后的快乐。俞家这几年的收益他看在了眼里。当然徽州大地上的商人都遇到了好时光，个个都有骄人的收获。程尚德放下手里的刻刀，招呼俞老爷去中堂坐。

从二宅来到大宅，俞老爷看见了嘉贤那片香草园。此时坐到程尚德对面，他想起开办中草药堂是不错的主意，只要有资金，一切都是现成的。说过分别后的境况后，俞老爷就把刚才的想法说出来了。

“徽州草木繁盛，中草药丰富，做中草药的买卖必有盈利。”俞老爷开口说道。

“中草药？怕是没人能胜任。”程尚德愣了一下说道。

“程家有现成的人。中草药会像两淮的盐一样成为生活中的必需品，有药墨，有治病救人的药材，还有得道成仙的丹药。”

“如今国富民安，中草药行业不看好。丹药？没见什么人成仙，不好卖。”程尚德摇着头说道。

“治病救人，哪儿都需要草药。”

“二少爷懂些草药……眼下时机还不成熟。”

俞老爷却在想春华秋实，丰年时储备上，灾年时就用得上；眼下看不出前景，长远来说，中草药这一行到哪儿都不会难销。

“再过些时日，也许会更好。”俞老爷叹一口气说道。

晚上，老太爷作陪招待俞老爷。

俞小姐正当年，个头不高，皮肤雪白，眉眼舒展，体态丰盈。表妹举手投足显出的娴静和冷淡令嘉贤举步不前。俞小姐身后跟着一批求亲者，都被俞太太回绝了。她把俞小姐当皇宫里的格格看待，非要嫁给身份显要的人家。在俞太太的挑剔下，俞小姐的确错过几门好姻缘。俞小姐此来，一为躲避母亲的唠叨，二来想清静几日，姑妈家最为理想。

俞老爷走后，俞小姐拜访过几位亲戚后，就躲在二宅里足不出户。她话很少，坐在中堂刺绣陪伴姑妈。有个人陪在身边，令黑暗中的俞氏感到高兴。俞氏的眼虽看不见了，却有各种关于刺绣的心得。她们二人在一起倒无比快乐。

晚上，落梅有时来二宅陪俞小姐。落梅同样在刺绣，为嫁妆而忙乎着。两位姑娘在一起交换关于刺绣的心得，她们两人的绣品不相上下，各有优点。落梅的绣样更有生活的情趣，而俞小姐的则像山水画一样疏淡有致，冷韵深长。在两位小姐面前，嘉贤常觉得自己是多余的人，两位小姐坐到一起就会忘记嘉贤的存在。这样的夜晚颇有意思，嘉贤可以更加细致地观察女子的心性。

嘉贤发现，俞小姐虽然冷淡，却是极温柔的人。俞小姐能把她喷薄欲出的热情封在心底。绣布上萧疏的枝叶常显出顽强的生命力。嘉贤对俞小姐敬而远之。从两位小姐的谈话中，嘉贤听出，舅妈对俞小姐的亲事另有安排。俞小姐话少，与嘉贤说的话就更少，除了见面的问候就说不出别的。嘉贤虽有许多话却不想说。默然无语中，他们培养出一种默契。

春日里的采茶制茶，可是俞小姐的拿手好戏。嘉贤偶尔从她上下纷飞的手指上看见她内心的单纯。他渐渐地觉出表妹的可亲。采茶有俞小姐帮忙，归家的时间提前了。俞小姐和落梅欢快地走在山路上，嘉贤闲适地随在她们身后。突然间他听见俞小姐说起茶叶来。

“人们喜欢喝新茶，越新越好，明前的龙井茶就是如此，但有的茶却越久越好。”

“陈茶总要疲软，失去茶叶的清香，你倒说说哪些茶有这样的特性？”落梅好奇地问道。

“普洱茶就是其中之一，是可以入口的古董。普洱区别于其他茶之处就是‘陈’，‘香陈九畹芳兰气，品尽千年普洱情’。”俞小姐笑着说道。

“这倒奇了，祖父常常要喝最新的茶。世间还有这种茶。”

“从喝茶上来看，从穿衣用度来看，从男人纳妾来看，人的喜新厌旧倒是人的本色了，然而世间之事却并非都如此。

“人的情感不会喜新厌旧。女子初得知定亲，那个人还不在心中，时间久了那个人就留在心中，再久那个人的一切都成为中心了。

“这种情形也只限于女子，男人有三妻四妾从来都是名正言顺的。在徽州哪里有女子嫁二夫的事？”

嘉贤看了一眼表妹，第一次听见从女子口中说出这些话来。他想起千弦，心里的柔情还是那样浓，浓到散不开。男人并不像表妹所说的，个个都是喜新厌旧之人吧，若是那样，他应该早就忘记千弦了。

俞家表妹看了一眼默默无言的落梅，又说话了："这普洱是自然发酵的茶，历经自我转化的过程，它的香就在于彻底的发酵重生，就像美好的事物都是急不来的一样。"

嘉贤暗想表妹在说她自己的亲事，男怕入错行，女怕嫁错郎。

俞小姐在二宅并没有等到俞老爷来接就走了。俞太太一心害怕女儿会与嘉贤搅和在一起，俞老爷走后七日，俞太太就赶到程家二宅。

从灶前转来的俞小姐看见俞太太坐在中堂里与俞氏说话。俞小姐问候过母亲就到大宅找落梅，随后赶来的嘉贤不得不陪同舅妈坐在中堂里。

"小女住在这里给你们添乱了。"俞太太说道。

"亲戚要多走动，若疏于往来就成为路人了。"

"这孩子易受外人的影响，没主见，跟着外人的主意跑，要不是做母亲的拦着，早被那些家世不济的人家娶走了。"

"徽州的风俗最讲究门当户对，俞小姐也只有家财万贯的盐商之家的公子才能配得上。这小户人家只有与乡民结成亲家了。"俞氏嘲讽地说道。

"可不是嘛，近期就有一位盐商前来提亲，若没有江家、胡家或鲍家之财，这门亲事就成不了。"俞太太索性顺着俞氏的话说。

"本来应叫太太多住几日，可惜二少爷要上扬州查账，不能陪同太太看看歙县的山山水水。"俞氏说道。

"我这次来，就是想把小姐接回去"

俞太太见此行的目的达到了，一日都没多待，第二日便偕同俞小姐回婺源。

汪开泰送来一封信，绩溪胡老爷的来信。信中胡老爷再次提起二小姐的亲事。放下信程尚德叹了一口气。

"这一次躲不过了。"程尚德说道。

"亲事不能再往后拖延了？"叶氏问道。

"胡老爷铁了心要娶二小姐去冲喜。"

叶氏叹了一口气，默然无语，想起了琴心。程尚德同样在想琴心。

落梅的亲事是早年老太爷定下的。男方家是程老太爷晚年云游四方时结交下的一位做丝绸生意的胡老爷。

自乾隆十三年，绩溪知县王锡藩引桑栽种，开设敬业书院讲授蚕桑技术，丝绸业就在徽州广泛地兴起了。赶上太平盛世，胡老爷的家业越做越大。这里山好、水好、丝绸更好。

胡家的二少爷自小体弱多病，长大了却又得了哮喘病，广延名医救治而无成效。胡家想要落梅早些嫁过去冲喜。程老爷以年纪太小为由，拒绝了。想起琴心，叶氏更不想让落梅嫁给这样的人。叶氏询问落梅的意见，落梅只说，儿女的亲事要由父母商定。叶氏对胡家二少爷的病早不抱希望，想到女儿日后的命运，不由得落下泪来。落梅反过来安慰母亲。这样一来，叶氏的泪像黄河之水，绵延不绝。

“乐天知命，随缘过，我与胡少爷的缘分命中注定。”落梅淡淡地说道。

“我苦命的女儿呀！”

“母亲不要伤心了，命里八尺，难求一丈。”

落梅的懂事更引来叶氏的极度伤心。三个女儿中，落梅从容貌到性格极讨叶氏的欢心。叶氏本想女儿能攀上一户好人家，可谁知却摊上这么个患哮喘的男人，不定哪天两腿一蹬就走了。由着叶氏的性情早把这门亲事退了，可老太爷在程家一日，此事就不可能提出来。叶氏一直存有侥幸：胡家少爷成亲前暴死。

落梅心灵手巧，做什么事都学得很快，雪月则不同了。雪月是个不起眼的孩子，从小叶氏就看出她的相貌不出众，比不上她的姐姐们。随着雪月长大，叶氏看出这个孩子的性情更难以讨人喜欢。

雪月个头矮小，身形消瘦，肤色稍黑，沉默寡言，做起事情颠三倒四。那双迟钝的眼睛看着人时总显得呆滞而心不在焉，学习任何事务都学不会。鉴于此，程尚德没有让雪月读书认字。千弦嫁入程家前，雪月就像一个混沌未开的傻丫头。

在千弦的指导下，雪月学得一手精巧的刺绣绝活。自千弦把雪月引进刺绣的门后，雪月的手一碰上绣针就会飞针走线，她的眼睛一看到绣线就会配色。雪月并不需要人教，看到样子就能绣出来，一幅绣品上能有两三种绣法。

雪月十二岁起，就看出父母对自己的忽视。她用麻木来对抗来自亲人的冷漠。雪月不识字，又没别的喜好，就用大量的时间来观察自然界植物色彩的变化，四季的更替、白昼与夜晚的轮回。五颜六色的花草让雪月觉得世界的美丽和温暖。雪月看出凤仙花可以染指甲，胭脂可以让人更漂亮，如今使用的染料却不能增添人们的美丽。

雪月觉得徽州服饰的色彩太单一，除了朱青色、蓝色就只有灰色的。她有心想调配染料，却不能像山里的精灵四处飘荡，想要制作染料就难上加难了。自从大嫂来到程家教会雪月刺绣，她就爱上了刺绣。仿佛她天生与大自然亲近，配色上不用千弦指点却有巧夺天工之妙。也许就因雪月把心思放在刺绣上，她看起来倒有些可爱了。而一旦放下绣活儿，雪月又回到呆滞的状态。

雪月看见母亲把二姐叫到厢房里，知道胡家上门提亲了。想到自己的亲事没着落，雪月的心莫名其妙地疼起来。悄悄来到门外的雪月听见了叶氏与落梅的谈话。雪月宁愿自己的夫婿是个痨病鬼，也不愿一人孤独生活。雪月闷闷不乐地拿起绣架，来到后花园的回廊下。

雪月看见空中鸣叫的喜鹊一前一后地从这株翠竹飞到那株翠竹上。微风中喜鹊形影不离地飞入乌聊山中。雪月羡慕地看着飞远的喜鹊叹了一口气，转过身来看是谁来到后花园中了。原来是银荷。

银荷一看见雪月惆怅的脸就知道她在想什么。银荷避开雪月的亲事，只问她在绣些什么。雪月把绣架递到银荷手中，一脸渴望地瞅着银荷。银荷先说了一声好，再细看针脚。雪月绣的是丹凤朝阳，绣样虽未完成却出手不凡。银荷看出雪月青出于蓝而胜于蓝，千弦的刺绣亦不过如此。

“三小姐绣得太美了。”银荷笑着说道。

“多亏大嫂的指点。”雪月呆滞的眼睛闪出光来。

“这刺绣再不能改一点，再改一点都不好。”

“刺绣的好坏在于手巧，而命运的好坏却是天定，二姐人好，命也好呀！”雪月说道。

“就凭三小姐一手精美的刺绣，定会有好命的。”银荷宽慰她道。

银荷看出程家大宅对雪月的绝活儿竟然无人知晓。想到程家上下忽视的雪月，银荷对雪月倒生出一丝怜惜。

落梅兴趣广泛，爱好读书、绘画、刺绣，还会弹古筝，却把更多的时间用在刺绣上。落梅对诗歌的理解深刻而准确，对绘画有很高的悟性。落梅抑制这些天分，熟读《女诫》《内训》《女范捷录》，以德、言、容、功来要求自己，讨家人喜欢。

胡家二少爷的病势越来越严重，落梅表现出一副听天由命的安宁。没人知道落梅在想什么。叶氏从落梅目光中偶尔流露出的黯然神伤里看出，她屈服于命运的安排。

近日落梅疏于读书、绘画，也许由胡家二少爷存亡而生出的动力不知不觉中消失了。落梅朝着二宅的药房走去。她想要点木香泡水喝。近来，她消化不好，口中有痰，腹胀绞痛。二哥不在屋里。她走进屋，看见桌上薛涛笺上写的一首诗，是晏几道的《思远人》。落梅念出声来：

泪弹不尽临窗滴。
就砚旋研墨。
渐写到别来，
此情深处，
红笺为无色。

人人都看出嘉贤近来瘦了。落梅隐约觉得，二哥为情所伤。她猜想也许二哥离开的两年中遇到自己喜爱的女子，这首诗是二哥表达思念之情随手写的。

由嘉贤身上，落梅想到胡家二少爷。两年前家里就提起过她的亲事，说的都是“门当户对、家底殷实”。少女的心里渐渐把胡家二少爷美化成风度翩翩、年轻有为的士绅名流。落梅借着凭空想象出来的形象，隔着空间，隔着时间，开始了无声的思恋。突然间传来胡家二少爷病重的消息，把落梅的一腔柔情砸得粉碎。

落梅的用情之深超出她所能想象的边界。离开药房时，落梅说了一句：相思本是无凭语，莫向花笺费泪行。

落梅向中堂走去。哪儿都找不到嘉贤，只有当铺没有找过，那是女人不能去的地方。后来落梅在灶前碰到银荷，银荷告诉落梅，嘉贤一早就上西干山寻找一种叫两面针的药材了。落梅让银荷把香袋交给嘉贤。落梅也是几次看见嘉贤的用具不齐全，闲来无事做了这个香袋。

嘉贤的用具都是银荷打点的。俞氏失明后，一切活计都落到银荷身上，根本忙不过来。银荷看出香袋上的针脚更细致精巧。银荷想到如果自己有那么多时间，也能做出这么好的绣活来。银荷想给嘉贤做一个汗巾，却抽不出时间。

“谢谢二小姐，这本该奴婢做的。”

“你哪里有空？不像我们小姐闲着无事。”说完落梅就走了。

落梅经过香草园时心头绞痛，不由得皱起眉毛，手抚胸口，过月华门来到后花园。落梅在桂花树下站定想要歇息，心痛得更厉害了，汗珠子从脸上落下来。忽然间听见雪月的说话声。

“二姐要做那捧心皱眉的西施呀！”

落梅气得说不出话，抬头看见正在园子里采摘紫薇花的雪月。落梅靠在桂花树上，眉头深锁。从后面走来的银荷看见落梅的脸色，吃了一惊。

“二小姐怎么了？”银荷问道。

“没事，炎热所致，扶我回厢房吧。”

雪月才发觉二姐的神色不对，慌忙扶着二姐往厢房走去。雪月把落梅送入厢房，就匆忙走了。她以为落梅是被自己气成这样的，担心太太责罚。雪月走后，落梅想起悬而未决的亲事，真正地伤心起来。

进入五月，春茶采制结束了。落梅有时间赶制嫁妆了。

年初，胡家递来了请期。以往程尚德总以老太爷不在家为由拒绝，这一次他找不到借口，成亲的日子定在八月。叶氏给落梅置办的嫁妆要比琴心多一倍。一来胡家家大业大，二来落梅摊上这么个男人，叶氏总觉得对不住女儿。

叶氏把程家祖传的一套翡翠的玉制品送给落梅做嫁妆，原本是要留给千弦的。那是一对玉镯子、一对玉耳环、一对玉如意、一对玉指环。叶氏打开箱柜，拿出描金的酸枝木的妆奁，她再一次抚摸那些玉制的饰品。合上妆奁时，叶氏看见落梅的身影从门口一闪而过，不禁流下泪来。她仿佛已看见几年后落梅像琴心一样孤苦一人、连个孩子都没留下来的情景。叶氏从妆奁里又拿出两个金指环与那些玉制饰品放到一起。

“但愿这些珠环翠玉能带给二妹快乐。”琴心忧伤地说道。

“胡家的少爷不知能活到几时……”叶氏说不下去了。

为了落梅的亲事，琴心回程家大宅来了。

琴心是闭着眼睛过日子，她不敢睁开眼睛。两年过去了，丈夫的样子已模糊不清了。认真想起来，她竟没好好地看过丈夫的脸。刚刚来到鲍家、想要好好生活时，丈夫突然就走了。仅有的几次夫妻间的亲密接触都是在夜间，而天不亮丈夫就下地了。如果有孩子了，她可以把一腔柔情转移到孩子身上，老天爷却没有给她孩子。

模模糊糊的岁月中，琴心的心因麻木而蒙上一层纱。有的时候，她感到胸口像揣了一面鼓，咚咚地跳起来，想要脱离眼下的生活。鲍家贞节烈妇的脸横在她的面前，还没走出家门，她的勇气就消失了。

棠樾是徽州有名的忠孝节义之村，这种环境下程尚德对女儿的名声无须多操心。当年程尚德也是看在鲍家是务农之家，女儿无须忍受离别之苦，才应下这门亲事的，谁知不久鲍少爷就命丧黄泉。可怜琴心年方十八就成了寡妇。

两年来程尚德已赶走三位媒婆。有一次媒婆说媒时，琴心正巧在家里，她对媒婆说：“上有无花之古树，下有伤心之春草。”自那后媒婆再没上门。

叶氏盖上妆奁，出了厢房。琴心跟着母亲来到灶前。

程家的家业已非十年前可比了，俭朴之风却一如创业之初。米饭已焖到灶上，丫鬟碧儿在择菜。

“近来可好？”叶氏一边洗菜一边问道。

“靠着刺绣和一亩三分茶园勉强度日。”琴心说。

“常接你回来，鲍家会有想法的。”叶氏说。

“听不到《烈女》《内训》和《孝经》就好，吃得好坏并不在乎。”琴心说。

叶氏清楚，鲍家每晚诵读《烈女》和《孝经》，以期达到敲敲边鼓，让女儿终身守节的目的。

“鲍家是徽州有名的烈女节妇之家，饿死事小，失节事大呀。”叶氏说着，摇了摇头。

“守贞节虽苦，但足不出户不是难事，长沟流月去无声，在这世上寡妇难做。”琴心一边说一边把甜菜的菜根扔了。

“心空道亦空，风静林还静，这是些老话。”叶氏以她自己也不甚明了的话结束了谈话。

“六月偷咸鱼，这菜根呀，有吃头。”叶氏一转头看见女儿扔在木盆外的菜根，捡起来说道。

叶氏很想与琴心多说几句，还能让女儿怎么样呢？在程尚德外出做生意时，叶氏同样熬过孤寂难熬的岁月。

在程朱理学广为流传的徽州，女人的三从四德从出生就刻在心里。守住身子关键是守住心。夫妻的恩爱太少，鲍少爷还未偷走琴心的心时人就走了。如果夫妻恩爱长久些，琴心还可以靠回味夫妻间的情深意切来打发难熬的岁月，而一片记忆的沙漠中，细雨也会渗透到干枯的心田里。

叶氏深知琴心的疾苦却无可奈何。

从斗山街回来的程尚德没有去铺子，直接去了中堂。他看见放在茶几上的三潭枇杷还沾着清晨的露水。这是汪开泰刚从街上买回来的。随后走进中堂的是叶氏和琴心。

“今朝的三潭枇杷又大又新鲜，琴心吃枇杷。”叶氏说道。

琴心则请太太和老爷先吃。

“留下给三少爷和老太爷的枇杷，去叫二小姐来。”叶氏对琴心说道。

“三少爷听讲学去了？”程尚德问道。

“姚鼐来竹山书院讲学，三少爷和杨家大少爷都去了。”叶氏说道。

“紫阳书院未毁于兵燹时，朱熹亦来此讲过学。”程尚德感慨地说道。

琴心知道父母偏爱落梅，她做姐姐的倒常关心雪月。雪月性情古怪，不讨太太、老爷的喜欢，人前极少露面。琴心笑了笑，拿上几个枇杷往厢房走去。

“落梅，中堂里有新鲜的枇杷。”琴心微微一笑，对正刺绣的落梅说道。

落梅放下活计就下楼了。雪月还歪倒在床上，像没听见大姐的话。

“枇杷趁新鲜吃，这是母亲特意留给三妹的。”琴心对着雪月说。

“奇怪了，太阳会从西边升起。”

“总有例外。快吃吧，何苦赌气？”琴心说着把剥好的枇杷递给雪月。

雪月呆了一下，接过大姐手里的枇杷。转眼间盘子里的枇杷就被吃光了。

“这三潭的枇杷真好吃，大姐吃了吗？”

琴心看了看空盘子，笑起来。

“一会儿下来吃饭，不要叫祖父等候。”说完琴心去了灶前。

叶氏看见落梅的快乐样子，高兴地笑了：“吃枇杷，刚上市的三潭枇杷。”

“母亲吃了吗？”落梅问道。

“快吃吧，这是给二小姐留的。”叶氏高兴地说道。

落梅拿起枇杷，小心地把皮剥了才吃起来。

“三妹还小，应识些字才好。”从楼上下来的琴心说道。

“女人不识字最好，识了字会惹出麻烦的。”叶氏说道。

“那是心惹出的麻烦，而不是字。”

“琴心回家来，再加个臭鳜鱼。”程尚德说道。

徽州女人躬行节俭，三月不见荤亦无抱怨。叶氏常说，持家与做学问一样，不积跬步，无以至千里，不积小流，无以成江海，家业同样是积少成多。

程尚德只知道，鲍少爷驾鹤西归，鲍家的日子一落千丈，琴心过不上一天好日子。女儿回家来，程尚德无心顾虑叶氏勤俭持家之法。

“一天省一把，十年买匹马。”

“还要住几天再走，不要坏了家里的规矩。”琴心说道。

“如今大小姐也是客，要按客人招待。”程尚德说道。

“不要为了我坏了家里的规矩。”琴心轻声说道。

听见琴心的话，叶氏改主意了，当晚的饭菜出奇的丰盛。

落梅和琴心坐在后花园的回廊里。她们面前放着用木香泡的茶水，做着活计，有一句没一句地说着家常。落梅的嫁妆快备齐了，也就剩下这些零散的汗巾、绣包、坐垫的小活计了。

琴心比上次回大宅又瘦了一圈，看上去就像没有七情六欲的寡妇模样。落梅沉浸在喜悦中，竟然没注意到琴心郁郁寡欢的神情。

“大姐，你出嫁那会儿嫁妆也是自己做的吗？”落梅笑着问道。

“我可没有那么好的命，那时程家的家业处于起步阶段，没有更多的银子置办嫁妆。二妹赶上好时候了。”琴心苦笑道。

“也许我的命还不如大姐。”

“胡家少爷不会比鲍少爷走得更早。”

落梅的脸色一下子就暗下来。琴心意识到她的话冲撞了二妹。

琴心一边看着落梅的活计，一边在心里与自己的活计比较。她不得不承认，落梅的活计更好些。这个妹妹在各方面都要比自己优秀，琴棋书画样样精通，也不知道她哪来的那么多时间学习这些。她看了落梅的绣活，绣架上干干净净，没有一点毛刺和线头，而她手上的汗渍总要留在绣活上。她看了一眼落梅，却有一种欲哭无泪之感。

院子里有栀子花混着香雪兰的香味，从程家二宅院飘过来。在温暖的香气四溢的春日午后，落梅正想着不久将要成为自己丈夫的胡家二少爷。沁人心脾的香味扰乱她的思绪。落梅听二哥说过这两种花都是药材，香雪兰的香味有镇定神经、消除疲劳、促进睡眠的作用。俞氏少得可怜的几个小时的睡眠都要靠香雪兰。

落梅自己很喜欢这幽似兰花的香味。想起以后的日子，落梅问大姐是否知道“柴花公主”。

“怎么会不知道呢？每晚都要听一遍呢，鲍家不会放过任何机会。”琴心苦笑道。

“柴花公主的性情倒是刚烈，与其苟活，不如死得其所。”落梅一脸认真地说道。

“死得其所……这不过是统治阶级束缚女子的手段。我倒不认为女人只是男人身上的一件衣服。”

“贞洁是女子第一要素，一女不嫁二夫。”

“贞洁？为什么人们看不到心的遗弃，却只盯着那些外在的？胡家二少爷身体不好，二妹难免会受苦的，假若二妹成亲前胡家二少爷就……不说了，不要像我。”

“大姐，这并不是受苦，死不足惜。”

雪月从月华门那儿走来。对于父母亲偏向二姐，雪月终于接受这个结果。雪月呆滞的眼睛此时闪出火花来。落梅看出雪月有些激动，她把针线筐往自己身边移了移，让雪月坐下来。琴心亦看出雪月不同以往之处。

“三妹有什么事吗？”琴心笑着说。

“胡家的二少爷昨个儿死了。”雪月说完突然捂住了嘴。

“死了？谁死了？”落梅惊讶地问道。

“三妹，不要乱说，这些话不是混说的。”琴心惊叫道。

“我哪敢乱说？母亲不让说，可不是我要说……”

雪月的话还没说完，落梅已出了回廊。琴心追了过去。她赶至厢房时，落梅披麻戴孝地穿戴整齐了。琴心倒奇怪落梅何时备下的孝服。她拦不住落梅，跟着跑下楼来，刚到天井里，就撞见叶氏从中堂里走来。雪月躲在门背后要进不进的。叶氏一见眼前的情形就明白了几分。她知道落梅的性情，原嘱咐仆人们不要乱说，谁知被雪月听去了。

程家大宅里最了解落梅的人莫过于叶氏。落梅表面上温顺，内心却是刚烈的，她读书识字，但读的最多的却是《烈女》《内训》《女范捷录》。叶氏清楚拦是拦不住的，吩咐汪开泰备马车送落梅上绩溪的胡老爷家。

临走时叶氏对落梅说道：“还没过门，就不是胡家的人，日后会有更好的人家。”

“寄语路人休掩鼻，活人不及死人香。”说完落梅就上了马车。

叶氏气得流下了眼泪。七天后，叶氏等来了报丧的汪开泰。落梅守丧时，撞灵柩而亡，与胡家二少爷合葬了。

程家大宅里少了一个人，倒像少了许多人。

琴心走后，叶氏更加思念千弦和嘉道。琴心给大哥写信，让大嫂回家来陪伴母亲。千弦来信说不久将要分娩，不便出行。叶氏倍感孤独寂寞。嘉堃准备秋天的乡试，很少能抽出时间来陪伴母亲。程老爷忙于书画赏玩和古砚的收藏，不能时时守在叶氏的身边。

嘉贤处理完典当铺的生意，常陪婶母说话。有时叶氏到二宅和俞氏说说话，以排解内心的悲伤。这一切都无法解除叶氏内心的悲伤。嘉贤看出叶氏的身体被忧伤击垮了。

银荷奉俞氏之命来大宅看望叶氏。银荷从大宅的一进来到二进，最后来到三进都没见着叶氏。银荷从后花园走过时看见程家的祠堂大门开着。现如今，叶氏最常去的就是祠堂。银荷转身回二宅了，过一会儿再次来到大宅。银荷看见叶氏愁眉不展地坐在中堂里。

银荷请安，叶氏毫不理会。叶氏的冷若冰霜令银荷不知所措，原本想好的话此时都飞走了。银荷支吾着再说不出第二句话来。慢慢地，银荷亦感受到叶氏的痛苦了。这时程尚德来到中堂，银荷走过来给程尚德请安。见到老爷，叶氏的双眼亮了一下。程尚德请叶氏回厢房休息。银荷趁机走了，再不走她也要哭了。

江家的三少奶奶把叶氏和雪月接到扬州，是想让叶氏散散心，好暂时忘了二小姐的事，同时还可以看一看没见面的孙子。嘉堃到庐州参加乡试了，家里只有程尚德和老太爷。没有女人的程家宅院更显冷清。

这一日程尚德被请到竹林书屋，刚沏好的大方茶摆在桌子上。见程尚德进来，老太爷示意他过去坐在太师椅里。

“喝茶，今年的新茶。”老太爷说道。

在老太爷面前，程尚德收起悲伤的面容。父亲叫他来一定有事，但老太爷却是轻裘缓带。

“好茶，父亲总备有好茶。”

“喝出不同了吗？”

“父亲请讲。”

“这沏茶的水呀，还是二小姐明前积下的露水。”

“二小姐人走了，还留下了茶。”

“死生，命也；其有夜旦之常，天也。人之有所不得与，皆物之情也。彼特以天为父，而身犹爱之，而况其卓乎！人特以有君为愈乎己，而身犹死之，而况其真乎！”

程尚德明白了老太爷的用意。他喝了三杯茶，陪老太爷下了三局围棋。他输了两局，赢的那局还是老太爷让的。离开竹林时，程尚德的心竟然没那么悲伤了。

一天傍晚，一位讨饭的女子昏倒在程家大宅门前。

那日程尚德与面粉铺的杨老爷约好去千春茶庄喝茶。推开门见到昏倒在地上的兰蕙。他吩咐银荷和叶存世扶起姑娘进到屋里。吃过银荷拿来的稀饭，女子渐渐有了力气。姑娘不比落梅大些，好像还更小些。程老爷想起了落梅。

从女子断断续续的叙述中程尚德知道兰蕙是个孤儿。看着瘦骨伶仃的姑娘，程尚德当即起了怜悯之心。兰蕙留在程家做了婢女。银荷常来指点兰蕙程家的喜好和规矩。不久兰蕙做起事来倒合程家的规矩了。

今年的春茶喜获丰收，嘉贤和程尚德从千春茶号里出来，路上遇到许多送茶的茶民。眼下茶号的人们正说起徽商捐纳入仕而商。“扬州好，侨寓半官场。购买园亭宾亦主，经营盐典仕而商”，这是清代惺庵居士《望江南百调》中的一首。

明清以来，人口翻了几番，举人、进士的名额并未相应增加，科举已不是人们入仕的唯一途径了。人们常说起的是：“潘中丞某以商贾起家，纳粟得巡检，署广东某缺，获赀巨万，乃改道员，指贵州，寻护臬篆。不数年而竟黔抚矣。”此说流传已久，捐纳无疑成为资财雄厚的商人及其子弟入仕的捷径及救命稻草。徽商更是趋之若鹜。

“这是为了‘思奋一长以表见者’。”程尚德说道。

“钟情于捐纳，不见得是好事，则不复勤勉读书。”嘉贤说道。

“是这个道理呀。对捐纳并没有限制，只要捐纳一定的钱粮就可入仕，这也是科举录取率低的原因吧。”

“官商一体有利有弊，最终会阻碍商业的发展。”

“仕而商总归是好事，盐商要不是有官府的支持也不会有今天的。江春以布衣结交天子第一人，授布政使荐至一品，如果不是这样，也没有江家的今朝。”

回到黑暗的宅院里，程尚德几乎没吃饭。兰蕙把饭菜撤下去后，程尚德坐在没有点灯的中堂里。二小姐的死对程尚德的打击不亚于对叶氏的打击。作为丈夫、父亲，程尚德要拿出足够的勇气来面对眼下的悲伤。

夜晚他独自一人睡在床上时，最想的还是叶氏。以前每晚叶氏都会早早地睡下，给他暖被或是弄出凉爽的一片天地来。他躺在床上，习惯性地伸手向里一摸，却是空的，他再一次意识到叶氏不在家。他出了厢房来到书房。

适应了书房的黑暗后，他发现梅鹊玉带金星砚被放到书架上。他大怒，却又想兰蕙尚不知他的规矩。他把砚台拿在手中，想起谢姑娘，不知她在哪儿的古佛之前将青丝熬成白发。他终将不能完全忘记她，只是很小心地不再想她。看着凄凉的二宅，他意识到并不能像程老太爷那样，能放下眼前的一切一走了之。他还有许多抱负需要实现，还有不少心愿未能完成。他已计划第二年在九江开设典当铺和杂货铺。自古无徽不成镇，可见那里的人们都依赖徽州的物产。徽州的物产如此丰富，他要让那里的人们享受到徽州物产。

程尚德出了书房，来到吞云轩，躺在烟榻上，点燃了翡翠烟斗。他想着开办分号还缺些银子，要把田租收一收。往年都是汪掌柜收的，今年只有他去了，杭州那边的账目也要核查。叶氏不在家，程尚德更想早点走了，但至今未走，他在等嘉堃的乡试。

第十三章 双喜临门

再有月余，乡试就要开始了。程尚德绕过后院的桂花树来到灶前。他沏一杯竹铺大方茶，来到书房。程尚德把茶水放到书桌上，在一旁的几凳上坐下来。嘉堃还在灯下苦读。

“喝杯茶，歇息一下。”程尚德说道。

“谢父亲。”嘉堃简短地说道。

“为学无须增益功夫，减除得物累便臻圣境。”

“是，父亲。”

程尚德注意到嘉堃的注意力始终在手中的书上，站起来说：“早点休息，身子骨要紧。”

从书房出来，程尚德去了净心斋。他还想临摹赵孟頫的字。

半个时辰后，嘉堃从书房里出来，来到后花园，惆怅地望着北方的夜空。上一次乡试的失利让他错失殿试，而与他一同听姚鼐讲课的雄村尚书曹文植的儿子曹振镛则考取进士。

嘉堃出了月华门，看见父亲的净心斋还亮着灯。他本想回厢房休息，见这么晚父亲还在雕刻砚台，就又转身回书房读书了。临近要出门这几日，嘉堃每夜读书到子时。出行那日，程尚德把嘉堃送至渔梁坝码头。

嘉堃赴庐州乡试已有两月余。各县陆续传来佳音，歙县还未接到喜讯。嘉堃赶考后程尚德守在大宅，连千春茶社都少去了。这一天，午睡后程尚德躺在烟榻上抽烟。他把烟叶装好，自己点上火，打发兰蕙出去。往常都由叶氏点烟，兰蕙摸不着他的心思，反而会弄巧成拙。

程尚德隐隐约约地听到远处传来的锣鼓声，身子紧张得发抖。今年大北街上只有程家的孩子参加乡试。程尚德急跑出来，在大门口正撞上送捷报的衙役。大门外，聚集着一批贺喜的青年才俊。程尚德重赏了来人。

嘉堃中举的消息一扫程尚德心中的阴霾，扩建家业的计划鲜明地浮现在心里。来到后院，他把好消息告诉老太爷。老太爷早听见前院的动静，猜测到是嘉堃中了举人。老太爷极为高兴，同样也信奉“非儒术无以亢吾宗”的思想。

明太祖在洪武十八年曾晓喻户部臣僚曰：“人皆言农桑衣食之本，然弃本逐末，鲜有救其弊者。”并提出“联思足食在于禁末作，足衣在于禁华靡”。明末清初，商人的地位有所改变，但根本上没有改变君王对商人所持的看法。

“让嘉堃准备明年的会试，他的亲事不要耽误了。”老太爷说道。

“胡老爷再没有借口推迟亲事了。”程尚德大笑着说道。

老太爷喝着竹铺茶淡然一笑，放下茶杯走到练功房炼丹。

从竹林出来的程尚德看见走来的嘉贤。嘉贤从铺子赶过来恭贺叔父。程尚德接受了嘉贤的祝贺后匆匆去了书房。

嘉贤读完《石山医案》《伤寒论条辩》后被新安医学迷住了。他在书中读到《医方考》这本著作，想到老太爷这儿找来读。听到嘉贤的话，老太爷微微一笑，转身进入厢房。老太爷轻巧地登上阁楼，从放谱牒的地方拿出吴昆的《医方考》。

“入门了，道教与医学分不开。要精通易理，以太极阴阳之说察寒热虚实，究元阳温补之法。”老太爷说道。

“固本培元是根本，医学博大精深，想真正地了解生命的机理，也许要用一辈子的时间。”嘉贤说道。

“人各有命，嘉道从商，嘉堃入仕，你行医，命中注定，但行医要投入毕生精力。嘉贤，你要记住，救人一命，胜造七级浮屠。”

“孩儿谨记祖父的话。”

十日后，嘉堃回到家中。好事传千里，胡老爷早接到了喜报，欣然同意程家提出的请期。程尚德给扬州写了一封信要叶氏赶回家准备嘉堃的亲事。

第二日，程尚德对嘉贤交代一番，外出收租了。

嘉贤被上丰村的鲍家请去给鲍大少爷看病。

一路上过丰源河、过蕃溪，来到上丰村。沿途看到的都是受灾的乡民，满目疮痍。大山之所落，多垦为田，层累而上，指至十余级，不盈一亩。春天时气候温和，预示着一年的好光景，夏日的来临，却连着多日阳光的暴晒，导致田地里的秧苗枯萎。乡民打棍求雨，请来夏日的雨水，一连几日大雨，秧苗被冲毁殆尽，粮食几乎颗粒无收。官府要求徽商捐赈济灾，程尚德捐了万担的粮食和上千两银子。

鲍大少爷偶感风寒，加之对灾害的焦虑而不适。嘉贤开了药方，留下几味随身带着的常用草药。从鲍家出来，嘉贤又被那些出不起诊费的乡民请去看病。嘉贤看到有些乡民的家里连锅都揭不开了，有病没银子看。他一连看了十几户人家，留下药方，留下了草药。出不起诊费的乡民拿了些苞芦馃和蜂蜜感谢他。

临走时有一位山民战战兢兢地走来，请嘉贤给他妻子看病。嘉贤温和地一笑，让山民紧张的心放松下来。他随着山民来到花果山的山峦之巅的简易木棚。站在山头，可以看见随意建造的棚屋，嘉贤知道来到了棚民区。

那位山女怀有六个月的身孕，面黄肌瘦躺在地上的草席上，见有人来，侧过脸去。这是一位刚从江西迁来的山民，听村里的人说，这位郎中可以免费治病。这是一处家徒四壁的棚屋。嘉贤的古道热肠上下翻腾。

山女面赤心烦、眼眶暗斑，口干咽燥，号脉后他诊断山女脾肾两虚，有先兆流产之症。山女多日吃不上饭，身体虚弱，自身抵抗力损伤或母胎气血不合。此症只能清热养血、滋肾安胎，可用黄芩、白芍、续断、甘草、熟地、生地等草药调理，并要补充营养。

“不要紧，这是吃不饱饥饿所致，按这个方子调理，三日之后即可见效。”嘉贤说道。

“这些苞芦抵诊费吧。”山民拿着一个布袋说道。

“拿上这些银子买点食物和药材。”嘉贤掏出身上的银子说道，“孕妇的身子要紧。”

眼前的一切表明山民拿不出银子来购买草药和食物。他放下药方和身上所有的银子，嘱咐山民让女子日日能吃上饭。离开时，那位山民千恩万谢。嘉贤感慨千金难结一时之欢，一饭竟致终身之感！

从上丰村回到歙县，天色已黑。他注意到大宅里多日不亮的屋子闪现着隐约的灯光。银荷过来问是否把饭菜热一下或是再做两个菜。他说在路上时吃了乡民给的苞芦馃。他要银荷把香风茶送到中堂里，给太太把蜂蜜冲泡上。今朝有点累了，嘉贤要解乏。

来到中堂，嘉贤看见母亲坐在飘有桂花香气的夜色中。他走过去把灯点亮。银荷把香风茶和蜂蜜水端过来。

“吃过了？”俞氏问道。

“吃了，母亲吃了些什么？”

“从扬州带回的糕点和风鹅。”

原本嘉贤想问千弦却改口道：“婶母回来了？”

“都回来了，大少奶奶带着孩子也回来了。”俞氏拿着点心盒说道，“大少奶奶说从东关街买来的茶点，云片糕真的很好吃。让银荷泡上茶来吃很有味。”

听到母亲的话，嘉贤感到整个身子热起来。嘉贤心里想着千弦，有三年没见了，不知她变成什么样了。

“北方的点心叫官礼茶食，而南方就叫嘉湖细点，明天再吃吧。母亲，喝点蜂蜜水，上丰的乡民送的。”

“是诊费吧。连年有灾情呀，下一点小雨都要引来山洪，靠天吃饭真不可靠。”

“若有法不守，做什么都不可靠。”

“二太太回来是给三少爷娶亲的。二宅也该考虑亲事了，上次唐模许老爷家的大小姐很不错的，你到底想要个什么样的？婺源的表妹是再好不过的人选，又是亲戚。”

“过两年再说吧。夜晚要不让我与母亲坐在中堂里，真不知做些什么。”

俞氏没有紧着催促儿子成亲，其实也为着嘉贤夜晚能陪着她坐在中堂里。她第一次意识到，他们这样坐在中堂已有六年。

忙完典当铺的事，嘉贤来到大宅拜见叶氏。程家双喜临门，一派喜气洋洋的景象。他看见碧儿和汪开泰从门厅那儿急匆匆地走来，还有一位素未谋面的丫鬟从楼上下来。嘉贤注意到两位丫鬟的服饰要比歙县的丫鬟穿戴奢华。

嘉贤在天井里碰见婶母。叶氏恢复早期健康的容貌，他明白叶氏已经从落梅的阴影里走出来了。嘉贤问候了叶氏，在中堂里坐下来。叶氏说起分别后在扬州的情形，并问俞氏的身体。嘉贤简略地说了些眼下的情形。

坐在这儿，嘉贤仅仅想听听千弦的消息或是看见千弦。他知道千弦就在这个院落里的某个屋子里，孤独感又一次袭上心头。再没什么可说的，嘉贤想走了，这时他看见千弦从第二进的天井那边走来。千弦像成熟的桃子般展现在嘉贤的面前，清新又可爱。

眼前这美丽的容貌再次让嘉贤的心狂跳起来。但千弦的目光里却多了些许的沉静和淡然，少了早先的活泼和对生活的热情。嘉贤琢磨着千弦神情上的变化。千弦一定经历过什么事，而且被迫接受了。

千弦小心翼翼地抱着婴儿，身后跟着的丫鬟领着一个眉清目秀的小男孩。千弦走走停停，看看怀里的婴儿，像看着稀世珍宝般。千弦过于专注，没有注意到中堂里有人。

听见说话声，千弦吃了一惊，随后笑起来。嘉贤起身问候千弦，把那男孩抱在怀里。嘉贤即刻爱上了怀里的男孩，他是那么温顺地贴着嘉贤的胸口。

“叫叔父，这是芳辰。”她又看着婴儿说，“这是蓓蕾。”

女孩吮吸着舌头，只有几个月大小，眉眼像千弦，还有程家人宽宽的额头和挺直的鼻梁。这时他注意到千弦的衣着都是扬州最新的样式，华丽而漂亮。

“大哥可好？”

“已忘乡土恋，岂念妻女情。”

嘉贤听见叶氏说道：“在家里不需要穿丝绸的衣服，带孩子更不需要了。”

叶氏把男孩从嘉贤怀里接过去，说道：“去铺子里吧，这不是你们男人做的事。”

去当铺的路上，嘉贤回味着与千弦见面时的快乐，却有素常的孤独之感。嘉贤意识到，日子不能再这样过下去了。

从扬州回来的路上叶氏看到太多受灾后的惨状。今年徽州大地上仅有茶叶喜获丰收。千弦的娘家写信来说，田地受灾，颗粒无收，少爷的亲事推迟到第二年，家里靠着几亩茶林过活。亲家的信里还提到购买种子和田税的银子没有着落。

叶氏从千弦心神不定、神思恍惚中猜测出汪家田地歉收。这天，她与千弦在中堂商量嘉堃的亲事，见千弦再一次走神了。

“今年田产歉收，大少奶奶娘家收成如何？”叶氏直截了当地问道。

“同在徽州的土地上，难逃厄运。”千弦淡然地说道。

“大灾之年最难的是来年春天的播种，我这里还有些体己之物拿去吧。”叶氏说着取下手里的金镯子和发髻上的翡翠钗。

对此叶氏深有体会，未出嫁前家里也曾经遇到这样的灾年。叶氏并不想告诉程尚德亲家想要借银子一事。她深知此事大少奶奶出面则会被人说闲话，说把程家的物品拿到娘家，如果自己提出来就另当别论。

千弦的眼圈红了，她正为家里购买种子和田税所需银两而着急。

“少奶奶收起来吧，不要叫婢女看见。”叶氏说道。

千弦收起镯子和翡翠钗，说道：“谢谢太太。”

“原本就是一家人，不要放在心上。”

想到灾年之后的米价，叶氏的心忐忑不安。近几年连年发生灾害，米价飞涨，仅购米面就要多支出许多银子。叶氏来到米库，看见还有二十石米，这点米可以支撑到来年的春天，眼下三少爷的亲事还要用去更多粮食。

叶氏急切地盼望程尚德回歙县。她原想收不到租子，老爷会很快返回。

程尚德并未如叶氏所愿，很快就返回歙县。程尚德没有收到租子，当即免了乡民的租金。返回的途中他听说盐商程晋芳家赀消乏，乾隆四十四年出售的石涛《竹西歌吹图卷》又在扬州市面上出现了。程尚德即刻赶往扬州。

程尚德赶到扬州时晚了一步，《竹西歌吹图卷》已被江家购走。但他依然不虚此行，有了意外的收获——从一位盐商手中购得彩色套印法刊印的《程氏墨苑》。程老太爷看到《程氏墨苑》，大喜过望，他半生的梦想就是寻找《程氏墨苑》。但他不无遗憾地想，留在手上的时间不会太长，急等用银子时就会易手。

程尚德从扬州回来时，嘉堃的亲事火烧眉毛。胡家的红帖已送至程家，选定十月初十成亲。这二节礼及迎娶之事专等程尚德回家定夺。

出了净心斋，程尚德脚步匆匆地向中堂走去。叶氏已列出许多事项要他过目。程尚德抛开女人的烦琐，快刀斩乱麻，定下迎娶之事。

“西递胡家非一般之家，银两、衣料、酒肉就免了，这二节礼送两幅书画、一对康熙年间的瓷器及两件玉器。”程尚德放下手中的礼单说道。

“老爷高见。”叶氏说道。

“迎亲的花轿和吹鼓手要东街许家的。”

“好，今朝就定下。”

“初九暖房日子的菜肴要定下来了。”程尚德说道。

“老爷，这事早已定下了。”叶氏答道。

“多雇些婆子把前院后院清扫干净。”程尚德说完走出中堂，他要去铺子里看看。

铺子里有不少书生在购买梦笔生花墨。只听叶祥禾说道：“程家的三少爷正是用此墨写出了盖世的文章呀。”

程尚德哈哈一笑，查看账册。铺子在嘉贤的打理下井井有条，账面清楚，赢利不少。

“不日，此墨就会售罄。”

进来的是扎染店的许老爷。他听说程尚德回来，特赶来道喜。看见程家忙乱的身影，方知程家双喜临门。许老爷祝贺程家与胡家结为亲家，程尚德哈哈大笑，越过眼下的亲事看见了锦绣前程。

程尚德喜气洋洋地着手准备嘉堃的亲事。

迎娶胡小姐的前一天，嘉贤被上丰的那位山民请去看病。还未到产期，山女出血肚疼，身体虚弱，脉搏极不稳定，嘉贤看出孩子要早产了。他让山民去请产婆。山民急匆匆地走了，天已黑，此处离村里还有五里的路。嘉贤满怀信心地坐在棚屋门口观察山女的病情变化。这种病例他看到过几例，十之八九会出现崩漏。

嘉贤拿出随身的草药包，查看里面的中草药。他看见紫薇花、栀子花果、白蜡、白芍、马鞭草等草药。嘉贤配好草药，放置在三角炉上熬制，灶前的大锅内烧着水。他焦急地等待产婆的到来。山女并没有发出哭天喊地的叫声，仅仅呻吟几声。但这呻吟却令嘉贤想起女人的不易。

山中天色已黑尽，百鸟归林，万籁无声。嘉贤找到一盏油灯点着。荤油灯的油烟呛得山女咳嗽起来，嘉贤把油灯放置到背风的木桌上。

嘉贤正查看中药熬制的成色时，听见山女大叫一声。嘉贤看出孩子急于来到世上，他看见孩子的头已经出来了，顾不上那些礼义之嫌，上前帮助山女。一个瘦弱的女孩儿，睁着眼来到世上。她看到的第一人竟然是嘉贤，她对着微笑的第一人也是嘉贤。嘉贤的心暖洋洋的，也爱上了这个小人儿。屋子里仅有几件破旧的婴儿用品，嘉贤把婴儿裹在棉布里，放到山女的身边。

来不及高兴，嘉贤发现山女产后大量出血。他庆幸及早熬上了草药，此时可以给山女喝了。山女喝下草药后，搂着女儿睡下。他隔一个时辰为她号一次脉，山女的脉搏极其微弱。山女睡着了，血还在流着。午夜时他叫醒山女，喝下草药。每隔四个时辰让山女喝一服草药。

天亮了，山民还未归来。嘉贤动手做早饭，棚屋里除玉米馃外什么都没有。出了棚屋，他向四周望去。不远处有一头羊拴在一棵杉树上，嘉贤挤了些羊奶煮开，让山女和婴儿喝下。山女的脸色好转了，身下的出血量也少些了。

草药又熬上了，嘉贤坐在屋外的石头上，想睡一会儿，又担心睡过头。他望着东边的山峦，那儿喜气洋洋的，应该是有一场亲事要办。嘉贤默默地想，他成不了家也立不了业。他倒真不想立业也不想成家，一个人不是很好吗？为什么要与不爱的女子成家呢？经过一夜的紧张劳累，嘉贤竟不感到累。山女喝过草药睡去，婴儿吃过奶也睡去了。中午时分山民回来了，身后跟着一位产婆。夜里走山路，山民从山坡上掉到山洞里了。清晨被外出的村民救出，他扭伤了脚，此时方赶回来。看到眼前的一切，山民颇感欣慰。产婆得了银子，被打发走了。

山女的情形未有好转，嘉贤决定留在山上再观察一夜。第三日血止住了，山女的脸上渐渐有了血色，奶水丰富充裕。吃了奶的婴儿安静而满足。

第四日嘉贤放下身上所有的银子，动身下山了。

从上丰花果山回来，嘉贤被程尚德打发到杭州汇源典当铺查账。

杭州的典当生意比嘉贤预计得要好。汇源典当铺在汪掌柜的操持下蒸蒸日上。“暖风熏得游人醉，直把杭州作汴州”的杭州在达官显贵一味纵情声色、沉溺于轻歌曼舞中，各行各业都到了鼎盛之态。

乾隆六下江南更是带来巨大的商机。业务量极大，一块香玉的镯子七次进出铺子，而许多的死当，汪掌柜也在极短的时间内就高价卖出。铺子的账面清清楚楚，每一批的进出均有详细的记载，账面上有几笔业务是汪掌柜从江宁和九江拉过来的。嘉贤再一次感到徽商的勤劳与诚实。

汪掌柜邀请嘉贤游玩西湖，嘉贤急于归家，谢绝了汪掌柜的好意。嘉贤从扬州返回时已进入年关。在扬州停留时，他到富春茶社买了炙糕、梅饼、茯苓糕、梨膏糖、云片糕。他记得母亲喜欢吃。嘉贤没有见到大哥，汇源典当铺和墨砚斋都关门了。文人雅客纷纷离去，扬州的街道冷清，完全没有了“谁知竹西路，歌吹是扬州”的局面。

那些精致的糕点俞氏并没吃多少，而拿到大宅的糕点很快被大家分食。银荷说太太不爱吃甜食，只吃些清淡寡味的菜。俞氏的口味越来越挑剔，前朝要吃用五明寺的泉水做的豆腐，今朝要吃问政山的笋。

冬日里，竹子的根部覆盖着一层薄薄的霜雪。徽州菜有“盘菜味兼霜雪气，第炉火带竹松香”，说的就是这冬笋。张大复的《食笋》更说出冬笋之甘美：冻笋出土中，味醇而滑，肥而不滓，盖所谓纯气之守也。入春未十日，而笋理苏硬，食后犹存齿颊间，尘化之漓也？

昨日雾气蒙蒙的阴雨天，气温骤然降下来，山谷里的草木晶莹一片。蓝天和草木之间飘荡着纯净的空气，冬日的鸟儿还未出来觅食。嘉贤走在空无一人的山路上，心情愉悦。他愉快地想，这样的时刻，空无一人的大地将是他的世界。伴随着山中的鸟鸣声来到翠竹林里，嘉贤看到有人到得更早。

阳光穿过竹叶，照在他日思夜想的脸上。惊诧的神情令千弦容光焕发，微寒的风让千弦的脸成了乌桕叶。他与她很熟悉但不亲密，这一刻嘉贤感到他们之间从未有过的亲密。他与她的目光相遇、纠缠、离开。他们都有一种想要看尽彼此的心的渴望，同时又感到一条横亘在他们之间的大河。

千弦素有的冷静和骄傲此时都帮不上忙，却令她心慌意乱。从嘉贤的温文尔雅中，千弦第一次发觉嘉贤对她怀有的深深爱恋。千弦吃了一惊，但素常忽视的细节此刻全浮现在脑际，已对生活冷淡的心又热起来。千弦脸上呈现出的是让人易于靠近的温柔的微笑。

嘉贤上前一步，彬彬有礼地拿起竹篮。他闻到甜蜜的珠兰的香气，程家上下只有千弦用珠兰的香粉。他和她之间隔着上下翻飞的纤尘和清晨的阳光，嘉贤竟从千弦的脸上看出了少女初恋时的情态。千弦的竹篮里已有几棵沾着霜雪的竹笋。他温和地一笑，黑眼睛盯住她光彩照人的脸。

黑尾蜡嘴雀啄食火棘树上的果实，发出噗噗的声音，一只松鼠从嘉贤的脚边跑过。嘉贤和千弦从沉醉中醒来。他的好奇心太强，想了解千弦生活中的每一点每一滴。这句话是从千弦回来的第一日就想问的。

“扬州好吗？”

“就像二少爷说的一样，扬州并不比徽州更美，如果美，只因有着使它更美的人在那儿。对妾身来说扬州不会更美了。”

“这里的美，是因为有大少奶奶在这儿。”他脱口而出。

他预感到千弦可能会生气，但千弦仅仅一笑而过。嘉贤开心地笑了，为此刻的心有灵犀而快乐。

“问政山的笋清香嫩脆、鲜甜微酸，我梦想着从练江顺流而下的渡船上的清炖笋，到扬州恰巧可以有入口的清香。”千弦岔开话题说道。

“大少奶奶现在可以吃个够，我每日都来挖笋。”嘉贤说着接过千弦手里的竹篮。

嘉贤俯身时，千弦体会到温暖，那种男性身体里的温暖。她曾经体会过的温暖都不如此刻强烈。

“大宅里有几件事由我说了算的？即便有也不可能日日都能吃上。”千弦笑起来。

“二宅做的笋极好吃。”

“守着金银却到外面吃，岂不打了程家大宅的脸？”

“大哥好吗？”

嘉贤回到家，还没见着大哥。俞氏越来越缠人，时时要见到他，嘉贤难得有闲暇的时间。他和叔父的见面都是在典当铺里，每天不知忙什么，没有歇息的时候。

“扬州是大少爷的第一个家，歙县是他的第二个家；要看他处在哪里，有时这两个家的位置还要互换，无所谓第一、第二了。”

嘉贤猜想，秀橘和香娥的事昭然若揭。他明白了千弦眼里的沉静和淡然为何了。然而嘉贤却有一种奇怪的快乐，仿佛这样能离千弦更近。嘉贤让千弦到一旁休息，开始挖竹笋。他递冬笋时碰到千弦的手，一双雪白温暖的手。他顺势握住她的手，望着她的眼睛笑了。

天色暗下来，嘉贤可以听见风穿过大气层吹向地面的声音。篮子里装满了笋，并不像嘉贤预想的需要用很长时间。到他们回去时，纷纷扬扬的雪花穿过云层，落在他们热气腾腾的脸上、身上、手上。嘉贤与千弦走在铺满竹叶的路上，走得很慢，很慢。到了竹林的路口，他们不无遗憾地看着身后铺满竹叶的羊肠小道。

“真想待在竹林里不走了。”千弦说道。

“我会陪着少奶奶的。”

“能陪多久？”

“永远。”

千弦没说话，走下问政山。进入熙熙攘攘的街道上，嘉贤和千弦一前一后地走着。豆腐坊、木器店、张小泉的剪刀店前聚集着不少人。来到戴春林香粉店，千弦要买些香粉。嘉贤接过竹篮时，注意到千弦的穿戴用度越来越奢华了。嘉贤想起民间“美人一身香，穷汉半月粮”的说法。

千弦细细地挑选香粉。她买了珠兰、栀子、香雪兰三种香味的鸭蛋粉。临走时千弦看见桃木的香件，要店小二拿两个香件来。香件上雕刻着桃符二神的画像。少奶奶买了两个桃木香件，把神荼的递给了嘉贤。

“保二少爷平安吉祥。”

嘉贤没有说话，笑了笑，接过香件。还有两百米就到大宅了，嘉贤的脚步放慢了。薄薄的一层雪花被纷乱的脚步踩踏成泥水了。在街的拐角处，他们碰到要去千春茶庄喝茶的嘉道。嘉道极力拉着嘉贤去喝茶。临走时嘉道又说：“晚上吃花菇石鸡。”

进入大北街，千弦看见杨家大院前停了一顶崭新的轿子以及许多箱子。从轿子上下来一个人，是杨家的二少爷。千弦听说杨二少爷做木材生意发了大财。等到千弦走近时，那些代表财富的箱子全送进杨家大宅里。杨家二少爷与嘉道一样，一年到头仅过年时回来。千弦叹口气，推开大宅的侧门。

千弦在天井那儿碰见拿着干渍菜和腌咸肉的叶氏。千弦一身的香气引起叶氏的注意，叶氏从年轻时过来的，知道这是戴春林香粉。

“不知稼穑之艰难。”叶氏说完就走了，留下千弦在那儿生闷气。

从厢房出来的雪月说：“大嫂，这是什么花的香味？”

“三种花的香味混在一起的香味。”

“是栀子花、珠兰花、香雪兰的花香。大嫂，我最喜欢栀子花的香粉。”

“拿去吧，本来就是买给三小姐的。”

雪月拿着香粉回厢房了。千弦兴味索然地回到厢房，把香粉扔到柜子里。待千弦从厢房来到灶前，听见茈萁和碧儿正说杨家发了大财一事。

“听说，杨二少爷带着几百万两银子回来。”碧儿说道。

“还是外出经商更能挣钱，务农之家一辈子也挣不了几两银子。”茈萁说道。

“男子不在家，再多的银钱有什么用？”随后进来的千弦说道，“有些东西不是金银能换来的。”

茈萁和碧儿不再说话，低头做手下的活计。千弦忽然感到一股悲凉之气袭入心头，为身为徽州的女人而悲哀。

从会馆回来的程尚德看见从川蜀赶回家中过年的杨家二少爷。下马石那儿立着几匹马、两顶轿子、许多的箱子和挑夫。从轿子上下来的是衣着华丽的杨家二少爷。杨家的大门打开，几位身着华服的女子从门里出来迎接远归的亲人。程尚德看见那几位婢女身穿的衣裤都是用益美的色布做的，主人家的衣着都是丝绸制的。

歙县百姓近期茶余饭后津津乐道的是与程家一墙之隔的杨家发了大财。杨老爷在朝廷里做官，任江南道监察御史。杨家靠着官府的庇护，这几年做木材生意挣了不少银子。杨家二少爷在宜宾运输木材至杭州，所得利益甚多。

民间普遍有为富不仁的意识，然而徽商致富后大量的银子用于捐纳入仕、广建书院上，衣物屋宇，穷极华靡，饮食器具，备求工巧。明中叶，徽州商人就提倡贾儒不分。休宁江氏商人曾鼓吹过：“古者四民不分，故傅岩鱼盐中，良弼师保寓焉。贾何后于士哉！世远制殊，不特士贾分也，然士而贾其行，贾哉而修好其行，安知贾之不为士也。故业儒服贾各随其矩，而事道亦相为通，人之自律其身亦何艰于业哉！”

在以商为末业的世风下，致富后的徽商以入儒业为首要，告诉子辈要奋发入儒，“毋效贾竖子为也”。

早在年初，程尚德就听说杨家为大少爷捐纳为江南河道道员，年后赴任。杨老爷为大少爷捐纳为官不足为奇，江南河道道员之职在平常百姓眼里是个肥缺。因而杨家大少爷捐纳之事闹得沸沸扬扬。此事连老太爷都听说了。

看见日渐昌盛的杨家，程尚德更想涉足盐业。同时他清楚，程家目前做盐业买卖尚不成熟，官府无人，难做买卖，有朝一日三少爷入仕为官，这一切就成为现实了。程尚德羡慕地看着已关闭大门的杨家宅院，进入程家大宅。

近来程尚德觅得一幅《陆羽烹茶图》。想到老太爷清静无为，喜好远离尘嚣的生活，程尚德拿着画来到后院的竹林小院。

月华门那儿，程尚德遇到正在收衣物的雪月。自落梅离世，程尚德对雪月的亲事颇为留意。无奈，程家为雪月提过几次亲，都不成。程尚德后悔当年没让雪月读书。受过雪月一拜，程尚德急匆匆地来到炼丹房。

丹炉的火势极旺，程尚德可以看见炉内闪闪发光的物体。老太爷在一旁打太极拳。程尚德不敢擅自扰乱老太爷的宁静，等候一旁。

老太爷早知道程尚德来了。程尚德还未过月华门，他就听见程尚德急促的脚步声。他看见儿子脸上的得意之色，就草草地收了拳。老太爷猜想，程尚德又发现了新的商机，每当此时他总是一脸的得意。

“有何喜事？想做盐业买卖？”老太爷说道。

“父亲，看这幅《陆羽烹茶图》。”

老太爷展开图轴。图中所绘山水清远，树林茂密，生就烟霞蔚然、泉石磊落的世界。这就是老太爷追求的清静无为的生活。图中所题诗“山中茅屋是谁家，兀坐闲吟到日斜。俗客不来山鸟散，呼童汲水煮新茶”，更是老太爷所向往的生活。

老太爷想，生活在远山淡水中，不就是一位神仙吗！

“好画，好日子呀，哪里得来的？”

“扬州的一位画商转卖的。父亲，此画是孝敬您的。”程尚德微笑着说道。

“好，好，近日有什么消息？”

“杨家二少爷发了大财，杨老爷为杨家大少爷捐纳为官。”

“捐纳为官是国力不强的表现，乾隆帝说过，‘为治之要，首在用人，而人才究以正途为重’。”

“国库需要这些捐纳的银子，朝中没人也只能做候补道，杨家朝中有人呀。”

“捐纳与科举并行是饮鸩止渴，后患无穷。扬州有什么消息？”

“太平盛世，扬州是歌舞升平的世界。”

听到程尚德如此说，老太爷哈哈大笑起来，拿着画走了。

除夕的晚上，嘉贤见到了三少奶奶。三少奶奶端庄秀丽、知书达理、衣着朴素，与三少爷相敬如宾。文质彬彬的嘉堃与三少奶奶看上去像一对璧人。嘉贤打眼看出三少奶奶怀胎三月。嘉贤记起母亲说过三少爷要做父亲了。

老太爷没有上席，在练功房里炼丹呢，真有点走火入魔。饭后程尚德回吞云轩，叶氏跟过去点烟。俞氏拉住三少奶奶和千弦的手不放，想起嘉贤的亲事来。嘉贤过来打圆场，俞氏放了她们。

“大太太在想未过门的二少奶奶呢。”千弦说道，“二少爷一表人才，要想成亲，早把二少奶奶领回来了。”

“嘉贤要能找到大少奶奶这样的，大老爷若泉下有知，亦会高兴的。”俞氏说道。

“未来的二少奶奶定要比我好，瞧我这笨手笨脚的，哪里配做程家的少奶奶？”千弦笑着说道。

“还是大少奶奶会说话，多叫人心疼。”俞氏笑道。

从吞云轩出来的叶氏组织人打牌。嘉道第一个坐在八仙桌上嚷着打牌。嘉堃让三少奶奶打牌，他坐在一旁看。雪月不出一声地坐到嘉道的对面。叶氏坐到三少奶奶的对面。忽然叶氏眼里涌出泪水，她想起落梅了。当叶氏看见三少奶奶时又笑了，她把三少奶奶当成落梅来看的。

“今朝太太的手气极好，起手就有好牌，这一局太太稳赢银子。”千弦见叶氏黯然神伤，故意说道。

果真上家的嘉道放牌让叶氏吃进，不出两圈，太太就和牌了。

“那是太太该得的银子。”三少奶奶笑着说道。

“大哥专送牌……”雪月的话还未说完就被三少奶奶打断了。

“这张牌是三小姐不要的。”

三少奶奶打出一张雪月要的牌，雪月顾不上说话，只顾手中的牌了。打了几局后，叶氏的心情就好起来。千弦借要照看孩子回厢房。俞氏和嘉贤不喜热闹，这边打牌的声音响起来，他们就告辞了。

嘉贤和俞氏走过明亮的后院回到二宅。天井里的灯笼红彤彤的，中堂里各角落的油灯都点亮了。程家二宅冷冷清清，冰冷的红光从灯笼里射出，照在天井的桂花树上。嘉贤和母亲坐在中堂守夜。一会儿银荷也从大宅那边转过来，身后还跟着茈萁和兰蕙。她们年龄相仿，很快成为朋友。

即使在嘉贤精心的照顾下，俞氏的生命之光依然在逐渐消退。那些草药并没有治愈母亲的风湿病。他感到坐在油灯下的母亲正忍受着身体的病痛。俞氏表面上沉静，但嘉贤却感觉到母亲那颗心跳动得越来越无力。嘉贤看着母亲渐渐走向死亡。母亲的焦虑嘉贤很清楚。嘉贤的心不肯听从自己的意志，思绪在热闹纷乱的夜空散去。

嘉贤听见从厢房里传来银荷的笑声。门一响，茈萁和兰蕙从厢房里走出来，穿过天井回大宅了。嘉贤方明白他的心一直留在大宅。

俞氏的一言不发倒像是无声的谴责，嘉贤更觉得沉闷和焦虑。近来，不论他居于何处，来自母亲的焦虑都如影随形。为了排遣心中的苦闷，嘉贤说起齐云山的百子会。俞氏不说话，静静地坐在那儿。嘉贤暗想该如何度过这漫漫长夜。

方才在席上嘉贤看见大哥对千弦享有的特权。小夫妻俩并不避讳他们亲昵。大哥的一言一行、一举一动千弦莫不放在心上。嘉贤的嫉妒之火，熊熊燃烧起来。一想到千弦雪白温暖的手被嘉道握在手中，另外一种力量就要冲出胸膛。嘉贤并不深谙男女之事，此时他极想要有人陪伴。嘉贤意识到对千弦的爱恋是飞花逐水流。

嘉贤拿出桃符摩挲着，不想再这样过下去了。未来的日子还很长，嘉贤相信自己会忘了千弦。他看看沉默不语的母亲，下定了决心。一年前，俞氏暗示嘉贤可以把银荷收房，以后有着合意的再成亲。

茶的香味飘来，银荷送茶来了，是竹铺大方茶。嘉贤很高兴有人打破这骇人的寂静。

“哪儿来的茶？”嘉贤问道。

嘉贤记得家里采制的竹铺大方茶都送到千春茶号了。

“上一年的春天二小姐送来的，少爷不想喝这茶？”

“大方茶，很好。”

“再沏一杯，银荷也来喝。”俞氏说道，“二小姐命丧九泉，她送的茶还在。”

看见银荷退出去后，嘉贤对母亲说道：“就按母亲说的办吧，今夜就圆房。”

“过完年吧，不要着急，我还能再活几年。”

“不想再等了，年后再跟叔父和婶母说吧。”说完嘉贤就出去了。

街道上一个人都没有，各家的铺子都悬挂着红灯笼。又开始下雪了，纷纷扬扬的雪花飘落下来。程嘉贤估摸母亲与银荷说好后，就返回宅子里。果然，银荷看见嘉贤后脸羞得通红，却有奇异的光彩闪现。

嘉贤欲火中烧地坐在中堂，等待午夜的到来。熬过午夜，俞氏就让他们回房了。厢房里银荷已收拾好了。嘉贤的温文尔雅不见了，那种急迫让银荷吃了一惊。银荷很温柔，他从她温暖的身体里得到了快乐，但他的心依然空荡荡的。

屋外响着孩子们燃放爆竹的声音和女人喊孩子回家的喊声。程家二宅在过年期间依然冷冷清清的，这几日连进出的人都没有了。

从清晨起，嘉贤就在书房里看医书。傍晚时分，银荷把书房的清油灯点亮了。嘉贤放下手里的书，想起前两日给城关一位乡民开的药方。他从这本《本草经集注》中看到紫苏新的用法，他想也许可以用这一味药。沉香的香气越来越浓，他不确定这个香味来自哪里。程家宅院里只有千弦身上有这种香味。嘉贤转过身望着门外，千弦站在门口，向嘉贤绽放笑容。

“伯娘说在书房能找到二少爷。”

“快进来坐下，我去沏杯茶。”

“我说完就走，嘉道还在等我。”千弦说完，四下里看了看。

千弦的语气又急切又短促。嘉贤用疑惑的目光看着千弦，问她有什么事。平日里千弦坦率大方，此时千弦的行为被暗淡的夜色蒙上一层神秘。千弦不像嘉贤素日认识的人了。

“若不想再要孩子，有什么草药吗？我听说大户人家的媳妇都用一种……”千弦说不下去了，像受气的媳妇般低下头。

嘉贤知道不应答应千弦的要求。但在千弦请求的目光之下，嘉贤很快应承下来。嘉贤承诺之后方想起自己的大哥，却义无反顾地到草药房里取了含功劳叶的草药来。看着离去的千弦，嘉贤竟然有一丝快乐。

第十四章 难以为继的爱

。。。

江老爷北上京城参加千叟会。

正月十五刚过，江家的少奶奶带着最小的女儿蕙风来到徽州。千弦有孩子拖累，只能尽量抽出时间陪江少奶奶。在扬州时她与江少奶奶常在一处游玩，大明寺、瘦西湖、茱萸湾踏春时没少她们的身影。如今千弦许多的习惯都是学姑太太的。由于叶氏反对铺张浪费，千弦把女人表面上的虚荣心隐藏起来，把那些小巧精美的玩意摆放到厢房里，供自己玩赏或使用。

江少奶奶对歙县比千弦还熟悉，这是生她养她的地方。她并不要千弦陪同，更想独自看看徽州的山水。徽州山环水绕，比不上扬州的纤细和精巧，生有淳朴自然之风。练江之水护城而过，紫阳山、西干山郁郁葱葱、云雾升腾，长庆塔悠然耸立，在江少奶奶眼里一切都是那么美好。这些景色引不起蕙风小姐的兴趣，她更喜爱扬州的山水和街市，更愿意待在程家大宅里，与表兄妹待在一起。

叶氏在江家住过几日，知道江少奶奶的吃穿用度都要极好的。为此叶氏每日最关心的就是一日三餐。冬季时鲜的果蔬不多，对饭菜叶氏用足了心思。汪开泰被打发到街市上采买每日要用的食材。名声在外的沙地马蹄鳖、雪天牛尾狸硬是被汪开泰找到了。带有霜雪气的问政山的冬笋亦让江少奶奶重回做小姐的时光。

“虎皮毛豆腐只有在春雨霏霏、云雾缭绕的徽州吃起来有味，在外地再怎么吃都没有这股子香味。”江少奶奶说道。

“多住几日，方能吃出徽州物产的特色。就说笋各地都有，问政山的笋则更鲜美爽口。”叶氏笑着说。

“江家在扬州吃徽州的物产，花销的银子不计其数。”江少奶奶怨愤地说。

江少奶奶对程尚德说起，江家资产消乏，盐业营运不利。家大业大，到处都要花钱，每年赈灾的捐献，此次千叟会扬州的盐商就捐了一百万两。江家在扬州的园林建筑有八处，养着四个戏班子，仆人众多，一年的银耗就要一二十万两银子。江家的人过惯了奢靡的生活，清平的日子一天都过不下去。

“在扬州江老爷身为盐业总商，亦商亦官，一些排场不得不讲。”程尚德安慰道。

“每年挣不少银子，却不知花到什么地方去了。”

“盐业的营运所需的银子不是上百万而是上千万，课税由总商先交付才能领到盐引，这盐引就一本万利，会时来运转。”

“扬州的徽商生活多半奢华，入则击钟，出则连骑，暇则招客高会，侍越女，拥吴姬，四坐尽欢，夜以继日。”江少奶奶苦笑着说。

真应了程尚德的话。从京城传来消息，皇帝赏借二十五万两皇帑，按一分起息供江家盐业营运。江少奶奶听到消息，喜出望外。叶氏早看出，这位珠光宝气的姑太太抛弃了勤俭持家的传统而一味地享乐，姑太太不满意，仅仅因她的欲望没有得到满足。

来到歙县的蕙风对当地的习俗一点都不陌生，江家在扬州的生活与歙县没有区别。来了两日后，蕙风就与雪月玩到一处。蕙风比雪月小两岁，顽皮好动，是一位被宠坏的小姐。雪月不擅长言谈，她们通过刺绣建立了联系。

雪月一手好刺绣找到了知音。在蕙风的赞扬下，雪月呆滞的眼睛里竟然有了光彩。雪月手把手地教蕙风刺绣，蕙风倒能静下来，江少奶奶说只有雪月能让她静下来。雪月听了不免得意忘形，更加勤勉地刺绣。

谁都能看出蕙风像换了个人，静如处女。江少奶奶住在程家的日子里，雪月呆滞的眼睛也渐渐变得圆润柔和。叶氏无意中看到了雪月精美的刺绣，感到错看了女儿，如此精美的刺绣只有内心纯净的人方能绣出。

雪月从小就与姐姐们不一样，她沉默寡言，脸上的五官皱缩在一起，还有一双呆滞的眼睛。雪月从小在被忽视的环境里长大，她的自信就像飘忽的萤火虫，时隐时现。此时她的自信被激发出来，她的美丽也像复活了一样。

二小姐的死，私下里叶氏一直埋怨雪月，怪她多嘴。其实她心里清楚，不论早晚，只要落梅听到风声，就一定会跟随胡家少爷而去。给雪月几次提亲未果，叶氏担心女儿的婚姻大事。程尚德倒放得下心，说雪月还小，姻缘天注定。有两家务农的人家上门提亲，都被叶氏回绝了。一想到靠天吃饭，叶氏就不寒而栗。

正月一过，江少奶奶就回扬州了，蕙风留下来。如今她又迷上了二宅后院的花草和典当生意。说不清她是被嘉贤的儒雅风度所吸引还是有别的原因，惠风整天围着嘉贤转。她缠着嘉贤学习各种草药的栽植、习性，还有各种草药的用法。早晨她跟着嘉贤去典当铺，下午跟着他学习采制各种草药。嘉贤哭笑不得，哪有女子上柜台的？蕙风不管不顾地往柜台后一站，紧接着一大箩筐的问题就出来了。

这日扎染店的许老爷想要买宣德官窑瓷器"轻罗小扇扑流萤"扁瓶。这是死当的物品，许老爷来过几次了。宣德官窑瓷器之精美，冠绝古今。不仅宣红、宣黄光辉世代，即使青花、五彩等瓷器也多被世人所效法。这款"轻罗小扇扑流萤"的扁瓶图案清晰，笔画如毫发，其诗句亦绘于瓷器之上：银烛秋光冷画屏，轻罗小扇扑流萤。天阶夜色凉如水，坐看牵牛织女星。

这个扁瓶是嘉贤极其喜欢的一款瓷器。嘉贤正与许老爷商谈、定价。蕙风出其不意地问道，这是哪年出产的？谁的作品？是哪里的瓷窑出品？许老爷这才注意到柜台后有一位小姐，惊诧不已。嘉贤的敷衍了事是不能把蕙风打发走的，他只能静下心来对付她。眼看一笔要谈成的生意被蕙风赶跑了，嘉贤不知该高兴还是生气。

"女子要远离柜台。"嘉贤说道。

"在江家可没有这些规定。二少爷，许老爷还会再来的。"蕙风说道。

"买卖上由男子做主，江小姐到香草园去。"

"二少爷一起去吗？"

"铺子要关门了。"

在中草药的采制上，蕙风更是弄巧成拙。面对这位任性娇惯的小姐，嘉贤顾此失彼，唯一的好处就是在纷乱的闹剧中能暂时忘记思念千弦。

夜晚在中堂与俞氏闲话家常的人成了蕙风。银荷忙于家务难得到中堂一坐，这里就是她们的天下。蕙风走后，嘉贤还要陪母亲坐到很晚方睡去。自嘉贤与银荷圆房后，俞氏不再催促他成亲了。近期嘉贤常在书房里睡觉，一旦从银荷身上得到男欢女爱的滋味后，他亦感到索然无味。没有爱欲熊熊燃烧的夜晚，他宁愿著书立说。他想写一部关于中草药的性味及用法的书。

薄暮时分，嘉贤与蕙风正给香雪兰整理枝条，看见千弦从月华门那儿过来。这几日他很少见到千弦，即便偶尔见一次，她也是同大哥在一起。千弦像有什么事情要找他。千弦刚要说话，一眼瞥见蕙风，就沉下脸。

千弦想要些惊风的草药，芳辰夜里惊悸。嘉贤去药房里配药，让千弦等一会儿。等嘉贤从药房回来时，千弦却走了。蕙风调笑说大嫂让她把药送过去。蕙风接过草药就跑开了。

夜里坐在中堂里，蕙风说起大哥大嫂在扬州的生活。大哥刚到扬州时还能陪着大嫂踏春、听戏、游湖、赏月，时间久了大哥常独自外出，偷偷地约见香娥和秀橘。大哥我行我素，大嫂约束不了大哥，最终大嫂意识到管住大哥的人也管不住大哥的心，千思百虑后决定回歙县。蕙风又说起大嫂的心已经不在大哥身上，而是她所受的礼教才让大嫂尽一位妻子的义务。

听了蕙风的话，嘉贤想千弦的心会在谁身上。

"江小姐怎么知道大少奶奶的心不在大少爷身上？"

"女子特有的敏感，二少爷想知道什么？"

被蕙风反问，嘉贤倒不知说什么。回大宅时蕙风让嘉贤送她，来到后院里蕙风说："大嫂不喜欢我，二少爷可知什么理由？"

嘉贤笑笑说："女人之间的事我可不明白，风云变幻呀。"

蕙风听了笑起来，一溜烟地跑了，把嘉贤扔在半路上。

三月嘉道回扬州时，蕙风也吵着要回。蕙风走后，程家宅院里一度冷清了许久，直到三少奶奶生下一个八斤重的婴儿。

蕙风走后不久，许老爷再次走进汇源典当。他心心念念着"轻罗小扇扑流萤"的扁瓶，生怕去晚了被他人买走。原先放扁瓶的位置被一款端砚取代，许老爷没见着扁瓶，连声问扁瓶，扁瓶被嘉贤放到后台了。

嘉贤笑了，想起蕙风所说的话。他看出许老爷极想要那扁瓶，暗暗把出价抬高了五十两银子。嘉贤不提扁瓶，只说前几日卖出的康熙年间的松竹梅纹橄榄瓶。许老爷几次插话而不得，一脸焦急。

"二少爷，今日老夫不是来看松竹梅纹橄榄瓶的，是来看扁瓶的。"

"许老爷不急，喝口茶再说，这可是许老爷最爱喝的碧螺春茶。"

"看不见扁瓶老夫哪有心思喝茶！"

"不急，不急，前两日有个客商想要这扁瓶，说两日内拿银子取货，今日才是第二日。"

"银子是现成的，只要货好。"许老爷把银子往柜台一放说道。

待到把“轻罗小扇扑流萤”的扁瓶拿出来时，许老爷已顾不上讨价还价。

“就是宣德官窑瓷器。”细细看过瓷器的许老爷说道。

“市面就是这个价，过了这个村就没这个店。”

“就这个数，一分不少。”许老爷爽快地说道。

这一幕被走入当铺的程尚德看见，他惊叹嘉贤做生意的技艺。他多次撞见嘉贤对那些家道中落人家的典当物品出较高价，而对于买家他会出更高的价。嘉贤登记入账后看见程尚德，他看出叔父有心事。

程尚德是拿着一封信进来的。他把信递给嘉贤，信是江家三少奶奶来的。信中说蕙风执意要嫁给嘉贤，让程尚德问俞氏的意思。程尚德左右为难，他和叶氏不赞成这门亲事。两家的家境差太多了，蕙风嫁过来会受委屈，嘉贤也会管不住自己的女人，门当户对最重要。思来想去他决定先来问问嘉贤的意思。

蕙风在程家的那些日子里，嘉贤仅仅把她看作一个任性的孩子，从没把她当作女人来看。猛然间听见此消息，嘉贤还是吃了一惊。看过信后，他已摸清叔父的意思。

“江小姐还是个孩子，再过两年会有别的想法的。”

“这就好，真担心二少爷会……”程尚德转而说道，“斗山书院重建再支取两千两银子。”

嘉贤并没有当回事，不过认为这是一位被宠坏的小姐一时心血来潮。不久程尚德得知，蕙风被许给了扬州一位盐商的二公子。自那以后嘉贤再没见过蕙风，后来，他听说蕙风生活得不幸福，她与那位盐商的公子性情不合，乾隆六十年出家做了尼姑。

叶祥禾喊了一声杨大少爷，惊醒了沉思中的嘉贤。嘉贤看见杨大少爷一甩长袍，手拿王星记扇子走了进来。杨大少爷虽是个落第秀才，却有十足的举人风雅。嘉贤清楚，歙砚、徽墨如此畅销，少不了这些附庸风雅之人。

杨大少爷着手赴外为官前的各项准备。汇源墨砚斋的货物齐全、品质好，这里有最新上市的货。杨大少爷用惯了歙砚、徽墨、宣纸和湖笔，赴任前就想把徽州产的文房四宝备齐。

“杨家大少爷，这里有最好的徽墨，梦笔生花集景墨和西湖十景套墨，还有唐氏雕刻的歙砚。”嘉贤一边把货物摆到柜台上一边说道。

杨大少爷的目光果然被吸引到柜台上的墨砚上，随后停留在玉版宣纸和罗纹纸上。

“这是最新的玉版宣纸和罗纹纸，作为收藏这里还有澄心堂纸，汪伯立笔难寻了。”

“汪伯立笔杨家收藏有一二，柜台上的货物各拿两样。”

“玉版宣纸曾是御用纸，足够杨大少爷挥毫落纸。”

“木犀煮泉漱寒齿，残滴更将添砚水。子规乡里桐花烟，浣花溪头琼叶纸……说的就是玉版宣纸。”杨大少爷大笑起来。

“杨大少爷喝茶，等货物齐全送至府上。”

“诸事太多，还要去薛涛笺扇庄，就此告辞，一会伙计会送银子来。”

杨大少爷像来时一样，一甩长袍走了。叶祥禾备好货物，急忙送往杨府。

程家宅院的寂静随着三少奶奶和千弦的千金落地被打破。千弦自嘉道回扬州时就发现怀孕了。嘉贤上齐云山了，孩子出生时他不在场。嘉贤去齐云山，避开了乾隆五十三年江汉平原上长江洪水之灾而引起的恐慌。

连年的灾害引发族人与棚民的矛盾。“厥土骍刚而不化，高水湍悍少潴蓄，地寡泽而易枯”的徽州任何小的灾难都会引来难以预料的灾祸。棚民大规模进入山区，租山垦种苞芦。其种法必焚山掘根，务尽地利，使寸草不生而后已；山既尽童，田尤受害；雨集则砂石并陨，雨止则水源枯竭，不可复耕者；大溪旱不能蓄，涝不能泻，原田多被淹没。族人进京告状时有发生。乾隆四十六年就颁布了严禁棚民造窑烧砖、水口烧煤、租山开垦和开煤烧灰的禁令，却屡禁不止。

这一年的洪灾造成六千人溺毙。五月初六，夜大风雨，初七日清晨，蛟水齐发，城中洪水陡起，长三丈余。冲圮谯楼、仓廒、民田、庐舍、雉堞数处，乡间梁坝皆坏。河道的拥堵更带来米面价格的飞涨。

嘉贤上齐云山，再次见到云姑，觉得与她非常亲密。云姑脸上健康的红色极为诱人，让人想上去吃一口。他给她带来了问政山的腌笋、桃花坝的桃子，还有一罐土酿的蜂蜜。云姑放下手中的农具，把嘉贤引入道观，一言不发地沏香风茶。他再次喝了云姑沏的香风茶，随后两天喝了齐云山道茶。

夜晚万籁俱寂，鸿仁道长手捻着银须，坐观天象。

“香风茶不起眼，却融合了道家的文化，以茶行道，以茶明理，以茶和气，以茶清心，以茶驱疲，以茶祛病。道教崇尚的就是自然无为，修身养性。”

“心无归属也许更博大，思想的空间更广阔。”

“信奉道教才能看到更深邃的思想空间。道教始终存在于人的心中，就像兰生幽谷，不为莫服而不芳；舟在江海，不为莫乘而不浮；君子行义，不为莫知而止休。”

“老母尚在，离不开家。”

“正一派的道士不需要离家行道的，道教不拘于形式。”

“也许这正是我此来的目的。”

“这里有《道德经》，先拿去看吧。”

嘉贤真不清楚为什么要到山上来。在程家宅院里他感到一切希望都破灭了，没有一件顺心的事。他得到了银荷，并没减轻心里的饥渴，也没有熄灭心中的欲火。女人真麻烦，没有时想得到，得到了却不知拿她怎么办。如今嘉贤每日躲在书房里稍能清静些。书是良师益友，嘉贤从书中获得诸多乐趣，他想到了山中的生活，山中一日、世上百天的生活。

那段时间嘉贤融入到道教的自然无为和丹霞的郁郁纷纷的青山绿水中。嘉贤捎信回家说要在齐云山住上段时间。山中的世界是另外一个世界，道观四周是层层的梯田，道士们自给自足，日出而作，日落而息。

山上香火旺盛，香客们纷至沓来，月华街上的货物丰富而实用。香客们上山求道、治病，络绎不绝，山里山外就这样联系起来。这是自然清静、性命双修的生活场景。不知不觉中嘉贤过了两个月。两个月中他偶尔想到母亲和典当铺的生意，有时也会想千弦，更多的时候他畅游在落叶萧萧、寒烟漠漠中。

从石桥岩回来时他看见摩崖石刻唐寅的《咏齐云山》：

摇落郊园九月余，秋山今日喜登初。
霜林着色皆成画，雁字排空半草书。
面蘖才交情谊厚，孔方兄与往来疏。
塞翁得失浑无累，胸次悠然觉静虚。

嘉贤倒真觉得心胸静虚、广博。他手里的《道德经》真的进入脑海里，他在清油灯下坐的时间越来越长。

鸿仁道长看了一天的病人后炼丹去了。他只炼内丹不炼外丹。嘉贤想到急于成仙的祖父。世界上真有长生不死、得道成仙的丹药？对此他不置可否。他不知道云姑去哪里了，夜真静呀，他能听到从遥远的太空中飘来的天籁之音。

明天就要回去了，这里一切都好，但他还是想念母亲和程家的宅院。他听说云姑回来了，心里忽然高兴起来，嘉贤方意识到坐在这里是为了等云姑。初来时她的恬淡与清静，真是一味清凉油，熄灭他心中的欲火。

云姑披着夜霜回来，她去照看地里的青菜了。看见嘉贤坐在清油灯下读《道德经》的身影，云姑很快乐。她坐在他的身旁缝补衣物，不时地剪灯花。她接触的男子很少，自那年在五明寺相遇后，常常想起他。嘉贤从内而外透出一种忧郁，那双深陷的眼睛尤其饱含痛苦。这几个月来，他变得开朗了，亦能平心静气。

今早嘉贤竟然从对面山谷里的竹林里挖来春笋，从月华街上买来金华的火腿。她预感到嘉贤要走了，今夜是他们在一起的最后一晚。她不想说话，以免打破这寂静的充满柔情的夜空。她看见他喝了面前的道茶，放下手中的书。

“这里的日子过得真快，明天我就要下山了。”

“山中一日，世上千年。”

“不想下山看看吗？”

“山下没有我想念的人，如果有那就是二少爷了。”

“我会想念云姑的，我还会再来看望云姑和道长。”

“我也许会下山找二少爷的。”云姑看着他的双眼，笑着说道。

“我静等云姑的拜访。”

第二天程嘉贤下山了。他没有跟鸿仁道长和云姑道别，他是顶着星星和月亮下山的。

傍晚时分嘉贤到了大北街。到了这里，油然而生的思乡之情涌入脑中，两个月没有见着母亲了。远远就望见程家大宅上挂着的灯笼上面写着一个大大的“当”字。巍峨的门楣、通红的“当”字让他意识到他的生存和舒适来自于当铺的买卖。嘉贤感到亲切，这与辛勤的耕作没有两样，只是人们生存的手段不同而已。

程家二宅光秃秃的门楣上漆黑一片。推开大门，走入天井，看见母亲和银荷坐在中堂里。银荷看见他脸上一红，忸怩不安地迎上来。他亲切地对她一笑，想让她安下心来。他并不爱这个女人，觉得多少有点对不起她。

“吃过饭了吗？”俞氏问道。

“没有，吃点米馃吧。”

“银荷给少爷沏茶。”

“沏这个香风茶。”嘉贤边说边把茶罐递给银荷。

“三少奶奶和大少奶奶各生了一位千金，出了月子了。”银荷说道。

“铺子里没有什么事吧。”

“程老爷守在典当铺里，没有什么事。”银荷答道。

“山上的生活好吗？那里没有忘川水吧。”俞氏说道。

“母亲，我这不回来了吗？”

俞氏对嘉贤的偶尔外出也习惯了。不一会，银荷送上茶来，再过一会儿，她送来热水和手帕。他洗了脸和手，喝了热茶，身上的劳累减轻。下山时嘉贤带了许多道教的书籍。他取出《道德经》想看一会儿书，却看见银荷端上可口的饭菜。嘉贤暗想银荷一定时刻备着他回家时的饭菜，他不在家时银荷可真寂寞。

嘉贤感激地对银荷笑笑，示意她把那些书拿到书房里。吃完饭，喝了一口热茶，嘉贤想去书房看看。他不做什么，只想看看，两个月的时间不长，可屋子的一切都觉得亲切。看着这里的一切，山上的生活模糊不清，远远退出了他的生活。真奇怪，到家还不到一个时辰，他的生活习惯就转变过来了。

等嘉贤从书房返回时看见茈萁正与银荷说着什么，银荷拿个药包给茈萁。看见嘉贤，茈萁喊了一声“二少爷”，就急急忙忙地走了。

俞氏心满意足地坐在太师椅上。翻书的声音、穿针引线的声音像一首摇篮曲让人昏昏欲睡。嘉贤又坐到她的身边了，不会再走了，俞氏感到安心。不需要说什么，他们母子是心连心的。

银荷时不时地放下手里的绣活，剪一下灯花。油灯的烟气蜿蜒升起，弥漫在空中。嘉贤想起山上的清油灯，无味的轻烟。道家之人害怕这些油污之气，用的是植物油灯。他正看到“天下莫柔弱于水，而攻坚强者莫之能胜，以其无以易之”。

他闭目想到，女人是柔弱的，而她们的意志之坚，无不贯彻到底，一意行之。门响了一下，嘉贤抬起头看见千弦心慌意乱地站在面前。他第一次见千弦有如此情态，吃了一惊。

千弦让嘉贤拿上药箱去大宅那边。千弦说天一摸黑，芳辰少爷高烧不止。嘉贤边走边吩咐银荷把金银花泡在热水里。千弦走在前头，脚步稳健而有力，水一样的腰肢灵活有韵。他跟在她的身后，不像去给人看病，倒像去春游一般。

孩子的脸烧得通红，茈萁在一边看护着。他看出孩子是因饮食过多而引起高烧的。他把孩子移到大床的角落，关闭厢房的门，不让冷空气直接吹到孩子身上，转身把厢房里的炭盆移到床的另一边。孩子因高烧而惊悸、抽搐。他解开孩子身上的衣服，仅用棉被盖在身上。

熬药的炭炉搬到厢房外的门口处，茈萁将配置好的草药放入锅中。银荷端来一大盆金银茶泡的水。嘉贤让银荷和茈萁回去睡觉，他要亲自照看这个孩子。他掀开被子，擦洗孩子的手心脚心。烧退下去，孩子陷入深度睡眠中，一会儿又从抽搐中惊醒。一整夜他都在擦拭孩子的手心脚心。千弦在那儿清洗、更换手帕。半夜草药熬制好了，他和千弦费了很大的劲儿，终于把草药给孩子喂了下去。

这是一个难熬的夜晚，嘉贤一心用在孩子身上，根本没有注意到千弦还守在身边。曙光发白时孩子不抽搐了，但体温依然还没有降下来。

嘉贤一连守了三天，第三天夜里孩子的体温降下来，沉睡过去，嘉贤用手帕轻轻地擦去孩子额头上一层细细的汗水。他松了一口气，微笑着看了千弦一眼，让她放心，孩子挺过来了。千弦扑到嘉贤的怀里，喜极而泣。

三天里她是看着他如何救治的，他是把芳辰当自己的孩子来救治的。三天里他没有合一下眼，亲自熬制草药，擦洗孩子的身体，喂孩子吃药，试探孩子的体温。嘉贤做起事来有条有理，不慌不忙，细心周到，有一种宽慰人心的作用。这三天里，她真的爱上了这个温文尔雅的男人。当千弦发现嘉道对秀橘和香娥的爱慕后，她生活的热情不知将要投放何处，如今她找到自己爱的巢穴。她要爱他，把没处投放的心投放到嘉贤那儿。

千弦清楚嘉贤爱她。问政山上她已看清他的心，早在成亲的第一年她就猜测到嘉贤说不出口的情感。嘉贤感到千弦对自己的依恋，火烧火燎地想把她搂在怀里，却被千弦推开，示意孩子在旁边。千弦只想爱嘉贤，却不想有更进一步的举动。

嘉贤尴尬地往门口退了一步，收拾好用具，转身走了。

第十五章 喜忧参半

洪水冲垮了河西桥和登封桥。水灾后满目疮痍的徽州呈现在嘉贤的眼前，河道的淤塞、山体的滑坡、冲毁的梯田、漫山遍野的枯枝断瓦。嘉贤方意识到，在山上的那些细雨纷纷的日子里，山下则是暴雨如注。长江上下游的暴雨叠加在一起，下游决堤，大水冲入城中。

为镇压台湾林爽文起义所需的捐助刚过去不久，赈灾的捐助又压在商人身上。程尚德原本想在九江开分号，捐助的银子一出，办分号的银子就不足了。商会上商人捐助踊跃，嘉贤把几年来仅存下来的五百两银子捐了。程尚德本想拦着嘉贤，可惜晚了一步。他知道这些银子是二宅节俭下来的。同时程尚德看出嘉贤执意要做些善事，即便拦也拦不住。

徽商们在城西门外搭起棚子，架起粥锅，每日里施粥放粮。程尚德清晨起来就去粥棚监督熬粥放粮，傍晚时分方回到家。叶氏担心捐助过度地使了男人的银子，见面总要说上几句。程尚德一副心中有数的自信，其实他何尝不着急，这几年挣下的银子，捐助用了大部分，但眼见着那些流离失所的乡民，又不能不拿出银子来捐助。

清晨，程尚德起来就查看粮库里的库存，叶氏瞅见后紧跟着进来了。

“这些粮食仅够吃到骡马大队来的时候。”

“灾害之年，作为徽商的一员都要尽绵薄之力。”

“赈灾、南巡、祝寿、纳捐不断，一年忙到头落得个两手空空。”

“再想想能不能从别处购买些粮食，受了灾的人家过了冬后才能有吃的。”说完程尚德走出粮库。

在粥棚外的田埂间，程尚德遇见面粉铺子的杨老爷，他同程尚德一样过来监管熬粥放粮。杨家的面粉铺子在扬州、杭州、江宁都办有分号，分别由他的三个儿子操持。他本想在汉口另办分号，这几年的银子都不知用到什么地方了，连最小的儿子都想出去闯荡，可惜没有银子。这次赈灾，他同样捐助了大量银子。

连年的赈灾、军需、南巡、乾隆寿诞的捐助令徽商有苦说不出，临到赈济时徽商还是欢欣踊跃。到了年关，他不免有看似挣了银子、实际白忙乎一场的感觉。在商会里他不止一次听到徽商发牢骚，一年忙到头仅挣个吃穿用度。

“再这样下去，徽商要撑不住了。”程尚德说道。

“不是人人都想落得客死他乡。”杨老爷说道。

就在他们面前，一位乡民的粥撒到地上，乡民立刻跪下捡食地上的米粒。程尚德立马想再拿出五百两银子购买灾粮。粥棚外拥来大量的拖家带口的乡民，他们脸色黧黑、面黄肌瘦，衣衫不整。赈灾粮源源不断地购来，却总不够灾民吃。已站半日的程尚德腰酸腿乏地从粥棚回到大宅。

在中堂喝了三杯茶的程尚德强撑着去了净心斋。程尚德从龙尾山西麓溪头乡购得一块上好的鱼子纹石料。他刚在椅子上坐下来，就有人来请。他想起今日要去徽州商会馆开会。他打发汪开泰去请嘉贤来，他们叔侄二人同赴商会。

以开启商智、维护公益为目的的商会，在商业的运作上的确起到了一定的作用。当年丝绸业引入徽州大地，商会功不可没，而在被洪水冲垮的徽州府歙县河西大桥的修建上，商会的作用亦不可估量。

从铺子回来的汪开泰说：“二少爷被人请去看病了。”

程尚德整理好衣装，来到正在后院晾晒干菜的叶氏那儿。程尚德告诉叶氏要去商会，不要等他吃饭。程尚德匆忙赶往徽州商会馆，途中遇到了绸缎庄的汪老爷。他们边说边走，就到了商会馆。

在座的都是徽州商业中在自己的行业中有建树的佼佼者。会长汪思定已在席中就座。他刚从各分会回来，带来大量的商业贸易的新消息。茶叶、丝绸、瓷器依然是西洋市场上的紧俏物资，纺织业依然领先于西洋市场；从广州的十三行来的消息，西方的工业革命将会给本土的手工业带来难以估量的冲击；现今的“一口通商”倒是能很好地抑制洋货对本土产业的打击；西方列强的扩张是个危险的信号。

从汪思定的语言中，程尚德估摸盐业因官商一体应是徽商最稳固的商业，文房四宝和木材业由于资源的消耗将不会有更大商机，茶叶将永远是西洋市场的抢手货，典当业最终会与钱庄、票号或西洋的银行决一雌雄，眼下的徽商应是最保险的时期。

程尚德不为汪思定的话所动，他看不出各行业将会有什么潜在的危机。文房四宝一直是国人用的物品，不会受到西洋货的冲击，典当业存在于百姓之间，小型的拆借业务不可能被取代。

回到大宅的程尚德来到老太爷的练功房。老太爷刚练完功回到屋子里。程尚德说起商会里的消息，并说出对眼下典当业和墨砚生意的看法。

“不要那么乐观，门枕上滚鸡子，进出不一定呢。”说完老太爷闭目养神。

“商机存在于风险之中，若怕承担风险，最好在家里务农。”程尚德赌气道。

“在徽州，务农才有最大的风险。”

自讨没趣的程尚德回到净心斋。他想沉浸于雕刻的赏心悦目中却无法做到，汪思定的话正在他的脑海里吵闹不休。程尚德心烦意乱地走出净心斋，来到厢房。下午的时刻是叶氏做女红的时刻。

叶氏正绣着一个香囊，葱绿色的香囊，程尚德的香囊已用破了。程尚德的脚步又重又急，叶氏知道老爷遇到烦恼事了。女人家自然不问生意上的事，生活上的事，叶氏事无巨细都要过问。程尚德进门的一刻，叶氏就看出老爷在为买卖上的事烦恼。程尚德进门前她也正烦心呢，为嘉贤娶姨太太的事心烦。

程尚德在床上坐下来。看着这些女人所用的琐碎之物，他的烦恼竟然消失了。他暗想小事并不比大事更让人省心。叶氏见老爷的脸色渐渐开朗了就说：“二少爷的亲事要办了，家里放着个姨太太算什么！”

“提过几次，大嫂不热心。我看大嫂并不想急着给二少爷娶亲。”程尚德闷声说道。

“大嫂想守着二少爷过日子，娶了媳妇一样过。”

“这是女人家的事，太太再去说一说。”

“大嫂孤苦一生，只想守着二少爷过几年清静的日子。”

“再去说说，二少爷的亲事要有人张罗，绣了什么？”

“香囊，老爷身上的香囊已经坏了。”

“女人的时间也就在琐碎之中打发了。”程尚德感叹地说道，“男人却要在琐碎的时间里想出宏大的计划来。”

“什么事让老爷分心？”

“九江的分号迟迟开不起来，连年闹灾，连年捐纳。”

叶氏低头注意手里的活计，首次见到心灰意冷的程尚德。

连年的灾害，终于迎来丰收之年。千弦的母亲汪姨妈和汪家的小少爷汪代善带着许多新鲜果蔬，来到程家大宅。

叶氏见到汪姨妈极为高兴，两姐妹自出嫁亦极少见面。叶氏着人把二进的西厢房收拾出来，让汪姨妈住下。程尚德见过汪姨妈，寒暄了几句就要去铺子。许村的一位客商今朝要来典当铺典当康熙年间的青花十八罗汉图炉。叶氏让程尚德快去铺子，她们两姐妹要好好地说会儿话。程尚德笑着离开了。

汪姨妈带来了当年收获的花生、柑橘、南瓜、雪梨、蜜枣和山野里的香菇、木耳、蕨菜。叶氏打发人把汪姨妈带来的果蔬从马车上拿到灶前。

一会儿碧儿从灶前来到中堂，兴奋地对叶氏说：“汪姨妈带来的南瓜有那么大个儿，雪梨又白又大，有碗口那么大，柑橘亦有茶杯那么大。”

“今早刚摘下的，坐上马车就上歙县，就图个新鲜。”

“乡里的物产关键在于新鲜，哪里能买到这么新鲜的雪梨啊。”叶氏说道。

“乡下也甚少能吃到这么新鲜的果蔬，没有人力时时采摘，在地里时就失去了鲜度。”汪姨妈说道。

“商人之家的孩子只懂得打算盘子儿，哪里知道这些？小姐、少爷恐怕都不认识麦子。”叶氏笑着说道。

汪姨妈一转眼看见雪月从天井里走来。那一年汪姨妈来程家时雪月才四岁，汪姨妈上前拉住雪月的手上下打量。

“这是你汪姨妈，给汪姨妈请安。”叶氏对雪月说道。

“女大十八变，越长越水灵了。”汪姨妈笑着说道。

“汪姨妈真会说话。”叶氏说道。

雪月听见茈萁说大哥的岳母来了就赶过来问候。雪月给汪姨妈请了安后就坐在叶氏身旁的几凳上。三少奶奶姗姗来迟，拜见汪姨妈后就回厢房了，一副高高在上的做派。

汪姨妈说起乡下的事。兰蕙、茈萁带着芳辰和蓓蕾来到中堂，汪姨妈又是一番夸奖。汪代善看见与他同龄的孩子就兴奋起来。他从衣袋里拿出蛐蛐来，一下就把芳辰、蓓蕾吸引住了。叶氏见汪家小少爷直瞅桌上的千层糕，就让碧儿拿给小少爷吃。

这汪代善八九岁的样子，穿戴齐整，干净利落，一副机灵活泼的模样，解馋后就与芳辰跑到后花园里捉蛐蛐。农家的孩子就喜山野之乐，喜欢在山石草丛里寻找乐趣。代善从汪家带着蛐蛐罐来的。金秋十月捉蛐蛐是孩子们最喜爱的乐趣之一，更是代善的拿手好戏。汪代善一出手就赢得了芳辰和蓓蕾的钦佩。他领着程家的少爷和小姐钻山洞，蹲草丛，留下大人们话家常。

“汪姨妈走了一日的路，先到厢房歇歇吧，一会儿再来喝茶。”叶氏见汪姨妈露出疲惫之色说道，“碧儿领汪姨妈去西厢房。”

千弦陪着母亲来到西厢房，吩咐碧儿端水来。千弦伺候母亲洗漱完毕，关了厢房的门让母亲躺下休息。千弦坐在床边问起家里的事。汪姨妈说这一年风调雨顺，汪家的收成不错，攒下一些银子，汪士义的亲事也有着落了。她这次出来走动，主要想加强亲戚之间的联络，遇事可以相互照应。

千弦知道务农之家靠天吃饭，风险极大，不由人力掌控。早几年的大灾亦通过宗族或亲戚间的帮衬才渡过难关。徽州的商业发达，就因宗族观念强，亲戚之间相互帮衬，一人走出徽州，全家皆可走出。正是由于宗族之间的传帮带，徽商遍布四海。

千弦放下帐子让母亲歇息，就出了厢房，路过中堂时被叶氏叫住。叶氏已定下菜谱，让千弦准备。徽州人家待客是极丰盛的，这次比通常的待客更丰盛，叶氏还亲点了花雕酒。汪姨妈做姑娘时就有些酒量的。千弦极为高兴，谢过叶氏去了灶前。程家大宅这顿饭直吃到酒阑席散，众人方散去。

第二日吃过早饭后千弦带着母亲和一些果蔬来到程家二宅。程家二宅的情形，汪姨妈从女儿的书信中已知晓。见到双目失明的俞氏，汪姨妈才体会到二宅之不易。嘉贤一大早就赶来给汪姨妈请安了。

俞氏已从银荷的口里得知大少奶奶的母亲来到歙县。俞氏极喜爱千弦，见到汪姨妈极为热情。俞氏感谢汪姨妈送来的果蔬，并吩咐银荷备上茶叶，叫汪姨妈临走时带上。汪家的小少爷仅在中堂停留了一会儿，就扑进香草园不出来了。

俞氏吩咐银荷端茶倒水，并拿出从街上程记糕点铺子里买来的蔡糖糕和云片糕。俞氏极力夸奖千弦端庄贤淑，知书达理，并说在嘉贤未归家千弦时常陪她解闷。顺着俞氏的话，汪姨妈夸赞了嘉贤。聊得正在兴头上时，嘉贤从铺子里赶回来再次拜见了汪姨妈。汪姨妈对一表人才的嘉贤生有好感。

“二少爷相貌堂堂，做事稳妥，是大太太的福气。”汪姨妈说道。

“汪姨妈真会说话，程家上下哪个不念大少奶奶的好！”俞氏说道。

“这是太太们体贴少奶奶。”说完汪姨妈笑起来。

中午，俞氏定要留汪姨妈在二宅吃饭，又吩咐银荷把叶氏请来。吃过饭后说说笑笑，下午的时间就消磨过去了。

汪姨妈在程家住了十日之久。每日夜晚，千弦都来陪伴母亲。汪姨妈对此次前来程家感到极为满意。千弦处事大方，待人和善，得到程家上下的喜爱，亦令汪姨妈欢喜。临走时，叶氏给汪家带去许多丝绸和布匹。

河西桥和登封桥被洪水冲毁后，带给百姓极大的不便。府台治下的徽州商人合议，意在徽州商人中募捐银两对石桥修缮。衙役通知程尚德到府衙开会，商议修建石桥。徽州有头有脸的商人全都到了，独不见胡老爷。程尚德注意到首席有一位年轻的商人，不知是出自哪位商人之家的公子。绸缎庄的汪老爷说那是胡老爷家里的小公子。众人见胡家派一乳臭未干的少年来出席会议，心中不快，故意让出首席。

程尚德心中大叫不好，待他想劝慰胡家小少爷离席时，会议开始了。知府让众人拿出修建石桥的意见。众人故意不说话，用目光示意知府问坐在首席的胡少爷。知府问胡家少爷，修建河西石桥和登封石桥，有什么建议。胡家小少爷初生牛犊，挥毫写下修桥一应银两由胡家承担。众人惊呼，程尚德急欲上前阻止。

“此事一家为之恐怕不行，众人都有为府台捐资的诚意，再由众人商量后而定。”程尚德对众人说道。

“话是这么说，胡少爷的字据在先。”一位休宁的商人说道。

“没有人逼迫胡少爷立字据。”一位木材商说道。

“一言为定。”知府收起字据。

知府急欲摆脱眼下的纷争，宣布散会。出了府台，程尚德方知胡老爷生病不能前来，两位年长的公子不能即刻返家而令小少爷出席会议。但多说无用，程尚德叮嘱胡家少爷把此中详情告知胡老爷。程尚德回家后对三少奶奶说起胡家要修桥之事，此中详情不便告知。三少奶奶神色大变，知道三弟闯祸了。

“知府召集徽州商人为何议事？”三少奶奶问道。

“三少奶奶不要费心了，要做的事已交代给胡家三少爷。”

“老爷，可是为了买卖之事？”

“不是买卖上的事……”

三少奶奶见程尚德欲言又止的神色，就不再问了。另外三少奶奶清楚，三弟回到西递会将详情告知父亲。

离开府衙的胡家小少爷直接回到西递。胡老爷躺在病床上，要小少爷详细地说起此行的见闻。听了小少爷的一席话，胡老爷急呼不妙。

“不懂得谦和行事，得罪众人，难免会受人暗算。唉，江湖之中诚信最为重要。”胡老爷说道。

“父亲，怎么办？”

“再去歙县，购买修桥砖、石、木和一应修桥之工匠，以防有人从中作梗。”

胡家少爷和胡家的贴身管家连夜去了歙县，操办修桥之事。胡家独自修建石桥之事在徽州传开，成为美谈。而胡家购买的太白楼的山岩不宜采石，胡家又到百里之遥的休宁县开采赭石以供修桥之用。为此胡家关闭了十二处当铺与钱庄，开始修桥的艰难之旅。

程尚德正为亲家胡老爷修桥而担忧时，扬州的江老爷去世了，程尚德赶赴扬州奔丧。以布衣结交天子的江老爷生前大做善事，广施恩泽，死后赢得百姓、官吏的赞赏。前来祭奠的商人、百姓、官府之人云集江家康山草堂。江老爷的棺木用的是金丝楠木，墓地是经占星术堪舆过的风水宝地。做法事的和尚和道士分据两个大棚里，流水席都做了七日。如此奢华的丧事，程尚德还是第一次看到。

乾隆五十五年正月里大寒，许多果树、茶树、幽树冻死。整个过年期间俞氏都在唠叨，俞家的茶叶要歉收了。嘉贤不免想到千弦的娘家同样遭了灾。芳辰常到二宅，对嘉贤有一种格外的亲密。芳辰已跟着先生读书，正是贪玩的年纪，他时常跑到铺子里看二叔如何做买卖。嘉贤亦极喜爱芳辰。

俞氏定定地坐在中堂里，竹篮也不编了。常年不见阳光的俞氏脸色白得出奇。她让银荷去铺子里请嘉贤。脚步刚到天井里俞氏就听出来了。

“正月大寒茶树遭了灾，俞家请二少爷去婺源。”俞氏说道。

“何时？”嘉贤问道。

“明天去吧，俞家的小姐不能再等了。”

嘉贤清楚，母亲让他去婺源有另外打算。自雪月在上一年的年末终于嫁出去后，俞氏对嘉贤的亲事开始着急了。

程家上门给雪月提亲，有三家都回绝了。男家拒绝的话三传两转到了叶氏的耳朵里，无非是嫌弃雪月的长相。后来有媒婆上门为雄村做杂货买卖的曹家提亲，雪月嫁过去做继室，男家留有一儿一女。叶氏不乐意，宁愿雪月一辈子守在家里，也不想让雪月嫁入那样的家庭。雪月听说后哭着闹着要嫁过去，她不想过大姐那样的生活，更不会走二姐的路。

男方家没有家产，但能守在家里，这一点让雪月极为满意。从两位姐姐身上，雪月对女人的命运有了更深的认识。

年纪与雪月相仿的表妹至今还留在家里，嘉贤只要乐意，就可把俞小姐娶回来。来到婺源的嘉贤见到了表妹，更见到风雨萧条的茶园。茶叶的损失一两年内补不回来。显见俞家今年的茶叶收入泡汤了，俞老爷却并不悲观。去年的茶叶大丰收，许多陈茶还贮存在茶库里，茶叶歉收，陈茶将会旺销。

嘉贤在中堂与俞老爷谈论今年的收成。茶叶歉收已成定局，眼下风调雨顺，粮食的收成还不能确定。俞太太专挑嘉贤在中堂时喊俞小姐沏茶。

俞太太的娘家早年间是开典当铺的，她练就了一双挑三拣四的眼睛。在母亲挑剔的目光下，俞小姐的年龄渐渐大了，俞太太着急了，这才想起程家二宅的少爷。亲事被拒绝后，俞太太暗暗地生闷气。后来听说嘉贤先娶了姨奶奶，俞太太更加不满。

今朝俞太太见嘉贤一表人才，温文尔雅，更想促成此亲事，另外她还有亲不隔疏的想法。见程少爷送上门来，俞太太有意撮合嘉贤与女儿在一起。

俞小姐从小被母亲宠着，被父亲惯着长大，单纯得有点木讷。她读过几年私塾，认些字，专看《烈女》《内训》等书，她竟然对母亲的暗示和撮合视而不见。她倒是柔情似水，想爱上什么人，不过一定是父母之命定下来的夫婿，这之前的行为一定要合乎规矩。

“飞燕，这是你二表哥。”俞太太说道。

俞小姐淡淡一笑，给嘉贤请安。

“那年在程家，你们兄妹就已相识了，这几日飞燕带二少爷看看俞家的茶号。”俞太太说道。

“买卖之事都是男子的事。”俞小姐说道。

俞小姐轻轻地走来，对母亲暗示的目光视若无睹。俞太太恨得话都说不利落了。倒完茶水，俞小姐绷着脸走了。在无事可做的场合，俞太太再叫俞小姐也不出来了。俞太太的一片苦心付之东流。

嘉贤不动声色地看着俞太太忙前跑后地张罗。他有点喜爱表妹，但远远谈不上要娶表妹为妻的热度。表妹从他身旁走过时，连看都没看他一眼，表妹的冷淡亦是他不想再进一步的原因。嘉贤总想从女子身上找到千弦那种热烈的情感，无奈当下的女子个个都像傀儡，收起内心的情感，表演着人们所期待的贞节。

嘉贤与表妹有短暂的接触，在俞家制茶的后院里。俞老爷要嘉贤参观一下茶叶的采摘制作。俞老爷有意带着他走到女儿面前，俞小姐礼节性地问候过嘉贤，就低下头专注手里的活计。表妹正在整茶，手指娴熟地上下翻飞，直到嘉贤跟着俞老爷走了，再没说一句话。在以后的日子里，俞小姐始终回避与嘉贤单独在一起。嘉贤觉得表妹就是一冰美人。

“二少爷的亲事该考虑了，老大不小了。”俞老爷说道。

“舅舅，孩儿的心里有数。”嘉贤微微一笑说道。

“尽快成亲吧。”

俞老爷叹口气。从制茶的院子里出来，嘉贤来到俞家存放陈茶的仓库。俞家为了保持茶叶的品质，将茶叶放在密封的锡罐里，色泽上陈茶与新茶分不出两样。嘉贤看见那打包好的茶叶上加有俞记字号，还印着“陈”字。嘉贤再次感叹徽州商人的诚信。

“陈茶的价？”嘉贤问道。

“茶叶歉收，喝茶的人却不少呀，陈茶也有好价钱。”俞老爷说道，“近来，各地都有订货，再过两日茶价还会更高。”

果真如俞老爷所料，嘉贤在婺源的几日里，俞家商船上写着“新”和“陈”的茶叶远赴新安江，直奔长江各个茶号。各地都需要茶，陈茶的价并不低于新茶。那些往年没有库存陈茶的小茶农，一副听天由命的惨状。

站在渡船上，嘉贤看到了更多灾情，给母亲带来俞泰昌绿茶，那是临走时俞老爷拿给他的。嘉贤从婺源回来不久，叶氏就得知嘉贤并未向俞家表妹求亲。嘉贤去婺源时叶氏很看好这门亲事，如今的结果令她极度失望。

叶氏想找俞氏谈谈嘉贤的亲事，恰好想找俞氏要一些绣样。俞氏年轻时的绣活在歙县名扬四方，绣样既全又好。叶氏想要绣一对靠垫，却不想绣那些时新的样式。时新的事物叶氏不大接受，更愿意停留在她所看见的盛世的景象。叶氏觉得，落梅的绣样太正统，雪月的绣样太古板，千弦的绣样太新潮。

走到月华门，叶氏想直接找俞氏要绣样会伤俞氏的心。俞氏自眼盲后就毁了女红之物。如此一来，只能背着俞氏问银荷要绣样，如今银荷就是俞氏的眼睛和手脚。假托向俞氏讨要竹篮，叶氏走进中堂，俞氏果然在中堂里编竹篮。叶氏先夸奖俞氏的竹篮样子要比市面上的好，又说起这竹篮的竹子用得好。后来叶氏轻描淡写地提起嘉贤的亲事。

叶氏想要说的话不好说出口。她要给她兄弟家的小女儿提亲，叶小姐因疯病待字闺中。叶小姐并不总是疯疯癫癫的，平常的日子里和正常人一样。但叶小姐疯起来，没人知道为着哪件事或哪个消息。叶老爷来信说，叶小姐有三年没有发病了，想要结一门亲事。在这之前，叶氏有意无意地把话传给俞氏：叶小姐的病好了，与正常人一样了。叶氏与嘉贤提起过叶小姐的病。嘉贤说这是心病，心病还需心药医，没有医不好的病。听到嘉贤的话叶氏放心了，叶小姐守着一位郎中，病总会好的。

“二宅要考虑后人，二少爷一年年地大了。”叶氏说道。

徽州大地的男女成家格外早。早先都说川蜀的男女早婚，徽州人家在战乱的影响下男女成亲越发早了。女子过了二十就嫁不出去，男子过了二十不成家也极为少见。也有娶不起亲的男子到二三十岁不能成亲。徽州还有一个习俗就是抢亲，那些拿不出嫁妆的男子撺掇亲戚直接抢亲，弄假成真。因抢亲还发生过两起较大的宗族之间的大械斗。

“他婶娘，有看好的人家吗？嘉贤从婺源无功而返。”

“我兄弟家的小女儿待字闺中。”叶氏笑着说道。

俞氏早听说叶氏兄弟家的小女儿。叶小姐恋上了自家的仆人，被叶家强行拆散，自那以后叶小姐就有点疯了。亲上加亲是好事，可是姑娘家的疯病让俞氏心里犯嘀咕。叶小姐花容月貌，不得疯病早出嫁了，也不会等到现在。

“我活不了几年，日后嘉贤的亲事还要二太太多费心。”

叶氏听出俞氏并不想与自家兄弟结为亲家。叶氏借口找银荷有事来到灶前。俞氏失明那会儿，毁掉了刺绣的家什，绣样却被银荷保存下来。那些精美的绣样中，叶氏最喜欢凤穿牡丹，既喜庆又吉利。

从婺源回来的嘉贤被典当生意缠住了，灾祸之年典当生意总是兴隆。太太小姐们用的金银玉器都送到铺子来。嘉贤看出有许多的物品是赎不回去的。有一个做工精巧的孔雀开屏的金簪子，孔雀头上镶嵌着红宝石，羽屏上镶嵌着各色的宝石，深得嘉贤的喜爱。

这是一个死当的典当物，嘉贤想这个簪子插在乌黑浓密的头发上会极其引人注目。他给出合理的价钱，据为己有了。嘉贤正把一个翡翠镯子放进盒子里时，程尚德进来了。程尚德要提取三千两银子，捐助修建书院。

曹文植、曹振镛父子捐资在文公祠旧址复建毁于兵燹的紫阳书院。徽州商人贾而好儒，徽州大地上一百多家书院都由商人自发捐助修建，要让没钱的人家的孩子都能读书。上一日嘉贤去徽州商会时听会长说起曹氏父子联手复建紫阳书院。嘉贤在程家大宅一说起此事，程尚德即刻要捐纳银子，并把汪开泰派去帮工。

“盐商鲍老爷、面粉铺的杨老爷、绸缎庄的汪老爷都已捐了银子。”程尚德说道，“程家的捐助都晚了。”

“叔父，账面上的银子不足三千两。”

“留下一百两银子吃穿用度，提取其余的银子。”

程尚德提取银子后查看账目。看到金簪子那笔账时，程尚德看了一眼嘉贤。金簪子他看过一眼，是各种首饰里的上品。他并没听说嘉贤定亲，更想不明白侄子为什么要买这么贵重的物品。账目上所剩的银子不多，程尚德叹口气走了。临走时他说了一句：在九江办分号，近两年不能为之。

家里冷冷清清，三少爷去京城会试，三少奶奶娘家盖跑马楼，回去帮忙。胡家的三少爷要娶曹尚书家里的小姐。为迎接尚书的光临，胡家在西递村口的古桥边盖起跑马楼。曹振镛再大的官，按徽州的礼节也得从京城回来拜见胡老爷。拥有七条半街的胡老爷再次吸引徽州人的目光。身为亲家的程尚德亦感到荣幸。

回到中堂里，程尚德更觉冷清。他叫兰蕙沏茶竟无人应答，想起女眷们已去茶园摘春茶。千弦去了茶园，茈萁把孩子们带到街上玩耍去了。茶叶歉收是不争的事实，今年的收成不足以购买粮食。

叶氏不舒服，歪倒在床上休息。躺在床上的叶氏听见程尚德的声音，爬起来到灶前。叶氏是个勤勉的女人，里里外外要亲自打点。只是叶氏的身子越来越扛不住，拖了她的后腿。叶氏沏了刚从茶园摘下的新茶。

看着从灶前走来的叶氏，程尚德方意识到自己老了。身子硬朗的叶氏看起来好像瘦了一圈，矮了一头。程尚德喝了新茶，精神头好了点。他对叶氏说起今年的茶叶和收租要减少许多，加之各种捐税，生意难做。

叶氏笑着说：“家里的吃穿用度不过百十两银子，开办分号只会让男人离家千里。”

“女人之见，胡老爷家的三十六典都不嫌多，不过眼下正是开分号的时机。”

“过了灾年再说吧，银子不会像蘑菇一样冒出来。”

“也许有一天，银子真会像蘑菇一样冒出来。”程尚德哈哈一笑说道。

对叶氏的话程尚德不置可否，但在九江办分号却只能暂且放下。

中堂里的光线暗淡下来，采茶的程家女人要回来了。叶氏出了中堂，要去灶前，这时她看见嘉贤从月华门过来去了后院。她知道嘉贤去看老太爷。

从铺子里出来，嘉贤想去看望老太爷。前几日老太爷叫他买的胡开文墨庄的岭耀彩墨买到了。这套融合了徽州新安山水风光的墨，老太爷极为喜爱。典当铺里没事，他就想把墨送给老太爷。

一走进后院，嘉贤感觉出异样，原先烟雾缭绕的院落里如今清清爽爽，炼丹炉被冷落一旁。寂静中山雀自由地从一株桂树跳到另一棵紫薇树上。走进老太爷的练功房，嘉贤看见祖父倒在地下，手向前伸着，想爬出屋子。程老太爷面色发黑，嘴唇发紫，已没了气息。程老太爷中丹毒而亡。嘉贤想起鸿仁道长说过，腹食求神仙，多为药所误。

徽州素有死者能给生者带来福禄财气和好运之说，因而就有“生在苏州，长在扬州，死在徽州”的说法。嘉贤前往各处的亲友报讣。程家远近的亲戚纷纷赶来，琴心次日晌午赶至程家大宅，嘉道三日后方回来。

丧事由程尚德总管，排场很大，流水席开了七日，搭设棚屋请道士做法事。程尚德原本还想请和尚来念经，想到老太爷信奉道教，就改变了主意。次日叶氏给老太爷沐浴更衣，第三日大殓。入殓时，程老太爷头枕瓦，脚垫砖，头上戴着缀有玉石的道士帽，手中握有镶金的手杖，脚上的鞋尖钉有珍珠，被两边的瓦片紧紧固定在棺木中。报讣回来的嘉贤看到置于堂前的棺木和其上的长明灯。嘉贤和嘉道同一日回到歙县。

白帐和白布灯笼缠绕高悬，吊唁者所送的挽幛横挂于灵堂里，嘉贤想起祖父对自己的喜爱，不禁落泪了。夜深了，他让嘉堃和琴心回去睡觉，独自守在灵堂。

微风吹来香雪兰的幽香，长明灯忽明忽暗。嘉贤想到母亲，不知母亲是否睡了。伴随香风，传来脚步声，他知道千弦来了，只有千弦身上有着迷人的香气。嘉贤侧过身微微往旁边移了一下。一身白衣的千弦在一旁跪下。

“伯娘已睡下，二少爷几夜没合眼了，回去休息吧。”千弦说道。

嘉贤的心热起来，千弦竟然注意到他的所作所为。嘉贤再次感到心跳加快。嘉贤以为再见到千弦不会再有猛烈的心跳了。嘉贤对千弦的情总不能移到别的女人身上。嘉贤饱含深情地看了千弦一眼，想对她诉说相思之情。嘉贤看见一旁的棺木、长明灯、高悬的灵幡，觉得不妥，于是什么都没说。

“姨太太还等着二少爷呢。”千弦说道。

“我要守夜，大哥睡了吗？”嘉贤赌气道。

“守夜不是大少爷的事。”

“大少奶奶去吧，明天还要照看孩子。”

“最后一夜，让妾身来陪老太爷吧。”

“你与我一起陪伴老太爷吧。”

千弦不愿回厢房。如今千弦弄清了嘉道对她的爱仅限于炽热的情欲。千弦以老太爷的守丧期为由拒绝了嘉道。自千弦怀了芳辰后，受孕的概率太高了。那年嘉道回来过年，仅一次就怀上二小姐香墨。千弦看清嘉道是绣花枕头后，不想再要孩子了，把对嘉道的一腔柔情转到嘉贤身上。

千弦知道嘉贤日夜为老太爷守孝，在灵堂一定能见着嘉贤。千弦想见到嘉贤，更想与嘉贤谈谈，但两人却怎么都说不到一处去。见嘉贤不说话，千弦知道今夜他们会在沉默中度过这一夜的。

自知道嘉贤的情思后，千弦越来越不了解他了。嘉贤紧闭的嘴、低垂的目光还有绷直的身体仿佛都在向她诉说他的不满。她爱他却什么也不能给他。男人不能仅仅生活在爱情中，女人却能靠思念和回味过一生。银荷就是嘉贤需要女人的见证。千弦再次看向对面的嘉贤。隔着忽明忽暗的长明灯，嘉贤离她太远了，那距离使她永远也摸不着他的心。

果真如千弦所猜测的，那一夜她和嘉贤再没说一句话。黎明时分，程家的亲戚拥入灵堂时，千弦和嘉贤被分别挤到棺木的两边。隔着纷扰的程氏家族的人流，他们的目光始终没有离开彼此。

老太爷生前从未想到会死，只想到炼丹成仙。程家的坟冢里有老太爷的一席之地，那是先人堪舆之后择地而定下的。择日而葬，选定的良辰吉日在第十日。老太爷信道教，入葬那日，程尚德请来道士做法事。由程尚德领着家眷向老太爷跪拜行礼后，八人肩抬的棺木上路了。

送葬的队伍，前有火把和招魂幡开道，一路散发黄表纸，后有鼓吹、祭幛和道士。一路上嘉贤看见许多浮棺暴露于野外，又有择地待葬者，厝棺在外，架木覆瓦，四围砌泥砖。有些棺木已放置许多年了。

程家的祖坟茂林修竹，有一株乌桕树长成合一人抱粗细。曾祖父的坟头上还有一丛开得正艳的红色的石蒜花。新落成的坟冢上是红色的黏土。程尚德从他处移来几株翠竹，栽种在老太爷的坟冢四周。

程家大宅摆下宴席，款待宾客。嘉贤厌恶徽州铺张靡费过之的丧葬陋俗，祖道层台，饰以灯彩，富者欲过，贫者欲及，縻费不资。老太爷的离世令嘉贤倍感人生无常，从坟地直接上了齐云山。

在山上待了四日，嘉贤回到家里，迎面碰到身穿孝服的银荷。看见嘉贤后，银荷号啕大哭。嘉贤吃了一惊，从银荷断断续续的诉说中，嘉贤明白母亲走了。嘉贤呆在那儿，好一会儿方明白发生了什么事。在嘉贤走后第二日，坐在中堂的俞氏静悄悄地走了。想到嘉贤会在守七时回来，程尚德没派人外出寻嘉贤。

嘉贤和银荷夜夜守灵，有时千弦过来陪他们一会儿。这一日嘉贤让银荷回去睡觉，独自一人守在灵前。接二连三的丧事，让嘉贤不免想到个人的境遇。他的一生仿佛就在生与死之间转悠。嘉贤没有见过父亲，母亲在一生的等待中成为寡妇，他所看到的都是些悲惨之事，就连自己都在鬼门关转了一圈才回来。

嘉贤对自己的一生不抱希望，既不能把自己所爱的女人搂在怀里，又不能抛弃世俗的乐趣，嘉贤不禁失声痛哭。

入葬事宜程尚德已联系好，选定的良辰吉日在第九天。嘉贤执意要在第七日落葬，他不相信风水之说，退了所请的和尚和道士。

俞氏的丧事尘埃落定，嘉贤病倒了。

醒来后，嘉贤不知身在何处，抬眼看见清油灯下的云姑，如坠云雾里。他弄不清是在齐云山还是在家里，最后的记忆是母亲的葬礼。嘉贤挣扎起来的轻微的动作惊醒了云姑，云姑开心地笑了。

“躺着别动，想吃点什么？”云姑说着，轻轻地扶起嘉贤。

轻轻一动，嘉贤的身上起了细细的虚汗。嘉贤感到了身体的虚弱，仿佛当年在青城山养病。

“这是哪儿？”嘉贤说道。

“这是在程家，二少爷病倒了，我去给二少爷做点吃的。”云姑说道。

“不要，喝点水吧。”

云姑一闪身出了门。嘉贤记起母亲和祖父都已去世，但怎么都想不清楚云姑为何在这里。月光从敞开的门洞里如水一样洒进来。嘉贤渐渐地看清楚，这是他的书房。云姑端来了茶，是加了蜂蜜的虫茶。

“姨太太呢？”嘉贤问道。

“姨太太睡去了。”

“云姑娘什么时候来的？”

“从瑶寨赶来，专程来看二少爷的。不记得了，我说过要来看二少爷的。”

“两次去齐云山都没看见姑娘，只当你云游去了。”

"喝了茶快睡吧，我也要睡一会儿，再过几日二少爷就可下地了。"云姑说道。

嘉贤喝过茶后又睡去。醒了没睁开眼，透过红彤彤的眼皮，嘉贤知道今朝是个艳阳天。他听见不远处的云姑和银荷低声说话的声响。

银荷说："谢谢云姑小姐救了二少爷的命，若不是云姑小姐，二少爷会命丧黄泉。"

"别的病症我倒不能对症下药，急血攻心的症候治起来最拿手。"云姑轻描淡写地说，一副不把这事放心上的语气。

嘉贤侧过脸来想听得更清楚，还是云姑先看见他醒了。明亮的屋子里他看见一身道袍的光彩照人的云姑，穿过尘埃的阳光闪出五彩的光芒，嘉贤明白自己几次三番上齐云山就是为了看见云姑。这个想法一旦进入脑海便生了根。

"大少奶奶、三少奶奶来看望过二少爷，见二少爷未醒就回去了，二太太每日都来看望二少爷。"银荷起身来到病榻前说道。

"难为太太和少奶奶们了。"

"二少爷快好起来，让妾身做什么都可以。"银荷情真意切地说道。

"二少爷这几日只能喝些粥了。"云姑笑着说道。

"就听大夫的，我现在是云姑娘的病人。"嘉贤轻声说道。

云姑和银荷都笑起来。在以后几日里云姑守在嘉贤床边，说些云南山野的趣闻逸事给他听，度过短短的一日。

这一日，千弦带着蓓蕾来二宅。千弦心情极好，刚收到家里的来信，信中母亲告诉千弦，汪少爷成亲后，把心思用到过日子上，倒像变了一个人，也不再赌博了；弟媳乖巧会持家。这恐怕是千弦近几年听见的唯一的好消息。千弦把书信放好，蓓蕾嚷着要找二叔。千弦爽快地答应了。

千弦来的时候，正巧碰见嘉贤与云姑开心地大笑。那是云姑说起瑶寨里一个可笑的故事而引起的。他们没注意到千弦的到来，还是蓓蕾的叫声引起嘉贤的注意。嘉贤给云姑和千弦互相介绍认识。千弦一句话不说，板着脸站了一会儿就要走，六岁的蓓蕾却有许多话问二叔。二叔在她眼里是救了哥哥一命的神秘人物，即使二叔在病痛中也是一脸神秘地躺在那儿。

六岁的蓓蕾个头很高了，活脱脱是母亲的翻版，很会讨人喜欢。人还没注意她时，粉嘟嘟的小手就躺在二叔的掌心里，仿佛人的心都与她贴近了。蓓蕾趴在床上与二叔咬耳朵，嘉贤说了一句什么，蓓蕾大笑起来。蓓蕾还想再说两句，却被千弦强行拉走。千弦走了，尴尬的倒是这两位。嘉贤故意说起在五明寺第一次遇到云姑的往事。他说等身体好了，用五明寺的泉水做豆腐给她吃。云姑没说话，只是笑。

第二天，云姑把所有的草药都停了。嘉贤的身体一天比一天硬朗。他靠在床上看《本草纲目》，云姑在一旁看《南华经》。屋子里静静的，可以听见后院里山雀的叫声。云姑放下手里的书，笑了。

“再有两天二少爷就能下地，明天我就回齐云山。”云姑说道。

“这病不是一时半会儿能好的，也只有云姑娘能治。”嘉贤说道。

“病症不会夺走二少爷的医术吧，区区小病二少爷能对付的。”

“只想要云姑娘给我治病。”嘉贤微微一笑说道。

“再去齐云山时，恐怕时候就到了。”

嘉贤听懂了云姑的话，默然无语。她不过想要他弄清自己的心，想明白了再去找她。云姑走了，第一日嘉贤不觉得，可以用书打发时间，第二日书的作用很小，第三日他明白了自己的心。嘉贤想去追云姑，刚一下地就倒在地上。

嘉贤从银荷嘴里知道了云姑如何到了程家。他病倒了，一连几日滴水未进，请来的郎中都摇头，说快不行了。那日中午程家二宅的大门没有关上，云姑径直走到有嘤嘤哭泣声的书房。不待银荷说话，云姑已看见昏死过去的嘉贤。云姑见到昏迷中的嘉贤，只看了一眼就清楚嘉贤的病症。云姑把郎中请出程家，着手救治，自那后她日夜守在嘉贤身旁，一应之事均要亲自动手。

嘉贤对云姑怎么来到程家的过程很有兴趣，反复让银荷说了几遍。也许因为嘉贤的命是云姑救回来的，嘉贤从此倒时常想着云姑。

待嘉贤的身体康复时已是夏天了。

千弦的二弟来到程家大宅。这一年茶叶歉收，农作物同样受到不同程度的损失。汪家务农的活计多少年来都由汪老爷和汪士义操持。汪老爷喜好赌博，常夜不归家，汪士义就操持筹划各项营生。

汪士义是个肩不能挑手不能提的秀才，学业不精却喜欢在庄稼人中卖弄诗文。汪士义在诗文上倒有才情，科举考试却屡屡名落孙山。诗歌词赋在农业生产方面无半点作用，汪士义空有一身的笔墨却养成了懒散的习惯。汪士义前来歙县购买农耕器具，恰巧碰见迎神赛会。

汪士义身穿一件粗布的长袍，手拿一把破旧的纸扇。见到二弟的第一眼，家信带给千弦的喜悦全消失了。母亲在信中未说的，千弦猜测到大半，汪家的田产有一半被父亲输掉了。初见汪士义的面千弦就看出，二弟不是变了个人，而是生活把他的抱负消磨在漫长的时光中了。以前那些赌博、斗鸡活动不过是对失败不满的消极反抗。

汪士义来程家无非是想弄点银子回去。汪士义一进程家大门，在天井里就瞥见中堂里的黄花梨木的齐云山四景的屏风。汪士义一面赞叹程家生意兴旺，一面觑望程家宅院。他说这黄花梨木的屏风在市面上要值三百两银子，中堂的云阳早行图轴值五百两银子，中堂的太师椅是酸枝木的。千弦恨不得这汪少爷立刻走，不要被程家上下瞧见。这边碧儿刚报告叶氏亲家少爷来了，那边三少奶奶就闻风来到中堂。

“哪里来的破落户？哎呀，是大少奶奶的兄弟来了。”三少奶奶讥笑道。

千弦忽闻三少奶奶的声音，又见三少奶奶一脸得意之色，就知道三少奶奶看热闹来了。汪士义听见三少奶奶的话极为气愤，但为那百十两银子又坐了下来。

“皇帝也有草鞋亲，何况平民百姓家？早年的胡家不过是贩运米粮之家。”千弦笑着说道。

“大少奶奶多心了，嫁出去的女儿泼出去的水，如今咱们都是程家的媳妇，吃程家的饭，穿程家的衣裳。”

“三少奶奶倒分得清程家的和胡家的。”千弦冷笑道。

“我这手上的翡翠镯子就是从胡家带来的，还有几箱子的丝绸都是从胡家带来的，还有……哎，一时说不完。”

“到了程家就是程家的，哪儿还有胡家的？”

三少奶奶气得脸都红了。此时叶氏来到中堂。三少奶奶再要说什么又怕叶氏听了多心，就住了口。

汪士义拜见过叶氏复坐下。叶氏问起宏村的情形，又说起眼下稻子歉收一事。徽州农作物减产不甚厉害，但也影响到许多人家。这汪士义最喜与人攀谈，不一会儿就把叶氏逗笑了，并趁机嘲讽了三少奶奶。一番说笑耽误了叶氏赶制冬衣，然而叶氏却高兴地留汪士义在大宅吃饭，起身走了。

千弦见来人都走后就引汪士义来到厢房。家里的情形，二弟不说千弦亦猜测到了。千弦左右为难，一来她极要面子，不想让妯娌挑理，二来程家对自己很好。几年来，千弦也只攒下三十两银子。她把那包放了好几年的碎银拿给二弟，却见二弟还盯着她手上的玉镯子。千弦取下镯子递给二弟，汪士义方收起碎银和镯子。

千弦让汪士义尽快离开程家，不用去叶氏那儿告辞，叶氏那儿由她去说。汪士义拿到银子自然不愿久留，他看出三少奶奶是个无端生事的人。千弦把自家兄弟送走后，反而更加惆怅。父亲嗜赌如命，二弟的不长进都是千弦心烦意乱之源。从祖上留下来的田产原本可以让汪家过上富裕的生活，如今却捉襟见肘。

快至晌午时，千弦在后花园里见到叶氏。

“家里急等农耕器具用，家弟急着赶回宏村了，家弟要我谢谢太太的热情招待。”千弦笑着说道。

“亲家要说程家招待不周了，一顿饭的工夫不会耽误播种。”

叶氏知道千弦是怕三少奶奶挑理，尽快打发汪少爷走了。

“是家弟不懂礼数，还请太太不要怪罪。”

“亲戚还是要常来常往，千弦要多请娘家人来此小住。”

“谢谢太太，只怕这些穷亲戚会让太太厌烦。”

“大少奶奶说哪儿的话？”

自千弦一进后花园，叶氏就看出千弦手上的镯子不见了。汪姨妈家的情形她略知一二。千弦手上的镯子本是一对，叶氏和汪姨妈各一只。千弦手上的镯子不见了，势必会引起三少奶奶注意。这三少奶奶样样都好，却极好攀比家业。叶氏思来想去，把千弦叫到厢房，她打开妆奁，拿出个镯子戴到千弦的手上。千弦想要说什么，却被叶氏打断。

“治家难，不是难在粗茶淡饭，而是难在和睦上，家和万事兴。这镯子是你外祖母留下的，我原想临终前给大少奶奶的。”

千弦哭起来，只恨父亲和兄弟不争气。

从京城传来好消息，嘉堃考中进士，赴江西做候补道。

程家一扫多日的阴霾，程尚德和叶氏喜笑颜开。老太爷的守丧期，喜悦不免带着悲伤之色。最高兴的倒数三少奶奶，胡家出过状元的。在等待三少爷从京城回来时，程尚德常坐在中堂里接待前来贺喜的亲朋好友。程尚德把扎染店的许老爷送到大门外，碰见外出看病的嘉贤。程尚德让嘉贤去中堂。嘉贤随着叔父来到大宅中堂，兰蕙沏了茶，退出去。

“家之显贵，增光先世者，皆由子孙读书知为善，这是大吾门、亢吾族呀。”程尚德不无得意地说。

“三弟进入仕途，这是光宗耀祖的大好事。”嘉贤说道。

“日后，程家会弃商入仕，做官方为本。”

嘉贤刚要说话，看见兰蕙引着绸缎庄的汪老爷前来道贺。程尚德举手抱拳，互相见了礼。汪老爷无非说些恭贺之词，颇有羡慕之情。汪老爷家中的三个儿子个个不是读书的料，从小就往铺子里跑，年纪轻轻的就外出做生意。歙县里汪老爷是望子成龙的典范。听着两位老爷的互相恭维，嘉贤不能再多坐一分钟，就告辞了。

嘉贤走过月华门，来到院子里的花草世界中。香雪兰、珠兰花、栀子花的香气氤氲，沁人心脾。他采摘一些枯萎的栀子花，要把它们晾晒成草药。珠兰花将会用来窨制花茶，香雪兰是为了母亲入睡而栽种的，杜仲和红豆杉已长成大树了。

想起嘉堃取得的功名，程嘉贤没有太深的感触。他记起王冕的《大醉歌》："百年光景驹过隙，功名富贵将焉如？君不见北邙山，石羊石虎排无楼，旧时多有帝王坟。"

站在馨香袭人的草木中，嘉贤庆幸早年有了对医药的爱好。在难以打发的日子里，嘉贤靠着侍弄花草、治病救人平静地度过漫长的日夜。嘉贤学会了冷静地看待这个表面上繁华暗地里汹涌的社会。

三日后，嘉贤辞别了叔父云游四海。

满面春风的嘉堃从京城回来，程家大宅里喜气洋洋。嘉堃喜形于色，被芳辰缠着问长问短。嘉堃满腹经纶，引经据典，芳辰完全被征服了。芳辰对三叔有了钦佩之情后，却失去对二叔的迷恋了。茈萁的叫声从大宅传来，芳辰撇下三叔一溜烟跑了。

三少奶奶从娘家回来，满面扬眉吐气之色。回来当晚，程家摆下宴席庆贺。席间，程尚德和叶氏笑逐颜开。三少奶奶说了一件盖跑马楼的趣事，大家开心地笑起来。胡家与尚书家联姻令三少奶奶脸上增光，席间三少奶奶不免话多。

"跑马楼把入村的桥连接起来，一入村就登上楼上的厢房，四周都有走廊，具有上通下达之便。雇了三十几个匠人，其中有一位匠人做完活计却不知何用，还以为是官宦人家告老还乡而建。"三少奶奶笑着说道。

"乡里人哪里见过这场面。"叶氏说道。

"不是哪儿都有这跑马楼，西递村胡家首屈一指。"千弦说道。

"胡家有就连老太爷也没见过的晋朝时的玉器，那是家父早年……"三少奶奶忽然停住不说了。

三少奶奶看见程尚德的脸沉下来。叶氏知道老爷一定想起老太爷了。大家都不说话了，一会儿嘉堃说起会考夹带作弊之事，引得大伙都笑了。

嘉堃在京城下榻的旅馆内，有一黄姓举人，读了几年"四书五经"，却总也读不透。黄举人竟把如鹅蛋大小的《五经全注》藏匿于砚台底部，携带入场。黄举人刚拿出《五经全注》要看时，却见监考官似乎要走来，急于再次藏匿于砚台时一着急掉落到前一考生处。监考官一走，前人捡起翻阅，黄举人几次讨要不得而抓耳挠腮，临出场那人才还给黄举人。发榜时那人中榜，黄举人却名落孙山。

“书山有路勤为径，学海无涯苦作舟。”程尚德说道。

“万卷古今消永日，一窗昏晓送流年。”嘉堃感慨地说道。

由于程老太爷过世的阴影，一切的喜悦又打上悲伤的烙印。自家人在宅院里庆贺一番，这无法让程尚德尽兴。大吾门、亢吾族的喜事应让歙县的士绅都来庆贺。程尚德有些闷闷不乐。叶氏把主要的心事放在准备嘉堃外出的各项事情上。千弦还是围着孩子转，一副相夫教子、娴雅淑贞的样子。

这一日，程尚德把嘉堃叫到书房里。嘉堃就要离家赴任，程尚德有几句话要交代。

“君之所贵者仁也，臣之所贵者忠也，父之所贵者慈也，子之所贵者孝也，兄之所贵者友也，弟之所贵者恭也……”程尚德说道。

“儿臣谨记父言，守分安命，顺时听天。”

“虽说你们兄弟要苦读诗书，可要记住，读书志在圣贤，非图科第，为官心存君国，岂计身家。”

“是，父亲。”

一个月后嘉堃远赴江西，带着孩子和三少奶奶一起走了。千弦盼望着他们早点走。三少奶奶因嘉堃做了官，自抬身份，每日里与千弦见面总要说几遍嘉堃日后会做什么官职，好像是板上钉钉的事。另外他们夫妻琴瑟和谐，也让千弦瞧着心酸。

嘉道已在外面安了外室，有几年没回来过年了。嘉道写信来让千弦带着孩子去扬州，千弦才不会去见什么姨奶奶，在程家大宅里她是明媒正娶的媳妇。嘉堃一家走后，千弦看着悄无声息的宅院，想不明白自己怎么会变成这个样子。

程家喜庆的余波一直到对乾隆八十大寿的捐助。程家的红白喜事耗尽了那点积蓄。用于开分号的银子早在老太爷去世时就用完了，嘉堃走时所拿费用是卖了那套五彩十二花神酒杯所得的银子。程尚德在典当铺查看旧册，想看看典当哪件古玩来应付眼下的捐税。程尚德放弃对两幅书画和一款古砚的收藏，连夜拿到扬州的墨砚斋。十日后卖得的银子为乾隆庆贺八十大寿添砖加瓦了。

从雄村回娘家的雪月带来了京城的消息。乾隆八十大寿，曹尚书把曹家的“廉家班”更名为“庆升班”赴京庆贺。曹家班这次演出了《水淹七军》《奇双会》等八出戏，受到皇亲国戚的大加赞赏，也为在京演出的“三庆班”壮了声威。江家的

“三庆班”“四喜班”“春台班”一道奉旨入京，为乾隆皇帝祝寿演出。

雪月嫁入雄村做杂货生意的曹姓家族。家里有两间连带住家的铺子，生意勉勉强强，刚刚解决温饱。雪月的刺绣在雄村出了名，新嫁娘都点名要她做嫁妆。刺绣的贴补，可以让一家人过上舒适的生活。雪月来到程家，也带来了欢声笑语，给一度清冷的程家大宅院带来生气。叶氏由衷地为雪月高兴。

雪月在家的那段日子，日日与叶氏黏在一起，说些体己的话。叶氏把对落梅的喜爱转移到雪月身上。嫁人后的雪月变得机灵，她看出母亲的身体日渐消瘦。她和碧儿想尽办法让叶氏吃得好一点。勤俭持家是叶氏一贯奉行的宗旨，看着那些丰盛的菜肴，叶氏倒不好说什么。临到雪月回婆家时，与叶氏难舍难分。

第十六章 两情着意尤浓

三年的时间很快过去了。三年间，嘉堃只做得知县，知府的空缺被捐纳候补道的人抢先了。嘉堃来信说官场黑暗，想要获得官职必得有人荐引。嘉堃在信中抱怨命运不济，三年里许多捐助候补道的人，都因朝中有人而平步青云。

在一个良辰吉日，程尚德去了西递村的胡老爷家。胡老爷看见程尚德就明白此中来意，女儿的来信无不提及此事。对官场的腐败胡老爷心知肚明，胡家少爷的官能做上去全亏曹家的提携。胡老爷没等程尚德开口就应承下来，但明确说这要看时机，让嘉堃再等些时候。

“官场莫不如此，金榜题名的却不如捐纳为官的。”胡老爷边说边带程尚德走上跑马楼，远眺远处月湖中的荷花。

“官有官道，商有商道，胡家两样都占齐了。”程尚德笑道。

“其实程老爷来之前，老夫已给曹尚书写了书信。”

“敝人在此多谢胡老爷。”说着程尚德深深鞠了一躬。

“徽商自古亲帮亲，邻帮邻，何况还是亲家。”胡老爷摸着山羊胡子说道。

程尚德哈哈一笑说道：“此乃徽商走遍大江南北所在。”

胡老爷亦笑起来。见程尚德要走，胡老爷拉着他欣赏月湖的景色。

“既来之则安之，练江之美正因有了月湖之水这些支流。”胡老爷说道。

“自二少爷离家后，铺子里离不开人。”程尚德说道。

胡老爷微微一笑，倒不强求。待程尚德离开时，胡家少奶奶早已备齐回赠的礼物。从西递回来的程尚德连夜写信，报告此消息并让嘉堃少安毋躁。这头等大事办完后，程尚德心里再无包袱了。

近来铺子里的梦笔生花墨卖得很好。昨日柜台上还有五款此墨，今天有书生想买却没有了。叶祥禾推荐天干地支墨，书生却摇摇头，转身走了。程尚德注意到铺子外的书生对迎面来的三位秀才说了什么，他们转身一起走了。

“这些秀才都想拿梦笔生花墨写出绝世好文章。”程尚德说道。

“再有月余就是秋闱了，若遇来年的春闱和殿试，前来购买此墨的人会更多。”叶祥禾说道。

程尚德心里一动，转身出了铺子，往净心斋走去。这里再没有别的香了，而是墨香混合着桂花的香。程尚德再次感到秋天来了。烟窑的烟囱黑烟滚滚，烧烟工守在窑口外。叶存世和两个制墨工从制间赶出来见程尚德。

“这烟用来制作什么墨？”程尚德问道。

“眼下的松树取自黄山的前山，大多为幽树烟，质量极好，想要制作天干地支墨或砑石墨。”叶存世说道。

“既然烟的品质极好，就用来制作梦笔生花墨，赶考的学子无不想拥有此墨。”程尚德说道，“这些树的松胶更要沥尽，方可放入烟窑之中。”

叶存世点头称是，跟着程尚德走向制墨间。分批的墨正在制作中，一些合胶好的墨正等入模。程尚德一一评定等级，挑选出烟品极好的墨指定制作梦笔生花墨。叶存世抢先一步，走到一批刚出模的墨款前请程尚德试墨。这些是砑石墨。

程尚德挥笔写了“百一砚”几个大字，并说“好墨”。

这一声“好墨”就像嘉奖一样落到叶存世的头上。他高兴地一挥手，让仆从把墨装盒放到柜台里。程尚德亦往前院走来，在天井他遇见刚从街上买盐回来的叶氏。

“这盐用天价方买回来。”叶氏说道。

“淮南盐业歉收，又因南北之盐不许互通销售而造成的。”程尚德说道。

“又有许多百姓吃不上盐了。”叶氏说着到了灶前。

过了几日，程尚德盘点过货物，吩咐叶祥禾守着铺子，自己外出查账了。

嘉贤回来了。三年的丧期已满，程嘉贤错过了祖父和母亲的小祥、大祥、禫祭仪式。他归家是要择日把母亲的神主牌放入祠堂。一月前程尚德找风水先生选定了吉日。祠堂里的香案上的香炉被点燃，酒盏里倒满了酒。程尚德率家人祭祀过祖宗，把老太爷和俞氏的神位放入祠堂。程嘉贤的心落地了，一切悲伤都离他而去。

三年里，程嘉贤明白了自己的心。春风沉醉的夜里，嘉贤上齐云山了。嘉贤一天都不想耽搁，想要见到云姑。这三年里，他想了很多也做了很多，但一次也没去见她。

风清月朗，他走在山间的小路上，向着云姑走去。远处道观的灯火明灭不定，真应了“云庭无履迹，龛壁有灯烟”。山路上行走着许多香客，他们上山朝拜、上香、治病。晨曦中，嘉贤看见了站在道观外梯田里的云姑。

在霞光的映照下，云姑满面春风，娴熟地做着手里的活计。嘉贤站在那儿，等着云姑看见他，等着她过来。云姑放下手里的农具，抬头向四周看了一眼。看到嘉贤后，云姑静静地笑起来，随后她轻轻跑过来，像鸟儿向着嘉贤跑来。云姑在离嘉贤一米的麦地里停下来，嘉贤上前一步把云姑搂在怀里。他可以听见她咚咚乱跳的心，他的心一下子就感动了。他松开她，退后身子，细细地看她。

“走了一夜的山路，为何？”

“木边之目，田下之心，找你来了。”

“三年的时间不算短，不需要媒婆吗？”

“不需要第三个人插在中间。”

“嘉贤的身体完全好了，看嘉贤这健康的脸。”

“走，去道观，我不想再等了。”

来到道观却不见鸿仁大师，他外出给香客治病了。香风茶还没喝，嘉贤把茶放在石凳上就走出道观。云姑拿来的饭菜亦没动过。嘉贤一刻都停不下来，做什么事都不能专心。他的急躁闹得云姑做任何事同样不能专心。后来云姑去另外一个山坡上砍柴，嘉贤方静下来。他坐在道观门前的石凳上，靠着松树，竟然睡着了。

等嘉贤醒来时，晚霞满天，山间的草房炊烟袅袅，阡陌纵横，鸡犬相闻。道士们纷纷走在山间归家的小路上。他想起陶渊明描写的田园生活：采菊东篱下，悠然见南山；山气日夕佳，飞鸟相与还。

听见身后的声音，嘉贤转过身来。鸿仁大师正微笑着看他。云姑呢？他用目光寻找着云姑的身影，最后他在道观后的柴棚里看见她。鸿仁道长摆摆手，让他过去坐。嘉贤想说话，道长同样摆摆手。

“不要说了，老道皆已知晓，二少爷可领着云姑下山，也可在山上住上一段时日。”

“多谢道长。”

“从二少爷第一次上齐云山，老道就知道是这个结局，这喜事程老爷知道吗？”

“尚未知晓，这是敝人自己的事。”

“送封信到山下去，不要惊吓了程老爷。”

“今天早一个时辰开饭，二少爷一天没吃饭了。”

云姑送来丰盛的晚餐。闻到饭菜的香味，嘉贤方觉得饿了，冲着云姑一笑。道士们历来清贫，在山上自力更生，自给自足，今夜的丰盛就像是他和云姑亲事的喜宴。吃过饭，他随云姑来到一间屋子里。这里都收拾好了，像新房一样等待他们的到来。后来，嘉贤从云姑嘴里知道，在他睡着的那段时间里，云姑就做好了成亲的准备。

每日嘉贤随道长给香客看病或随云姑砍柴、种地。他们从这个山头到那个山头，山中的梯田里或山路上都留下了他俩的足迹，山中的景色充满了生命力，强壮而有力，晚霞满天，真是神仙般的日子。在齐云山无忧无虑的日子里，山下的喧嚣再没进到过嘉贤的脑海里。

嘉贤更多的是给香客治病。自鸿仁道长来到齐云山上，香客们慕名而来，络绎不绝。那些出不起诊费的山民常常走上一两天的路来看病。齐云山本是佛道两家共有的山，如今齐云山的香火更旺，而正一派的道教声威更壮大。嘉贤记得，鸿仁道长自到了齐云山再没下过山，没人知道鸿仁道长的高寿。

山上嘉贤遇到一位患偏头疼的香客。嘉贤看出香香客的病在于心，香客满腹牢骚，反复说起家里的产业。他们的父亲病入膏肓，家产已分割。香客是家里的次子，为了家里那点财产香客与兄弟反目成仇。香客不满意父亲对家产的分割，想要更多家财，更多意味着多得一千两银子。嘉贤听出来，香客的病不过是由嫉恨之心引起的。嘉贤感慨，区区一千两银子就闹得兄弟反目成仇。

这一日，香客又来到道观。嘉贤微微一笑，沏上一杯香风茶请香客用茶。

“若能杯水如茗淡，应信村茶比酒香。”

“村茶远比不上酒呀。”

“有道是念头宽厚的如春风煦育，万物遭之而生，念头忌刻的如朔雪阴凝，万物遭之而死。”看见香客喝过香风茶后，嘉贤慢慢地说道，“钱财乃身外之物，生不带来，死不带去。”

“眼下开业就要用银子，不会等到死后再用。”

“条条道路都通山，看哪条路上山。”

“只要能开业，不要那银子也可。”

“此病不用开药方。”见香客提起的心稍放下后，嘉贤愉快地说道。

嘉贤的药方子就是让香客在山上住一个月再下山。这位香客住了半月后，头就不再疼了，提早下山开业去了。

送走香客，嘉贤从观外进来。夜里云姑在灯下缝制衣物，他一进屋子就闻到香气，珠兰的香气。他四下一望，什么花都没有。

“什么花如此之香，是少奶奶香还是花香？”他笑着说。

“我香，还是花香？嘉贤说呢？”云姑笑着说，站起来亲了嘉贤一下。

“少奶奶香，当然是少奶奶的香气，早点睡吧。”

嘉贤把云姑手里的衣物放下，搂住了她。缠绵后嘉贤躺在床上，看着窗外的月亮，月亮圆了。嘉贤想歙县的月亮也圆了。

两个月后，嘉贤辞别鸿仁道长，带着云姑回到程家宅院。

银荷按嘉贤信中的要求布置好新房。嘉贤并不想再行一次礼，但给云姑住的厢房一定要最好的。云姑拜访了叔父和婶母后，被嘉贤引荐给程家其他人。云姑从那位冷淡骄傲的大嫂的目光中看到嫉恨。孩子们因喜爱叔父，也喜爱上这位新来的堂婶。

当晚程家摆下宴席，为他们接风洗尘、庆贺。程家的人就这样接受了云姑，也接受了他们仓促的亲事。山上的来信平息了程家的震惊，两个月的时间足够他们静下心来认可这桩亲事。千弦看到云姑的瞬间，强烈的嫉恨还是从心里涌出。她并不怨恨嘉贤，男人需要的总是比女人更多。

夜里，嘉贤和云姑回到厢房里，银荷已点燃了清油灯。嘉贤看着神采飞扬的云姑笑了，想起那支孔雀开屏的簪子。嘉贤从床顶柜上拿出来，要给云姑戴上。云姑一见就笑起来，从嘉贤手里把簪子接过去，又放回到柜子里。

“怎么戴呢？留到以后再戴吧。”

嘉贤也笑起来，方注意到云姑的道帽和道姑的发式。此时有一个念头从嘉贤的脑海里跳出来：这支簪子不是买给云姑的，而是买给千弦的。想到这里，嘉贤的心轰然炸裂，碎成粉末。他强压住心头喷薄欲出的渴望，深深地望了一眼云姑。

“在歙县不要穿道袍，要以普通百姓的身份生活在这里。”嘉贤轻轻地说道。

“生活在尘世中，要像大嫂的穿戴一样，可是我没有那样的衣服。”云姑笑着说道。

“明天让银荷陪着少奶奶去绸缎庄做几身衣服。”

等云姑把头发散开时，嘉贤的衣服已脱了。嘉贤倒比云姑还急于躺入被子里，没等云姑把衣服脱完就吹熄了灯。嘉贤柔软的嘴和舌头令云姑意乱情迷。他在她眼里一直是温文尔雅的，在床上却强壮有力。她并不讨厌他的力度与急迫，却体会出他对自己的爱，就着星光，云姑看着嘉贤睡熟的脸更不愿睡去。云姑第一次见到嘉贤就喜欢上他了，每一次的见面都更加深她对嘉贤的依恋。

次日，银荷带着云姑去了汪老爷家的绸缎庄。云姑还是那一身的道袍和发式，一路上引来许多看热闹的孩子和妇人。百来米的街道上，人人都知道程家的嘉贤娶了个道姑回家。千春茶庄飘出悠扬的琴声，还送来茶客的叽叽喳喳声，那些纨绔子弟更是目不转睛地看着一身道袍的云姑。

云姑无视众人的品头论足，目不斜视地走进绸缎庄。这里有杭州新到的丝绸，还有从广州来的香云纱。云姑只挑那些细布料子，做了两身衣裤。银荷本想给自己挑一身丝绸衣料，见少奶奶如此，只好作罢。

孩子们渐渐大了，茈萁帮着做些家务活，叶氏能静下来休息。她的身体远不如年轻时健康，丰盈的健壮的身体如今也消瘦了。交代完茈萁要做的事，她回到中堂里。刚坐下不久，程尚德就进来了。叶氏给程尚德沏了一杯茶。

程尚德不急于喝茶，而是从怀里拿出一封信说道："嘉堃来信了，在曹尚书的提携下，他已到德化县做了知府。"

"做个四品芝麻官，还托了曹尚书的情，朝中没人难做官。"

"许老爷家的二少爷捐了个官，到扬州做个盐运使，殿试选中的反倒不如捐纳的。"

"离家那么远，做什么也不如在家里好。"叶氏像想到了什么，停了一会又说道，"真看不出，二少爷会做出这么离经叛道的事来。"

"大嫂不在世，不好说。"程尚德若有所思地说道。

"二少爷自出生以来，就没享受到一日的快乐，倒真想给他娶一门好人家的媳妇。"叶氏说道。

"二少奶奶是个持家的人，让他们自己过吧。唉，总不见有孩子。"

"姨太太跟着嘉贤好几年，也没个孩子。"

嘉贤在叶氏眼里是个文质彬彬、做事张弛有度的人，她没有料到在嘉贤身上会发生这样的事。自己的儿子嘉道打小就不安分守己，如今这事会发生嘉贤身上，叶氏百思不解。想着俞氏已命赴黄泉，眼不见心不烦，多少有点安慰。

明天是四月初八，佛祖诞辰之日，叶氏在中堂里念佛拈豆，做结缘豆。叶氏日益感到孤独，五个孩子如今只有大媳妇守在身边。千弦是叶氏看着长大的，是知根知底的人，却不能给她一点安慰。那个开朗活泼的千弦不知去了哪里，反倒越来越沉默寡言，没有人知道她心里在想什么。千弦从不违逆叶氏的命令，做起事来尽心尽力，但做每件事，都看不见千弦开心的笑脸。

有时簇拥在一家人中，千弦更觉孤单。千弦学着叶氏的样子，心不在焉地做着手中的活计。坐在太师椅里的叶氏抬头看了一眼默默无语的千弦，一心两用的模样不知在想什么。叶氏又看看右边的有着孩子气兴奋的银荷。想着神思恍惚的千弦，叶氏猜想也许是嘉道不在身边的缘故。银荷的神情就不一样，嘉贤守在家里，虽是个姨太太却能恬然自足。

叶氏对徽州人“十三在邑，十七在天下的习俗”有自己的想法。山长水远之地丈夫既受不到家人的照顾，又不能带给家人温暖，再多的银子也不能暖热妻子的心。叶氏又看了一眼心不在焉的千弦，唱起了《花名宝卷》：

花名宝卷初展开，诸佛菩萨降临来。
善男信女虔诚听，增福延寿得消灾。
茶花开来早逢春，媳妇贤良敬大人。
保佑公婆年千岁，门前大树好遮阴。
孝顺公婆为第一，自己也有做婆身。
你若不把公婆敬，生男育女也虚混。
在家买些公婆吃，何用南海去斋僧。
一心只管行孝道，皇天不负孝心人。

叶氏还要唱下去，被芳辰打断了。芳辰进来想凑热闹，见众人如此念佛拈豆，又觉得无聊。芳辰拿起结缘豆随意抛洒，引来叶氏的埋怨。芳辰更觉无趣，转身走了。叶氏让他多穿一件衣服再去后院，叶氏的话还没说完就没人影了。蓓蕾依偎在叶氏的身边，依葫芦画瓢，倒把叶氏逗笑了。

“祖母，什么样的人会来结缘呢？”蓓蕾问道。

“有缘千里来相会，无缘对面不相识。”叶氏笑着说道，“老了老了却想多认识些人，日后好有个说话的人。”

“我要去，我要看看什么人会要我的结缘豆。”

“女孩子家的不能随便出去。”

“大哥能出去，为什么我不能？”蓓蕾的声音不觉提高了一成。

“《女诫》上怎么说的？‘语莫掀唇、怒莫高声’。”

“那是木偶戏里的人物。”蓓蕾说完就走出中堂。

“这孩子太有主意了，少奶奶要好好地管一管了。”

千弦点头称是，随后笑起来。她不赞成蓓蕾看那些扼杀人性的《女诫》《内训》之类的书。木偶一样的生活让她一个人承受就够了，用不着女儿来受这个罪。

眼看结缘豆已有不少了，银荷起身告辞。从大宅回来的银荷来到书房里给嘉贤添茶水。自俞氏走后，如今二宅里的中堂永远都是漆黑的。他们在中堂里的活动就着星星和月亮，一旦失去自然界的光芒，活动就转入厢房或书房里。云姑不在书房里，银荷想云姑也许在厢房或是在二进的中堂。

嘉贤在做桕油烛，银荷第一次见嘉贤做烛。自云姑进门后，银荷很少与嘉贤待在一起。她一时着迷，坐下来专心地看少爷做烛。

“结缘豆都拈完了？太太睡下没？”嘉贤问道。

“太太累了，睡去了。二少爷这要做什么？”银荷指着烛芯说道。

“这是乌桕油，由乌桕子榨出的油。乌桕树冬初叶落，结子放蜡，每颗作十字裂，一丛有数颗，望之若梅花初绽，真美。”

“红烛就是水沟里、山坡上、田间中的乌桕子做的？”

“《天工开物》里说，‘乌桕种子榨出水油，清亮无比。贮小盏之中，独根心草燃至天明，盍诸清油所不及者’。更可贵的还可做成胰子。道观里的燃烛或清油灯全是这乌桕油做的，二少奶奶用的就是这乌桕油做的蜡烛。”

“没有气味，倒有树木的清香。”

“早点睡去，明天还要去结缘。”嘉贤笑着说道。

“少爷不睡，妾身怎么好睡呢？”

银荷扭捏地看着嘉贤不愿离去。独守空房，银荷有着满腹牢骚。是嘉贤让她知道了女人之乐和夫妻之爱，如今他有了云姑就把她丢在一旁，仿佛没她这个人。云姑对她极好，银荷不愿藏着祸心。她对嘉贤怀着无知的爱情，亦不愿把这一切都算到嘉贤的头上。今夜是个难得的机会，她只想与嘉贤在一起。

嘉贤看着一脸春意、青春健壮的银荷，心中一动。他很久没上银荷的屋里了。一股愧疚之情涌上心头，她不过是他发泄激情的对象，那时他的心里充满了无法安置的爱情。他向外看了看，注意到天井里没了灯光，嘉贤知道云姑睡下了。他看着银荷时不知想到什么，一股汹涌的情欲涌入心中。他牵着她的手走向厢房。

与道教关系极为密切的房中术对于云姑来说更为实用。在与嘉贤的房事中，她从不把终极的快乐作为目标，而是把性爱、养生、练功集于一体。少爷心中有那种发泄的急迫，云姑引导嘉贤进入深奥的性爱快乐中，却不损伤身体的元气。在相互的爱抚中，嘉贤心情愉悦地得到快乐，而并不会筋疲力尽。这晚上他只按男人需求女人的方式来，他感到这种快乐来得更直接、更猛烈。

第二天云姑看了一眼起迟了的嘉贤。嘉贤的脸呈现出没有休息好的疲惫灰色。云姑知道，注重养生的道家把性与气功、养生结合在一起，追求长生不老、延年益寿。随后她看见同样脸色的进来伺候她洗漱的银荷。银荷的殷勤让云姑看出，银荷对嘉贤单纯的爱。嘉贤进来，换了件外衣就走了。云姑叫住银荷，对她笑了笑。

“乐而有节，则和平寿考，及迷者弗顾，以生疾而陨性命。”云姑说道。

“知道了，二少奶奶。昨夜二少爷睡得太晚，怕惊动二少奶奶。”

“不要有顾虑，二少爷睡在哪儿是二少爷的权利。”云姑看着楚楚可怜的银荷说道，“去看看二少爷还需要什么。”

银荷满心欢喜地走了，从此更看重云姑。

叶氏让汪开泰把结缘豆拿去给远道而来的行人，芳辰定要跟着汪开泰一起去。芳辰刚出二门就撞见祖父。

程尚德极为不满地叫住芳辰，问去哪里，芳辰说去街上献结缘豆。程尚德问了几个《算法纂要》上的问题，芳辰对答如流。程尚德听先生说过，芳辰对珠算颇有兴趣，算盘上的七个珠子芳辰最会应用。结缘豆一定是叶氏的主意，程尚德清楚自二小姐死去，叶氏渐渐迷恋上佛教。他挥挥手让芳辰走了。

程尚德从芳辰身上看出嘉道的影子，不喜读书，擅长玩乐之事。程尚德知道一切都要随缘，否则适得其反。如今程尚德明白了让芳辰读书认字有益于做买卖就行了。芳辰对那些玩乐的事无师自通，却不精于此道。他的兴趣广泛，并不把一腔的热情放在某件事上。眼下他的乐趣主要放在古玩上，一有空就到铺子里。见芳辰的兴趣转移，程尚德喜不自胜，家业有救。

程家子孙不旺是程尚德最为在意的事。嘉道和千弦不会再有孩子，这一辈只有芳辰一个男孩。叶氏对芳辰不免娇惯些，程尚德看在眼里亦不多加干涉。这个孩子有父亲随和的性情，又有他二叔对事务热情坚韧的投入。每个人的脾气秉性都不一样，谁能保证哪个对哪个错呢？对孩子的培养教育上，程尚德和叶氏的想法一样，只要不沾染恶习，孩子都是一张干净的纸。

程尚德最初见到芳辰的兴趣爱好稀奇古怪，只怀着好奇心观察他。这些兴趣爱好只是孩子气的一时单纯的迷恋，而芳辰真正对瓷器上心时，程尚德放下心来。

程尚德来到书房，看到他喜爱喝的婺源绿茶已沏好，一定是兰蕙沏的。他还看见要用的笔墨纸砚也已摆在书桌上。程尚德一回身看见兰蕙站在身后，这婢女做事一声不响，轻手轻脚，极讨程尚德的喜欢。兰蕙是来给书房里摆花的。她每日到后院里采摘鲜花，送到书房里。看着娉婷袅娜远去的兰蕙，程尚德笑了笑。

“老爷看见小少爷了吗？”兰蕙立在门柱那儿问道，“大少奶奶找小少爷呢。”

“别找了，小少爷上街了。”程尚德说道。

兰蕙笑着走远了。

汪开泰手托朱漆盘向行人献送结缘豆。街上行人熙熙攘攘，前来取结缘豆的却很少。倒是有些青头白面的少年蹀躞于妇女襟袖之间以献之，女子亦多取之且与少年逗笑。芳辰所见不过平常女子，其忸怩作态亦令人反感。他渐渐失去兴趣，想走了。他转身离开，走出去五步又回过头来。

这时芳辰看见一位衣着寒酸的女孩子正在汪开泰面前取结缘豆。姑娘光彩照人，她的美不是一下子就能领略尽的，灰色的天空下，乌黑的头发闪闪发光，那身灰色的粗布褂子非但没使她的美貌减色，却增加了她迷人的魅力。

很显然仅通过呼吸芳辰就完全感受到姑娘非凡的魅力。也许芳辰等了一日就是为了等这位女孩子的。她拥有着他心目中所谓的闭月羞花之容貌。那流风回雪的身影、修长的胳膊、粉嫩的手和长长的睫毛一开一合，就把芳辰的魂勾走了。女孩不知说了什么，取了朱盘里许多结缘豆，转身要走，身后乌黑的辫子在空中画了一道弧线。他看着女孩向着街上走去。

芳辰快步来到汪开泰跟前时，熙熙攘攘的人流散了，街道上行人亦散开了。女孩们常去的香糕店、香粉店、灯笼店、王星记扇子店、天竺筷子作坊那儿竟然没有一人聚集。

熙来攘往的人流中竟然没一个人是芳辰要找的。他闭一下眼，再次睁开依然是一眼望得到头的青石板路。仿佛那位女孩从没来过，但结缘豆的确少了一半。

“汪叔，那位前来取结缘豆的女孩子往哪儿走了？”芳辰焦急地问道。

“小少爷，取结缘豆的人多了，奴才哪能记得住？”汪开泰说道。

“蠢物，就一位女孩子也看不清。”芳辰说完就向街上跑去。

几条街道，他跑了两趟也没找见那位女孩子。太阳悬在马头墙上，汪开泰催促芳辰归家。芳辰不走，依然等在女子消失的王星记扇子店旁。直等到日落西山青石板路上空无一人，芳辰才失望而归。

如今芳辰要去的地方多了一处，就是街上的王星记扇子店。他始终没有再见到那位女孩。渐渐地他只把她当成一场梦来回想。后来，他又想那么美的女子世上不会有的。不管芳辰如何想，一有空他总要到王星记扇子店等那位姑娘。

这几日先生有事回呈坎了，芳辰玩疯了。他从街上回来后来到铺子里，柜台里收了一款康熙年间的料器的瓷壶。芳辰拿着里里外外仔细地看了两遍，就笑了。

“二叔，这是古月轩彩。”芳辰说道。

嘉贤好奇地看了一眼芳辰，惊异于他的眼力，漫不经心地说：“小少爷何以见得？”

“所绘题句，上下有胭脂水印章，引首印一文名‘先春’，下方印二文名‘旭映’，这都是古月轩的字和名。”

嘉贤拿出一款乾隆年间的耕织图碗说道：“小少爷看这一款瓷器，也印有‘古月轩’呢。”

“这是仿古月轩的瓷器，价值与原作略可相等，直书‘古月轩’的是后来的伪制品。”

嘉贤笑着说道：“瓷器上无人能骗到小少爷了，再在其他方面下点工夫，汇源典当铺就能交到小少爷的手里了。”

芳辰正翻看收藏目录，忽然他指着“百一砚”问道：“这是什么？开办汇源典当铺时就有了？”

“‘百一砚’可是程家开办铺子的功臣，可惜当年银钱不够转手他人了。”

“苏东坡收藏过的砚台，不是歙砚而是端砚。”

“端砚也是四大名砚之一，与歙砚齐名。”

“二叔，我不想做这一行，想做二叔那一行。”

“子承父业是传家立业之本，不要胡思乱想了，今日去二叔家吃春笋。”

春笋是云姑到问政山挖来的，嘉贤常常要吃春笋。她发现每次嘉贤都吃不多，亦不见他有多爱吃，每次都要剩下。剩下的笋子第二天都由她和银荷悄悄地吃了。

今日见到芳辰来二宅吃饭，云姑极为高兴。她和嘉贤成亲五年了，没有孩子是她的心病。她让银荷陪着去了水月庵和来云岩，同样没有带来孩子。

改年号为嘉庆，乾隆以太上皇执掌朝政那年云姑感到要有孩子了，到头来空欢喜一场。

那一年白莲教起义更让人觉得神秘。许多人在不明白教理教宗时就卷入了白莲教。为了遏制白莲教的蔓延，朝廷投入不少兵力和财力绞杀白莲教。由于白莲教的群众性，很难扼杀它的传播。

嘉庆年间，在历时九年多的围剿中，朝廷耗费的白银数量，相当于朝廷五年的税收。清王朝陷入武力削弱、财政奇黜的困境，跌入没落深渊。

二宅里虽没有孩子，却是孩子们常来的地方。花木繁茂、香气氤氲的后花园是孩子们最爱去的地方。那里春夏秋冬四季不同，香气有别。二小姐香墨每日都要去，她的问题可多了，一个接一个地提出来。云姑说不上来，有时嘉贤也说不上来。香墨的嘴噘起来，一副骄傲的样子。云姑倒被香墨逗乐了。

吃过晚饭，嘉贤让小少爷带些春笋回大宅，并与他约定春日里去山里采草药。他知道孩子的心性除了好奇还是好奇，想要遏制他的好奇心就是让他弄清自认为的神秘。

“二叔见过仙女吗？”走到月华门时芳辰站住问道。

“见过。”嘉贤想了想说道。

“在哪里见过？”

“在心里时常能见到。”

“二叔，我只见过那么一次，不会是在梦中吧？”

“梦中的仙女不会比阳光下的仙女更美。”

芳辰将信将疑地走了，却更频繁地去王星记扇子店等候那位美得惊人的女子。在芳辰耐心的等候中，徽州大地迎来了炎热的夏季。人们开始晾晒干菜，储备冬季的菜肴。

千弦和云姑在后院里晾晒干菜，是梅菜和豆角。徽州人的菜食一年四季离不开干菜。将夏秋之际吃不了的菜晒干放置到冬日里吃，似乎是最简便的方法。云姑说起在齐云山的生活，她说山里吃得最多的还是白菜和萝卜干。云姑问为什么不做萝卜干，可以做许多菜的配料，萝卜对人体很有益处。

“二少奶奶，再不要说萝卜干了，买卖人家最忌讳落魄。”千弦笑着说道，“幸亏是我听见，要不招人嫌，对二少爷也不好。”

云姑听出千弦说的谐音，更明白她的好意，但对大少奶奶把二少爷扯进来有点生气。

“不知者不为过，不会连累二少爷的。”云姑淡淡地说道。

云姑有一种感觉，千弦对她暗暗含着恨意。她并不清楚这恨来自哪里，她偶尔能感觉到从大少奶奶那儿吹来的冷风。

乾隆五十八年胡老爷过世了。嘉堃一家回歙县。嘉堃现任淮安盐运使。

守七后嘉堃先回到程家大宅，嘉堃只有十五日的假。三少奶奶带着孩子们留在胡家打理后事。

嘉堃任职时勤勉、公正，凡禁止贿送、裁减税捐等正本清源之事莫不力行，海防剿匪、侦缉盗犯、保境安民之举更躬亲其事。嘉堃去任上三个月，就已处理大小事务二百余件，展现出善切要害、长于理财的干略。朝中无人难做官，如今方做到从四品，而与嘉堃同年的进士早已做到三品官了。

叶氏嘱咐千弦准备歙县的菜肴招待嘉堃。嘉堃爱喝竹铺大方茶，喜欢吃臭鳜鱼、毛豆腐、花菇石鸡和自家酿的米酒，他喜欢到练江之水钓鱼、游泳。过了两日，胡氏带着孩子们回到程家。男孩只有六岁，叫芳润；女孩与香墨同岁，比香墨大两个月，叫桂秋，出生在桂花飘香的时节。

桂秋出落得花容玉貌，像二小姐落梅，叶氏看见桂秋的第一眼就喜爱上她。芳润活脱脱一个小嘉堃，程尚德把对芳辰的喜爱转移到芳润身上。蓓蕾对这位堂妹一点都不友好，桂秋把祖母对她的喜爱都抢走了。香墨对堂姐和堂弟极为热情，把不常用的物件拿出来和他们分享，教他们认识香草园里的中草药。

三少奶奶从扬州来时带了一本手抄本的书——《石头记》，这书是嘉堃从官府里带回家的。从朝廷至官府里的老爷、太太、小姐们都在看这本书。据说这本书是禁书，和珅很喜欢读，每日里讲给太后听，太后听得高兴，正式定名并刊印。

这本《石头记》最先引起蓓蕾的注意，一旦读了就爱不释手。后来千弦、二小姐、姨奶奶都喜欢读。三少奶奶就把书留下，任由千弦和小姐们读。

“书里的小姐、太太们如花似玉，过的都是神仙般的日子。”三少奶奶说道。

“敢情像是从画里走到尘世来的小姐、太太和少爷。”千弦笑着说道。

“拥有雕梁画栋、鸳衾绣帐、锦衣玉食生活的小姐们却逃脱不了‘玉带林中挂，金簪雪里埋’的结局。”三少奶奶说道。

“红楼一梦，千古一梦中，百年万事一场空。”桂秋说道。

“倒是三少奶奶说得极是。”千弦说道。

嘉堃归家，最高兴的莫过于叶氏了，叶氏在身体的病痛之余常会想起嘉堃。这几日琴心被接回家中，雪月也从雄村赶回程家，冷清许久的程家再次热闹起来。夜晚各家归去后，叶氏陪着程尚德抽烟。叶氏装上烟叶点上，拿给程尚德。

“金成山，银成山，不如儿女守在身边。”叶氏轻声说道。

“徽州地狭人稠，不是想守就能守在一起，创业就要各地跑，入仕更不会由着个人，想去哪儿任职就去哪儿。”

“人老了，孩子们却不能守在身边……”

“等我们去了，孩子们就会有自己的家业，走出徽州。”

“落叶归根，程家的根在这里……”

窗外孩子们的欢叫声引起叶氏的注意。她向后花园看过去，看见芳辰和芳润正在逗蛐蛐。香草园那儿则是女孩们的叫声。

孩子们的叫声同样引起云姑和千弦的注意。孩子们都是人来疯，难得乐一乐。千弦听了一阵后，依然与三少奶奶话家常。

经过几年的历练，三少奶奶变得圆通，话也说得投机。胡老爷的去世对三少奶奶有一定的打击，父亲在世和不在世不一样，胡家再没有她的立足之地，程家将是她唯一能留下的地方了。

“三少爷在外为官，对家里照顾不周，程家还要靠大嫂来支撑，少不得还要大嫂一家接应三少爷。”三少奶奶说道。

“三少爷是做官之人，哪里看得上徽州的小地方？”千弦说道。

“话不能这么说，不是还有告老还乡一说吗？三少爷是离不开故土的。”

“程家的宅院总会有三少爷的一席之地。闲暇之余，三少奶奶带上孩子们回来看看祖父、祖母。”

“人一外出倒说不上碰见什么事而不能成行。大少奶奶也可带上孩子们去淮安走亲戚，一家人嘛，总不会有生疏之感。”

芳润被兰蕙带进来，他摔倒在亭子间的长廊上，要找三少奶奶。千弦抱起芳润，训斥兰蕙和随后跟进来的茈萁。

“一个孩子都看不住。”千弦说道。

三少奶奶忙拦住千弦，笑着说：“孩子不摔长不大。”

芳润经大少奶奶一抱就忘记了疼痛，从大少奶奶怀里溜下去要找堂姐玩。茈萁领着芳润、芳辰去了后院。

三少奶奶看见千弦手里的绣花鞋就说：“这次从淮安带来新式的鞋样，拿给大少奶奶看一下。”

从厢房里回来的三少奶奶手里拿着许多鞋样。千弦一看极为喜欢，是徽州少见的新样式。女人的绣花鞋几千年不变，却有不少小变化，变化最大的就是绣花鞋上刺绣的花样。

看见千弦的喜色，三少奶奶说：“这是专门给大少奶奶的。”

“三少奶奶真是个有心人。”千弦说道。

“大少奶奶过奖了，绣样再好也得会绣的人才行，大少奶奶的刺绣程家无人能及。”

千弦没说话，笑起来。她有一种感觉，三少奶奶越来越会说话了。

第二日嘉堃陪程尚德在净心斋里说话。一见面程尚德就看出嘉堃的苦闷。想当年嘉堃走出徽州时雄心壮志，想要做一番事业，闯出一片天地来。

“读书时说，为官要清廉公正，太过于公正，则难以在仕途上走远。古人说，水至清则无鱼，人至察则无徒，宽容随性方是为官之道。”嘉堃说道。

“明有所不见，聪有所不闻，举大德，赦小过，无求备于一人之义也。枉而直之，使自得之；优而柔之，使自求之；揆而度之，使自索之。盖圣人教化如此，欲自得之；自得之，则敏且广矣。”程尚德说道。

“是这个理儿，人的性情生下来就定了，想要改变却不是容易之事。在这混沌的社会里，只求自保。”

“为官一方，要造福一方百姓，官场上的道理我不清楚，做人的道理我知道，按做人的道理为官总不会错。”

“儿子谨记父亲的话，为官一任，造福一方。”嘉堃谨慎地说道。

没过几日，三少爷一家离开徽州，叶氏感到是生死离别。

近来叶氏常见千弦和小姐们聚在一起读一本书。有时千弦竟然忘记做分内之事，这可是十几年来从没有过的事。

叶氏的观念里书最能乱性，尤其是女孩子不能看杂书。这一日，叶氏过月华门来到后花园，看见蓓蕾坐在回廊里，靠在一棵紫薇树下，看一本手抄本的书。叶氏从草地走来的声音并未惊动蓓蕾，但她投下的影子使得大小姐抬起头来。

“蓓蕾看的什么书？”

“祖母，是曹雪芹还未写完的《石头记》，眼下官府里的小姐、太太们都看这书。”

“讲些什么事，能让人如此着迷？”

“贾家、王家、薛家、史家的事，这书要比《烈女》《内训》更让人喜爱。”

“女人不要乱了心性，杂书要少看。”

“祖母，这哪里是杂书？一旦看上就放不下，香墨也看呢。”

蓓蕾搬出香墨是想让祖母意识到这是一本人人都爱看的书。香墨是程家上下公认的仪态娴雅、知书达理之人。

此时千弦来到花园里，见此情景就笑着说："此书原是朝廷的禁书，倒不是杂书。主持《四库全书》的和珅偶得此书，极为喜欢，每日里说给太后听，太后亦极为喜欢，已正式刊印。"

"既是这样，我也看看这《石头记》。"叶氏边走边说，"不要只顾看《石头记》，冬衣要拆洗了。"

千弦答应着，跟在叶氏身后走出月华门。原本她想看一会儿书再做家务的，书里的小姐太太们不需要做这些活计。来到厢房的千弦还在想大观园里繁华热闹的盛景，更为宝玉和黛玉的爱情唏嘘，想想自己的一生同样有诸多不能遂人心愿的事，千弦的手整理着衣物，心却在叹息。在《朱子家礼》的约束下，一切的不满和痛苦，只能在心里哭泣。

"大少奶奶在叹息什么？"

原来是云姑来到天井里，云姑来还《石头记》的第二卷。昏昏欲睡的夏日午后，见千弦还在做家务，云姑亦替千弦不平。她知道叶氏治家严谨，千弦少不得要受些气。

"为人之媳就要谨守人媳之礼。"千弦说道。

听了千弦的话，云姑吃了一惊。自认识千弦以来，她说话办事严苛自律，即便有苦衷亦打碎了牙齿往肚里咽。云姑并不想掺和到大宅家务事的纷争里，于是笑着说道："《石头记》的第二卷看完了，想看第三卷，二少爷亦喜欢看。"

"第三卷……近日我没时间看，二少奶奶先拿去看吧，书在后花园蓓蕾小姐那儿。"千弦低声说道。

云姑袅袅婷婷地向月华门走去。千弦继续拆洗被褥，让从江边洗完衣物的兰蕙把刚换下的被褥拿到阳光下晾晒。

夜晚在清油灯下，千弦可以全心全意地看《石头记》了。等到书传到叶氏手里时，刚看了几页就被书中所写的吸引住了，说这是本好看的书。到后来再见到千弦和小姐们看这本书，叶氏再也不制止了。

第十七章 最后的辉煌

。。。

绸缎庄的汪老爷与程尚德坐在千春茶庄，说起柴桢挪用二十二万盐税案发之事。程尚德已从江少奶奶的信中得知此事。

两淮预提盐引亏空案还萦绕在盐商的心头，时隔二十四年在扬州相同的衙门、相同职位的官员竟犯下同样的贪污罪。身在扬州的徽州商人闻听此案无不快意，然而却各自侥幸未染指此事。程尚德想起那年换领新帖时曾送给柴桢五百两银子。

乾隆五十七年十二月初四，与两淮盐运使柴桢同城办公且执掌纠察所属两淮盐务官员之责的两淮盐政全德耳闻一件让他十分惊异之事，即柴桢私自挪用两淮盐运使司库银二十二万两。全德立即密传库官黄德成严刑讯问，黄德成坦白道：盐运使柴桢确实将王履泰、罗荣太、鲍有恒等五人应纳钱粮在外截留，私自移用，据为己有。

随后全德传扬州知府马慧裕及江都县知县懋图、甘泉县知县缪廷玢前往运司登门查封银库。并委派马慧裕摘取柴桢印信，将柴桢看守；一面知会两江总督书麟，即令马慧裕代理两淮盐运使。同时查封柴桢在运使任所资产，并飞速发文柴桢本籍地方官，咨报案情，敦促其查抄柴桢家产。

此事牵扯出浙江巡抚福崧。柴桢移用二十二万两库银是因之前在浙江盐道任内交代未清，恐浙省参奏，以私挪用十七万两前往补填，余下五万私自占用。乾隆帝因福崧身为巡抚，兼管盐政，于柴桢亏空库项至十七万之多，竟毫无闻见，怀疑福崧也染指分肥，通同作弊。命将福崧革职拿问。后经兵部尚书庆桂与亲浙江巡抚长麟查办，查出福崧曾向婪索金银及派办物件，不发价银，通共用去银十一万五千余两。又供出侵用掣规、值月、差费等项共银六万六千余两。后又查出福崧奉母游玩西湖，预备灯彩、船只等项共用银二千余两。此案已结，柴桢及其家人柏顺于浙江处决。

乾隆帝下谕：福崧系硕色之孙，伊家世受国恩，历任封圻，自应廉隅谨饬，勉力图报。乃辄向盐道索贿，以致柴桢亏缺库项。营私玩法，莫此为甚。此而不严办示惩，何以肃官方而儆贪黩！命毋庸解京，到地方正法。福崧饮鸩死。涉及此案浙江司道多人被革职。

今朝程尚德喝的是松萝茶。汪老爷最爱喝休宁的松萝茶，尤其是谷雨前的茶。汪老爷喝过松萝茶后心情放松下来，每到此时汪老爷非要喝了松萝茶方能思考。从程尚德的话中他已了解此案之始末。

“拔出萝卜带出泥。”程尚德等跑堂的走后说道。

“没有不吃腥的猫。”汪老爷慢悠悠地说道。

“商为各业之末，商人两面受排挤，最终躲不过朝廷的惩罚。”

“朝廷是又要马儿跑，又要马儿少吃草。”

“羊毛出在羊身上，恐怕无人不知此理。”

“两淮的盐价高出川蜀盐价许多，若不是这些限制，两淮盐业早维持不下去了。”

“引盐法积弊甚多，一时不会变革。”

“那是盐商的事，曹尚书在朝一日恐怕不会改变。”汪老爷信心十足地说道，“曹家一干靠盐业吃饭的宗族就是盐业改革最大的绊脚石。”

程尚德细想觉得汪老爷说得有理，曹尚书家世代以盐业为生。

“西洋人想要扩大通商口岸，互通有无，英国使臣马嘎尔尼借口给乾隆拜寿访华一事被拒绝并不是好事。”程尚德喝了一口茶说道，“西方的工业革命不可小觑，制造出了长枪洋炮，广东口岸鸦片泛滥更令人担忧。”

“西洋人有备而来，朝廷无任何应对措施，只能拒绝。”

“听说西洋人的物品对手工业冲击最大，工业化生产的成本更低。”说到这里，程尚德庆幸朝廷拒绝了西方打开国门的请求。

“大清帝国故步自封行不通了，世界格局即将发生变化。”汪老爷说道。

随着街上出现越来越多的西洋物品，程尚德意识到手工业产品终将受到冲击。但他认为文房四宝的地位丝毫不会动摇。

从千春茶庄出来，程尚德在王星记扇子店前碰到芳辰。

“不去读书，在这里做什么？”程尚德带着怒气说道。

“今朝放假了，先生让我们看《文选》。”芳辰说道。

“那还不快回去读书。”

芳辰一溜烟地跑了。看着芳辰的背影，程尚德记起有好几次在王星记扇子店外碰见过芳辰了。

中元节到了，本该祭祀祖先，却因连年的干旱变成祭祀城隍以祈雨。乡民戴柳，锣鼓喧哗，祈雨于坛。云姑和嘉贤避开了热闹的城关，来到西干山的五明寺。站在练江之滨的太平桥上，云姑望着东流而逝的练江水，开心地笑了。

在依山傍水、清静幽雅，初次与嘉贤相遇的地方，云姑有一个秘密要告诉嘉贤——他们有孩子了。云姑有些担心嘉贤对孩子的看法，他从没在她面前说起过孩子。这句话一说出口，嘉贤就开心地笑了。见到嘉贤喜悦，云姑更为快乐。这个柔情似水的男人一定会爱自己的孩子。

攀缘而上，来到披云峰，长庆寺塔在云雾中闪烁。云雾缭绕的西干山脚下埋葬着开创新安画派的鼻祖渐江道长，坟冢那儿的烟雾更甚。与心爱的人站在山顶上，云姑的心都醉了。云姑看了一眼嘉贤，笑着问道：“想什么呢？想十五年前的泉水？”

嘉贤笑而不答，仿佛被二少奶奶说中了。过了一会儿他说道：“二少奶奶要多休息，二宅要添一个丫鬟了。”

“家里就两口人，有多少活计要做？”云姑幸福地说道。

“二少奶奶的身体要紧。”

“不，妾身就想为少爷做些事情。”

嘉贤拍拍云姑的手，怜惜地看她一眼，他知道云姑没有自己想象的那么健康。自云姑到了程家，嘉贤的衣物都是她缝制和清洗，她仿佛没有累的时候。为此银荷还闹过一阵子脾气，再也不能替二少爷做衣物了。

“回去吧，天要黑了。”嘉贤说道。

回到家时，银荷已做好各式点心。他抓过云姑的手号脉，云姑怀了孩子，嘉贤更要注意她的身体。

云姑看上去健壮，其实她的脉搏不稳，心跳时快时慢。嘉贤想到草药房配一服药。云姑拉住嘉贤，让他坐下休息。虽然嘉贤在云姑眼里还是多年前的样子，英俊健壮，甚至比那时还要有魅力，云姑总怕他过度劳累。

“不走远，我去配一服草药。”嘉贤放下云姑的手说道。

云姑笑了，为自己的软弱笑了。嘉贤走了，临到出月华门时转身又看云姑，云姑正深情地看着他呢。他笑起来，走了。

嘉贤把百子柜的柜门一一关好。将最后一味药——白术放进药袋里，他把袋子包装好。孩子，他想到孩子。此时要有自己的孩子了的想法才真正地进入嘉贤脑海里，喜悦之情油然而生。他想到了孩子，也想到了云姑。他把药熬到锅里，又去了香草园。

嘉贤在香草园见了芳辰。芳辰找二叔有一阵子了，他看到程家收藏目录中康熙年间的青花耕织图碗，他缠着二叔要去铺子里。嘉贤看看时辰，铺子打烊了。芳辰对瓷器的热爱让他感到了宽慰。他笑了笑，带着芳辰从侧门来到铺子，把碗从库房里拿了出来。芳辰爱不释手。

"真有'浦里青荷中妇镜，江干黄竹女儿箱'之境也。"芳辰说道，"确为康熙官窑花绘精品，难怪身价与鸡缸杯不相上下。"

"小少爷认识此物吗？"嘉贤拿出伯格卣说道。

"这是伯格卣，殷商代制品，是一种盛酒的器皿。"芳辰笑起来说道。

"术业有专攻呀。"程尚德说道。

听见声音，嘉贤和芳辰发现程尚德走进铺子，他见铺子的侧门未锁故而进来看一看。芳辰的话他全听见了，他既欣慰又有些失落。

程尚德拿出柜台里一款薰炉说道："这是何物？"

"这是宋代的白釉透雕薰炉。瓷皿有款，肇始于宋，器底有'内府'二字，书法与大观钱类似。"芳辰看过后说道。

程尚德哈哈大笑说道："程宅后继有人了。"

芳辰孩子似的欢天喜地跑出铺子。

"要不了多久，小少爷就可以接任了。"嘉贤说道。

"芳辰还小，再多读几年书，铺子可离不开二少爷。"程尚德边走边说，"若九江开办分号，二少爷更离不开铺子。"

一说起在九江办分号，程尚德的心没那么平静了。

程尚德始终记着叶氏说过银子不会像蘑菇一样冒出来的话。程尚德却想让这批银子真能像蘑菇一样冒出来。这两日他常到铺子里查看近期典当或墨砚的需求。

连年的灾害，民不聊生。昨日他注意到前来典当田产的乡民甚多，一位乡民牵着一头耕牛来到柜台，想要把耕牛典当了。今朝他又看到一位乡民前来典当一头骡子，随后一位乡民要典当独轮车。程尚德敏锐地感到商机来了，这些农具到了开春时会被赎回或高价卖出。

“叶祥禾去街头雇上两位山民，会放牧的山民。”程尚德转身对嘉贤说道，“收下乡民的牛、骡子、犁等农耕用具。”

“是，叔父。”

程尚德走出铺子，来到街上。他先去汇丰典当，刚从斗山街拐过来，就看见典当铺外有人牵着耕牛往回走。他拦住此人说道：“客官这是要去哪里？”

“典当铺不收活物，人都要活不下去了，还要养这牲畜，回家宰了这牲畜。”乡民大声地说道。

“客官去汇源典当看看？”程尚德说道。

“典当铺都一样，不会要这活物。”

“只要是铺子就不一样，歙县不大，不会过多地占用客官的时间。”

听了他的话，乡民将信将疑地朝大北街走去。程尚德尚未转身，又看见一位乡民往回走，他同样拦下乡民，如此这般地要乡民去汇源典当。在永康典当铺门外，他同样看见上述的情形。程尚德得意地笑了，朝着斗山街走去。来到八角牌坊他看见叶祥禾带着两位山民走来。

“二位带着典当来的牲畜到山里放牧吧，先到大宅带上食物，再拿些保暖的衣物。”程尚德说道。

叶祥禾答应着，带着人走了。程尚德一边观察着街上货物的变化，一边向着斗山街走去。刚拐到斗山街，他就见到不少乡民赶着牲畜向汇源典当走去。那位典当了耕牛的山民对外一宣传，其他的乡民就蜂拥而来了。等到他从斗山街转回来时，看见山民赶着牲畜刚离开汇源典当。

汇源典当抵押牲畜的消息经过那位乡民的口四下传开了。申时汇源典当铺子外聚集着大量要典当牲畜的乡民。

酉时程尚德查看账本，牲畜以极少的银子被收进来。他放下账册来到制墨间，近期墨滞销，制墨工回家去了。叶存世放下手里的活计，在清水里洗了手，迎了上来。

“把你的本家侄子叫来上工吧。”程尚德说道。

叶存世上一年对程尚德说起他有一个侄子想来程家做活儿。那时程家不需要帮手，让他再等等。

“多谢程老爷。”叶存世高兴地说道。

“明天直接去铺子里找二少爷。”说着程尚德走出制墨间。

到打烊时，马棚里又收进一头羊和一匹马。

吃过晚饭，程尚德心满意足地躺在烟榻上抽烟。叶氏在一旁点烟、沏茶。

“开春这些牲畜都会以高价卖出的。”程尚德说道。

“乡民若不是揭不开锅，不会卖牲畜的。”叶氏叹口气说道。

“与其让乡民宰杀牲畜，不如典当更好，开春时太太就知道了。”程尚德哈哈一笑说道。

“大少奶奶的娘家不知如何？”

“汪家有几亩茶树，可以渡过难关。”

叶氏却在想私下借给汪家的十两银子能不能使他们渡过难关。

次日清晨，更多的乡民来到汇源典当。叶存世的侄子叶长贵也来到铺子里，马棚里已有几头牲畜要他送往山里。叶长贵赶着牛马走了。程尚德只在铺子里露了下脸就上街了，迎面碰到了汇丰典当的胡老爷。

“程老爷开了典当铺的先河，程家铺子不愧为典当之首。”胡老爷说道。

“不过是想帮乡民渡过难关。”程尚德哈哈一笑说道。

“程老爷赢得名声又挣得银子。”胡老爷大笑着说道。

在街上转了一圈，程尚德注意到汇丰典当、永康典当也开始收进牲畜了。叶长贵一日两次进山送抵押的牲畜。未时叶长贵又赶着一批牲畜去山里。接下来的几日，到汇源典当牲畜的乡民总比去汇丰典当和永康典当的人多。

程家收进的众多牲畜只要两位山民放牧就足矣，而汇丰、永康典当只收进少量的牲畜，却也要两位山民在山中放牧。胡老爷里外一算账就觉出盈余的多少。接下来的抵押中，终究以汇源典当大获全胜结束了。

年关近了，典当牲畜的乡民渐渐少了。转过年关迎来了春天。

阳春三月迎来茶叶的丰收，紧接着春雨迎来春耕。乡民为了赎回农耕用具，抵押田产拆借银两，汇源典当也迎来最忙碌的一年。多次的赎回与抵押给汇源典当赢得大量的银子。程尚德专心在净心斋雕刻砚台、验烟、试墨。那块闲置很久的金星砚石料被他雕成了双龙戏珠。他听见窗外孩子们的嬉戏声，走出净心斋。

蓓蕾红着脸跑来抓住祖父的手。她天生讨人喜欢，把手心里的桃花拿给祖父。程尚德一时高兴，抱起蓓蕾亲她的脸蛋儿。蓓蕾咯咯笑起来，挣脱着跑开了。香墨尚未来到祖父身边，见蓓蕾跑了，也转身跟着跑了。

程尚德笑了笑，来到铺子里。这一日之内竟有五十几笔业务，银两的出入频繁。

粗粗一算，一日内竟有百两银子的盈余。从账面上看，在山中放牧的牲畜不到十头了，但抵押的田产多数未被赎回，成为程家的了。

“让叶长贵各村招租，待牲畜赎回，两位山民去竹铺那儿的田地农耕。”程尚德对嘉贤吩咐道。

“是，叔父。”

“春闱快到了，把梦笔生花墨都摆到柜台上。”

“老爷，梦笔生花墨已替换了不少的天干地支墨。”叶祥禾说道。

“好，可以当掌柜了。”程尚德哈哈一笑说道。

汪开泰拿着一封信进来，是杭州汪掌柜的来信。汪掌柜在信中说，杭州的典当如法炮制，挣下大量的银子。汪掌柜在信中还说需要大量的梦笔生花墨，眼下进京赶考的举人期望着像江淹一样用此墨写出千古文章。程尚德看完信，抬脚出了铺子。

几日不出门，他发现在斗山街上新开了一家墨庄——胡开文墨庄。他暗想胡家的墨终于开到了歙县。再往前走几步，他注意到千秋墨庄打出了“一字千秋墨”的条幅。程尚德笑了，各家墨庄都打出奇招，想得到科举考生的青睐。他走到半路又返回铺子。

“把胡家的墨连同双龙戏珠砚台捎往扬州，此后不再进胡家的墨了。”程尚德说道。

“叔父，为何？”嘉贤问道。

“胡家的墨庄开业了，此墨再无赢利可言。”

“净心墨并不输于胡墨，有段时期汇源墨砚斋正因有胡墨而闻名。”嘉贤笑着说道。

“若用过梦笔生花墨的举人能高中金榜，则会是另一番景象。”程尚德信心十足地说道。

到了五月，消息传来，休宁一位常用梦笔生花墨的举人通过殿试，取得三甲。汇源墨砚斋的梦笔生花墨被抢购一空。

从九江返回的程尚德在渔梁坝听到一位秀才说，梦笔生花墨已售罄。他心情大悦，脚不停歇地赶回铺子。果然柜台里的梦笔生花墨都不见了，还陆续有书生前来询问此墨。

“真被叔父言中了，人人都想做江淹呀。”嘉贤对查看账册的程尚德说道。

“哈哈，此皆因世人追求功名利禄。”程尚德大笑着说道。

“叔父，九江一事如何？”

“万事俱备，只欠东风。”程尚德哈哈一笑说道。

程尚德暗自合计，仅这一项盈余就能在九江办分号了。叶长贵走来请程尚德验烟。程尚德来到烟窑，看见只有很少的烟，就说：“这点儿烟太少了，等下次取烟后合到一处和剂。”

“等不到下次了，有几位秀才已订下墨品。”叶存世说道，“砍柴工刚上山，还需半月方能回歙县。”

“只是这样太费事了。”程尚德说道。

这烟的质量极好，手指尚未进入袋中，烟就飞升起来了。他又去查看正晾晒的墨，只一拿就看出是好墨。程尚德吩咐叶存世按订单制墨，就出了制墨间。

孩子们见到祖父，喜笑颜开，然而程尚德却拿不出糖果、点心。叶氏笑着说：“赶着回家收银子来了。”

徽州大地风调雨顺，进入到七、八月，茶叶、农作物喜获丰收。程家的铺子又被乡民围住，不仅典当铺挣得盆满钵满，田租更是看涨。程尚德粗粗一合计，进入盐业的银子都有了。他感到多年的心愿就要实现了。

这一日铺子里把最后一位乡民送走时已是戌时。程尚德自鸣得意地来到中堂，叶氏起身去灶前沏茶，却被程尚德拦住。

“太太，银子真的像蘑菇一样冒出来了。”程尚德说道。

“老爷料事如神。”叶氏说道。

“如今程家吉星高照。”

程尚德哈哈一笑，去了吞云轩。

乾隆末年扬州的仪征盐船大火，盐船被毁一百三十余艘，死者一千四百余人。死者多为盐商，扬州的盐业受到巨大的打击。江家的盐船损失二十几艘，江家解散了三大戏班，在扬州的几处园林破损而无银子修整。

接到嘉道的信之前，歙县的商人已经知道仪征盐船大火之事。在扬州做买卖的商人多是徽州商人，那些常传尺素的商人及早通知家里此次灾难。嘉道不善于写信，信中所言已是旧闻。程尚德从他人的信中得知，盐运使鲍家盐船亦损失不少。扬州鲍家急公好义，拿出银子向朝廷交了盐税，以便盐业运营。此时稍有家底的盐商，已开始了正常的盐业运营。

盐业的损失影响到扬州的各行各业，典当的生意冷清。靠近两淮盐业而富甲天下的扬州，吸引来不少的文人雅士，成为附庸风雅人士的天堂。盐商手里没了银子，文会、典当、戏曲、赌博、风花雪月之事都少了。

盐业不景气，婺源的木材、茶叶生意却兴旺发达。竹铺的几亩茶叶给程家带来不少收益，婺源俞家的茶叶更是大丰收。在川蜀做木材买卖的杨家二少爷捎来信，生意极好，挣下大钱。程尚德暗自宽慰几家欢乐几家愁，考虑是否要进入其他行业，以避免遭到打击。过了几日，他意识到典当业面对的是各行各业，不会因一业的损失而遭受致命的打击。

一直以来，程尚德考虑的都是典当铺里挣下的银子投资在哪里。首选自然是盐业，可时机尚未成熟，仪征盐船大火更是给程尚德浇了一盆冷水。从制墨间出来，程尚德向千春茶庄走去。在斗山街上，他注意到千秋墨庄不时有秀才进出。他想到了“百一砚”，自嘉贤走后再没听过“百一砚”的音信。

千春茶庄里程尚德遇到了盐商鲍老爷。鲍老爷在此喝茶解闷，仪征船大火后鲍家的盐业买卖元气大伤。两年期间，程尚德从未见到鲍老爷舒眉展眼。今朝他见到的是更为沮丧的鲍老爷。从鲍老爷的口中，程尚德听到了轰动一时的“孝女碑”案。

此事由仪征的张巧姑在大火中救父一事引起。张巧姑救父一事被文人墨客纷纷吟诗作赋。两淮盐运使曾燠撰写的长诗《仪征张孝女行》被传诵后，八大总商中别有用心的抓住碑文中的“大道之衰，名教偶存于闺秀，天性之薄，真诚不丧于童年”，断章取义，大做文章，差点酿成扬州官场上巨大的文字狱。年仅二十八岁的总商黄至筠将这场大狱消弭于无形之中，黄至筠却因此事被两淮巡盐御史征瑞以“因年轻未孚众望”“禀退”两淮盐商之总商一职。

多年前，程尚德听说过黄至筠此人。嘉庆元年，湖北、四川、陕西三省爆发了大规模的“白莲教”农民起义，黄至筠带头请求用自己的钱财购买军需装备，且募集运输队伍运送军需装备，得到嘉庆皇帝的嘉许而名噪一时。黄至筠的官职亦加赏至运使衔，其长子、次子均为部郎。

“黄老爷乃左右逢源之人，此次为他人之安危而舍弃了眼下之利，日后必大有作为。”程尚德说道。

“此人不可小觑，在盐业上兴风作浪必为此人。”鲍老爷说道。

“长江后浪推前浪，名不见经传之人都成为总商了。”程尚德感慨地说道。

“盐业与程家不沾边，省心呀。”

“盐业是一本万利的买卖，风险大，盈利更多。”

“此言差矣，盐业早晚要变革。”

程尚德闻听此言，吃惊了。眼下盐业供销平衡，盐价平稳，百姓安居乐业，盐业营运正常，看不出需要变革。

“曹尚书的宗族世代以盐业为生，总不会不顾自家的利益。”

“正是由于世袭的盐引，方惹出这些弊端。”

程尚德一心想进入盐业，对鲍老爷的话不以为然。

从千春茶庄回来，程尚德去看叶氏。这几日叶氏身体不适，卧床不起。程尚德在天井里遇到心情不佳的蓓蕾。虽然蓓蕾聪敏伶俐，美丽非凡，程尚德却感到这个孩子被宠坏了，有一种想要占尽天下所有的爱的贪心。

尽管蓓蕾心情不好，还是来到祖父身旁讨他的欢心。程尚德和大宅的其他人一样，见到蓓蕾的笑就会喜欢上她。蓓蕾得到祖父的夸赞后快速地跑向后院。程尚德心头洋溢着柔情来到厢房里。

叶氏靠在床上休息，她早已到了睡不着的年龄。叶氏有意不在这个时刻睡着，她知道老爷会选在安详的午后来看她的。仪征船的大火，不仅扰乱了程尚德的心，也扰乱了叶氏的心。她第一眼就看出笼罩在老爷脸上的阴霾不见了。老爷一连几日的愁云不见了，这就是最开心的事。叶氏开心地笑了。

“今晚做花菇石鸡吧。”

“好，再做一个臭鳜鱼。身子今天好些了吗？”

“看见老爷的笑脸就好些了，治病不见得都用草药，开心的事也是一味良药。”叶氏笑着说道。

“大夫怎么说？”

“再有两服药就会好的。”

“家里的事多让大少奶奶操心，太太身子要紧。”

“还不到躺下的时候，各有各的命。”

叶氏要去灶前，吩咐茈其准备晚上的饭菜。叶氏走了两步后，感觉身子没那么沉了，病仿佛好了。叶氏当真相信了开心的事就是一味良药。

经过半年的筹备，九江的分号开张了。程尚德和嘉贤赶赴九江张罗开张一事。开张的当日并没收到预期的效果。九江的人文气息不比扬州和杭州，文房四宝、艺术收藏的买卖远不如这两地好做。远在杭州的汪掌柜赶赴九江，把杭州的一些业务让这边做起来。经营一个月后稍见起色。程尚德努力利用旧友亲邻的关系，生意倒渐渐好起来，每日的进出倒有十几笔。

叶氏来信说云姑快要分娩了，程尚德让嘉贤先行一步回歙县。

到了第二个月，恰逢春闱，梦笔生花墨在当地一炮打响。随着秀才、举人频繁进入铺子，商人亦陆续来到铺子里。春闱后铺子里清闲下来。

这日，半晌未曾有人进到铺子里。程尚德被一徽商叫去喝茶，只有伙计守在铺子里。伙计似睡非睡时听到有人大喊着要典当。来人是一位落魄的乡民，身上的长袍虽为丝绸料子，却污浊不堪。

“典当二十两银子。”乡民说道。

伙计拿起一看，是一款铜制私印。这私印同乡民身上的长袍一样污旧不堪，包裹在一块肮脏的手帕中。伙计来不及细看，就给出五两银子的价，高声叫道：“铜印一枚，龟钮，约五分，五两银子。”

“家母说此印可当些银子，看来不实，另一枚印也不必典当了。”乡民接过银子说道。

乡民走后，伙计的睡意已消，开始清理柜台，补充货物，连程尚德走进铺子都没听见。程尚德查看账册看见那笔买卖。那枚印还放在柜台上，他拿起印细看，用柜台上的布把印仔细擦了擦。表面的污旧除去后，明亮的黄色显露出来。原来是一枚金印，古茂而朴拙，文曰“婕妤妾梅”。伙计错把金印当铜印典当了。

程尚德详细问了伙计典当时发生的事。乡民已走远，却也无从寻找。他从伙计的话中得知乡民手中还有一枚印，觉得有了一线希望。

“明天对外宣称汇源典当高价收购汉代铜印一枚。”程尚德说道。

程尚德坐守铺子看货支取银子。第一日来了不少商人。第二日只有几位士绅前来典当祖上遗下的私印。第三日前来典当印的人更少了。

“那位乡民也许是位外乡人。”伙计说道。

“再等几日，徽商的名声要紧。”程尚德说道。

正在此时，伙计听见铺子外的哄堂大笑声。他抬头看见几位秀才拉着一位落魄的乡民正要进铺子。

“成天说家有宝印，如今有挣钱的机会，却又躲了。”一位秀才说道。

伙计也看见了那位乡民，先愣了一下。就在这时程尚德走出铺子。

“此印可是先生的？”程尚德问道。

有人喊道：“还是真金的。”

“不是我家的，若真是倒好了。”乡民说道。

“先生可还有一枚印？”程尚德问道。

“印倒有一枚，不值几两银子。”

“不妨拿出来让老夫一看。”

有人高叫着：“把印拿出来。”

乡民经不住秀才的起哄，拿出一枚印，同样脏污不堪。程尚德看见的第一眼就认出是羊脂玉材质的印。大小与前款一致，刻文曰“婕妤妾香”。程尚德把众人让进铺子里，吩咐叶祥禾把此印清洗干净。等印再拿出来时，温润如玉，晶莹剔透。

“此印可为先生的？”程尚德说道。

“若是我的可就发财了。”乡民说道。

程尚德哈哈一笑说道：“这一金一玉两枚印都是先生的，不过是被污物遮住了光华。”

乡民抢过印说道：“家母说这两印可解家里的燃眉之急，绝非虚言呀。”

“三百两银子，先生可当这两印？”程尚德问道。

此话一出，秀才们大吃一惊，纷纷嚷着让乡民典当了。有一位秀才说道：“典当的银子可作为盘缠进京赶考，中了进士会有更多的银子。”

其实不用秀才劝说，乡民就已签字画押，领取银子。程尚德高兴地把秀才们送出铺子。待秀才走远了还能听见“汇源典当诚实无欺”，程尚德哈哈一笑走进铺子。

“老爷，这样一来多花了许多无用的银子。”伙计说道。

“若用几百两银子可买不来诚实的信誉，如此一来名利双收。”程尚德高兴地说道。

次日一早，程尚德来到铺子，吩咐嘉贤和伙计把所有的货物都摆到柜台上。果不出所料，客商络绎不绝。到了打烊时竟有四十多笔业务，有百十两银子的进账。

第三个月汇源典当和墨砚斋旗号就响遍了九江。

从九江返回扬州的嘉贤却意外得到“百一砚”的消息。叶氏的来信让本来心神宁静的嘉贤感到不安。叔父让他在扬州停留一下，去汇丰典当买一款康熙年间的青花橄榄瓶。这橄榄瓶是程尚德早年认识的一位杂货商的镇宅之物。杂货商因经营不善，周转资金不足，典当了橄榄瓶。

嘉贤晚了一步，橄榄瓶被江家高价买走了。返回时走在左卫街上，嘉贤迎面碰到了翰墨园装潢铺子的汤老爷。

“二少爷从哪里来？”汤老爷问道。

“从九江来。”嘉贤说道。

“分号开张大吉。”

“托汤老爷的吉言，铺子尚可。”

“二少爷可知‘百一砚’出现在市面上？”汤老爷神秘地说道。

“敝人尚不知，汤老爷请讲。”

“一云游道士昨日来到翰墨园，前来取装潢的字画时，就拿着‘百一砚’。”

“此道士现在哪儿？”嘉贤问道。

“道士住在琼花观。”

“多谢汤老爷。”

嘉贤虽急于返回歙县，但还是赶往琼花观。在阒然无声的琼花观里，嘉贤没见到道士，却收到一封信。信中道士约定了见面的时间和地点，让程尚德前往慈光庵找一位谢姑娘。不知怎么嘉贤得知了程尚德与谢姑娘的风流韵事。想到自己对千弦的热望，嘉贤对叔父另眼相看。他可怜叔父不在此地，不能早日得知谢姑娘的佳音。

为了能赶上回歙县的渡船，嘉贤来不及与嘉道告别，匆忙赶往码头。等到嘉贤站在二宅的天井时，银荷大叫二少爷。他未答应银荷的叫声，却问：“二少奶奶呢？”

“二少奶奶去散步了。”银荷答道。

云姑害喜害得厉害，身孕怀到七个月了还常常孕吐。

嘉贤去九江的日子里，云姑常坐在中堂里刺绣或缝制婴儿的物品。她给嘉贤缝制了细布的夹袍和长衫。她又扯了几尺紫灰色的细布，给婴儿做了许多的衣服、帽子、裤子，还用细棉线织了三双线袜子。她不能长时间地坐在那儿，要时不时到乌聊山上走一走。

站在山上，云姑看见杨家大院正在修建的房子。她不止一次听人说，杨家的木材生意做得好。杨家把从院门至乌聊山脚下的地全买下来了。今朝一看，云姑才清楚杨家买下多大的一片地，那是可盖七进的大房子，还可摆山石水榭、亭台楼阁的一片地。七进的宅院与老宅院连成一片，山脚下已修成人工湖，湖中有个亭子粉墙黛瓦，曲径通幽处则是成片的竹林。

从乌聊山返回时已是下午四时。走到山脚下，云姑很累，想休息一下再走，肚子里的孩子却不让她闲下来。她的肚子一阵疼痛，身上起了冷汗。云姑停了下来，等孩子安静下来。半个时辰后，孩子静下来，云姑继续往程家宅院走去。半路上碰到外出接她的银荷。嘉贤回家的消息无疑是一味良药。

这是他们成亲后第一次长久分开。身怀六甲的云姑看见归来的嘉贤，欣喜若狂。她不顾银荷在眼前，扑到嘉贤的怀里。

“二少爷回来了，真的回来了，妾身真想二少爷呀。”

“少奶奶放心，分娩前我不再走了。”嘉贤说道。

“妾身要拖二少爷的后腿了。”

“外面的事都办好了，近期不出去了，少奶奶安心养着身子。”

云姑开心地笑了。嘉贤第一次发觉，云姑笑起来很美。云姑心里发热，就想做些丰盛的菜招待归家的嘉贤。

云姑挺着肚子到街上买来上好的蹄髈、金华的火腿、山里的石鸡。竹笋是春天时嘉贤上问政山挖来的，中午起就架起火炉，小火炖上了。到了夜晚起锅时，汤浓似乳，蹄髈玉白，鸡色奶黄，火腿鲜红，其味鲜醇芳香。望着八仙桌上的金银蹄髈，嘉贤想起千弦的扬州干丝。

嘉贤有多年没想起千弦了。嘉贤真实地活着，忠于云姑，把千弦的影子封在一个记忆的坛子里。嘉贤想到千弦时，还想到千弦没有欢乐的生活、日渐暗淡的脸、阴郁的神情和疲乏的体态。有几年大哥过春节时没回来，有一年过完除夕才回到家中。有传言说大哥在扬州安了外室，这在程家讳莫如深。无论千弦是否听见传言，女人的心都是细如发丝的。

有一个声音在叫嘉贤，仿佛从遥远的树林中传来。是云姑在叫他。看见他抬起头来，云姑笑着说道：“想什么呢？妾身叫了少爷三遍你都没听见。”

“少奶奶说什么？”他回避着少奶奶的问话。

“快吃吧，菜要凉了。”

嘉贤不自然地笑了笑，云姑宽慰的话更让他汗颜。

云姑的身子一天天笨重了。云姑脸上不正常的潮红、多汗引起嘉贤的注意。他还注意到云姑时常体虚、气喘及云姑每日避开他喝的汤剂。这一日云姑刚离开灶前，他便走进去。药罐里的草药还未倒掉，他看见最不愿看见的草药。云姑的症状他全明白了，她是为了他才想生下这个孩子的。热泪自嘉贤的眼睛里涌出。听见身后的脚步声，嘉贤悄悄地擦干泪水。

银荷进来给云姑沏茶，用香薷和苦丁熬制的汤茶。嘉贤问银荷，他不在家的几个月云姑的身体状况。银荷对云姑的病一无所知，只知道云姑每日要喝些汤药。嘉贤叹口气，离开灶前，来到香草园。他想静静，想为云姑配制一服草药，一服药到病除的草药。但他知道世间并没有这样的草药。

铺子里走不开人，叶祥禾升任掌柜，到九江接替程尚德。嘉贤守在铺子里，难得有空陪伴云姑。他吩咐银荷有事就到铺子里找他。嘉贤走后云姑又去了乌聊山，走到半道就回来，她实在走不动了。回到中堂里，云姑让银荷倒些热茶来。她口渴了。

“以后让奴婢陪着二少奶奶出门吧，眼看快到日子了。”银荷扶住浑身疲软的二少奶奶说道。

“当年云游日走十里路，这点路不算什么。”

“若有个闪失，让奴婢怎么向二少爷交代？”银荷说道。

“走不了几趟了。”

银荷把云姑扶到椅子里坐下，就去沏茶。银荷把香薷和薄荷泡的茶递给云姑，云姑感到头晕目眩，让姨奶奶把茶放在金丝楠木的长条桌上。云姑脸色苍白地陷在太师椅里闭目养神。银荷要去叫嘉贤被云姑拦住了。云姑让银荷把她扶到厢房里。

心神不定的嘉贤来到中堂却没看见云姑。银荷说：“少奶奶身体不舒服，在厢房里躺着休息呢。”

嘉贤来到厢房时，云姑睡着了，他刚一进来她就醒了。她绽开了笑容，脸上的乌云跑掉了。她抓住他的手，不想放下。

“看见二少爷真好，二少爷当父亲的这一日不远了。”

“不要说了，有哪儿不适？”嘉贤说着拿起云姑放在被子外的手号起脉来。

“这是孕妇正常的反应。”云姑说道。

“二少奶奶要多歇息，为了肚子里的孩子也要多歇息。”嘉贤说道。

“只要二少爷陪着妾身，妾身什么都能忍受。就要有孩子了，是少爷的孩子，妾身多么高兴孩子能来到这个世上。”

“也许是位千金，像少奶奶。”

云姑的目光充满柔情，仿佛一生的感情都聚焦在这双看着他的眼睛里。嘉贤紧紧地搂住了她，她是如此美丽。他忍不住想要亲吻她的头发、她的脸、她的嘴，还有她消瘦的小手。她的脸发热，脸上的潮红更明显了。一起一躺，云姑身上出汗了。嘉贤痛恨自己的冲动让二少奶奶受累了。

嘉贤给云姑号脉。云姑的脉搏微弱且紊乱，看云姑的样子，分娩就在今天夜里。嘉贤急得一头汗水，差遣汪开泰去请产婆。吃过晚饭，产婆才到。云姑在床上疼得滚来滚去，嘉贤在一旁紧握她的手，想要平息她体内的疼痛。产婆一到就看出产妇凶多吉少。她见过无数产妇，就没见过像云姑这样疼痛不止的。产婆慌了神，招呼银荷烧水准备接生。

叶氏和千弦都过来了。千弦在厢房里帮助云姑分娩，叶氏和嘉贤等在中堂里。嘉贤坐不下来，在中堂里走来走去。从天井里可以看见银荷端着热水一趟一趟去厢房里。没有云姑的声息，嘉贤感到云姑命悬一线，想要冲进厢房里，却被叶氏拦住。她说产房是不祥之地，男人不能进去，不能见不吉祥的血。

听不到云姑的喊叫声，寂静中嘉贤更感恐惧。他为女人接生过孩子，知道会有女人的叫喊、纷乱的脚步声和器具的叮当声。来到产房门外，依然没有声音，一种不祥之感在嘉贤心中升起。

汪开泰走来说："程老爷请二少爷去大宅。"

也许为了躲避这死一样的寂静，嘉贤跟着汪开泰走了。

程尚德从九江回到歙县。汇源典当在九江开张大吉的消息传遍了歙县的每一寸土地。前来恭贺的士绅踏破了程家的门槛。程尚德春风得意，往来于徽商之间应酬。程尚德踌躇满志之余，却不忘打听"百一砚"。他在扬州听汤老爷说起嘉贤知晓了"百一砚"的下落。眼下程家财力雄厚，花再多的银子都要把"百一砚"赎回来。

"二少奶奶身子可好？"程尚德一见嘉贤就问道。

"恐怕不好，分娩就在夜里。"嘉贤说道。

"产婆请了吗？"

"请了，正在产房里。"

"女人生孩子就像过鬼门关。"程尚德说道。

"早知如此，唉……"

"不必惊慌，哪个女人都是这么过来的。"

"是，叔父。"

"二少爷在扬州觅得'百一砚'了？"程尚德问道。

"'百一砚'在谢姑娘手中。"

"谢姑娘在哪里？"

正在此时，银荷满脸泪水地冲进天井里大叫："二少爷，二少奶奶不行了。"

嘉贤甩开两脚，冲出书房向着二宅跑去，留下心急难耐的程尚德。程尚德如此难耐，是因谢姑娘的消息扰乱了他的心。

产房外一丝声响都没有，这一刻嘉贤感到更加不安。寂静，能杀死人的寂静令嘉贤的心快要从胸膛里跳出来。不安的影子深入他的心。产婆推开门走了出来，千弦也从产房里出来，一句话没说直接走了。叶氏已不在那儿了。

银荷的哭声惊醒了嘉贤。云姑走了，孩子也没了。更让他痛心疾首的是云姑临死前大声喊他，他却不在跟前。他连妻子最后的遗言都没听见。

云姑下葬那日，嘉贤看见妻子成亲时用的乌木梳子，泪流满面。他想起成亲那晚云姑梳理秀发后，剪下一缕青丝。她笑着向他要一缕头发，说绾在一起表示同心，《子夜歌十八首》开篇就是：侬既剪云鬟，郎亦分丝发；觅向无人处，绾作同心结。

他拿起梳子掰成两半，把一半放入怀里，另一半放到妻子的棺木中。送葬的人散去很久了，嘉贤依然伏在新堆砌的坟上，久久不起。

嘉贤不能原谅自己的是，云姑死时他不在身边。嘉贤为最后的时刻不在二少奶奶面前而自责。他猜测着云姑最后要说的话是什么。在以后的几天及后来的许多年里，嘉贤以为他听见的话是：和银荷好好过日子。这并不是嘉贤听见的话，而是人们想要告诉他的话。

芳辰来到二宅的书房时，嘉贤正要写一封信。这封信写了两个时辰了，却没写出一个字。他招呼芳辰坐下，知道他有话要说。

“二叔还能见到仙女吗？”芳辰说道。

“仙女就在我心里，不会消失了。”嘉贤低沉地说道。

“叔父，侄儿还能再见到仙女吗？”

“精诚所至，金石为开。”

“仙女也在侄儿心里了。”芳辰若有所思地说道。

“让大少奶奶来紫薇树下，我有一事相告。”说着嘉贤把书桌上的宣纸扔掉了。

芳辰走后不久，嘉贤来到紫薇树下。他看着千弦轻柔地走向寒风中的紫薇时，曾几何时他们也站在洒满月光的紫薇树下。那时他们之间隔着一条河，如今依然隔着一条跨不过去的河。今生今世他将爱她不已，走之前却只有一句话要说。

“大少奶奶好生地照看自己。”

“二少爷要去哪儿？”

“去我的心想去的地方。”

在千弦深深的注视下，嘉贤转身走入黑暗之中。

次日，程尚德想要打听谢姑娘时却发现嘉贤失踪了，带着谢姑娘的秘密失踪了。程尚德再次派汪开泰外出寻找嘉贤，不是为了寻找“百一砚”，而是为了寻找谢姑娘……